Das Buch

Mays Leben ist verzwickt: Erst haut ihr Kater Lou ab, dann rettet sie den falschen Mann vor dem Bus - und zu allem Unglück arbeitet sie auch noch bei der Polizei von Kujai. Ein Paralleluniversum voller Hektik, Irrsinn, Korruption. Außerdem bekommt sie die saure Gurke unter den klebrigen Fällen: Sie muss Konsul Bolaire finden - draußen auf Schloss Taubenschlag. Man sagt, dort würde eine Drogenbaronin ihre letzten Pillen an die Bienen verfüttern. Mysteriös.

May bricht nur mit ihrer Freundin Tuh auf, einer durchgeknallten Kioskbesitzerin, die mit der Laune einer rollenden Zitrone den Fall zum bunten Trip macht. Hinter Mauern aus Honig - zwischen magischen Pilzen und bösen Bienen - entdecken die beiden Entsetzliches. Zum Glück lernt May den schüchternen Jo kennen, der so romantisch die Krümel der Hörnchen wegwischen kann. Wird es den Drei gelingen, die Honig-Hölle zu versalzen?

MAY BEE ist Märchen, Krimi, Rock and Roll - und erzählt von der Magie des Ausreißens. In einer Welt voller Bullen machen May und Tuh die Fliege - und entdecken, dass man auch im Alleingang die Richtigen retten kann. Kafkaeskes Pop-Abenteuer mit schrägen Bienen.

Der Autor

Tomas Maidan beschäftigte sich den größten Teil seines Lebens mit der Gestaltung von Bühnenlicht in Stadttheatern. Schatten und Licht, elektrische Blitze und menschliche Dramen bilden seine künstlerische Heimat. An seinem 40. Geburtstag wandte er sich dem Schreiben zu und zog nach Bremen. Er interessiert sich für die Frage, wer William Shakespeare war, woher die dunklen Träume stammen, und warum Frauen so attraktiv sind, wenn sie Karate können.

Tomas Maidan

May Bee

Roman

Bibliografische Information der Deutschen Nationalbibliothek: Die Deutsche Nationalbibliothek verzeichnet diese Publikation in der Deutschen Nationalbibliografie; detaillierte bibliografische Daten sind im Internet über www.dnb.de abrufbar.

Umschlag & Illustration: Jan Meir

Herstellung und Verlag: BoD – Books on Demand, Norderstedt

ISBN: 9783734782299

April 2015
© 2015 Tomas Maidan

形

Kata im Karate ist eine Übungsform, die aus stilisierten Kämpfen besteht, welche gegen imaginäre Gegner geführt werden.

組手

Kumite bezeichnet eine Trainingsform in japanischen Kampfkünsten. Im Wettkampf stellt das Kumite den Kampf zweier Gegner ohne vorherige Absprache der Techniken dar.

Die **Gurke** - *Cucumis sativus* - ist eine Gemüseart aus der Familie der Kürbisgewächse. Sie gehört zu den wirtschaftlich bedeutendsten Gemüsearten. Über ihren Geschmack findet sich bei Wikipedia kein Eintrag.

Die **Zitrone** ist die etwa faustgroße Frucht des Zitronenbaums - *Citrus limon* - aus der Gattung der Zitruspflanzen. Wegen ihres intensiven Geschmackes ist die Zitrone als Geschmacksverstärker seit jeher beliebt.

Vorweg

Über den Ort der hier geschilderten Ereignisse existieren widersprüchliche Informationen. Manche sagen, Kujai-City wäre ein Paralleluniversum, das auf den Ruinen der südsibirischen Stadt Tschita errichtet wurde. Sehen wir das Russland der Zukunft? Andere suchen den Ort im westlichen Europa der Gegenwart. Höchstwahrscheinlich enthalten beide Thesen einen Funken Wahrheit, und die Leser bekommen es mit nichts Geringerem zu tun, als der Überblendung zweier verschachtelter Welten. An der endgültigen Entwirrung dieser Zusammenhänge gibt der Autor in bisher drei Büchern zu arbeiten vor.

1. Jemand haut ab

»So ein Wahnsinn«, schrie May, »ein Kater darf doch nicht vorne auf die Straße raus!«

Busse donnerten wie motorisierte Büffel vor ihrer Haustür. Rushhour in Kujai-City. Die Hölle mit einer Million Kilowatt.

May hatte immer befürchtet, dass so ein Unglück eines Tages passieren könnte: Dass Lou aus Neugierde oder aus Blödheit den unglücklichsten Moment erwischte, und er auf seinen niedlichen aber treulosen Katerpfoten einfach abhauen würde. Genau das tat er jetzt! Und raus war er.

Die Innenstadt von Kujai-City stellte alles andere als ein Kleintierparadies dar. Seit Ende des Rückeroberungskrieges wuchs die Metropole zum Zentrum eines labyrinthischen Imperiums an. Hier donnerten Schwertransporter über achtspurige Fahrbahnen, hier schütteten Drogeriebesitzer bläuliche Kanister in den Hofeinfahrten aus. Und unter den anfeuernden Lichtern der Spielhallen zielten Jugendliche mit ihren Gummizwillen auf alles Mögliche. Bierdosen, Obdachlose und Ratten trafen sie im Schlaf. Dies war kein Ort für Kater.

May war gemeinsam mit Lou aus dem Keller heraufgekommen, doch der kleine Schnuffel bog im entscheidenden Moment einfach zur falschen Seite ab. Er lief nicht nach hinten in den Garten, wo er sein Reich mit Bäumen und einem alten Schuppen in Ruhe hätte durchkreuzen können, sondern er zwängte sich durch den Türspalt zur Straße hinaus. May fluchte und rannte. Dabei musste sie manisch ihre typischen, strudelförmigen Gedanken denken, in denen fortwährend zwei Thesen miteinander Katz und Maus spielten: ›Im Leben hatte man immer zwei Möglichkeiten: rechts oder links. Hin oder her. Raus oder rein.‹

Und Lou zischte raus.

May stolperte die Stufen hinab und knallte gegen die Scheibe. Aua! Sie drückte die Klinke - doch nichts öffnete sich. Jemand hatte die Kindersicherung aktiviert! Weder für Kinder noch für Idioten und schon gar nicht für Katerfreundinnen gab es ein Hinauskommen. May rüttelte. Welcher verdammte Nachbar hatte die Idiotensicherung einrasten lassen? Sie sprang beim Zurücklaufen über ihr Rennrad im Flur - und in der Wohnung angekommen, durchwühlte sie das gesamte Schlüssel-Board. So eine Scheiße, dachte sie, seit wann brauchte man einen Schlüssel, um *aus* der Wohnung zu kommen? Überhaupt: Kinder! Wer hatte überhaupt noch Zeit für Kinder? May besaß nicht einmal Zeit, ein Kind *zu machen*. Ein Dreiviertelstündchen sollte man dafür schon übrig haben - und von Zeit für die Aufzucht konnte sowieso nicht die Rede sein.

Mit krallenartigen Fingern durchpflügte sie alle Fächer, während sie sich in katerblutroten Farben ausmalte, was genau Lou da draußen alles ›Schönes‹ erleben mochte. Ob er gleich von einem Bus zerquetscht würde, oder ob er vorher noch Knallfrösche um die Ohren bekam? Sie rannte hinaus.

Lärm, Autohupen, Menschen in hirnlosen Formen und Farben empfingen sie. Ein Strudel voller Hindernisse zwang sie in einen bunten Parcours. Von hinten röhrte ein Motorradfahrer mit Vollgas an ihr vorbei. Er raste auf dem Hinterrad zweihundert Meter über den Fußweg, drehte einen irrsinnigen Kreis und schaffte es sogar, über einen Müllbeutel hinweg zu springen. Super, dachte May, im Zirkus musste man dafür Eintritt zahlen, aber in Kujai-City gab es eben alles gratis. Benzingestank stach ihr in die Nase. Graue Fassaden schwitzten übellaunig in der Abendsonne. Aber kein Lou, kein Katerschwanz, nicht einmal ein einzelnes Barthaar konnte sie in dem dynamischen Inferno ausmachen. Verdammt, er konnte doch nur in die eine Richtung gerannt sein, Richtung Zentralplatz. May lief.

Oder in die andere Richtung? So war das immer im Leben: Man hatte immer genau *zwei* Möglichkeiten. So, oder so. Rechts oder links, Kater oder Katze, Mops oder Maus, Sein oder Nichtsein. Gurke oder Zitrone. Immer, wenn May Stress bekam, konnte sie nicht aufhören, solchen Quatsch zu denken.

Sie lief nach links.

Ihre Wut steigerte sich mit jedem Schritt, den sie - da war sie jetzt völlig sicher - in die falsche Richtung lief. Komischerweise verstärkte sich dieses Gefühl sogar dann, wenn sie die Richtung änderte. Je mehr Menschen an ihr wie Slalomstangen bei einer Skifahrt vorbeischossen, desto dicker schwoll in ihr der Klumpen aus Wut und Verzweiflung an.

Immer schneller lief sie. Und obwohl sie sich einzig für ein Wesen interessierte, das sechzig Zentimeter lang und rotbraun gestreift war, blieb ihr Blick plötzlich an diesem Mann hängen. Er bewegte sich so sonderbar. Wie in Zeitlupe ... Er glitt wie ein Taucher unter Wasser durch den Kosmos der Innenstadt. Dann drehte er sich und ließ sich rückwärts treiben - gegen den Strom der Menschen und gegen jede Vernunft. Gegen die Welt, gegen das Leben ... Er schien nicht mit dem Strom zu schwimmen, vielmehr sah es aus, als ob er aus einem fremden Universum hinüber geweht wurde, willenlos ... Sein Anblick fesselte Mays Aufmerksamkeit sofort. Er blickte viel zu häufig in die Höhe, wie sie fand, leicht hätte er auf ein kleines Tier am Boden treten können. Dann betrachtete er gedankenverloren die Häuserfassaden, so, wie man die Gemälde in einem Museum ansah. Er kniff dabei die Augen zu schwärmerischen Schlitzen zusammen und beobachtete auch viel zu lange einen Hubschrauber, der über dem Tempel kreiste. May wollte weiter nach Lou suchen, doch da wankte der Zeitlupen-Mann ohne klaren Blick auf sie zu. Und plötzlich geschah alles gleichzeitig: Ein Bus bog fauchend um die Ecke, die Welt des Tempos brach rücksichtslos in den Stillstand ein. May wollte weiter laufen, und den Hans-Guck-in-die-Luft nicht weiter beachten, da -

... packte sie ihn.

Sie dachte nicht nach, es war ein Reflex, etwas das man tut, ohne sein Hirn einzuschalten. Mays Spezialdisziplin. Der Bus dröhnte neben ihr, kampfbereit glänzten seine Scheiben und die rasende Trutzburg rauschte an ihr vorbei. Ein Ungeheuer aus rollendem Metall. Staub und Lärm flogen May ins Gesicht. Sie aber riss den Kerl mit aller Kraft an seiner Kapuze und schmiss ihn regelrecht zu Boden. Uhhh ...

Der Bus, der ihn mit Gewissheit überrollt hätte, schoss boshaft hupend geradeaus. Der Kerl wäre glatt davor gelatscht! Hätte May ihn nicht gepackt, wäre er überfahren worden, todsicher.

May besah sich das Werk ihres Zupackens. Er war so hart auf den Boden geschlagen, dass er benommen dalag. Hatte er sich ernsthaft verletzt? Sie wollte weiterlaufen und nach Lou suchen, aber etwas hielt sie auf. Der Kerl, er mochte in ihrem Alter sein, krümmte sich am Boden. May wischte sich die Haare aus der Stirn. Die Situation entwickelte sich gar nicht gut, schließlich sah es für Passanten jetzt womöglich so aus, als hätte sie ihn angegriffen. Schlägereien kamen in dieser Gegend pausenlos vor, meistens tauchten schnell Polizisten auf, und die diskutierten nicht lange. Die interessierten sich nicht für die Frage, wer Täter und wer Opfer war, das wusste May aus eigener Erfahrung, schließlich war sie selbst angehende Kommissarin. In Kujai regierten kühle Hektik, grauer Wahnsinn und urbane Idiotie.

Gehetzt blickte sie zu den Passanten, die wie Raben an der Haltestelle schliefen. Einige sahen sie fragend an, andere gingen blass und schmierig weiter. Keine Chance, Lou noch zu finden. Aber es war doch besser gewesen, fand May, den Kerl auf diese Weise zu retten, als wenn er vom Bus überfahren worden wäre!

»Was bist du für ein Idiot«, schrie May aus heiseren Lungen zu dem Mann hinunter. Der Wind riss ihr jedes Wort humorlos von den Lippen. Sie sah den Fremden an, wie er über die Platten kullerte. Er wirkte benommen, vielleicht stand er unter Schock. Auf jeden Fall schien er gar nicht mitbekommen zu haben, dass er jetzt eigentlich tot sein müsste. Stell dir vor, du bist tot, und merkst es nicht mal! So eine Scheiße, dachte May, jetzt geht der mir hier auch noch hops ... Und ich bin schuld daran! Sie sah zu den Leuten, die mit blassen Kuhgesichtern vorbei trotteten. Ein Kerl, der auf dem Müllcontainer vor einer Bar saß, griff bereits grinsend in seine Jackentasche und brachte eine Zwille zum Vorschein. May hasste diese Straße. Und am Ende würde womöglich May, die doch nur helfen wollte, sogar eine Anzeige bekommen.

Hätte sie den Heini doch einfach laufen lassen, dann könnte sie sich jetzt wenigstens um ihren eigenen Idioten kümmern; jenen, mit den weichen Pfoten. Sie strich sich die Haare aus der Stirn und betrachtete den Kerl. Dunkle Haare, Anfang dreißig, glatt rasiert, unmodische Scheitelfrisur. Vor vierzig Jahren liefen die Männer in Kujai vielleicht so rum. Sie fragte sich, ob er als Schauspieler womöglich gerade einen historischen Film drehte? Sein Gesicht wirkte etwas rundlich, das Kinn wattig. Er ähnelte einem Bär, fand May - allerdings ein kleiner Bär. Oder ein Fuchs? Wie hieß diese kleine Bärenart noch mal, die wie ein dicker Fuchs aussah? Ein Baumbär. Jetzt öffnete er die Augen und starrte zu May hinauf. Gott, er schien völlig verwirrt zu sein ... aber immerhin halbwegs okay. May wollte weiterlaufen. Bestimmt hätte Lou jetzt ihre Hilfe viel dringender nötig gehabt als dieser Trottel hier. Sie konnte sich schließlich nicht um alle Streuner der Stadt kümmern. Doch als sie jetzt aus der Nähe sein Gesicht betrachtete, erkannte sie zwei Dinge. Erstens: Der Kerl sah irgendwie interessant aus. Und zweitens: Er stammte nicht von hier. Vielleicht kannte er keine sechsspurigen Straßen - und offensichtlich kannte er keine Busse.

May verstand das eigentliche Problem: Er war ein Ausländer. Er trug keinen Code an der Schulter und seine Kleidung sah aus, als würden sie aus der Altkleidersammlung stammen. Sein Gesicht besaß die typischen Kennzeichen eines Einwanderers aus dem Norden: lange Augenbrauen, schmale Nase. Nach Kriegsende waren Tausende Söldner in die Metropole geströmt, und die Regierung hatte ganze Bezirke für sie absperren lassen, damit das Land nicht von Millionen entwurzelter Männer überschwemmt wurde. Niemals hätte einer von ihnen in der Stadtmitte herumlaufen dürfen - auch dann nicht, wenn er sich nur vor den Bus werfen wollte.

May atmete durch. Sie prüfte, ob eine Streife in Sicht kam. Damit war nicht zu spaßen. Manche Kollegen eröffneten sofort das Feuer, wenn sie Eindringlinge entdeckten. Links sah sie nichts. Gut. May beobachtete den Liegenden. Glasiger Blick. Der Baumbär befand sich irgendwo im Schlummerland. Sie überlegte, was er alles erlebt haben musste. Schließlich stellte die Innenstadt einen Hochsicherheitstrakt dar, in den nicht einmal eine Maus lebend hinein gekommen wäre. Aber dieser Kerl -

... musste etwas Besonderes sein.

Und wenn er einen Anschlag plante? May tastete schnell seine Jacke ab. Sie spürte, dass sich darunter nichts verbarg. Kein Messer, kein Stock - alles Fehlanzeige. Der Kerl schien ein friedliches Baby zu sein. Ein Idiot, genau wie Lou.

May räusperte sich. Nein, sie wünschte keinen Familienzuwachs. Das hätte ihr gerade noch gefehlt, dass man sie gerade jetzt, kurz vor ihrer Prüfung zur Hauptkommissarin mit einem illegalen Eindringling gesehen hätte. Sie blickte sich um. Ein älterer Mann blieb in einiger Entfernung stehen und glotzte dümmlich. Nicht heute, bitte nicht jetzt, dachte May und drehte den Kopf zur Seite. Sie hatte Feierabend - und jede Menge am Schreibtisch zu tun. Aber dort hinten ... Verdammt! May erkannte die Mützen zweier Polizistinnen, sie patrouillierten über zweihundert Meter entfernt, näherten sich aber zügig.

May richtete sich auf. Sie wischte sich den Schweiß ab, nickte einem alten Mann grüßend zu und eilte mit gesenktem Kopf fort. Was für ein Scheißtag.

2. Zur grünen Nixe

May flüchtete in Tuhs Bude, dem einzigen Ort in dieser Irrsinnsstadt, wo man Urlaub vom Wahnsinn machen konnte. Tuhs Kiosk hieß *Zur Grünen Nixe* und heute roch es drinnen noch stärker als gewöhnlich nach Badesalz und Honigkuchen. May fand, dass die Bude ein kleines Paradies darstellte, denn hier gab es einfach alles: Eis, Getränke, Spielsachen, Comics und einen Fernseher, in dem Rockmusik lief. Als Leuchtreklame hing über der Metalltür eine schielende Meerjungfrau, die abends den Vorplatz in ein wechselndes, radioaktiv anmutendes Grün tauchte. Nach dem Zwischenfall vor dem Bus war May mehr als froh über Tuhs Gesellschaft. Außerdem bot die Bude Schutz vor den Blicken der Passanten. Dies war kein Ort für Spießer, dies war ein Ort für normale Menschen.

Tuh hieß eigentlich Thusnelda, und oft hatte May sich gefragt, wie lange es dauern würde, bis die beiden dienstlich miteinander zu tun bekämen. Ihr Kiosk stellte nämlich auch für Käufer von Hehlerware, Drogen und anderem Klamauk ein Paradies dar. Alles illegal. Doch May kam nicht zum Schnüffeln, sie hatte Hunger. Großen Hunger.

Während May im Brei ihrer Champignon-Creme rührte, erzählte sie Tuh den Schlamassel mit Lou. Vor allem aber die Geschichte mit dem merkwürdigen Fremden wollte sie unbedingt loswerden.

»Und du hast dem Kerl nicht geholfen?« schnaufte Tuh und warf ihren Scheitel aus der Stirn. Fast einen halben Meter lang schwang die rote Haarsträhne über ihr Gesicht und fügte sich in das grellbunte Gewimmel aus Zigaretten- und Kaugummipackungen ein, zwischen denen sie mehr lag als saß. Ihre gelben Springerstiefel hatte sie fröhlich wackelnd auf den Tresen gelegt. Wie immer, wenn sie den Lauf der Welt kommentierte, verzog sie ihr schmales Gesicht zu einem Ausdruck, als würde sie an einer Zitrone lutschen.

»Ach, nein ...«, schmatzte May und winkte ärgerlich mit dem Löffel. Sie blickte skeptisch zu ihr hinüber. Tuh hatte ihren Scheitel hinter das mit Nieten verzierte Ohr bugsiert. Ihr Kopf, der auf einer Seite kahl geschoren war, und dort von Tätowierungen bemustert wurde, glänzte wie eine Kugel am Weihnachtsbaum. Aus dem Spalt ihrer Brüste fischte Tuh jetzt ein Feuerzeug und ratschte wie besessen an dem Zündstein. Manchmal schnappte vor ihrer spitzen Nase eine viel zu hohe Flamme empor und Tuh starrte lange hinein. Sie führte die Flamme bis an die Spitze ihrer Haare, die manchmal zu knistern begannen. Ihre Haare rochen immer komisch, und May fürchtete, dass Tuh sich irgendwann den ganzen Kopf in Brand setzen würde. Heute roch es nach Banane. Oder besser: nach verbrannter Banane.

Eigentlich besaß Tuhs Anblick bereits einen gewissen Unterhaltungswert, fand May. Genau das Richtige gegen Stress. Bis über beide Schultern kroch über Tuhs Haut ein tätowiertes Geflecht aus Totenköpfen, dornigen Rosen und wirbelndem Stacheldraht. Andere Leute lasen Zeitung, May guckte sich Tuh an. Immer was Neues.

»Und du hast den Kerl einfach liegen gelassen?« bohrte Tuh mit höher dosierter Zitrone in der Stimme nach.

»Ja nun«, schmatzte May, »was hätte ich machen sollen? Ich hatte es eilig und für Ausländerbekämpfung bin ich nicht zuständig.« Sie sah, dass Tuh heute Plastikelefanten als Ohrringe trug. May wusste nicht, ob sie über den modischen Einfall lachen sollte - oder über die Frage nachdenken, warum die Suppe nach Schuhcreme schmeckte.

»Ja, aber«, näselte Tuh, »du kannst doch nicht erst einen Typen auf der Straße niederschlagen, und ihn dann einfach liegen lassen?«

»Warum nicht?« May blickte wie ein Klempner, der eine Schraubmuffe über den Anschlag drehte.

»Also«, erwiderte Tuh und kratzte sich am Elefanten, »als ich so was das letzte Mal gemacht hab', kamen die Bullen und haben mir erzählt, das wäre irgendwie verboten.«

May sagte nichts und schaufelte schneller, um den rostigen Geschmack durch Anstrengung zu relativieren.

»Aber du hast den Typen doch gar nicht umgehauen, wenn ich das richtig verstanden habe«, nörgelte Tuh.

»Erzähl das mal den Bullen.«

»Bullen ... Ich dachte, du bist selber einer. Oder eine Bullin.«

»Eben. Ich bin vom Fach. Ich kenne Bullen. Außerdem bin ich kein Bulle, sondern eine moderne Oberkuh. Und mein Büro ist meine Weide.«

»Mannomann, bin ich froh, einen ordentlichen Beruf zu haben.«

»Richtig«, gratulierte May, »selbstständiger Kaufmann - das ist solide.« May sah, wie Tuh ihr Kaugummi zu einem Faden verarbeitet hatte und ihn jetzt als fröhliches Flechtwerk um den ausgestreckten Mittelfinger wickelte. May wollte sich von dem Anblick nicht den Appetit verderben lassen und baggerte konzentriert weiter. Als sie den Boden des Tellers freigelegt hatte, spürte sie sogar eine Art von Erleichterung, die man beinahe mit dem Gefühl von Sättigung hätte verwechseln können.

»Hat's gemundet?« fragte Tuh.

»Top!« May würgte und streckte einen Daumen in die Höhe, als hätte sie gerade einen Kampfjet auf einem Flugzeugträger bei Orkan gelandet. Dann griff sie nach hinten und packte in traumwandlerischer Routine einen Schoko-Riegel.

»Und der Typ ist dann einfach liegen geblieben?« fragte Tuh, ohne ihr klebriges Kunstwerk aus dem Schielblick zu lassen.

»Nee, halt dich fest, es kommt noch besser.« May knüllte die Folie des Schoko-Riegels zu einem Ball, ging zum Ausgang und spitzelte durch den Türspalt. Als eine Gruppe Jugendlicher am Fenster vorbei schlenderte, warf sie das Papier hinaus. Es traf den Größten der Gruppe am Ohr. May schlug schnell die Tür zu und schob den Riegel davor. Mittagspausen, fand sie, wurden erst durch kleinere Gesetzesübertretungen richtig schön.

»Von der anderen Straßenseite aus«, sagte sie, »habe ich gesehen, wie der Kerl sich wieder aufgerappelt hat.«

»Na, dann ist ja gut. Hat er sich wenigstens schnell verpisst, bevor er noch anhänglich wird? Manchmal sind solche Typen ja ziemlich streichelbedürftig.«

»Ja, das ist es ja«, kaute May die Worte hervor, »der Kerl muss total verpeilt gewesen sein. Wie er es in die Stadt hinein geschafft hat, ist mir schleierhaft. Man durchbricht doch nicht alle Barrieren, robbt womöglich durch die Rohre der Abgasanlagen, um sich anschließend einfach ein wenig die Beine zu vertreten.«

»Meinst du, der wollte was anstellen? Mensch May, hör mal, vielleicht wollte der etwas in die Luft jagen! Und du rettest den auch noch! Hättest ihn ruhig vom Bus überrollen lassen - und du hättest bestimmt noch die Ehrennadel bekommen. Kujai gratuliert Maria Birgit Calla, Sicherheitshauptobermeisterin des Sektors für Beamtenrecht und Ausländerbekämpfung.« Tuh hatte sich derart in Fahrt geredet, dass die Elefanten klapperten.

May beobachtete die Ohrringe. Wäre Lou jetzt hier, würde er bestimmt auf Elefantenjagd gehen. Sie griff noch einen Eisbecher. Honig-Creme. Mmmm! »Ach was«, schmatzte sie, »der Kerl hatte offenbar gar keinen Plan, wo es lang geht. Wer nicht einmal weiß, was ein Bus ist, der kann auch keine Bombe bauen.«

Tuh rollte die Augen. »Ja, so sind sie, die Typen von heute. Niedlich, aber doof. Träumer und Laschies. Schlimm.«

May gab sich keine Mühe, die letzten Reste von Pilzcreme vom Löffel zu lecken, sondern bohrte mit der Hartnäckigkeit eines Bergarbeiters in dem Eisklumpen. »Quatsch«, sagte sie, »der war harmlos. Aber interessant.« Sie meißelte ein großes Stück heraus und schnappte danach. Süßes Gold!

»Die richtig bösen Buben sind sowieso Mangelware«, schimpfte Tuh. May kannte dieses Lamento bereits zur Genüge. Die geringe Auswahl an für sie geeigneten Partnern stellte neben Kinderfilmen und Auto-Quartetten Tuhs drittes Lieblingsthema dar. Ärgerlich setzte Tuh nach: »Und du rettest sogar noch einen von den Softies. Nachher vermehren die sich sogar - und du hilfst dabei auch noch.«

»Warte mal ab«, sagte May, »die Geschichte wird noch besser. Was glaubst du, was der Kerl dann gemacht hat?«

»Weiss nicht. Hat er dir einen Hunderter geboten?«

»Ach, nun hör aber auf«, schmatzte May. »Der war schon okay.«

»Hört, hört. War der wirklich *so* niedlich?«

»Na ja ... Also Platz auf dem Sofa hätte ich jetzt ja schon, wo Lou weg ist.«

»Lou? War das der Sack aus der Rechtsabteilung?«

»Nee, mein Kater.«

»Ach so, sagtest du ja. Der war ja genauso fett, wie ein richtiger Typ. Ja nun, dann würde das ja gut passen: Kater weg, Vollidiot da. Sofadelle gefüllt. War der verträumte Fremde denn genauso niedlich, wie dein mausiges Schnuffeltier?«

»Hm, ich weiß nicht. Irgendwie hatte er etwas Interessantes.«

»Hey, hey, hey! Glückwunsch. Ein geistig behinderter Terrorist, gut angebraten durch die Abgase der Müllverbrennungsanlage - welche Frau kommt da nicht ins Träumen?«

May war froh, mit ihrem Eis genug zu tun zu haben, sodass sie nichts erwidern musste. Spontanität sollte reiflich überlegt sein. May setzte ihre Handwerkermiene auf und meißelte.

»Na komm schon«, bohrte Tuh nach, »Frau Polizeiobermeisterin, erzählen sie mir mehr über die Schmetterlinge in ihrem Bauch.«

»Meisterin. Noch bin ich Meisterin.«

»Aha. Na ja, das ist ja wohl nur noch eine Frage von Tagen, bis die Beförderung kommt, bei solchen Leistungen: Unschuldigen Passanten zu Boden geschlagen. Weitergelatscht. Keinen Bericht geschrieben, stattdessen Eis-Essen gegangen. Besser geht's gar nicht.«

May hatte einen katerkopfgroßen Eisklumpen aus dem Becher geholt und hievte die Kugel in Richtung ihrer magnetischen Lippen. Sie glaubte nämlich fest daran, dass sie eine Anziehungskraft zwischen ihrem Mund und jeder Art von Süßigkeit aufbauen konnte - wenn sie sich nur stark genug konzentrierte.

»Ja ja, faul und verfressen«, setzte Tuh ihre Live-Berichterstattung fort, »so lieben wir unsere Oberschicht von Kujai! Maul aufreißen, wenn es ums Futtern geht. Bis zum Feierabend kann man so den Arbeitstag mit jener ungeilen Action füllen, die andere Leute Arbeit nennen würden.«

»Also, der Kerl war schon in Ordnung«, schmatzte May. Auf Beamtenbeleidigung sollte man immer sachlich reagieren, hatte sie gelernt. Oder abwiegeln. »Also, der Kerl hatte irgendwie, na ja, etwas Besonderes.«

»Ui! Der Trottel vom Bus hatte also etwas Besonderes. Wie aufregend. Habt ihr schon ein Date? Wollt ihr euch mal gemütlich zu zweit vor den Bus werfen?«

»Ach hör doch auf. Ich meine, stell dir das doch einmal vor: Der ist ganz alleine aufgebrochen und hat sein Leben riskiert. Einfach nur so, um spazieren zu gehen. Was mich aber wirklich umgehauen hat«, fuhr May unbeirrt fort, »war, wie er dann weitergegangen ist.«

»Ach? Gehen konnte dein romantischer Tollpatsch dann doch?«

»Ja, und, halt dich fest: Er ist direkt in den Tempel marschiert.«

»Uhhh«, brummte Tuh in besorgter Oktave. »Na, da hat er sich ja die Königskrone im Reich der Vollidioten reserviert.«

»Mmm, könnte man so sagen.« May kratzte die Eispackung aus. Sie wandte dafür eine spezielle Technik an, bei der man den Löffel so schräg wie möglich hielt und die Reste vom Eis erst von der Seitenwand nach unten trieb, wo man dann am Ende alles mit einer tückischen Harke in die Enge kehrte und in einem Rutsch zusammenfegte. Sie nannte das: Kesseltreiben in der Honighölle.

May war, was selten vorkam, endlich satt und beschloss, diesen vermurksten Tag fürs Erste zu vergessen. Zumindest ihre magnetischen Kräfte funktionierten wieder.

3. Reden ist Silber

Über ein halbes Jahr verging voller Routine-Fälle, die May eifrig vom Schreibtisch aus bearbeitete. Drogendelikte, Körperverletzungen, Diebstähle, Einbrüche. Hirnrissige Streitereien voller Wenn und Aber. May sichtete die Protokolle, schrieb Dienstpläne und schleppte

Akten zur Staatsanwaltschaft. Büroarbeit von der bienenfleißigen Sorte. In ihrem Herzen aber hatte sie den Verlust von Lou noch längst nicht verschmerzt. Ihr Sofa blieb weiterhin unbesetzt - und dass ein neuer Platzhalter in menschlicher Gestalt die Lücke eines Tages würde ausfüllen könnte, daran glaubte sie schon lange nicht mehr. Einzig die Vorbereitung für ihre Prüfung zur Kommissarin lenkte sie ein wenig von der leeren Sofadelle, dem Futternapf und der unbenutzt daliegenden Fellbürste ab. Und auch den Fremden hätte sie längst vergessen, wäre sein Bild nicht eines Tages wieder in ihrem Leben aufgetaucht. Es geschah auf der Elf-Uhr-Konferenz.

May saß eingezwängt zwischen Tim Vogler, einem jungen Kollegen, den sie seit der Schule kannte, und Frau Zmich, der gefürchteten Vorzimmerspinne aus der Recherche. May blinzelte durch den verdunkelten Konferenzraum. Zwischen den projizierten Lichtbalken dozierte Generalreferent Milton, ein hagerer Riese mit der Ausstrahlung eines müden Geiers. Er deutete auf Fahndungsfotos und Luftbilder, brummte Aktenzeichen und streute seine üblichen, schlüpfrigen Scherzbemerkungen ein, über die nur er selbst schmunzeln konnte. Immer wieder blickte er heimlich auf die Armbanduhr. Die Bilder zeigten aus verschiedenen Perspektiven das Umland von Kujai.

Aus jeder Ecke kroch ein Gähnen durch den Raum. Es roch nach verbranntem Kaffee, Lustlosigkeit und dem Aftershave von Gert Schmit, der vor May saß und ein sorgsames Technokraten-Schweigen schwieg. May wurde bereits von seiner Anwesenheit übel, und sie war sich nicht sicher, ob dies einzig an dem Geruch von Mandarinen in Kernseife lag.

Der Fall, den Milton referierte, war in die Kategorie »P« eingestuft worden. »P«, wie politisch brisant. Eine Mischform, die einerseits hohe Relevanz, andererseits einen gewissen Klärungsbedarf anzeigte.

Für die Ressorts der Reviere bedeuteten diese Fälle zunächst einzig: zur Kenntnisnahme.

Und selbst die war schwer zu leisten. Den jüngeren Kollegen wie Kettler, Lowski und Vogler - zu denen auch May zählte - gelang es noch am besten, halbwegs interessierte Effekte auf ihre Gesichter zu zaubern. Hier lag der darstellerische Ehrgeiz sichtbar höher, als bei den Älteren, wie Frau Zmich und Projektkoordinator Ochsfort. Zmich prüfte den Schliff ihrer Fingernägel, während Ochsfort in einem Fachmagazin für Uhren blätterte.

Das Gesicht des Trottels tauchte völlig überraschend für May auf der Leinwand auf. Sie erkannte ihn sofort; sein sanfter Blick, der hilflose Ausdruck ... Die Güte eines kleinen Bären. Er war einer der Verdächtigen, die mit dem Verschwinden des Großkonsuls Frederick Bolaire in Verbindung gebracht wurden.

Milton bellte: »Bolaire ist tot. Wir wissen nicht, was genau mit ihm passiert ist, aber wir benötigen endlich ein ordentliches Staatsbegräbnis. Alle warten auf die normative Kraft des Faktischen.«

Prompt zischte die Stimme von Schmit durchs Aftershave: »Und wenn der Konsul noch lebt?«

»Ausgeschlossen«, schnaufte Milton mit der Selbstsicherheit einer Planierwalze. »Niemand vermisst Bolaire. Denn wenn er noch lebt - dann heißt das? Nun, hat jemand von ihnen eine Antwort parat?«

Der Schatten, der zu Miltons Stimme gehörte, schob sich zwischen die Linien aus Licht. Wie ein Magier in einem Varieté sah er aus, dachte May, und stellte sich vor, wie er einen Zauberhut aufsetzen und jemanden hypnotisieren würde.

»Dann heißt das nichts Gutes«, kam es aus dem Raum. Der nächste Schleimer war erfolgreich aktiviert worden.

»Richtig«, jubelte Milton, dem auch ohne Zauberhut eine ordentliche Show gelang. »Und warum verheißt das nichts Gutes?«

»Nur wer lebt, kann noch mal wiederkehren.«

»Bingo!« japste Milton. »So sieht es nämlich aus: Der größte Konsul aller Zeiten könnte zurückkehren. Agil und geschäftstüchtig, wie am jüngsten Tag.«

Jetzt regte sich eine Unruhe im Saal, die in Empörung umschlug, bis sie von Miltons Stimme wieder gedämpft wurde: »Dann wäre es Essig mit den kleinen Annehmlichkeiten der Marktwirtschaft, von denen«, er senkte die Stimme, »auch einige der Anwesenden gelegentlich profitieren. Also, ich weiß nicht, ob alle hier im Kollegium mit der Weitergabe von Materialfunden an den Herrn Konsul persönlich einverstanden wären.«

Langes Schweigen. Irgendwo schrumpfte ein Kichern zu einem belustigten Hüsteln. May atmete durch den Mund.

»Falls es noch nicht alle mitbekommen haben: Unser werter Frederick Bolaire ist vor vier Monaten von einem kleinen Jagdausflug nicht mehr zurückgekehrt. Irgendwo in der Gegend um Matruk ist er verschwunden. Ziemlich dünn besiedeltes Gelände.« Er zeigte auf die Einblendung einer Landkarte: Blasse Flächen, in deren Mitte ein Fleck wie eine Narbe lag. »Das einzige größere Gebäude ist das Anwesen einer gewissen Baronin Tanabe.« Er senkte die Stimme. »Vielleicht hat sie unseren Großkontrolleur zum Fressen gerne gehabt?«

Aus dem Kichern erhob sich wieder Schmits Stimme: »Aber, was sind denn die Fakten? Großkonsul Frederick Bolaire, Vorsitzender des Staatsrates für Auswärtiges, Schutzpatron der kujanischen Polizei, besucht ein Landwesen, von dem wir wissen, dass es 75 Kilometer nordwestlich der Stadt liegt, und das von ihm zu Jagdzwecken besucht wurde. Korrekt?«

»Korrekt.«

»Was sagt sein Büro zu der Sache?«

»Nichts. Private Termine werden nicht protokolliert.«

»Private Termine, sieh an. Und was wissen wir über diese Baronin? Steht sie in Verbindung mit regierungsfeindlichen Gruppen?«

»Genau das lässt sich kaum sagen. Wir haben Hinweise, dass sie sich mit Leuten umgibt, die zum Clan von Sandra Castiglione zählen. Alles deutet auf eine friedliche Koexistenz der Damen hin.«

»Was uns ja alles herzlich egal sein könnte, da die ganze Sache sowieso nicht zu unserem Distrikt gehört«, sagte Schmit. »Es stand bisher keinem Kujaner gut zu Gesicht, sich in die Angelegenheiten dieser Dame einzumischen. Die einen liefern ihr Koks, die anderen Nutten. Die Dritten holen die Schläger von der Straße und lassen sie im Tempel als Gladiatoren kämpfen.«

May dachte bei diesen Worten daran, wie der Fremde in Richtung des Tempels getorkelt war. Der Ärmste, dachte sie, da war er mitten hineinspaziert ins Zentrum der hiesigen Unterwelt.

»All das geht uns nichts an«, fuhr Schmit fort, »solange alles friedlich bleibt. Bolaire hat sich selbst eine goldene Nase verdient, bei seinen Geschäften mit der Castiglione. Es besteht kein Anlass, das Bienennest aufzuscheuchen.«

»Tja«, seufzte Milton, »wenn die Sache so einfach wäre. Wir haben Hinweise, dass sich illegale Einwanderer in der Gruppe um Frau Tanabe aufhalten.«

Sieben Gesichtern erschien auf der Leinwand. May sah, dass der Kleinbär eingerahmt wurde durch Bilder von sechs Frauen. Jetzt wollte May es doch genauer wissen. Sie holte Luft.

»Wissen Sie, Milton«, sagte May, »Entschuldigung, wenn ich mal rein frage, wissen Sie, wer dieser Mann ist?«

Milton drehte sich zu ihr. »Tja, Frau Calla, auch da fischen wir im Trüben. Der hier«, er zeigte auf den Mann, »ist vermutlich ein ehemaliger Soldat aus dem Feldzug in Neu-Sibirien.«

»Ein Killer?« fragte May.

»Tja, da müssten Sie vielleicht die Polizei von Kujai fragen.« Gelächter umkreiste May. »Eigentlich müssten wir eine Hundertschaft hinschicken und das gesamte Gelände umgraben.«

Jetzt ergriff wieder Schmit das Wort: »Kommen Sie Milton, wir schnüffeln doch nicht ohne konkreten Auftrag drauflos.«

»Also, ich verstehe das Problem nicht«, protestierte May. »Wir sind die Polizei von Kujai. Es geht um nichts weniger als das Verschwinden des Ministers für auswärtige Angelegenheiten.« Sie dachte nicht lange nach, als sie dies sprach. Es erschien ihr eine Selbstverständlichkeit zu sein, so, wie man einen Löffel in einen Eisbecher schob. Ein Reflex. Normal. »Es wird der Polizei von Kujai ja wohl gestattet sein, sich nach dem Verbleiben ihres Außenministers zu erkundigen. Warum muss da überhaupt diskutiert werden?«

Ihre Worte verflossen im Raum. Es wurde sonderbar still. Milton kratzte sich am Ohr, Schmit drehte sich zur Seite und betrachtete die Wand. Ochsfort notierte Zahlen in sein Heft. Kettler, ein dürrer Kollege aus der Abteilung D, blickte zu May und zog die Augenbrauen wie unter elektrischem Einfluss in die Höhe.

Gott, wieso sagte denn niemand etwas, dachte May. War dies eine Konferenz - oder eine Beerdigung? Gut, wenn die Herren derart maulfaul waren, dann könnte May gerne noch eine Frage nachschieben. Alte Regel der Kommunikationslehre: Wer fragt, der führt. Also sagte sie: »Was, meine Herren, hindert uns, dort rauszufahren und dieser Baronin ein paar Fragen zu stellen?«

Von draußen hörte man das Geräusch eines Flugzeuges im Landeanflug. Miltons Geierkopf duckte sich ein wenig zwischen seinen Schultern. »Gegenfrage, Frau Calla, wo Sie hier schon mit solchen rhetorischen Fragen operieren: Sind wir hier beim Quiz?«

»Quiz? Äh, nein, wieso Quiz? Ich wollte doch nur sagen, dass -«

»Sie ziemlich blauäugig an die Sache herangehen.«

Gelächter.

»Das hat doch nichts mit blauäugig zu tun.«

»Unterbrechen Sie mich nicht, Frau Kollegin«, fuhr Milton dazwischen, »ich verstehe ihre Unzufriedenheit, aber Sie sollten respektieren, dass wir hier einen kollegialen Umgangston pflegen. Und ich möchte auch die Jüngeren im Raum bitten, sich dem anzuschließen. Frau Calla, haben wir uns da verstanden?«

May nickte und spürte, wie ihr das Blut in den Wangen tanzte. Was wollte Milton nun eigentlich sagen? Wenn er Schiss hatte, auf dieses Schloss hinauszufahren, sollte er es doch einfach sagen. Innerlich biss sie sich auf die Zunge. Hätte sie bloß die Klappe gehalten. Worüber wollte der Mann sich eigentlich streiten? *Er* war der Leiter der Hauptaufklärung, es war allein *seine* Entscheidung. Mehr als Engagement zeigen, wie May es getan hatte, konnte er sich von seinen Leuten doch nicht wünschen. May hatte Bereitschaft gezeigt - im Gegensatz zum Rest des Kegelvereins. Nun war er dran.

Milton sagte: »Nun, Frau Calla, nun sind Sie dran.«

May zog verdutzt die Augen rund. »Ich?«

»Genau, Sie. *Sie* müssten sich jetzt entscheiden, was Sie eigentlich wollen. Möchten Sie denn diesen Fall übernehmen?«

May saß etwas ratlos da. Möchten, möchten ... Sind wir jetzt bei *Wünsch-Dir-Was*, fragte sie sich. Sie hatte doch nur Engagement zeigen wollen. Und, na ja, vielleicht war auch ein wenig Neugierde dabei, etwas über den Kerl zu erfahren, den sie damals gerettet hatte.

May schüttelte leichthin die Schultern, als hätte man sie gefragt, ob sie in der Lage wäre, einen Schoko-Riegel zu essen. Ja, natürlich, selbstverständlich. Sie war demnächst Polizeihauptmeisterin, sie war gesund, hatte keine weiteren Verpflichtungen. Zuhause konnte die Fellbürste auch alleine rumliegen. Warum sollte sie ihre Arbeit nicht tun? Gott, wie lächerlich. Sie blickte zur Decke. Jetzt musste sie sich auch noch dafür grillen lassen, dass sie den Willen gezeigt hatte, während ihrer Arbeitszeit zu arbeiten.

»Und?«

»Ja, natürlich.« May zuckte mit den Schultern.

»Was? Natürlich? Calla, Sie könnten ruhig einmal ihre Kommunikation den Regeln der allgemeinen Verständlichkeit anpassen. Dass würde ihrem hübschen Gesicht nämlich auch gutstehen.«

Was war dieser Milton für ein Arsch, dachte May und sagte: »Selbstverständlich würde ich eine solche Untersuchung leiten.«

Die Übrigen sahen sie stumm und backig an. Frau Zmich tat so, als würde sie innerlich ein endloses Für und Wider abwägen und ließ den Kopf erst zwei Millimeter nach links, dann drei nach rechts pendeln. Ochsfort polierte seinen Taschenrechner. Vogler rieb sich den Bart. Kettler steckte die Hände in die Hosentaschen und rutschte mit seinem Körper in eine diagonal liegende Position. Wäre ein Fahrtwind aus Richtung seiner Füße aufgezogen, dann besäße er nun optimalen Luftwiderstand. Schmit überprüfte den Würgegriff seiner Krawatte. Meine Güte, dachte May, die Lahmärsche würden hier so lange sitzen, bis sämtliche Verbrecher Kujais sich persönlich an der Pforte melden und um ihre Verhaftung bitten würden.

»Also gut, wenn Sie derart darauf drängen«, brummte Milton, »würde ich vorschlagen, wir machen Nägel mit Köpfen. Meine Herrschaften, ich denke, Sie sind einverstanden, wenn wir Kollegin Calla mit dem Fall betreuen. Wie haben Sie sich denn die Zusammenstellung ihres Teams vorgestellt, Frau Kollegin? Wir erwarten unverzüglich eine Aufstellung der Mitglieder ihres Einsatzkommandos.«

May blickte verblüfft um sich. War das jetzt eine Beförderung? Dafür ging alles ziemlich schnell.

»Wertes Kollegium, mit Blick auf die Uhr schließe ich die Sitzung und erwarte ihre Ergebnisse zum nächsten Dienstag.«

Stühle rückten ab. Weg frei für die Mittagspause.

May ging unschlüssig hinter den anderen her. Die ganze Sache war sonderbar schnell gelaufen, und sie wusste nicht, ob sie sich mit Kettler oder Vogler noch weiter darüber besprechen sollte. Dass es sich um ein schwieriges und bei den meisten Kommissaren unbeliebtes Projekt handelte, wusste sie. Eigentlich wollte sie nur an einer Art Kontroverse teilnehmen. Sich einbringen. Zumindest das Ausmaß des Einsatzes, die personelle und finanzielle Ausstattung und vor allem der zeitliche Rahmen hätte doch viel präziser definiert werden müssen. Sollte sie für einen Nachmittag da hinausfahren, oder eine wochenlange Observation organisieren? Auf welche Ressorts konnte sie für die Recherche zugreifen? Die privaten Aktivitäten des Konsuls waren ein höchst sensibler Bereich; seine Verbindungen zur Halbwelt offensichtlich. So ein Wahnsinn, dachte May, dort blind drauflos zu ermitteln.

Sie trat von hinten in die Ferse von Schmit.

»Oh, Entschuldigung, das wollte ich nicht ... Schmit, Pardon.«

»Schon gut, schon gut.« Schmit dreht sich um und sah sie aus problematischen Augen an. »Na, Sie haben es ja ganz schön eilig.«

Das stimmte. May wollte zügig in ihr Büro kommen und ein Gespräch mit Schmit war das Letzte, was sie gebrauchen konnte. Sie hielt Schmit für einen Schleimer der üblen Sorte. May sah ihn verlegen an. Seine Wangen pickelten voller Nikotin-Akne. Die Haare hingen ihm in dünnen Linien herab. Sie wich seinem Blick aus.

»Ich kann gut verstehen«, zischte Schmit, ohne die Lippen zu bewegen, »dass Sie ein wenig aufgeregt sind. Kurz vor der Beförderung noch mit einem solchen Projekt betreut zu werden, ist nicht ungefährlich. Der Konsul, der Konsul. Ein dicker Fisch.« Schmit beherrschte die Kunst, die Worte aus gemeißelten Lippen herauszupfeifen. Er blickte zu May, wie ein Arzt bei schlimmer Diagnose.

»Ja, das finde ich auch«, nickte May. »Wenn man nur mehr wüsste, über die Gegend dort draußen.«

»Tja, aber das werden Sie ja alles demnächst selbst in Augenschein nehmen. Frau Baronin scheint dort ein Sanatorium für müde gewordene Drogenkuriere zu betreiben. Vielleicht verfüttert sie ihre letzten Pillen an die Piepmätze?«

Endlich wurde es stiller um sie und May konnte ihre Gedanken sortieren. »Aber gut, dass ich Sie noch auf ein Wort treffe, Herr Kollege. Was ich nicht verstanden habe, ist die Sache mit dem Team.«

»Was gibt es denn daran, nicht zu verstehen?«

»Nun, Team ... Kann ich mir da irgendwen aussuchen?«

Schmit blieb stehen. »*Irgendwen* aussuchen?« Er wiederholte die Worte, als habe May vorgeschlagen, mit ihrer Oma auf Ermittlung zu gehen. »Gute Güte, Frau Kollegin.« Schmit schien völlig konsterniert. Er beugte sich dichter zu ihr, als fürchte er, jemand könne seinen Worten lauschen. »Haben Sie denn noch nie ein größeres Team für einen Einsatz zusammengestellt?«

»Doch, doch, aber das waren meistens Leute aus der Recherche. Und einer, der den Wagen gefahren hat.«

Schmit stellte seine Tasche zu Boden und sah May aus investigativen Augen an. »Aber Frau Kollegin, Sie wollen mir doch nicht erzählen, dass Sie noch nie von den Vorschriften zur Besetzung einer C3-Klassifikation gehört haben?«

»C3?«

»C3. Das hier ist ein ganz klarer Fall für eine C3-Klassifikation. Da braucht man doch gar nicht weiter drüber nachzudenken. Wir sind in solchen Fällen mehr als gut beraten, uns exakt an die Vorgaben zu halten. Calla, selbstverständlich beginnen Sie mit einem C3-Team, und wenn die Bedingungen für eine Vergrößerung gegeben sind - und erst dann«, er zog die Stimme empor, wie ein Kampfjet nach erfolgreichem Bombardement, »erst *dann* können wir über eine Ausweitung des personellen Rahmens überhaupt erst anfangen nachzudenken.«

May nickte. »Ja ja, selbstverständlich ...«

Schmit fing ihren absinkenden Blick auf und zog ihn mit forschendem Sog wieder nach oben. »Sie wissen doch, was die Klassifikation für einen C3-Einsatz vorschreibt?«

May nickte. Verdammt, nein, sie wusste es *nicht*.

»Ja, selbstverständlich, weiß ich das«, log sie.

Schmit sah sie prüfend an.

»Es ist nur eben«, stammelte May, »schon eine Zeit her, dass es auf der Akademie durchgenommen wurde.«

Schmit drehte den Kopf in einer taumelnden Bewegung zur Seite. Das hatte ihm offenbar gerade noch gefehlt: eine leitende Kommissarin, die nicht einmal die Fachbegriffe kannte. »Ich soll es ihnen erklären? Das ist ja wohl nicht ihr Ernst?«

»Ich wollte sowieso gleich in den Unterlagen nachsehen.«

Schmits Oberkörper begann, in einem unterdrückten Lachen zu wippen. »Hach, ihr jungen Leute macht mir Spaß. Gut, dass Sie nicht zur Fahrerin befördert wurden, sonst käme die Truppe nicht mal beim Rückwärts-Ausparken vom Hof.«

May verfluchte sich, dass sie überhaupt etwas auf der Konferenz gesagt hatte. War sie es, die diesen Konsul retten wollte? War sie die barmherzige Samariterin für diesen Paten der Polizei, der sich bei einem Ausflug von seinen Kokshändlern hatte umlegen lassen? Stand auf ihrer Stirn der Hinweis geschrieben *Ein Herz für Trottel*? Und wieso war sie nicht längst in ihrem Büro wie die anderen? Die würden jetzt an ihren Bildschirmschonern neue Muster einstellen und sich die Kringel so lange angucken, bis der Feierabend kam. Dann würden sie auf dem Heimweg die Funde des Tages an ihre

Dealer verscheuern und alles hätte seine Ordnung. Nur May, blöde, wie sie war, hatte ihre Klappe nicht halten können. Und das hatte sie nun davon:

C3.

»Also Schmit, nun machen Sie es mal nicht schwieriger«, knurrte May, »als es eh schon ist. C3, ja klar, das ist ein Haufen von Bullen, von denen einer den Oberbullen macht und die anderen Flankierschutz geben. Meine Güte, nun tun Sie mal nicht so, als wenn man dafür in Cambridge studiert haben müsste.« Sie blies eine Haarsträhne vom Mund. So. Endlich mal Klartext.

Schmits Augen wurden klein und detailverliebt. Flapsigkeiten dieser Art waren nicht sein Ding. Er arbeitete ja auch nicht auf der Straße und Kundenkontakt hatte auf ihn nicht abgefärbt. Also sagte er wie ein englischer Lord, den man in der Teepause gestört hatte: »Ein C3-Kommando, ich sage es ihnen *gerne*, ein C3-Kommando besteht, wie der Name bereits sagt, aus zehn Mann. Meinetwegen auch aus zehn Damen.«

»Zehn?«

»Zehn. Soll ich ihnen das auch noch erklären?«

May schwieg. Sie wusste, dass es sinnlos war, mit Schmit darüber zu debattieren, was man hier unter Logik verstand.

»Die Vorschrift sieht zusätzlich zum leitenden Kommissar zehn Einsatzkräfte vor, von denen drei offen und sieben verdeckt arbeiten. Offen in Erscheinung treten der persönliche Assistent des OKLs, dazu ein Videotechniker mit integrierter Kamera, ebenso ein Audiotechniker, für akustische Dokumentation. Diese Drei bilden den sichtbaren Teil und sollten mit Manieren und wachem Hirn in das Sozialgefüge der Zielpersonen eingeführt werden. Sie können folgen?« Er hielt drei Finger in die Luft. May musste an Tuh denken, die in einer solchen Situation so lange herumgezaubert hätte, bis am Ende die Zahl Eins im Mittelpunkt gestanden hätte - und ihr ausgestreckter Mittelfinger übrig geblieben wäre. Aber Schmit war nicht Tuh. Er betrieb die Zahlzauberei mit schlauem Ernst: »Dazu kommen zwei Kräfte aus der Nahkampfabteilung, dazu zwei Mann aus der Kommunikation, auch Dolmetscher genannt. Falls Sie sich mit chinesischen Messerstechern unterhalten möchten.«

May nickte. Endlich nahm das Projekt anschauliche Züge an.

»Dann brauchen Sie noch einen Fahrer, Transport Mannschaftswagen und einen von der Sprengstoff-Erkennung. Die schönsten Razzien wurden schon *vor* Beginn beendet, weil beim Eintreten des Kommissars das ganze Bienennest in die Luft geflogen ist. Aber so etwas kennen Sie ja aus der Schulung.« Schmit machte eine aristokratische Pause. »Theorie beherrschen Sie ja ziemlich gut, wie ich höre. Theorie und Gymnastik.«

Mays Mund klappte auf. Sie wusste, worauf er anspielte: Darauf, dass May beim Polizeisport mehrmals in der Disziplin Kata teilgenommen hatte. Letzte Woche hatte sie sogar eine Silbermedaille gewonnen. Idioten wie Schmit nannten das *Gymnastik* - dabei trug Kata, eine Jahrtausende alte Bewegungsabfolge, den Geist des Karates viel klarer in sich als Kumite, dem eigentlichen Wettkampf gegen einen Gegner. Kata war genauso Karate wie Kumite - nur übte man alleine. Was für ein Arsch war Schmit, dass er versuchte, sich gerade darüber lustig zu machen?

May besah sich die Fläche an der Wand. Gymnastik, so so. »Und diese ganzen Leute, die darf ich mir alle selbst aussuchen?«

»Wer sonst? Immerhin sind Sie am Ende ja auch diejenige, die den Angehörigen bei der Beerdigung erklären muss, warum die Sache so glorios in die Hose gegangen ist.«

May nickte. »Danke, Schmit, jetzt wo Sie es sagen, fällt es mir wieder ein. Klar, C3, so war das.«

»So war das.«

Er hob seine Tasche, nickte und verschwand.

May schluckte. Bis Dienstag, zehn Mann, für eine Kamikaze-Aktion, die niemand wollte. Toll.

Sie starrte die blassgrünen Gänge entlang und blies den Atem aus. Was wohl der kleine, dicke Lou jetzt trieb?

4. Vorbereitung

Glatte zwei Stunden vor Dienstbeginn kam May am nächsten Tag ins Büro und begann sofort, am Computer zu arbeiten. Solide Vorbereitung war das A und O von strukturierter Arbeit. Ihre Laune blühte früh am Morgen immer prächtig, das war ihre Prime-Time. Und so umschmeichelte sie sämtliche infrage kommenden Ressorts mit präzise formulierten Mails: Fahrdienst, Tontechnik, Personenschutz, Team-Assistenz. Zehn Kollegen müsste man ja wohl zusammentrommeln können, dachte sie, für einen Ausflug ins Grüne. May würzte alle Anfragen mit professioneller Freundlichkeit.

Während sie für den Personenschutz bereits konkrete Vorstellungen hatte - Tim und Lowski, mit denen sie bereits zusammengearbeitet hatte - war ihr der Bereich Technik völlig fremd. Da sollten tatsächlich Leute mit versteckten Kameras neben ihr stehen? Gott! Normalerweise untersuchte May Tatorte, da gab es eingeschlagene Scheiben, aufgebrochene Schubladen und geschwätzige Nachbarn zu besichtigen, aber es kamen niemals versteckte Kameras zum Einsatz. May war Polizistin und keine Spionin. May Bond, im Auftrag ihrer Dicklichkeit ... Lachhaft. Was immer diese Baronin dort draußen auf dem Kerbholz hatte - man musste mit extrem unfreundlichen Reaktionen rechnen, sollten Mikrofone bemerkt werden. May seufzte.

Ziemlich heikel das Ganze. Und man konnte durchaus den Eindruck gewinnen, Milton wäre es sehr recht gewesen, sollte May ebenso wie der Konsul von ihrem Landausflug nicht zurückkehren.

Sie überflog die erste Antwort.»... aber leider, mit Bedauern ... in diesem Quartal ausgelastet ... Weitergabe an Ressort Inneres ... nicht möglich.« May setzte ein Häkchen. Zur Kenntnis genommen.

Wenn man wenigstens etwas über dieses Schloss in Erfahrung bringen könnte. May öffnete das Programm fürs Archiv und las: staatliche Enteignung vor 90 Jahren, kurzzeitige Nutzung als agrarwirtschaftliche Produktionsgenossenschaft. Kornlager, dann Aufgabe wegen Plünderungen ... Über zwei Dekaden schien das Gebäude keinen rechtmäßigen Besitzer besessen zu haben. Sperrvermerk durch das Ministerium. May fraß die Informationen wie Eiskugeln in sich hinein. Nur glücklich wurde man damit nicht.

Aber dafür ein bisschen neugierig. Offensichtlich kontrollierten dort Leute vom Castiglione-Clan gewisse Lieferungen für die Stadt, das verstand May sofort. Sie blätterte durch die Datenbank. Natascha Mitral, 25 Jahre alt, wegen Drogenbesitz in die Fahndung geraten, kein Konsum, Kurierdienste für Morris Heito, Cousin von Sandra Castiglione-Heito. May schob das Bild der schwarzhaarigen Frau beiseite und sah die Nächste: Anna, Nachname unbekannt, flüchtig. Vermutlicher Aufenthaltsort: Residenz Heito, auf dem Tempelgelände. Alle, der hier aufgelisteten Personen standen mit der Familie Heito-Castiglione in Kontakt. Alle hielten sich wie ein Bienenschwarm an die alte Madame gekuschelt. Die merkwürdige Sandra Castiglione ... Sie war keine Unbekannte in der besseren Gesellschaft von Kujai. Jeder wusste, dass ihre Brüder lupenreine Verbrecher waren, während sie das Schöne und Gute der Sippschaft repräsentierte. Die Regierung ließ ihr den Spaß, solange man sich in einigen Geschäften ergänzen konnte.

May schaute aus dem Fenster. Sie fühlte sich auf eine unerklärliche Weise ausgelaugt. Hinter dem Parkplatz ragten die Hochhäuser grau und verschwommen in die Höhe. Die Stadt staubte dreckig vor sich hin. Wie groß sie war. Und ein kleiner Kater lief da ganz alleine irgendwo rum ... Vielleicht saß er eines Tages wie selbstverständlich wieder vor ihrer Tür? So etwas kam vor. Bestimmt hatte er Hunger und würde vielleicht den Weg zurückfinden? Ihre Straße war mit Abstand die schönste in der Gegend. May seufzte. Dann besäße sie zumindest zu Hause endlich wieder etwas, worauf sie sich freuen könnte - eine Art Gegengewicht zur Arbeit. Etwas Reines, Kluges und Ehrliches, wie dieser Kater, war doch das einzig Wahre auf der Welt.

Der Bildschirm klingelte. Ein Kollege namens Martin Brunk schrieb, alles ginge in Ordnung. Aha. Brunk - wer war das?

May massierte ihre Schläfen. Es war doch sonderbar, dass sämtliche Hinweispfeile in der Frage nach dem Schloss auf die Familie Castiglione zeigten - aber über eine Baronin Tanabe, die aus diesem Zirkel hervorgegangen war, sich nirgends etwas fand. Wer immer Tanabe war, sie musste wie ein Kuckucks-Ei im Herzen von Castigliones Reich gelegen haben, bis sie entschlüpfte und zur Hauptperson an einem anderen Ort, aber mit der gleichen Truppe wurde. Und dort draußen putzte der Kuckuck jetzt seine Federn.

Wieder klingelte der Schirm. Mail von Ressort 29: »Tim und Lowski haben Urlaub. Vertretung muss einzeln beantragt werden.« May strich ihre Augenbrauen glatt, sie juckten. Ohne Tim und Lowski war die Sache natürlich Essig. May blies verbrauchte Büroluft aus, stand auf und holte ihre Sporttasche aus dem Schrank. Sie musste einen Weg finden, diese schleierhafte Trübnis zu überwinden, die sie ergriffen hatte, seit sie mit dem Fall Bolaire betreut wurde. Ermattet ging sie aus dem Büro. Wo war bloß der Schwung vom Morgen hin?

Vielleicht stimmte es, wenn einige sagten, May wäre ein kleines bisschen verfressen. Ja, Schokolade, Eis und Honig hatten in ihrer Griffweite keine große Lebenserwartung. Aber May fand, dass einerseits ihre Figur ziemlich okay war, und dass es andererseits schlimmere Eigenschaften bei einem Menschen gab, als ein gewisser Appetit auf Essbares. Gut möglich, dass sie sogar ähnlich verfressen wie Lou war, aber sie beherrschte dafür eine andere Sache wie eine Eins, und diese Fähigkeit wog so manche Schwäche mehr als auf: May war ziemlich gut in Kata - und Katas waren ziemlich gut gegen Kopfschmerzen. Also ging May in die Sporthalle und schlüpfte in ihren Karate-Anzug. Sofort besserte sich ihre Laune und eine kühle Ruhe ergriff ihren Geist.

Kata gehört ebenso zum Karate wie Kumite, der eigentlichen Kampfdisziplin. Nur handelte es sich bei Kata eben tatsächlich um weit mehr als eine Art von Gymnastik, wie Idioten wie Schmit glaubten. Eine Kata stellt eine Bewegungsabfolge ohne realen Gegner dar, eine Art gedankliche und körperliche Vorbereitung auf - ja, wie sollte man das beschreiben? May dachte darüber nach, während sie den schwarzen Gürtel anlegte. Eine Vorbereitung auf: alles. Den nächsten Tag, den nächsten Widerstand, die nächste Sekunde. Eine Vorbereitung auf das Leben. Eine Übung, welche die gesamte Existenz des Übenden körperlich und geistig formte. Natürlich stellte Kata auch eine Vorbereitung auf einen Konflikt und auf den möglichen Kampf dar. Einen Kampf, den man vermeiden musste. Lerne zu siegen, bevor du kämpfen musst.

May führte ihre Kata aus. Und alles wurde besser. Und es verschwanden auch einige Kalorien auf beinahe magische Weise.

5. Doom

Am Mittwoch schlichen sich per Mail die ersten Bestätigungen an. May setzte die Kaffeetasse ab, flog mit der Maus geübte Sturzflüge über dem Eingangsordner und freute sich über den Fortschritt, der sich in so vielen Zeilen dokumentierte. Es lief gut.

Ihre zügige Herangehensweise hatte sich ausbezahlt, dachte May und rückte das Foto von Lou neben dem Monitor gerade. Für die Assistenz hatte sich dieser Kollege namens Brunk gemeldet. May kannte ihn nicht. Er schien etwas jünger als sie zu sein, besaß aber einige Erfahrung in der Drogenfahndung. Außerdem hatte er ein hübsches Profilfoto: Kinnbart, hohe Stirn, ernsthafter Blick. May bestellte ihn auf halb elf.

Aus der Recherche kamen gleich sieben Dateien, die Informationen zu jenen Personen gaben, die sich auf dem Schloss befanden. Komische Leute, fand May, keine richtigen Verbrecher allem Anschein nach: Künstler, eine Musikerin, eine ehemalige Paketbotin. Informationen über die Baronin fehlten.

Die Tür öffnete sich, und wie aus dem Nichts stand plötzlich eine Gestalt im Raum. Noch bevor May den Blick vom Monitor lösen konnte, schlurfte der Mensch bereits neben ihren Tisch, hüstelte wie ein kleines, erkältetes Tier und griff nach Mays Becher.

»Hallo«, keuchte die Mischung aus Mensch und Eichhörnchen, »ist die Tasse noch frei? Bräuchte dringend einen Schluck.« Das Eichhörnchen sprach in einer weibischen Höhe.

»Äh, guten Morgen erst einmal«, nuschelte May und schubste sich mit dem Stuhl vom Tisch ab. Sie rollte fröhlich bis zum Fenster und beobachtete, wie sich der Mann auf ihren Tisch setzte. Ihr aufgeschlagenes Notizbuch verschwand unter einer Bundfaltenhose. Lous Bild wackelte besorgt. May observierte den Eindringling: Strubbelige

Haare, Pickel, unsportliche Figur. Er wirkte wie ein verschlafener Teenager. Unter seiner Windjacke knitterte ein schwarzes Shirt auf dem *Doom* stand. Sein Gesicht wirkte schief. Immerfort schien er einen unsichtbaren Bienenschwarm zu beobachten.

»Mit wem habe ich denn das Vergnügen?« fragte May leichthin.

»Brunk«, fiepte er, »wir waren verabredet. Ihre rechte Hand für dieses Projekt in der Pampa. Mann, ist der kalt.« Er lutschte an Mays Becher. »Ich darf doch?«

May zuckte mit den Schultern. Auf dem Foto hatte er besser ausgesehen.

»Also, Brunk ist mein Nachname, aber du kannst Martin sagen, wir haben uns auf dem Seminar zur Rasterfahndung gesehen, schöne Scheiße war das, egal, und nun? Oberkommissarin? Sauber. Muss ja sein. Bin auch schon dabei.« Er begann, mit einem Finger in der Tasse zu rühren. In *Mays* Tasse.

»Ich war auf keinem Seminar zur Rasterfahndung.«

»Ach, egal, das war eh nichts. Am Ende zählen eh nur: Punkte, Punkte, Punkte. Und dann knallt es irgendwann doch. Krass.« Er trank ihren Kaffee. »Darf ich die Tasse nehmen?«

May atmete durch.

»Kaffee muss ja sein, ich kriege sonst echt die Krätze. Wann geht es denn raus, den Konsul ausbuddeln?« Er lachte wie ein Zwölfjähriger, der einen feuchten Neujahrs-Knaller gefunden hatte. Der Knaller war Mays Tasse.

»Vielleicht lebt er ja noch«, wandte May langsam ein.

»Unfug. Der Konsul ist hops. Schade, der war irgendwie schon okay. Er war mit meinem Onkel sogar mal im Urlaub.« Er biss sich einen Fingernagel ab und schob ihn sich zwischen die Zähne. May sorgte sich, ob er bereits die erste Seite ihrer Notizen mit dem Hintern zerwühlt hatte.

»Aber Martin, noch ist die gesamte Mission ja völlig unklar.«

Er blies das Abgekaute in die Tasse. »Egal«, unterbrach er. »Ist doch sowieso egal, was man hier für ein Gespaddel mitmacht. Bisschen Erfahrungen machen, die ganz linken Touren abchecken. Je schneller man die derben Kracher hinter sich hat, desto besser. Wir fahren da raus und laden uns von der Oma zum Tee ein. Wenn sie Kandis hat, umso besser. Ganz entspannt würde ich die Sache angehen.« Er tanzte mit den Schultern. »*They call me mellow yellow.* Mein Eindruck ist sowieso, dass die meisten von diesen Leuten total entspannt sind, wenn man das richtige Level findet.«

»Das richtige Level?« May verzog den Mund zu einem nickenden Schmollen. Es hätte Anerkennung unter Handwerkern bedeuten können, wäre es ernst gemeint gewesen. »Und du kannst auf dem *richtigen Level* mit denen reden?«

»Ja, easy. So ein Dealer ist auch nur ein Mensch.«

May stand auf. »Also, noch ist die Zusammensetzung meines Teams nicht abgeschlossen. Dir ist schon klar, dass es am besten wäre, wenn ich Leute dabei hätte, die ich schon kenne?«

»Ja ja, schon klar. So förmlich würde ich die Sache nun aber nicht sehen. Kannste froh sein, wenn da überhaupt jemand mitkommt. Milton ist ja auch keiner, der sich für Klein-Klein interessiert.«

»Klein klein?«

»Ja, es geht schließlich um den dritthöchsten Minister des Landes. Da ist kein Klöntrupp gefragt. Da braucht der keine Noobs.«

»Sondern?«

»Irgendwas Dynamisches. Weißte doch, wie die sind. Nicht viel Schnabbeldidu, sondern Zack, auf den Punkt. Und wenn es dumm läuft, in Deckung gehen und das große Aufgebot schicken.«

»Na ja, also, erst mal müssen wir ein C3-Team bilden, damit ein mittelgroßes Aufgebot die Lage sichten kann.«

»Ein was?«

»C3, so nennt man doch den Zirkus. Zehn Leute, plus ich.«

»Ach so, ja klar, kenn ich, große Truppe, da kann ich natürlich moderieren, falls es da zu Schwierigkeiten kommt. Wollt ich eh noch sagen: Ich sehe meine Rolle eher im moderativen Bereich.«

»Martin, was redest du denn da?« Sie sah ihn waagerecht an. »*Moderativer* Bereich? Was soll denn das heißen? Wir werden dort mit völlig unberechenbaren Personen zu tun bekommen. Die lagern dort Koks, Waffen und eine Politiker-Leiche. Und du quatschst mich hier mit moderativem Dingsbums voll? Redest du immer so?«

»Nee, nee«, näselte er, »das hast du falsch verstanden, mit dem moderativen Bereich. Da schließe ich die Zielpersonen ausdrücklich mit ein. Investigation durch zielgeführte Gesprächsführung nennt man das. Nie von gehört?«

May sah ihn an. Sie setzte noch einmal ihr Handwerker-Gesicht auf, bei dem sie sich immer fühlte, als wäre sie eine Gurke, die den Prozess des Wachstums beobachten sollte. Der Kerl tickte nicht ganz sauber, dachte sie und schwieg ein Gurkenschweigen.

»Erst, wenn ich Signale gesetzt habe«, erzählte Brunk, »die meinem Gegenüber vermitteln, dass ich die gleichen Lebenswerte wie er teile, dass ich mich in seiner Realitätenwelt befinden tue, also, dass ich einer bin wie er, erst dann, äh«, er starrte angestrengt in die Glühbirne, »dann ist er bereit, mir zu folgen. Führung heißt, Gefolgschaft durch Ähnlichkeit herstellen. Und so setzen wir an, um die Informations-Cluster, die er uns preisgeben wird, durch Synchronifikation zu triggern.« Sein Fingernagel verschwand in der Zahnlücke.

»Interessant«, log May.

»Hochinteressant ist das«, rief er und rutschte vom Tisch. Mays Notizbuch war endgültig zerrissen. Lous Foto wackelte bestürzt.

May wollte neue Mails lesen, doch das Verhalten von diesem Bübchen ging ihr nun deutlich gegen den Strich. Normalerweise kannte sie solche Typen als Kunden - und nicht als Kollegen.

»Sag mal, Martin: Wie lange bist Du im Dienst der Zentrale?«

»Ich?« Er hatte einen Kugelschreiber gefunden, mit dem er sich auf die Nasenspitze klopfte. May schwieg und legte den Kopf ein paar Grad über jenen von Frau Zmich bekannten Winkel schief. »Zwei Jahre«, sagte Brunk. »Direkt von der Akademie zur Zentrale. Noten waren so lala, aber mit Power kann man was rausreißen.«

»Gut, gut, dein Profil hatte ich ja gesehen. Kennst Du denn die Gegend da draußen? Das Schloss liegt mitten in der Tundra.«

Die Tür flog auf und Frau Zmich walzte herein. »Tschuldigung, wenn ich störe, Frau Calla, nur ganz kurz: Die Sache mit den Technikern, die besprechen wir in der 16-Uhr-Konferenz, ja?«

May betrachtete Zmichs tiefbraune Schicht aus Bräunungscreme. Eine parfümierte Kampfmaske für den Krieg im Vorzimmer. Herabsetzung war ihre Königsdisziplin.

»Eins sage ich ihnen aber jetzt schon, im Guten«, ratterte Zmich, »im Bereich V läuft das so nicht. Ihr Vorgehen, Frau Kollegin, die Leute auf Zuruf abziehen zu wollen, das sind wir hier nicht gewöhnt. Da läuft bereits eine Beschwerde gegen Sie.«

May wollte etwas erwidern, doch Zmich war schneller: »Darüber werden wir in aller Ruhe auf der Konferenz sprechen. Von Querkommunikation unter vier Augen halte ich nämlich gar nichts. Und das sagen übrigens alle. Von B bis D redet man nämlich so manches über Sie, um das ganz klar zu sagen. Milton hat auch schon gesagt, dass, na ja, ich sage mal lieber nichts dazu.« Sie drehte sich zur Tür. »So, ich muss. Nehmen Sie es mir nicht übel, aber so geht das nicht.«

Fort war sie.

Der Mann, der Martin hieß, hatte den Blitzauftritt offenbar kaum bemerkt. Er versuchte ungerührt, mit dem Kugelschreiber etwas ins Innere von Mays Kaffeetasse zu schreiben.

»Martin, was um alles in der Welt tust du da?«

»Nichts, nichts ... Ich war nur in Gedanken.«

»Gut. Dann würde ich vorschlagen, wir machen jetzt Folgendes: Wir machen uns jetzt beide ein paar Gedanken. Und zwar jeder alleine in seinem Büro. Abgemacht?«

»Abgemacht.« Er schlurfte zur Tür, ließ den Kugelschreiber fallen und schnatterte: »Wir treffen uns dann Dienstag um elf?«

May wollte ihm etwas sehr Ärgerliches antworten, als das Telefon klingelte. Das Vorzimmer von Milton war dran. Der Einsatzplan sollte Freitag bis 11 Uhr vorliegen. Detaillierte Angaben über Ausstattung und personelle Bestückung waren gefordert. May nickte zu all den Dingen, die Frau Rosely ihr diktierte. Selbstverständlich hatte May bereits ihren Plan skizziert: Sichtung des Geländes, Erfassung der Personen, zeitgleiche Überprüfung der Informationen. Defensive Grundausrichtung. Beim ersten Anzeichen von Gewalt wollte May sofort den Rückzug antreten. May notierte, was Rosely runterrasselte und legte leise auf.

Dieser Martin bereitete ihr Kopfzerbrechen. Auch, dass sie noch keine Zusagen von Videotechnikern bekommen hatte, war problematisch, aber, dass sich aus der Abteilung V jemand mit einer Beschwerde gegen sie wenden würde, erschien ihr völlig hirnrissig.

May brummte vor sich hin. Lou tat das manchmal auch. Ein Kater ist ein Resonanzwesen. Eigentlich wäre sie nicht traurig gewesen, wenn der ganze Quatsch komplett ausgefallen wäre. Von Gefahr im Verzug konnte sowieso nicht die Rede sein. Frederick Bolaire war offensichtlich an seine Dealer geraten, und die hatten ein paar Rechnungen ohne Skonto beglichen. Vermutlich stand er längst mit Betonsocken im Ententeich, und die Frösche quakten zufrieden.

May erschrak, als sie sah, wie viele Mails hereingestürzt waren. Über fünfzig Antworten, du lieber Himmel, so etwas hatte sie noch nie erlebt. »... wegen Terminverzögerung, nicht fristgerechtem Bearbeitungsstatus, Aufsichtsbeschwerde gegen Kommissariat Calla. Personalabteilung prüft rechtliche Schritte, charakterliche Defizite. Neubewertung der Gefahrenlage.« May atmete tief durch.

Die Tür öffnet sich, und schon wieder schob Frau Zmich sich herein. Sie ging an einem Mann vorbei, der ebenfalls hereinkam und den May nicht kannte. Er trug einen Overall. May winkte mit der Hand, als müsse sie einen überquellenden Hefeteig vor dem Blasenschlagen bewahren. Sie drückte die unsichtbare Blase zärtlich nieder und übte ein Bäckerinnen-Lächeln.

Der Mann im Overall kam an ihren Tisch, legte ein Blatt Papier darauf und verschwand. Zmich starrte sie dabei mit betonfarbiger Ungeduld an und sagte: »Frau Calla, so geht das wirklich nicht. Was haben Sie sich dabei eigentlich gedacht?«

»Ich? Habe mir etwas gedacht?«

»Gar nichts haben Sie sich gedacht«, korrigierte Zmich, »als Sie hier Kommandos durch die Abteilungen geschickt haben.«

May sah auf die Tabelle, die der Mann ihr hingelegt hatte. Sie zeigte den laufenden Monat und eine Liste von Namen, die jeweils eine Zeile anführten. Ein Dienstplan. Während Frau Zmich ihre gräulichen Blicke auf May tröpfeln ließ, studierte May die Verfügbarkeit der Fahrer. Rote Linien markierten darauf die Ausfalltage. May verstand: Rot war Trumpf.

»Calla, ich würde ihnen raten, ihr Team jetzt endlich zu benennen«, schnaufte Zmich. »Nehmen Sie doch Amtshilfe aus dem Ressort Vier in Anspruch.«

May blickte skeptisch auf. »Ressort Vier? Haben die nicht irgendwie mit der Reinigung zu tun?«

»Gebäudemanagement. Da finden Sie jemanden. Vor allem können die sich nicht beschweren, weil die nicht fest angestellt sind, sondern auf eigene Rechnung arbeiten. Das sind Profis.«

»Na ja, ich dachte, das wären alle Kollegen, aber bitte schön, gerne kann ich fragen, ob einer von den Hausmeistern Lust hat, sich von einem Drogendealer abknallen zu lassen.«

»Na, wenn Sie meinen, dass Sie hier mit lockeren Sprüchen besser zurechtkommen: viel Spaß. Aber sehen Sie zu, dass die Sache läuft. Die Polizei von Kujai ist kein Karnevalsverein.«

Steile These, dachte May und versuchte, innerlich wieder die Ruhe der Gurke zu finden. May fühlte sich grün.

»Und eins möchte ich ihnen noch raten«, sagte Zmich. »Sie sind gut beraten, wenn Sie Brunk die Assistenz geben. Er wirkt vielleicht ein bisschen hitzig, aber das legt sich. Er kann gut mit Menschen.«

May ließ die Kinnlade sinken. »Genau den Eindruck hatte ich ganz und gar nicht.«

»Nun«, sagte Zmich mit rekordverdächtigen drei Zentimeter Kopfschräglage, »vielleicht kann er nicht gut mit Menschen wie *ihnen*«, sie machte eine unverschämte Bedeutungspause, »aber er kann gut mit der Kundschaft.«

»Was? Was kann er gut mit der *Kundschaft*?«

»Kommunizieren. Strategische Kommunikation. Er knüpft Kontakte. Sie werden sehen, er kann Türen öffnen. Ein Goldjunge.«

May beschloss, eine Stelle an der Wand so lange anzusehen, bis sie bis zwanzig gezählt hätte oder in einem innerlichen Gurkenwald ruhen würde.

»Also, holen Sie sich schleunigst Rat ein, Frau Kollegin. Etwas Erfahrung wird ihnen nicht schaden.« Zmich ging. Endlich.

May guckte sich die Wand sehr genau an. Keine Wertung vornehmen, dachte sie, das war wichtig. Das Ding *an sich* sehen. Die reine Betrachtung. Die Wand war weiß wie der Bart des Konfuzius. Sie stand drei Meter vor ihr. Die Tapete besaß eine Struktur, die völlig uninteressant war. Die Struktur war ruhig wie eine Gurke. Man konnte sie ansehen. Man konnte sie lange ansehen. Man konnte sie so lange ansehen, bis der innere Wutpegelausgleich bei irgendeiner endlos hohen Nummer angekommen war. Und wenn man ganz genau und lange genug in die uninteressanten Rillen in der ruhigen Tapete gestarrt hatte, dann konnte man darin mit etwas Fantasie die Pfoten von einem kleinen, dicken Kater erkennen.

6. Home Sweet Home

May beschloss, diesen Tag komplett zu vergessen. Aus, Ende, abhaken. Nicht darüber nachdenken. Feierabend. Müde schloss sie die Wohnungstür auf und im Flur angekommen, vollbrachte sie das Kunststück, den Rucksack zu Boden rutschen zu lassen, ohne die Kiste mit den Einkäufen aus den Händen zu nehmen. In der Küche schlug sie auf den Lichtschalter, und wie gewohnt ärgerte sie sich, dass alles wie immer dunkel blieb. Seit bald einem Jahr baumelte die Glühlampe durchgebrannt im Lampenschirm.

Uff. Es war in letzter Zeit ganz schön der Wurm drin, fand May. Sie trat gegen die Tür, damit die Helligkeit nicht zuklappte. Dann schaufelte sie ihr Abendbrot in sich hinein und tippte gleichzeitig auf dem Computer, um weitere Mails abzurufen. Keine Antworten auf ihre Vermisstenanzeige in Sachen Lou. Keine Mails von Freunden - wobei ihr gar nicht mehr klar war, wen sie überhaupt noch dazu zählen konnte. Rob meldete sich gar nicht mehr - was auch nicht weiter schlimm war, nachdem er sie gleich zweimal hintereinander versetzt hatte. Es war doch alles Blödsinn, fand May. Wenn man als Mensch halbwegs in der Zeitschiene bleiben wollte, musste man eigentlich eine Art Doppelbuchung vornehmen, wie Hotels das taten, um Ausfälle aufzufangen. Nur war Mays Herz dummerweise keine Suite, die man einfach so buchen konnte.

Es war zum Heulen. Nicht nur, dass Lou verschwunden blieb, auch ihr sogenanntes Privatleben spielte sich einzig in zwei gepressten Stunden ab, die sich anfühlten, als müsse man in einem Kochtopf einen Badeurlaub verbringen. Jeden Abend verbrachte sie mit Einkaufen, Essen und ein wenig Meditation - welche jedoch regelmäßig vom Klingeln des Diensthandys zerstört wurde.

Auch heute tauchte dort eine Nachricht auf: Das Innenministerium wünschte keine offenen Ermittlungen im Fall Bolaire. Es würde morgen früh eine Konferenz um acht Uhr geben. Und bereits *vor* Beginn sollte Mays Konzept vorliegen. May ließ das Handy sinken. Eine Frechheit, so etwas zu fordern, kurz vor dem Zu-Bett-Gehen. Nun sollte sie auch noch aus einer Truppe von hysterischen Milchbubis eine Armee verdeckter Ermittler machen?

Konzept, Konzept ... Ja, Gott, irgendwie müsste dann eben der Hauptstab irgendwie am Rande des Geländes sich aufhalten, während sie selbst irgendwie mit dem Assistenten die erste Untersuchung vornehmen würde und irgendwie -

Gott, was für ein Unsinn! Sie schmiss den Stift ins Katzenklo. Das war doch kein Einsatz, das war ein Selbstmordkommando.

May beschloss, zu Bett zu gehen. Schlaf war die beste Medizin. Besonders dann, wenn man am nächsten Tag eine Stunde eher aufstehen musste. May schlief wie eine Brennnessel.

7. Ein edler Wilder

Die Konferenz fiel aus. Sage und schreibe neun Kollegen fehlten wegen Krankheit. Prima, dachte May, als sie alleine und mit schwarzen Löchern anstelle von Augen im Konferenzraum saß, umso besser: mehr Zeit für richtige Arbeit. Endlich konnte das Team komplettiert werden. Strukturierte Vorbereitung war die Grundlage jeder erfolgreichen Arbeit. Dass sie die Kröte mit diesem Spinner namens Brunk schlucken würde, hatte sie längst abgehakt. Sollte der Bubi eben mitkommen. Ihre Hand zitterte kaum noch, als sie seinen Namen in die Liste schrieb. Nun kam der Experte für chemische Analysen dran, und noch bevor der Kollege auftauchte, hatte May sich bereits entschieden, den Erstbesten mitzunehmen - ganz gleich wen. Das Maß an Schwierigkeiten würde sich in jedem Fall auf einem olympischen Niveau befinden. Vielleicht gab es eine Olympiade im Polizeisport: »Vergurkte Fälle mit hysterischen Kollegen lösen.« May rechnete sich Chancen auf eine Medaille aus.

Der Chemiker hieß Mike Neville, und als er auf ihrem Besucherstuhl saß, fielen May als Erstes seine agilen Hände auf. Er rieb damit sein Kinn, streichelte seine Wangen, strich die Haare glatt. Er gehörte zu den älteren Kollegen, musste ungefähr Ende fünfzig sein, nächstes Jahr würde er in Rente gehen. Er saß braun gebrannt vor ihr, wie ein Tourist im Eiscafé. Silberne, relativ lange Haare. Die italienische Schuhspitze wippte. Ein Genießer, dachte May, soso. Er blickte nachdenklich, als müsse er bereits hier im Büro Beurteilungen abliefern, ob sich vor ihm eine explosive Mischung TNT oder harmloser Brotaufstrich befand.

Vor ihm befand sich May. Und die fühlte sich tatsächlich wie eine Mischung aus Dynamit und Marmelade. Eigentlich hatte sie sich vorgenommen, mit Neville über das Gelände zu sprechen, schließlich galt es, einen Ort zu finden, an dem das Versorgungs-Team untergebracht werden konnte. Es existierten dort zwar einige Bauernhöfe, die jedoch in viel zu großer Entfernung lagen.

Nevilles Augen blinzelten lebhaft: »Ich sehe es ihnen an, Frau Kollegin: Sie brauchen Hilfe.«

»So, sieht man mir das an?« Obwohl sie es vermeiden wollte, musste May schmunzeln. Ihr Vater hätte ähnlich gesprochen.

»Aber natürlich.«

»Nun, natürlich brauche ich Hilfe«, sagte May, »Sie wissen ja, dass dieser Einsatz außerhalb des Stadtgebietes liegt und da ...«

»... fürchten Sie sich ein wenig?«

»Ach, nein. Aber Ermittlungen im Fall eines Politiker-Mordes sollten doch in größerem Rahmen stattfinden. Finde ich.«

»Gewiss, gewiss«, nickte er, und in diesem Augenblick verstand May, an wen er sie erinnerte: An einen Indianer, den sie in einem Film gesehen hatte. Ein edler Wilder. Bestimmt hatte er seinen Hengst auf dem Parkplatz angebunden.

»Also, Neville, ich sage es ganz ehrlich«, fuhr sie geschäftstüchtig fort, »wir werden keine Zeit haben, die Sache ordentlich vorzubereiten. Wir fahren dort raus und improvisieren. Ich schlage vor, drei Gruppen zu bilden. Brunk und ich treten unseren Antrittsbesuch bei Frau Baronin an ...«

»Frau Baronin? Hei, das klingt ja geheimnisvoll.«

May drehte den Kopf, um sehen zu können, wohin er ging. »Oh ja, das könnte ein sehr geheimnisvoller Ausflug werden.«

»Und wenn, was ich nicht hoffen will, sie bis zum Abreisetag nicht genügend Leute zusammen bekommen - dann?«

»Wäre das natürlich eine schöne Scheiße.«

Er lachte. Vorgesetzte, die schon im Büro fluchten, gab es bei der Polizei von Kujai selten.

»Ach? Schade wäre das? Na, dann wollen wir mal hoffen, dass sich ein paar Gentlemen melden, für den Ausflug mit Frau Kommissarin. Zehn Bullen und eine flotte Biene, das könnte doch etwas werden.«

»Uh«, stammelte May, die mit ihrer Rolle als flotter Biene überhaupt nicht einverstanden war. Viel zu spät bemerkte sie, dass er aufstand und hinter ihren Rücken schlich. Er legte seine Hände auf ihre Schultern. Oah nee, dachte May und begann zu zählen. Kein Spinner diesmal, sondern ein Fummler. Eins, Zwei ...

»Was machen Sie da, Herr Kollege?«

»Gefällt es ihnen nicht?«

»Nein, das gefällt mir ganz und gar nicht.« May sah geradeaus. Die Gurkenwand, die Gurkenwand. Acht, Neun ...

»Entspannen Sie sich, Frau Kollegin«, flüsterte er.

May versuchte, sein Aftershave nicht zu riechen. Es stank nach Knetgummi in Lavendel. Elf, Zwölf ... »Hören Sie auf damit, Neville, wir sind hier nicht zum ...«

»Zum was?«

»Wir sind hier«, jetzt warf sie seine Hände fort, stand auf und ging mit schnellen Schritten bis zur Gurkenwand. »Wir sind hier, um den Einsatz einzusetzen!« Sie hatte bei Neunzehn aufgehört zu zählen.

»Ach! Den Einsatz einzusetzen? Na, dann setzen Sie mal ein.« Er sah sie belustigt an und ließ sich auf ihren Stuhl fallen.

»Neville, hören Sie mit dem Quatsch auf«, schnaufte May, »Sie wissen, dass dieser Einsatz kein Picknick mit Gefummel wird.«

»Ach? Sie picknicken gerne?«

»Gar nichts ...«, schnappte May, »gar nichts tue ich gerne!«

Jetzt drehte sich der Indianer mit dem Stuhl und blickte aus dem Fenster. Wehmutsvoll klagte er: »Aber Frau Kollegin, Sie wissen doch: Die Wahrheit ist, dass wir dort draußen nach dem Konsul suchen müssen. Und dazu sollten wir uns erst einmal kennenlernen.«

Gerade wollte May den Kerl endgültig aus dem Büro schmeißen, da rasselte die Alarmglocke. Ein Lärm, wie von tausend elektrischen Fanfaren jaulte auf. Was zum heiligen Gebimmel, schrie May innerlich, soll denn jetzt dieser Lärm bedeuten?

Neville grinste. »Die Feuersirene! Frau Kollegin! Hören Sie?«

Der Idiot, natürlich hörte May. »Hauen Sie ab, Neville! Das muss ein Fehlalarm sein!«

»Ein - was?« schrie er zurück.

»Fehlalarm! Ich rufe den Pförtner an, der soll das abstellen!«

Neville ging zum Fenster und blickte hinaus. »Haha«, lachte er, »da unten sind schon die ersten Flüchtlinge! Sehn Sie mal.« May dachte nicht daran, sich ihm zu nähern und brüllte: »Na, dann flüchten Sie auch mal Dalli, Sie Feuerexperte!«

Er stand auf und raunte durch die Lavendel-Marinade hindurch: »Wenn Sie *wirklich* einen Chemiker für einen C3-Einsatz brauchen, sollten wir die Sache gemütlich besprechen. Haben Sie heute Abend schon etwas vor?«

»Hauen Sie ab«, schnappte May, »aber Dalli! Sie Arsch.«

»Na na na, Frau Kollegin, Sie reagieren unter Stress ja völlig unbeherrscht. Sind Sie eigentlich belastbar für solche Aufgaben?«

»Raus, oder es knallt!«

Die Sirene ging in ein wütendes Stottern über.

»Ich bin ab Fünf zu Hause«, brummte er. »Spätestens zur Sportschau würde ich gerne mit der Sache durch sein.« Er lächelte sie an. »Von nichts kommt nichts Frau Kollegin.« Dann fiel die Tür mit leichtem indianischen Schwung ins Schloss, während die Alarmsirenen ungeahnte Mengen an Druckluft mobilisierten.

May sah das Blinken des Telefons. Als sie den Hörer abnahm, stand Kettler in der Tür und zwängte sich in eine Regenjacke.

»May, ich soll dich mit runter holen, es ist ein ...«

May hob den Hörer, presste ihn so kräftig ans Ohr, dass er schmerzte. Sie hörte Milton sagen: »Calla, wie weit sind Sie?«

»Womit?« rief May.

»Wie weit Sie sind, will ich wissen!«

May sah zu Kettler, der seinen Konflikt mit dem Jackenärmel als spastischen Zweikampf führte. Sein Winken forderte, dass May mitkommen sollte, auf den blöden Hof, wo die anderen Fehlalarm-Geschädigten bereits vergnügt an ihren Zigaretten nuckelten. May ging mit dem Hörer am Ohr zum Fenster und sah hinaus. In der Menschenmenge stand auch Brunk. Er lehnte sich leptosomisch an einen Sportwagen, offenbar sein eigener, ein gelber Porsche, auf dessen Motorhaube der Schriftzug *Doom* züngelte.

»Herr Milton«, keuchte sie, »hier ist Fehlalarm, ich glaube, ich muss jetzt mit den anderen runter.«

»Was müssen Sie?«

»Auf den Hof.«

»Das ist doch Unfug Calla. Wir haben jetzt Freitag, und alles, was ich von ihnen bekomme, ist: Nichts!«

Kettler zeigte zur Decke. Offenbar befürchtete er, dass die Löschwasseranlage einsetzen würde. Er setzte die Kapuze auf und deutete Tanzschritte aus diesem blöden Musical an, wo einer im Regen eine Laune wie Bolle hat. May versuchte, wegzusehen.

»Aber Herr Milton, wir haben doch noch gar nicht über den Einsatz in Ruhe geredet. Die Konferenz ist ja ausgefallen ...«

»Gar nichts haben *Sie* gemacht!« tobte Milton. »Was glauben Sie eigentlich, wo Sie hier sind? Mir macht das Kanzleramt die Hölle heiß, und Sie sitzen rum und verprellen mir die Ressorts?«

Der Hörer schraubte sich mit einem stechenden Schmerz an Mays Ohr. Am liebsten hätte sie einen zweiten Hörer auf der anderen Seite zur Hand gehabt, dann hätte sie eine beidseitig drückende Schraubzwinge erhalten. Alles im Leben war leichter zu ertragen, wenn es von zwei Seiten kam. Im Leben hatte man immer genau zwei Ohren. Aber Milton sägte Mono weiter: »Sie wissen, dass Sie außer Ärger bisher rein gar nichts produziert haben?«

»Milton, können wir das nicht später besprechen?«

»Sie sagen mir bitte nicht, wie und wann ich meine Gespräche zu führen habe!«

May schwieg.

»Ob wir uns da verstanden haben?«

»Aber natürlich.«

»Was?«

»Ich habe Sie verstanden, Herr Milton.«

»Ja, genau den Eindruck habe ich eben *nicht!* Sie verstehen eben *nicht*, um was es hier geht!«

»Ich habe doch ...«

»Was? Was haben Sie? Gar nichts haben Sie!«

»Ich habe bereits angefangen, die Ressorts anzuschreiben.«

»Jaaaaa, das habe ich gehört! Oh, ja, das ist ja genau das Problem meine Beste! Die Sache ist mir völlig unbegreiflich, wie man in nur einem Nachmittag den kompletten Apparat lahmlegen kann, das muss ihnen erst mal einer nachmachen. Warten Sie mal, gerade kommt Neville rein, ja, sehen Sie: Das ist nämlich auch so eine Sache: Wie haben Sie sich eigentlich einen C3-Einsatz vorgestellt, in dem Sie ausdrücklich auf einen Chemiker verzichtet haben?«

May sah zu Kettler, der mittlerweile sein Gewicht von einem Spinnenbein aufs andere verlagerte.

»Herr Milton, Himmelherrgott, ich habe sehr wohl und völlig korrekt die Ressorts angesprochen, ich habe doch schon heute Morgen die Geländestudie an die infrage kommenden Abteilungen ...«

»Ja, das war aber eben alles Mist, Calla! Und das Schönste ist, dass Sie das gar nicht merken! Sagen Sie mal: wie lange wollen Sie eigentlich herumexperimentieren, bevor Sie das komplette Ausmaß ihrer Inkompetenz überblickt haben? Darf ich das mal wissen?«

»Herr Milton ich weiß wirklich nicht, wieso ...«

»Sie scheinen aber ziemlich viel nicht zu wissen!«

May beschloss, bis einhundert zu zählen, ganz gleich, ob sie bis dahin taub oder irrsinnig oder nass bis auf die Unterhose sein würde. Sie sah, wie Kettler seine Kapuze aufsetzte und tatsächlich begann, *I'm Singing in the Rain* vorzuspielen. Mit femininem Tanzschritt betrat er die Bühne des Ganges.

May malte das Symbol einer japanischen Kata auf die Tischplatte. Kalligrafie dachte sie, das wollte sie eigentlich auch immer schon mal lernen.

»Calla, Sie brauchen mich gar nicht auf ihre dümmliche Art anzuschweigen. Ich habe mir längst ein Bild von ihnen gemacht. Ich sage ihnen klipp und klar: Der Einsatz startet am Dienstagmorgen. Sechs Uhr ist der Transporter disponiert. Das ist jetzt fix. Mir persönlich ist es völlig Wurscht, mit wem Sie da rausjuckeln. Ich erwarte hier einzig saubere Polizeiarbeit. Guten Tag.« Er legte auf.

Gerade wollte May ihre Kalligrafie zu dem Buchstaben für »Idiot« formen, da stand plötzlich Brunk neben ihr.

»Hallo Martin«, brummte sie und sah ihn an. Der Arsch, wie kam der so schnell wieder die Treppe hinauf?

»Mike sagte, wir treffen uns Dienstag um zehn fürs Briefing?«

»Welcher Mike?« schnaufte May.

»Na Mike, der kam mir gerade auf dem Flur entgegen. Hatte gute Laune. Sagte, die Sache ist geritzt.«

May holte Luft. »Ach, Neville hat dir bereits davon erzählt?«

»Logo. Mike ist okay. Das ist echt ein Checker.«

»Also, Martin, gleich könnte das hier nass werden ...«

»Ach was«, rief er, »das ist ein Fehlalarm. Wenn es nirgendwo Rauch gibt, passiert nichts. Also, ich habe mal ein Konzept entwickelt. Wir fangen um vierzehn Uhr mit der Visite an, dann gehen wir mit neun Mann vorne rein, ich bleib an der Funke und sichere den Rückweg, und die Videoleute machen Close-Ups frontal.« Ihm fiel der Kugelschreiber aus der Hand.

»Martin, um Gottes Willen, was erzählst du denn da? Mit neun Mann reingehen? Weißt du überhaupt, was da drin los ist? Hast du auch schon die Luftwaffe angefordert?«

»Die was?« schrie er, griff in die Tasche und kam mit einer Zigarettenpackung wieder zum Vorschein. »Mach mal keinen Stress jetzt. Da draußen sind nur Omis, die ihre Pillen naschen.«

»Und den Außenminister gekillt haben.«

»Nun mach mich mal nicht nervös, ja?« Er suchte ein Feuerzeug und steckte sich eine Zigarette an.

»Martin, es reicht! Wir gehen jetzt raus!«

Er drehte sich um und schrie: »Ich werde mir von dir bestimmt nicht sagen lassen, wie ich meine Arbeit zu tun habe, ja?«

May überlegte, ob sie ihm einen Handkantenschlag auf den Hals verpassen sollte. Wäre er ein Kunde auf der Straße gewesen, hätte sie längst alle Befugnisse besessen, ihn auf dem Boden zu fixieren. May dachte an Lou, wie er einen Dackel, der eine Stunde lang vor ihm herumgekläfft hatte, am Ende mit einem Pfotenschlag auf die Nase bedient hatte. Aber bis dahin hatte Lou sehr lange gewartet.

May lächelte ein Katerlächeln.

Aber Brunk schrie dackelschlau weiter: »Und wenn *ich* sage, wir gehen mit neun Mann rein, dann *gehen* wir mit neun Mann rein. Und ich bleibe im Transporter, bis *mein* Roger kommt und die Vorgaben für eine Aufstockung auf C7 gegeben sind. Nur dann, verstanden? Ich mache doch nicht zum ersten Mal C3!« Mittlerweile war auch seine brennende Zigarette auf den Boden gefallen, doch May machte sich keine Sorgen, es würde sowieso in Kürze aus allen Rohren regnen. Je eher, desto besser. Dann könnte sie wenigstens ins Wochenende gehen. Und Brunk könnte so lange rumschreien, bis jemand wie Lou vorbeikäme.

Das Telefon klingelte.

May winkte zu Brunk, er solle die Fliege machen.

»Hauptkommissariat Calla hier, was kann ich für Sie tun?« May spannte ihren melodischen Bogen wie eine Welle aus Honig.

»Frau Calla, gut, dass ich Sie erreiche«, sagte eine Frauenstimme, »Neville steht neben mir, er sagt, sein Antrag für den C3-Einsatz, der ist ...« Es war eine Kollegin aus der Personalabteilung.

»Also, um was es auch immer geht«, unterbrach May mit reduziertem Honigaufstrich in der Stimme, »Herr Neville wird garantiert in keinem Einsatz mitwirken, den ich leite.«

»Äh ... Nicht?«

»Nicht.«

»Aber, das war doch so abgesprochen.«

»Nicht mit mir.«

»Ja, aber, mit wem denn dann?«

»Das müssten Sie Herrn Neville fragen.«

»Der ist gerade wieder raus. Wochenende.«

»Schön für ihn.«

»Ja, aber wenn Neville nicht mitkommt, dann könnte vielleicht Herr Brunk den Bereich der chemischen Analyse übernehmen. Brunk hat, wie ich in den Unterlagen sehe, eine Qualifikation im Bereich Betäubungsmittel.«

»Betäubungsmittel sind keine Kampfmittel.« May drehte die Augen in der Bahn einer Karussellgondel, die aus ihrer Halterung flog.

»Ja, aber im Prinzip ist das doch so ähnlich.«

»Na, dann versuchen Sie mal, ein Gebäude mit einem Beutel Kokain in die Luft zu jagen.«

»Davon habe ich keine Ahnung.«

»Ich aber.«

»Hm.« Die Stimme schien ratlos. »Und was machen wir jetzt?«

»Feierabend!« May stampfte den Hörer in die Fassung. So langsam reichte es ihr. Sie sah, wie Brunk versuchte, einen Kugelschreiber mit dem Feuerzeug anzuzünden. Er hielt ihn für eine Zigarette.

May stand auf. Sie nahm ihre Jacke und zwängte sich blicklos an dem blöden Kokler vorbei. »Ich muss dann mal.« May ging.

Die Kühle auf dem Gang tat gut. Es war später Nachmittag, Zeit für das erste Frühstück des Tages. Zeit für eine Suppe bei Tuh.

Und vielleicht einen Schnaps.

8. Tequila

»Also, wenn es nach mir geht«, grinste Tuh, »hätte die ganze Bude bei euch komplett abfackeln können!« Sie warf einen Plastikteller wie den Royal-Flash in einem Pokerspiel über den Stehtisch. Elegant segelte die Suppentüte hinterher.

»Ach was«, brummte May und fing die Tüte auf. »Das war doch ein Fehlalarm. Wie alles bei uns. Mindestens die Hälfte von *allem*, was bei uns passiert, sind Fehlalarme.« Sie riss die Tüte auf, roch an dem Pulver und streute es naserümpfend in den Teller. »Wenn es nach der obersten Heeresleitung ginge, könnte es den ganzen Tag lang *nur* Fehlalarme geben. Die sind besser, als sich mit echten Alarmen rumzuärgern.«

»Tja, Augen auf bei der Berufswahl«, schniefte Tuh. Heute trug sie einen kleinen Knochen in den Nasenlöchern. Er verlieh ihrem Gesicht das Aussehen einer Kannibalin, die Urlaub von ihrem Beruf als Fotomodell machte.

Der Boiler blubberte. May hob ihn aus der Halterung und goss still drauflos. Sie liebte das beruhigende Gefühl, das von blubbernden Boilern ausging. In kunstvollen, kalligrafischen Formen schenkte sie das wilde Wasser ins Pulver.

»Im Prinzip«, sagte sie resignierend, »könnte bei uns jeden Tag das komplette Heeresmusikkorps durch die Gänge marschieren. Mit Pauken und Trompeten. Und alles, was sie spielen müssten, wären Fehlalarme.«

»Cool. Ihr Bullen steht auf Drum and Bass? Stark!« Tuh kaute auf ihrem Kaugummi, von dem May wusste, dass es irgendwelche Substanzen enthielt, mit denen schon die Orinoco-Indianer ihre Füße schmerzunempfindlich gemacht hatten. Vielleicht gab es das Zeug irgendwo gratis dazu, dort, wo Tuh den Nasenknochen herhatte. Servicepack Voodoo-Freak.

Die Schamanin mit dem Scheitel in Pink sagte: »Das wäre mal ne Idee: Ich komme mit meiner Band vorbei. Und wir spielen für Euch: *Best of Fehlalarm*. Wie viele Beats per Minute wären eurem Beamtenstadel denn recht?«

»Möglichst wenige. Bleib da bloß weg. Die einzige Musik, die die mögen, wäre Slow-Core.«

Tuh tat so, als müsste sie sich übergeben. May sah sie an, nahm eine Schippe Suppe, und erschrak beim zweiten Hinsehen, als Tuh unter dem Tresen verschwand und dort zu röcheln begann.

»Hey Tuh, all clear?«

Röcheln.

»Madame de Cuisine, mach keinen Mist, ist dir echt schlecht?«

Tuh tauchte wieder auf. Sie hatte sich unten eine Fliegermütze aufgesetzt und kam nun mit blubbernden Lippen, die Propeller-Geräusche darstellen sollten, wieder an die Oberfläche.

May grinste. Der rote Baron auf Ecstasy. Tuh hatte immer komische Sachen auf Lager. »Bevor du mit dem Bombardement anfängst«, schmatzte May, »spielst du noch einen Fehlalarm ja?«

»Logo!« Tuh schwankte jetzt ein wenig, und May war sich immer noch nicht sicher, ob Tuh den Trip nur vorspielte, oder ob ihr das Kraut tatsächlich auf die Birne geschlagen hatte.

»Und, wie war das nun?« fragte der gelbe Baron, »du dackelst nächste Woche mit einem Haufen hysterischer Bullen ins Grüne?«

May schippte still in sich hinein. Sie versuchte, einen strengen Blick auf Tuh zu werfen, der etwas mit dienstlicher Schweigepflicht und so weiter und so fort zu tun haben sollte. Aber eigentlich war das auch Quatsch. Nachdem May sowieso schon die Hälfte vom Schloss, dem Konsul und dem Trottelbären erzählt hatte, war die Bekanntgabe des genauen Einsatzplanes nun eigentlich auch egal. Man könnte jetzt ruhig Klartext reden. Also sagte sie: »Mmm.«

»Klingt ja lustig«, entgegnete Tuh. »So wie ihr arbeitet, möchte ich mal Urlaub machen. Wollt ihr das Gelände umgraben und nachgucken, ob Fettsack Freddi da irgendwo verbuddelt ist?«

»Erst mal muss ich eine Truppe zusammentrommeln.«

»Wie? Zusammentrommeln? Ich dachte, du bist die Kommandantin und sagst: Hopp Männer, alle antraben zur Gangsterjagd.«

»Mmm, genau so funktioniert das auch. Theoretisch. Nur muss man eben vorher alle fragen, wer denn, nun ja, überhaupt Lust hat.«

»*Lust hat?*« Tuh lachte jetzt so meckernd, dass die Scheiben in der Brille beschlugen. »Also, wenn ich an die Bullen denke, die bei mir ab und an rumschnüffeln ... Die haben immer richtig strammen Bock auf alles. Die würden gerne alles hart rannehmen.«

»Mmm. Solche kenne ich auch.«

»Und du bist dann die Kommandantin von all den Schnuffelbullen? Und dann marschiert die ganze Herde hinter dir her, jeder Rüssel hält ein Schwänzchen, so wie bei Dumbo ...«

»Das war nicht Dumbo, das war das Dschungelbuch.«

»Stimmt! Und dann, zwo, vier, geht die Parade ab, und am Ende schnappt ihr euch den Killer vom Konsul?«

»So ist der Plan.«

»Und wenn deine Herde komplett ist, dann zieht ihr nächste Woche in einen kleinen Bandenkrieg gen Norden ja?«

»Schön wäre es. Ich bräuchte nur noch zwei Personenschützer, zwei Techniker, zwei Fahrer, einen Dolmetscher und noch einen, habe ich vergessen wofür. Steht alles in der Ausschreibung. C3.«

»Na hör mal«, sagte Tuh, »das kann doch nicht so schwer sein, da ein paar Typen heißzumachen. Setz doch ne Anzeige auf: Heiße Biene sucht Bullen mit Bock auf Ballern.«

»Klingt gut«, bestätigte May, »einen Assistenten habe ich schon. Er brennt für die Polizeiarbeit. Hoch motiviert. Und ein schleimiger Indianer ist auch im Ensemble. Wenn ich mit ihm in die Kiste gehe, kommt er vielleicht auch zur Arbeit.«

»Na siehste. Normale Weiber wären froh, über so einen Kessel Buntes zur Auswahl.«

May spürte, wie die Müdigkeit nach ihr griff. Am liebsten wäre sie jetzt wie ein Stein in den Teich des Schlafes gefallen. Und der ganze Mist wäre vorbei. »Weißt du Tuh, ich glaube, mit diesem Fall wird das nichts. Ich habe wirklich ...«

»Keine Lust?«

»Exakt. Woher weißt du das?«

»Ich besitze telefonische Eigenschaften.«

»Telefonische Eigenschaften?« May lachte. »Ist ja super! Dann kannst du in den Kopf von anderen Leuten reinlabern?«

»Natürlich. Ich bin überstimmlich begabt.«

»Herzlichen Glückwunsch.« May spürte, wie ihr Magen schmerzte. Nicht einmal auf das Wochenende konnte man sich freuen, wenn nächste Woche der Wahnsinn richtig losgehen würde. »Tuh«, sagte sie und blinzelte in Richtung der schaukelnden Spielsachen, »weißt du was?«

Tuh zog zur Antwort eine stumme Schnute. Da sie telefonische Fähigkeiten besaß, wusste sie natürlich bereits alles, was über Mays Leitung vom Herzen gefunkt wurde.

»Du hast die Schnauze voll?« murmelte Tuh. Die Leitung stand.

»Oh ja. Ich habe die Schnauze voll.« May bekam auch Lust, durch einen Himmel voller Spielsachen zu fliegen, blubbernde Geräusche zu machen und mit der Bordkanone auf Teddybären und stinkende Gummikrokodile zu feuern. Tuh tat das jetzt nämlich.

»Wir alle haben die Schnauze voll«, sagte Tuh, während sie einen Sturzflug auf ein Quietsche-Entchen flog. Dann warf sie May eine kleine Flasche hinüber. May war selbst überrascht, dass sie es schaffte, den Glasklumpen aufzufangen. Sie sah einen mexikanischen Hut auf dem Etikett. Tequila, brrr! Schon kam Tuh mit einem Salzstreuer näher. »Komm, kleine Kommissarin, du brauchst mal ein bisschen Mental Training!«

May ließ sich deprimiert eine Handvoll Salz auf den Handrücken schütten und sagte beinahe weinerlich: »Du, ich glaube, ich lasse den Mist sausen.« Sie sah in Tuhs orange geschminkte Augenhöhlen und begann, das Salz abzulecken. May spürte eine Mischung aus Verzweiflung und Glück, dass dieser Kiosk-Freak offenbar ihre einzige Freundin war. Na gut, lieber eine einzige vernünftige Freundin, als zehn bekloppte, dachte sie und hob ihr Glas.

»Hau weg das Zeug! Auf strukturierte Polizeiarbeit!«

»Auf das C3-Team!«

May warf den Kopf in den Nacken und besiegte das Zitronenwasser mit zwei tapferen Zügen. »Hah!« rief sie. Sie hätte Funken spucken können. Jetzt einen Flammenwerfer zu haben, das wäre gut ... Und das ganze Kommissariat einäschern! Und dann zum Arzt gehen und krankfeiern. Das wäre was.

Auch Tuh gurgelte und zischte unter dem Eindruck des Getränks wie eine Kobra. Sie warf ihr Glas in die Mülltonne und kniff May in den Hintern. »Nicht schlappmachen, Frau Wachtmeisterin. Sie haben einen Konsul zu finden!«

May rülpste. Konsul, ja ja. Es war Freitag und der Konsul ein Arsch. Der Stehtisch wackelte empört unter ihrer kleinen Faust, die wuchtig das Glas niederschmetterte.

»Guck mal«, rief Tuh und zeigte zum Fernseher. »Neues von der Idiotenfront!«

»Welcher?«

Tuh stellte den Ton des Fernsehers lauter: »... Eindringling in den Inneren Sektor des Zentrums immer noch flüchtig. Josemin Hawel, Mitglied des Terrorkommandos *Graue Schatten*, gelang es, die Absperrung zu überwinden und in den Tempel der Lichter einzudringen.« Das Foto eines Mannes wurde eingeblendet.

May schob ihr Glas zur Seite. Da war er wieder.

»Ist das der Idiot, der dir damals vor den Bus gehopst ist?«

»Ja ...«, murmelte May. Das war er. Terrorist, aha.

»Ist seit Monaten flüchtig«, schepperte der Fernseher. »Ermittlungen zufolge tauchte er im grauen Sektor unter.«

»Grauer Sektor, was'n das?«, murmelte Tuh. »Liegt da nicht dein blödes Schloss?«

May blickte zum Schirm. Jetzt schlug der Tequila auf dem Vulkanboden ihres Magens auf und federte in goldenen Funken wieder aufwärts. »Ja, genau da liegt unser Schloss«, sagte sie nach einer hitzigen Phase voller Zitronenblüten im Kopf. »Wir werden es finden. Wir werden das Schloss und den trotteligen Bären finden.«

9. Bienenfleiß

Außer dem Umstand, dass auch an diesem Wochenende keine Spur von Lou auftauchte, geschah an Mays freien Tagen nichts Bemerkenswertes. Am Samstag trainierte sie nur eine Stunde lang ihre Kata - nicht sehr lange, aber immer noch besser, als gar nicht zu üben. Sie hatte einen Aktenstapel mit nach Hause genommen und den ganzen Abend darin gearbeitet. Oft las sie die Unterlagen beim Licht ihres Fernsehers, den sie auf den Schreibtisch gestellt und den Helligkeitsregler auf maximal gedreht hatte. Seit über einem Jahr fand sie keine Zeit, eine neue Schreibtischlampe zu kaufen. Mit schmalen Augen studierte sie. In endlosen Protokollen hatten sich Fehler eingeschlichen. Eigentlich hätten die jeweiligen Kollegen die Unterlagen natürlich eigenhändig korrigieren müssen - doch in der Praxis tat das keiner. Entweder, die Kollegen befanden sich im Außeneinsatz, oder sie wurden zum Gebäudeschutz abberufen. Oder sie waren krank. In jedem Fall lagen ihre Berichte unkorrigiert in den Ordnern. Zudem benötigte man für korrekte Angaben den richtigen Überblick. War die »silberne Stichwaffe«, die am Tatort gesehen wurde, identisch mit jenem »länglichen Gegenstand«, den die Autopsie anführte? Solche Querverbindungen konnte aber nur die leitende Kommissarin herstellen, und das war nun einmal May. Kochlöffel oder Springmesser, das war hier die Frage. Es gab immer zwei Möglichkeiten.

May durfte die Protokolle nicht unbearbeitet liegen lassen. Spätestens vor Gericht wären sie zur Lachnummer geworden; eine Katastrophe, die direkt auf ihr Ressort zurückgefallen wäre. Und die Anwälte der Täter lachten sich kaputt, wenn sie vor Gericht die Fehler ihrer Akten auseinanderpflückten.

May machte zur Entspannung Hanteltraining mit einer Packung Katzenfutter. Sie fluchte leise, ihr Kopf brummte. Sie dachte an Schmit und Brunk, an die widerliche Zmich und den albernen Kettler, an *Singing in the Rain*, an flotte Bienen und dumme Bullen, an Berge voller Koks und Akten mit weißem Pulver. Und an den Trottel vor dem Bus. Ihr Kopf wurde zu Marmelade.

May beschloss, die Durchsicht der Akten auf Sonntag zu verschieben. Als sie erwachte, war es Montag.

10. Wer A sagt muss auch B sagen

Das Büro stand unter Wasser. Tatsächlich hatte Brunk es fertiggebracht, die Löschanlage auszulösen. Na gut, dachte May, ihr Goldjunge galt ja auch als Experte im Bereich ›Kommunikation‹ und war kein Techniker. Dafür musste man Verständnis haben.

May öffnete die Mailbox. Leer. Himmelherrgott, dachte sie, irgendwer würde ihr ja wohl bis morgen einen Typen schicken, der wusste, wie man ein Mikrofon einstöpselte. Sofort schrieb sie eine Mail an den technischen Stab, die genau diesen Inhalt in ein ebenso straffes wie dienstlich einwandfreies Wortgewand kleidete. Sie war schließlich eine Führungskraft und keine Blumenvase.

Dann rief Neville an. Er quatschte sofort drauflos, als wären sie alte Freunde. Ja, er sei menschlich verletzt gewesen, meinte er, und sie möge das bitte nicht persönlich nehmen, aber in solchen Dingen wäre er empfindlich. Dass May am Freitag *nicht* mehr vorbei gekommen wäre, hätte ihn tief enttäuscht. May hatte, während er all dies säuselte, ihre Kalligrafie auf die feuchte Tischplatte gemalt und an etwas Salziges gedacht. Diese Gurken-Meditation brachte es eh nicht richtig. Mit gebeiztem Herzen legte sie auf.

Was hatte sie zu verlieren? Wenn sie kein C3-Team zusammenbekommen würde, war es eben Essig mit der Konsul-Sause. Auch nicht weiter schlimm. Alles, was sie wollte, war Urlaub. Und den kleinen Lou zurück haben.

Sie sah die Nachrichten auf dem Schirm. Wie hieß dieser Fremde gleich? Hawel ... Tatsächlich fand sie drei Beiträge, die etwas über ihn erzählten: Dass sein Fall zu einer Verschärfung des Schießbefehls geführt hatte, erfuhr sie. Er schien keine Mission verfolgt zu haben. Kein Anschlag, nichts.

Es roch schrecklich. Das Wasser sickerte tief in das Polster, quietschte unter Mays Popo und dünstete den Sitzschweiß unzufriedener Berufsjahre heraus. May rief beim Fahrdienst an. Nein, noch war keine Fahrer disponiert, aber der große Transporter und, nein, der Kollege korrigierte sich: Ein kleiner Wagen sei reserviert. Der Zweitwagen des Kantinenbetreibers. Eventuell müssten sie noch die Paletten mit den Dosenbohnen ausladen. Und vorher sollte sie an die Tankstelle fahren, sagte man ihr, auftanken. Auch mal nach dem Ölstand schauen wäre gut. May notierte.

Dann rief sie beim Pförtner an und fragte, ob Martin Brunk im Hause sei. Ja, Herr Brunk sei da, bestätigte der Kollege, und May spürte sogleich *Doom*-mäßige Schmerzen durch ihren Magen trampeln. Aber es half ja nichts, sich lange mit dem Hin und Her zu befassen. Vielleicht hatte der Schnösel ja tatsächlich brauchbare Eigenschaften, sonst hätte er sich ja nicht so lange im Dienst halten können. Vielleicht war er im Einsatz ein ganz anderer Kerl. Vielleicht laborierte er nur privat an einer bipolaren Persönlichkeit. Vielleicht ... May seufzte. Wieder summte dieser Ohrwurm in ihr: *May be, you're gonna be the one that saves me.*

Manchmal fragte sich May, wie man eigentlich beurteilen konnte, ob jemand zur Polizei oder zu den Kriminellen gehörte. Typen wie Brunk oder Neville würde sie jede Schweinerei zutrauen, während jemand wie Tuh kurz davor stand, irgendwann ins Kittchen zu wandern. May massierte sich die Stirn.

Kettler kam rein. War er doch noch nicht beim Ballett.

»Uh, was ist hier denn los?« kicherte er.

»Ich dachte, du fühlst dich wohl, wenn es regnet?«

»Nee, nicht wirklich. Also, du sollst bei Milton antanzen. Das klingt alles übel. Zmich sagt, dass sie dir den Fall entziehen wollen.«

»Von mir aus gerne.«

»Hm, ja. So einfach wird das wohl nicht.«

»Warum nicht?«

»Ich glaube«, sagte Kettler, »das ist ne größere Sache.«

»Ui.«

»Ja, weil: Es ist ja immerhin Bolaire, und da kann die Polizei von Kujai nicht einfach tatenlos bleiben.«

»Ja nun.«

»Da muss was etwas passieren. Milton sagt, wir dürfen jetzt nicht in blinden Aktionismus verfallen, aber es müsse einfach irgendwas passieren.«

»Verstehe.«

»Ja.«

»Also«, begann May einen sehr langsam buchstabierten Satz, »Milton möchte nicht, dass irgendjemand übereilte oder ungeplante Aktionen raus haut?«

»Genau.«

»... sondern: dass irgendwer einfach so irgendwann und irgendwie mal irgendwas macht?«

»Genau!« Kettler strahlte. Was konnte ein Bote von komplexen Botschaften sich mehr wünschen? May hatte offenbar die Botschaft gehört, verstanden und in ihrem Herzen eingebettet. Erleichtert wiederholte der glückliche Bote: »Es soll einfach irgendwas passieren. Und zwar dalli!«

»Alles klar, Kettlerino.« May nickte wie ein Offizier.

»Er erwartet dich um elf. Bis dahin solltest du die Sache in eine vernünftige Form gebracht haben. Soll ich Brunk rüberschicken, damit ihr das Konzept gemeinsam durchgehen könnt?«

May schwieg. Es roch wirklich nicht gut hier. Dann sagte sie: »Nee, lass mal. Er hat bereits ein sehr gutes Konzept vorgelegt. Ist vielleicht kein lupenreines C3, sondern eher so, na ja, C7 bis C5000, aber wir finden da schon zusammen.«

»Gut.« Kettler sah sie an, wie ein Hund, dem man Wasser auf die Wurst geschüttet hatte. »Also, ich drücke mal die Daumen.«

»Prima.«

»Du rufst mich an, wenn ich was für dich tun kann?«

»Geh mal lieber arbeiten jetzt.«

Auch wenn May selten Angst vor Menschen hatte, fielen ihr die Schritte zu Miltons Büro schwer. Der Geier begrüßte sie mit leisem Gurren: »Calla, wie weit sind Sie?«

»Tja.«

»Tja?«

»Ich glaube, man müsste mal ein paar grundsätzliche Dinge überdenken.«

»Die wären?«

»Wir haben Personalmangel.«

»*Sie* haben Personalmangel. Und nicht nur das, wenn ich mal so direkt einsteigen darf. Bei ihnen mangelt es nämlich an einer ganzen Menge, wenn ich die Eindrücke der letzten Tage filtere. Sie sind der Mangel in Person, wissen Sie das eigentlich? Ja, da sehen Sie mich an. Wieso bekomme ich von ihnen eigentlich keine vernünftige Antwort? Eine Katastrophe ist das, was Sie hier anbieten, Calla. Eine richtige Katastrophe.« Er zeigte auf einen Stapel von Papieren. »Wissen Sie, was das ist? Das sind die Beschwerden, die mir seit Beginn ihres Einsatzes auf den Tisch geflattert sind. Verstehen Sie? Die Kollegen haben den Kanal voll. Voll von *ihnen*. Mittlerweile ist es mir völlig egal, was Sie dort veranstaltet haben. Wenn ich das richtig verstanden habe«, er seufzte mit einem Widerwillen, der sich offenbar schwer bändigen ließ, »wollten Sie einen Flohzirkus aus den Ressorts machen. Nicht nur Frau Zmich, auch den Brunk haben Sie schon völlig durcheinander gebracht. Mensch Calla, wissen Sie eigentlich, dass der Mann bereits als Abteilungsleiter gehandelt wird? In zwei Wochen ist das ihr Chef! Und Sie wollten den zusammenfalten, wie einen Schuljungen ... Frau Calla, wirklich, das geht so nicht. Dicke Backen machen, damit erreicht man bei uns gar nichts, das sage ich ihnen jetzt mal unter uns. Sie haben - vor Zeugen - diesen Fall übernommen und bereits erste Aktivitäten dazu entwickelt. Das ist ein irreversibler Vorgang, wissen Sie das überhaupt? Wer A sagt, muss auch B sagen. Und ich sage ihnen jetzt mal klipp und klar, was das in ihrem Fall heißt: Sie fahren morgen da raus. Punkt sechs Uhr rollt ein blitzsauberes C3-Team vom Hof. Den Rest organisieren Sie. Es ist *ihr* Fall. Sie persönlich haften. Genau diesen Zusammenhang habe ich auch bereits der Kommission mitgeteilt. Man beobachtet Sie kritisch. Äußerst kritisch. Sie finden den Konsul, ganz gleich, ob Sie ihn komplett oder nur ein Ohrläppchen herschaffen. Und wenn wir den Drecksack eingetütet haben, dann wird es mir persönlich ein Vergnügen sein, ihn eigenhändig in die Mülltonne zu schippen. Haben wir uns da verstanden?«

May sah an die Wand. Sie dachte über den Zusammenhang zwischen den Worten *hören* und *verstehen* nach. Ja, sie hatte alles gut gehört. Sie nickte und griff die Pranke, die er ihr zum Abschied entgegen streckte.

Als sie ging, hatte ihr Frau Rosely im Vorzimmer eine kleine Metallplatte mit golden-roter Kennzeichnung in die Hand gedrückt. Ein Indiz, das direkt auf den Konsul verwies. Eine Kopie seines persönlichen Ordens. Dann ging May mutlos hinaus. Als sie über den Gang schlurfte, hörte sie das Brummen der Lüftungsanlage.

Wer A sagt, muss auch B sagen ... Vielleicht half ihr der nichtssagende Klang, ihren Ohrwurm zu vertreiben. Plan B. May be ... Das Brummen lief zu Hochtouren auf wie ein Bienenschwarm in der Mittagshitze. *May be - you're gonna be the one that saves me.*

Irgendwie bräuchte sie jetzt mal jemanden, der sie ein kleines bisschen retten könnte.

Im Büro gärte das Aroma aus feuchtem Papier und schlechter Laune so intensiv, dass der Geruch den Weg durch Mays Nase übersprang und sich stattdessen direkt in ihrem Kopf einnistete. Sie würde Milton zeigen, dass sie sich mit den Gegebenheiten arrangieren könnte. Sie würde diesen Brunk eben mitschleppen. Sie würde zeigen, dass sie auch mit widrigen Bedingungen umgehen konnte. May schwor sich, dass sie den verdammten Konsul ausbuddeln würde, ganz egal, was für Flaschen man ihr schicken würde.

Bis zum Nachmittag stöberte sie im Archiv, telefonierte mit allen möglichen Kollegen, achtete dabei stets auf die Balance aus innerlichem Gurkengefühl und äußerlicher Honigwelle. Zwischendurch wischte sie Pfützen auf und streichelte das wellige Foto von Lou. Mit viel Glück hatte es die Sitzattacken von Brunks Hintern und auch das Wasser überstanden. Es war nicht alles schlecht.

Sie las den ganzen Tag lang in den Akten, telefonierte und notierte. Als sie gegen Abend wieder etwas Mut geschöpft hatte, bimmelte eine weitere Mail auf dem Schirm: Brunk war gekündigt worden, fristlos. Er hatte in der Mittagspause die Tür von Miltons Vorzimmer aufgebrochen, dann sämtliche Schubladen durchwühlt, und beim Hinausgehen einem Kollegen derart heftig in den Bauch geboxt, dass der Mann ins Krankenhaus eingeliefert werden musste. Kein Bargeld, aber einen tragbaren Computer hatte Brunk an sich gerissen. Jetzt war er flüchtig. Der arme Kokser, dachte May, er brauchte wohl wirklich *sehr* dringend das Geld.

Noch einer weniger. Das war doch alles ein Witz, dachte May und griff nach einem Bonbon. Jeder hatte sehen können, dass bei dem Typen eine Schraube locker war. Als »Goldjunge« wurde er gehandelt ... Und sein Onkel wollte ihn zum Abteilungsleiter machen! May lutschte. Hier hatten wirklich alle einen Knall. Würden in Kujai wenigstens die Gesetze der Marktwirtschaft funktionieren, dann hätte sie den Kerl zumindest an einen Zirkus verkaufen können.

Beim Kauen überlegte May, ob vielleicht die telefonischen Eigenschaften zu Tuh funktionierten. ›Huhu Tuh‹, dachte sie ziemlich laut, ›hier spricht die Zentrale für Mufflaune. Bitte melden!‹

Keine Antwort. Irgendwie bekam May Appetit auf Zitrone. Wie in Trance brütete sie über weiteren Mails, zögerte jedoch, noch ein einziges Ressort anzuschreiben. Nur Neville meldete sich noch einmal am Telefon, pünktlich, wie eine mit Schleim geölte Eieruhr. Er wolle »nicht so sein«, raunte er, und er würde May »noch eine Chance geben«, und man sähe sich dann »morgen um elf Uhr« auf dem Hof. May seufzte. Sechs Uhr sollte Abfahrt sein - und der einzige Kollege, der zugesagt hatte, war ein Playboy, der fünf Stunden zu spät kommen wollte. Hatte sie es hier nur mit Irren zu tun? Der vernünftigste Mensch im Umkreis von fünfhundert Metern schien der Lutschbonbon in ihrem Mund zu sein. Und der war nun auch alle.

May überflog die Gebietskarte. Völlig unwegsames Gelände. Wie sollte ein Wagen aus der Stadt dort eigentlich hinkommen? Sie fragte sich, ob der ölwechselbedürftige Dosenbohnen-Twingo mit Gummistiefeln ausgestattet war. Ob da überhaupt jemand dran gedacht hatte? Na ja, genau genommen, war sie diejenige, die dafür bezahlt wurde, über so etwas nachzudenken. May zoomte das Bild größer. Keine Straßen. Man würde mit dem Wagen das Gebäude nicht erreichen können, denn ein Arm des alten Torfkanals schnitt die Zufahrt bereits zwanzig Kilometer zuvor ab. So wie es aussah, existierte überhaupt keine befahrbare Straße dorthin. Zwischen den Bauernhöfen lagen Bereiche voller Sümpfe.

May rieb sich die Schläfen. Die Bonbonschale empfing ihre Finger mit hämischer Leere. Draußen warf die Sommersonne einen desinteressierten Abenddunst durch die Häuserschluchten, und als Mays Unbehagen endgültig in eine magenkneifende Verzweiflung umgeschlagen war, stand sie auf, warf die Lederjacke über und lief die Treppe hinab.

Wieso meldete Tuh sich nicht auf ihre telefonischen Anfragen?

11. Der Mentor

May wollte zu Tuh. Doch bereits vor dem Kiosk sah sie, dass die *Grüne Nixe* geschlossen hatte. Alles Dunkel. Eigentlich war das nicht ungewöhnlich, denn Tuh schloss oft sogar mitten am Tag den Kiosk und verschwand ins Unbekannte. Aber May hatte eine Vermutung, womit Tuhs geheime Aktivitäten zu tun hatten: Tuh spielte in einer Band, die zwar bei jedem Auftritt andere Namen trug, die aber jedes Mal ähnliche akustische Gewaltorgien veranstaltete. May hatte schon drei von diesen Auftritten erlebt, besser gesagt: überlebt. Tuh spielte dabei Bass und trommelte auf Motorhauben herum. Mehrere Polizeiwagen hatte sie zu diesem Zweck umfunktioniert. Vor allem aber ließ sie furchterregende Spezialeffekte vom Stapel. Einmal hatte sie schaumartige Substanzen zusammengerührt, die sie mit riesigen Ventilatoren zu einem Flockenbrei aufpumpte. Wie ein Schneesturm schoss dieser dann ins Publikum. »Das ist kein Konzert«, hatte May damals in den Lärm gebrüllt, »das ist ein Chemieunfall!« Getanzt hatte sie trotzdem wie verrückt, auch wenn ihr das Zeug die Augen verklebte und bis in die Unterwäsche gelaufen war. Das Publikum versank tobend in dem Chemieunfall, während Tuh dazu die Motorhaube zerstörte.

Na ja, mit so einem künstlerischen Projekt wird Tuh sich wohl gerade beschäftigen, dachte May und rüttelte enttäuscht an der Tür. Mann, gerade jetzt hätte sie jemanden zum Reden gebraucht.

»Da ist keiner«, brummte eine Stimme von unten. May erschrak. Sie hatte den Mann in der Ecke nicht gesehen. Er saß auf dem Boden in einer Mulde aus Zeitungspapier und winkte mit einer Weinflasche. Er war alt, unrasiert und trug eine schwarze Baskenmütze.

»Ja ja, Mist«, murmelte May.

»Was wollen Sie denn in diesem Etablissement?« fragte der Alte. Er klang nicht unfreundlich. »Hinten, an der U-Bahn sind doch noch massenweise Läden ...«

»Hm ja, aber ich war hier mit der Chefin verabredet.« May blickte unschlüssig. Der Kerl schien Tuh zu kennen. »Wissen Sie, ob Tuh heute noch mal wiederkommt?«

»Glaub ich nicht. Die ist zu Hause.«

»Ach! Zuhause?« May wurde neugierig. Schon immer wollte sie in Erfahrung bringen, wo Tuh eigentlich lebte.

»Die macht für den Rest des Monats Betriebsferien.«

»Betriebsferien? Stark! Ferien hätte ich gerne mal.«

Er schmatzte: »Also, ich kann vor dem Fräulein nur warnen.«

»Ach? Wieso das denn? Haben Sie etwa was gegen Bunthaarige?«

»Auch. Aber vor allem hat das Persönchen einen unangenehmen Hang zum Knalleffekt.«

»Mmm, nun ja ...«, sagte May. »Das ist mir auch schon aufgefallen.« Sie dachte an die Blitze, die Tuh während ihrer Show mit einem Schweißgerät fabriziert hatte.

»Die junge Dame ist nicht ganz unbeteiligt daran gewesen, dass ich seit einiger Zeit so luftig gebettet bin.«

»Ach?« Obwohl der Kerl stark roch, beugte sich May dichter zu ihm hinab. Das wollte sie jetzt genauer wissen.

»Wissen Sie eigentlich«, flüsterte er, »wie man eine Benzinbombe baut?« Er sah sie linkisch an und sprach dabei mit einem Unterton, als verfüge nur der, der wusste, wie man Benzinbomben baute, über echte Lebenserfahrung.

»Och«, winkte May ab, »ich habe oft mit solchen Dingen zu tun.«

Der Alte kniff die Augen zusammen. Er schien eine ausgeprägte Meinung zum Thema Benzinbomben zu besitzen.

»Also, beruflich meine ich«, stotterte May schnell. »*Theoretisch* kenne ich Benzinbomben.«

»Und ich praktisch!« Er pflanzte die Flasche auf den Boden, als wolle er für die Welt ein Fanal setzen: Seht her, hier sitzt ein Mensch, der *praktisch* alles weiß, was es mit Benzinbomben auf sich hat.

»Ja, nun erzählen Sie mal.«

»Ihre kleine Freundin ist nämlich ganz heiß auf alles, was knallt und brennt und rummst. Ich kann vor einer Bekanntschaft nur warnen. Sonst ergeht es ihnen bald genauso, wie mir.« Er machte das Geräusch einer Explosion. »Wrrruumms! Und mein Haus regnete als Konfetti über die Straße.«

»Au Backe.«

»Kann man wohl sagen«

»Tuh hat Ihr Haus in die Luft gejagt? Haben Sie denn die Polizei gerufen?«

»Ach, das sind doch alles Arschlöcher.«

May schwieg und sah auf den Platz vor dem Tempel. Wenn die Beleuchtung der Nixe ihn nicht mit seinem radioaktiven Grün vergiftete, war er nur halb so schön, fand May. Irgendwie flau.

»Also, halten Sie Abstand zu dem Fräulein, wenn Sie nicht wollen, dass sie ihnen auch die Bude anzündet.«

»Sie meinen, Tuh ist Pyromanin?«

»Quatsch«, protestierte er, »das habe ich nicht gemeint. Dass sie ständig mit neuen Typen in die Kiste geht, ist mir völlig wurscht. Neuerdings wohl sogar auch mit Weibern. Mir Schnuppe. Aber«, jetzt streckte er verschwörerisch den Kopf nach vorne, »die Dame hat einen Knall, wenn es um *Feuer* geht! Die steht darauf, Sachen abzufackeln! Die ist nicht nur 'ne Pyromanin - die fackelt außerdem auch noch Häuser ab!«

May sagte nichts.

»Am besten wäre es, man stellt der Dame einen Bullen zur Überwachung an die Seite! Damit sie nichts mehr anstellt. Die Hälfte von dem Zeug hier hat sie eh geklaut. Ich verstehe gar nicht, wieso hier nicht mal ein pfiffiger Polizeifuchs reinschaut und die ganze Bude abreißen lässt.«

»Hm, hm.« May nickte verständnisvoll. »Dann hätten die Leute, die hier rumsitzen, aber auch nichts mehr zum Anlehnen.«

»Auch wieder war.«

»Und wo wohnt Tuh jetzt? Oder hat sie ihre eigene Wohnung etwa auch abgefackelt?«

»Gute Frau, Sie sind mir sympathisch, aber ich will nicht, dass Sie sich unglücklich machen. Wenn Sie ab und an mal ne Suppe bei dem Fräulein schlabbern, dann riskieren Sie 'ne Magenverstimmung. Aber wenn Sie sich auch noch privat mit der abgeben, dann geht am Ende alles in Flammen auf. Ich kann nur warnen.«

»Ach, kommen Sie! Tuh und ich verstehen uns prima. Nun sagen Sie schon, wo sie steckt!« May setzte ein mildes Gesicht auf. »Ich will Tuh ja nur warnen, falls demnächst Bullen angeschnüffelt kommen.«

»Hm.« Er fuhr seine Augenlider wieder zu defensiven Schießscharten hinab. »Aber auf eigene Gefahr. Und nur, wenn Sie mir versprechen, etwas mitzunehmen.« Er verschwand hinter der Bude. May ging ihm nach und sah, dass er in dem Einkaufswagen eines Supermarktes zu wühlen begann. Er wuchtete einen Gegenstand hervor und reichte ihn May in die Hand. Er wog einiges.

»Einen Feuerlöscher?« May zog die Augen belustigt groß.

»Sollte man immer dabei haben«, bekräftigte er und drückte ihn feste in Mays Hände. »Nehmen Sie ihn. Sie werden ihn brauchen. Damit es ihnen nicht so ergeht wie mir.«

May hielt den Feuerlöscher wie ein Baby im Krippenspiel. Es war ein kleineres Modell. »Toll. Niedlich. Danke.«

»In einem Feuerlöscher«, flüsterte er, »ruht eine tiefere Wahrheit, das wissen Sie?«

»Natürlich. Ich werde ihn immer tief in meinem Herzen tragen.« May streichelte die Prüfplakette und lächelte.

»Da brauchen Sie ihn nicht. Sie brauchen ihn, wenn Sie mit Fräulein Thusnelda zu tun bekommen.« Der Alte griff nach der Stange des Wagens und schob ihn klirrend voran.

»Und? Wo steckt Tuh denn nun?« fragte May gereizt. Der Typ wollte sie jetzt ja wohl nicht ohne die Information stehen lassen?

»Einfach die dritte Straße runter.«

»Die *dritte* runter?«

»Yup. Können Sie nicht verfehlen.«

»Aber ...« May fehlten die Worte. War das sein Ernst? Die dritte Straße hinunter? »Da geht's doch ins Nirgendwo«, protestierte sie, »da wohnt doch keine Sau. Irgendwann kommt da der Kanal, und dann geht's nur noch weiter mit Schwimmflügeln.«

»Und da gehen Sie einfach rechts rum, bis Sie da sind.«

»Aha.« May blickte skeptisch. Am Kanal entlang? Rechts rum? Der Penner wollte sie doch nicht zu seinen Kumpeln lotsen, die irgendwo unter der Brücke gammelten?

»Gehen Sie mal, Thusnelda wird sich freuen.«

May seufzte. Was hatte sie zu verlieren? Selbst wenn ein armer Penner sie am Kanal volllabern würde, wäre ihr das immer noch lieber, als sich mit jenen Irren zu befassen, mit denen sie morgen wieder Polizei spielen musste.

May schulterte den Feuerlöscher und ging los. Sie nahm sich vor, das blöde Ding so bald wie möglich in den Kanal zu schmeißen, wenn der Alte sie nicht mehr sehen konnte.

12. Infraschall

Doch aus irgendeinem merkwürdigen Grund schleppte May das Blechding eine Weile leise lächelnd mit sich. Sie hielt es beim Gehen genauso vor dem Bauch, wie sie früher Lou getragen hatte, wenn sie ihn aus dem Keller geholt hatte. Der Metallzylinder wog auch ungefähr genauso viel wie er. Na ja, wahrscheinlich etwas weniger, weil Lou jetzt bestimmt noch einiges zugenommen hatte. Wo immer er sich durchfressen mochte - er würde garantiert keine Diät halten, da war sich May sicher. Unbewusst streichelte sie das Blech.

Es wurde dunkler. Tatsächlich bildete die Gegend hier das Widerlichste, was die Stadt zu bieten hatte. Überall türmte sich Müll zu meterhohen Bergen auf und das Pflaster glänzte unter einem glitschigen Brei. Dass es entsetzlich stank, war noch das kleinere Übel, aber auszurutschen, erschien May als der größte anzunehmende Unfall. Oder besser Umfall. Zum Glück war die Gegend menschenleer und May fühlte sich sogar ein wenig erleichtert, als auch die letzten Straßenlampen hinter ihr verschwanden und endlich stille Dunkelheit sie umhüllte. Enten quakten aus dem Kanal. Dünner Wind lockerte ihre Haare. May fürchtete sich nicht im Dunklen, und hier am Wasser erhielt man zudem einen hübschen Blick auf die andere Uferseite. Drüben funkelten die Hochhäuser voller elektrischer Glühwürmchen. Aber wo mochte bloß Tuh wohnen? Hatte der Penner sie verarschen wollen?

Egal. Ein Abendspaziergang lüftete zumindest das Hirn. May spürte, wie der Wind ihr Tränen in die Augen trieb. Alles verschwamm zu schwarzer Trübnis. Dann sah sie plötzlich ungewöhnliche Lichtpunkte. Sie blieb stehen. Die Lichter lagen auf dem Wasser, oder vielmehr: in der Luft über dem Wasser. May kniff die Augen zusammen. Die Lampen schaukelten in rötlichen Farben und zogen sich mehrere

Meter in die Höhe hinauf. Ein Mast? Ja, dort lag ein Kahn, vielleicht zwanzig Meter lang, übersät mit Glühlampen ... Und er schaukelte gutmütig im Wind. May ging schneller.

Als sie näherkam, erkannte sie das Schiff in seiner ganzen Pracht: Es leuchtete voller Verzierungen, kunterbunt. Sie sah kuriose Objekte, die Hinweise auf einen höchst speziellen Geschmack gaben: Eine barbusige Galionsfigur hing vorne schräg am Bug. Allerdings war sie nachlässig bemalt, mit roter Farbe mehr besudelt als lackiert, und zudem hatte jemand sie viel zu kopflastig montiert. Sie jagte mit gesenkter Stirn kopfüber, wie ein fliegender Superman, oder eine Rakete im Tiefflug. Das war keine Galionsfigur - das war ein Rammbock! Und sie besaß Augen, die mit grünen Glühbirnen bestückt waren, über die sich wiederum eine Taucherbrille mit Schnorchel stülpte. May musste grinsen. Auch über dem hinteren Teil des Schiffes spannten sich Lichtgirlanden und fächerten sich zu einem Baldachin in Form von großen Blättern auf. Am Mast baumelte eine Fahne, die aus Kopfkissenbezügen zusammengenäht war und in der Mitte einen goldenen Totenkopf zeigte. Der Mast selbst wurde von dunklen Textilien umwickelt - offenbar den Resten von schweren Pelzmänteln. Mit Verblüffung sah May noch etwas: Ein großes Gerät wartete an der Reling und zielte direkt auf jeden Ankömmling. Eine Harpune! May wurde ein wenig skeptisch, ob das Ding wirklich nur zum Spaß die Besucher begrüßen sollte. Ob es sich dabei um eine Attrappe, oder um eine funktionsfähige Bordkanone handelte, war schwer abzuschätzen. Aber wer Lust auf Walfang hatte, der musste sich hier wie zu Hause fühlen. Und May gefiel es.

Sie betrat die knirschende Brücke, mit der man schwankend auf das Schiff gelangte. Auf dem Heck wehte ihr ein intensiver Geruch entgegen, wie von verbranntem Kupfer. Als sie vorsichtig über den

Steg klapperte, hegte sie keinen Zweifel mehr: Sie hatte Tuhs Wohnung gefunden.

»Bing Bong!« rief sie und kletterte über das Deck, bis sie eine Treppe erreichte, die abwärts zur Kajüte führte. »Jemand zu Hause? Hey Tuh, aufmachen! Besuch vom Amt für Wasserwirtschaft!«

Ein Poltern verriet, dass sich im Inneren jemand befand. Ein Brummen ebbte ab, dann rumpelte es und knarzend öffnete sich die Tür. Tuh streckte ihren Kopf heraus. Pink, drahtig, explosiv ... Selbst für ihre Verhältnisse sah sie ziemlich verstrubbelt aus.

»Ach nee, das ist jetzt aber ein Ding!« Tuh staunte aus wahrhaft unaufgeräumtem Herzen. »Die Bullerei am Abend. Mensch Kleine, wer hat dich denn rausgejagt? Ist ja stark!«

»Ja, kann ich reinkommen? Ungemütliche Gegend hier.« May lugte in das Innere der Kajüte. Eine Öllampe schwankte über einem Gewimmel aus Tüchern, Seilen und Paketen und schüttete grünen Lichtdunst in die Kajüte. Überall schaukelten Bilder. Ein Teil davon schien eigenhändig gemalt zu sein - oder besser: eigenhändig konstruiert, denn vieles bestand aus Objekten. May zog den Kopf ein, und sackte die Stufen hinab. Sie sah gelbe Patronenhülsen als Zähne im Gesicht von Graf Dracula. Eine Landkarte von Afrika, daneben ein Bild von Elvis Presley, zackige Regenbogen und Panzer mit goldenen Flügeln ... Ein Pinguin mit einem Maschinengewehr, darüber die Schrift »*Edle Einfalt, stille Größe.*« Ein Glücksspielautomat, auf dem ein blaues Kuheuter aus Gummi winkte. Daneben eine Polizeimütze, die mit Stroh bewachsen war. Der ganze Klimbim schien eine große Auflehnung gegen die faden Gesetze der Wahrscheinlichkeit darzustellen. Eine bunte Erlösung vom Übel der Vernunft.

Im Hintergrund lehnte ein Schaukelstuhl neben einem verrosteten Grill und einem Trimm-Dich-Fahrrad. Eine Bassgitarre lag auf einem Tisch und erfüllte den Raum mit leichtem Brummen. May versuchte, den Feuerlöscher heimlich in einer Ecke abzustellen, bevor sie Tuh dessen Sinn und Zweck hätte erklären müssen.

»Ich hatte Hunger«, sagte May. »Und deine Bude hatte ja zu.«

»Na, komm mal rein, wenn in einer 8-Millionen-Stadt die Oberschicht bereits alles leergefressen hat. Suppe hab ich aber keine da. Hier musst du dir selbst was fangen.«

May ließ sich durch die Schwankungen des Kahns nicht aus der Balance bringen und schob sich an Tuh vorbei. Sie roch nach Bratwurst. »Hübsch hast du es hier.«

»Tee, Wodka, Wasser?« Tuh kletterte barfuß über einen Steg, der hinauf zu einem Fach führte, das sich unter der Decke befand.

»Vielleicht eine Limo«, sagte May.

»Immer 'ne Extrawurst wollt ihr gebraten haben ... Niemals das nehmen, was es gibt. Immer genau das fordern, wofür andere sich krumm machen müssen. Ihr hungrigen Bürger. Die Extrawurst, die Extrawurst. Das Leibgericht der shoppenden Klasse.« Tuh warf ein paar leere Plastikflaschen herab und versuchte dabei, möglichst scharf zu werfen. May wich einem Geschoss aus. Schließlich reichte Tuh ihr eine quaderförmige Packung und grinste.

»Uh, ist das Wein?« fragte May und wog das Ding naserümpfend in der Hand. Ein Kilo Flüssigkeit schwappte im Inneren.

»Das Leben ist kein Wunschkonzert, meine Beste. Ich kann dir noch etwas Wodka reintun, zum Verdünnen.« Tuh steckte sich eine Zigarre zwischen die blauen Lippen und ließ ihr Feuerzeug schnappen. Durch den einsetzenden Qualm fragte sie: »Und? Das ist doch wohl kein Zufall, dass du hier rein spazierst? Sag nicht, gleich kommt dein Schnüffeltrupp und filzt mir die Bude!«

»Nee ...« May schnitt die Tüte auf und versuchte, einen möglichst kleinen Schluck in ein leeres Marmeladenglas zu trichtern.

»Und«, grinste Tuh, »haste Kummer mit deiner Bullenherde? Irgendwie habe ich da so ein Gefühl ...«

May träufelte einen Spritzer Wein auf ihr mit Wasser gefülltes Glas und verrührte ihn vorsichtig wie Kaffeesahne.

»Diese Woche muss ich dich sowieso enttäuschen«, fuhr Tuh fort. Während sie in dem Schaukelstuhl wippte, hatte sie jetzt eine Wodkaflasche auf ihre Stirn gestellt und balancierte diese mit beachtlichem Geschick. »Kann leider nichts für dich tun ...«

»Trainierst du für den Zirkus?«, fragte May. Sie staunte über Tuhs Geschicklichkeit.

»Das ganze Leben ist ein Zirkus.«

»Oh ja. Einige gehen in die Manege und zähmen die Bestien. Und andere sind die Clowns.«

»Bingo«, krähte Tuh. Sie illustrierte ihren Balanceakt mit ausgebreiteten Armen. »Wichtig ist nur, dass man nicht die Torte ins Gesicht kriegt.«

»Du bist eine weise Frau.« May bekam Appetit auf Kirschtorte.

»Brauchst dich nicht einzuschleimen. Ich mache sowieso, was mir passt. Deswegen mache ich nächste Woche nämlich auch die Bude zu. Betriebsferien.«

»Oh ha. *Betriebsferien.*« May formte das Wort wie ein Fremdwort. War das Latein? Solche Ausdrücke kannte sie gar nicht.

»Yup! Entspannung muss sein.« Tuh schloss beim Balancieren die Augen in musischer Wollust.

»Dein ganzes Leben ist doch Entspannung«, gab May zu bedenken, »also, bei mir, da ...«

»... ist eben alles Scheiße. Auf so was darf man sich gar nicht erst einlassen: Bullizei! Diener der shoppenden Klasse. Beamten-Stadl mit Lizenz zum Sesselfurzen.«

»Hast du ne Ahnung«, protestierte May, »wenn du meinen Sessel kennen würdest.« Sie verbog das Gesicht, als sie an den Geruch des ehemals hellblauen Polsters dachte.

»Alles Gurke«, näselte Tuh. »Zuviel herumsitzen ist gar nicht gut für den Po. Deswegen mache ich erst mal Urlaub. Aktivurlaub *und* Bildungsurlaub.« Sie betonte das Wort *und* mit einer Sensationen versprechenden Deutlichkeit, die May zum Kichern brachte. Tuh war wirklich die Beherrscherin zweier Welten: Aktiv *und* gebildet. Jeder Mann musste schwach werden für sie.

»Ach? Und mich lässt du dann alleine mit meinem Querulanten-Stadl?« seufzte May. »Ist dir gar nicht klar, dass ich dann Seelen- und Suppenschmerz zugleich aushalten muss? Nicht nur Lou ist mir nämlich abhandengekommen, sondern jetzt auch noch mein rührender Assistent. Er war ein Goldjunge!«

»Du hast eben zu viele Streuner in deinem Bekanntenkreis«, wandte Tuh ein. Sie stand balancierend auf und hatte Mühe, die Flasche am Abrutschen zu hindern.

»Sag mir nichts gegen Lou«, schimpfte May und besah sich die Flocken in ihrem Glas.

»Mir doch Wurscht«, keuchte Tuh. Die Flasche stand auch auf ihrem seitlich gedrehten Kopf wie ein Mast im Wind.

»Was machst du dann für eine Art Fortbildung? Reich werden mit Pfandflaschen? Flaschen drehen auf der Kirmes?«

»Nee ... Alchemie! Neue Experimente mit der stofflichen Wechselwirkung.«

»Mit der Wechselwirkung?«

»Kennst du nicht? Es geht um die Wechselwirkung zwischen der feinstofflichen und der grobstofflichen Welt. Das ist hochinteressant, kann ich dir sagen.«

»Aha.« May trank und sah sich in der Kajüte um. Auch wenn die Klamotten den Raum wie eine Gerümpelkammer aussehen ließen, war er doch ziemlich gemütlich. In dem Licht sah Tuh wie eine echte Wassernixe aus. May bekam Lust, an der Bassgitarre zu fummeln. Offenbar war sie an einen Verstärker, der irgendwo im Gewühl aus Lederjacken, Getränkekisten, einem Boxsack und Schallplattenhüllen verborgen war, angeschlossen.

»Und was genau erforschst du da?«

Tuh warf die Flasche in die Luft, richtete sich auf, und fing sie mit einer Hand auf. Sie blickte zu May, die einen Applaus andeutete. Tuh verbeugte sich und sagte: »Na ja, wie Materialien sich verhalten, wenn man Sachen mit ihnen anstellt. Man kann da 'ne ganze Menge rauskriegen, wenn man verschiedene Substanzen mischt und richtig anbrät. Du nimmst etwas Sand«, flüsterte sie, »dazu Holzspäne und Schnittblumen von einer Wiese, die in einer Vollmondnacht gemäht wurden. Dazu Sirup aus echtem Krötenblut und rote Pilze. Dazu kommen Knallerbsen, Zitronenschalen und der Staub aus einem Katzenfell.«

May bereute, dass sie bereits ihren Weinwassermix herunter gewürgt hatte. Er begann, in ihrem Magen zu flattern, wie eine Piratenflagge im Wind.

»... und erwärmst das Ganze dann«, fuhr Tuh fort. »Rühren nicht vergessen, sonst explodiert der Sirup zu früh. Das wäre nicht gut für die emotionale Konnektivität. Wir sprechen hier nämlich nicht vom Kochen - sondern von der Resonanz, den die farblichen Effekte *in dir* auslösen können. Gelb trägt dich in eine höhere Sphäre. Gelb ist der Wahnsinn.« Sie illustrierte die räumlichen Zusammenhänge mit entsprechenden Gesten: Hoch, runter, Sphären, Wahnsinn. »Violett zieht dich hinab und bringt dich zum Meeresgrund, hin zu deiner wahren Natur.«

»Ach.« Davon hatte May noch nie gehört.

»Aber wenn es bläulich schimmert, dann bis du auf dem richtigen Weg, dem Schlangenweg, dem Mittelweg.« Tuh, die tatsächlich ziemlich schlank war, machte mit ihrem Körper ein paar schlängelnde Bewegungen. »Der Schlangenweg geht tief in die Mitte. In die blaue Erde, abwärts in Kurven. Dann findest du den wahren Ausgleich und die Ruhe und die Kraft. Verstehst Du?«

May sah sie an. Dann bewegte sie sehr langsam den Kopf erst nach links, sah einen winkenden Teddybären, der an einem Galgen hing, dann drehte sie den Kopf nach rechts, wo ihr Blick auf das Poster mit einem Auto fiel, das in einem Fluss unterging. Es war ein Polizeiwagen. Doch eigentlich sollte ihre Bewegung ein Kopfschütteln darstellen. Und als Mays Blick endlich wieder in der Mitte angekommen war, sah sie Tuhs rot-grüne Augen (die sie offenbar eines für Backbord und eines für Steuerbord geschminkt hatte) und ließ ihren Schwenk einrasten. Sie starrte in Tuhs Pupillen. Eine bengalische Begeisterung sprühte darin, während der Rest von Tuhs Körper der Verpflichtung zum Schlängeln und Resonieren nachgab. May sagte langsam: »Äh, nein.«

»Hmja, siehste«, relativierte Tuh, »gerade deswegen ist es ja so wichtig, dass hier Aufbauarbeit geleistet wird. Informative Aufbauarbeit. Aufbauende Informationsarbeit, sozusagen. Das ist Grundlagenforschung, die erst einmal einer breiten Öffentlichkeit vermittelt werden muss.«

»Das glaube ich gerne.«

»Eben. Pioniere sind da gefragt. Ich brutzel den Kram hinten am Heck. Wenn es zu übel stinkt, weht es ordentlich weg.« Tuh schlängelte sinnlich weiter, wobei in ihren Augen ein Glanz funkelte, der nicht von dieser Welt zu stammen schien. Man wusste nie, ob Tuh wirklich an den ganzen Unsinn glaubte, den sie von sich gab. Sie sah

May an und sagte tadelnd: »Da müssen sie nicht gleich die Drogenpolizei rufen, Frau Von-Und-Zu-Streuner-Hausen.« Tuh beendete ihren Schlangentanz, griff nach der Bassgitarre und warf sie sich mit dem Schultergurt über. Das Instrument grollte betroffen. Genau so musste es sich angehört haben, als die Titanic über den Eisberg fuhr.

»Nun sag schon, Frau Polizeimeisterin, was wolltest du eigentlich von mir?« Tuhs spitze Finger stöpselten an dem Instrument herum. »Du bist doch nicht nur gekommen, um mir meinen kostbaren Tütenwein wegzusaufen?«

»Ich«, sagte May langsam, »ich brauche Dich. Ich brauche deine Hilfe. Dringend.«

Tuh löste zur Probe einen ersten Donnerschlag mit klopfendem Daumen aus. Er hatte ganz schön Wumms.

»Du musst mir ein C3-Team machen«, sagte May laut.

»C3? Wollen wir mal sehen.« Tuh nickte, als hätte sie verstanden, was May eigentlich meinte. Sie begann, ein forderndes Blubbern mit dem Bass anzurichten. Vor Mays Augen verwandelte sich Tuh in einen Donnergott, der seine Botschaft in dunklen Lärmwellen in die Welt hinaus schimpfte. Sie schloss die Augen und nickte dabei, als wäre sie auf eine unerschütterliche Weise mit sich und ihrem Kahn, dieser Stadt und ihrer Existenz, der weiten Welt, ja dem gesamten Universum einverstanden. Von nun an, wo ein Sound wie dunkle Butter ihre Seele erweichte, lebte sie in reinstem Einverständnis mit diesen drei Tönen, die sie stoisch auf und ab rülpsen ließ. »C3 ist auch mein Lieblingssound«, rief sie, ohne zu verstehen, was May tatsächlich sagen wollte.

»Also«, schrie May durch den Lärm, »was ist? Kommst du mit?«

»Ich?« Tuhs Augen lachten irre über ihrer spitzen Nase. Wer so wie sie Bass spielen konnte, brauchte sich ganz bestimmt keine Mühe zu geben, irgendetwas in diesem Universum verstehen zu wollen.

»Du! Du kommst mit mir mit!« bestimmte May.

»Mitkommen?«

»Ja!«

»*Komm - wie du bist ...*« Tuh sang jetzt irgendetwas zu diesem Basslauf. »*Mit mir mit. Wie wir warn. Wie ich wollte du wärst ...*«

»Ja! Du kommst mit mir mit«, rief May, »auf das verdammte Scheißschloss! Wir gucken nach, wo der Fettsack von Konsul geblieben ist! Du könntest diejenige sein, die mich rettet. Du und ich, wir zwei bilden ein C3-Team!«

»*Wie ein Freund ... Wie ein Joint!*«

»Tuh? Hast du verstanden, was ich meine?«

»Mag sein!« Tuh ließ den Basslauf auf eine dreckige Weise auf und ab watscheln. »It takes two! Zwo, Drei, Vier!«

»Ja, ich brauche dich, Tuh!« rief May.

Tuh nickte. »Oh ja.« Ihre Finger griffen den Riff mit gelangweilter Routine. Nein, eigentlich ödete es sie an, so zu spielen - aber es klang eben viel zu gut, sodass aufhören Desertieren vor dem Glück bedeutet hätte.

»Abgemacht? Tuh? Du lässt mich nicht hängen? Ich kriege doch sonst keine vernünftigen Leute zusammen. Wir beide fahren morgen da hin, finden den Fettsack, und haken die ganze Scheiße ab.«

»Scheiße abhaken ist genau mein Ding! Wir fangen grobstofflich an, und arbeiten uns dann ins Feinstoffliche vor!«

»Nur so geht es!« seufzte May und ließ sich erschöpft rückwärts fallen. Sie landete auf einem Fischernetz und rief in den Lärm hinein: »Hast du eigentlich eine Lizenz?«

»Eine Lizenz? Wofür?«

»Na, zu dem Lärm hier ...«

»Das ist kein Lärm, das ist Infraschall. Gut nich?«

»Eben! Denk mal an die Nachbarn.«

»Welche Nachbarn?«

»Na, die Fische hier. Die finden das gar nicht gut! Die kriegen Schwimmblasenentzündung. Das ist ja Tierquälerei.«

»Blödsinn. Das ist Nirvana.«

»Dafür brauchst du eine Lizenz!«

»Wozu?«

»Eine Lizenz - zum Dynamitfischen.«

Wir zwei fahren irgendwo hin.

Und macht das auch gar keinen Sinn.

Die Welt?

Sie ist ein Blumenbeet!

Und wir?

Sind mittendrin!

Wir zwei fahren irgendwo hin.

Peter Rubin

13. It takes two

Es war kein richtiger Traum, den May träumte, während sie in der Kajüte trotz des Bass-Lärmes einschlief. Es war vielmehr ein Gefühl, eine seelische Gewissheit, die zu ihr kam, wie eine alte Erinnerung. Ihr Traum hatte mit der Idee zu tun, dass alles, was ein Mensch im Leben erreichen konnte, nur zu zweit geschaffen werden konnte. Man brauchte immer zwei - in jeder Beziehung. Ob es sich dabei um Gegensätze handelte, oder um sich ergänzende Elemente, die in einer Symbiose existierten, spielte keine Rolle. Man benötigte immer zwei. Komplementär oder symbiotisch. Von Weitem rollten die Melodien der Bassgitarre in ihre Seele hinein.

May träumte ohne jede Handlung; stattdessen tauchten Gesichter auf, dann wieder regierten einzig Farben und Gefühlen in ihrem schaukelnden Geist - und besonders intensiv Musik. Sie träumte von der Schönheit, die darin lag, einen perfekten Rocksong zu kreieren. Auch dazu brauchte man immer zwei. Tuhs Basslauf schlang sich in tiefen Verästelungen durch ihr Unterbewusstsein, schüttelte neue Harmonien aus felsigen Blöcken und ließ seltsame Blüten wachsen. Sie wuchsen zu einem Garten, in dem abwechselnd die Gegensätze aufeinandertrafen, miteinander stritten und zur nächsten Stufe empor rankten. May sah plötzlich Stan Laurel und Oliver Hardy ... Sie dachte daran, wie oft die beiden von ihrer Agentur auseinander gebracht werden sollten. Eine Solokarriere für den einen - oder den anderen? Was für eine Katastrophe. Stan ohne Olli? Wie unkomisch. Dann sah sie Paul und John. Es brauchte immer zwei. Niemals würde ein einzelner Mensch etwas kreieren können, wie es die Beatles geschaffen hatten. May flog im Traum weiter, getragen von wunderschönen Akkorden. Blumen leuchteten. Sie sah Faust und Mephisto über eine Wiese spazieren. May dachte an zwei Seelen in einer Brust, sie beobachtete den blauen Himmel, und dass die Farbe Blau nur durch die Komplementärfarbe Gelb - die Sonne - schön wurde. Ohne Gelb kein Blau. Auf dem Mars gab es nur Orange - und jeder Marsianer hält das für normal. Er nennt es Weiss. Man braucht immer *zwei* Farben, um unterscheiden und definieren zu können. Als der Traum begann, sehr wirr und ein kleines bisschen anstrengend zu werden, da konnte May nur noch in Englisch träumen. *Yes, it takes two.* Man brauchte immer Zwei. Und May brauchte Tuh.

Als May wieder zu sich kam und die drehenden Flecken der Kajütendecke blickte, verstummten langsam die Wortspiele in ihrem Kopf. Sie blickte zur Seite. Tuh hatte mit dem Lärm aufgehört und saß still am Tisch. Sie hockte auf einem Gummiball und betrachtet etwas, das hinter ihrem Scheitel auf der Platte lag.

»Du meinst ein gewisses Schloss Taubenschlag«, murmelte Tuh, »da soll ich mit dir hinfahren? Das liegt in der Provinz Matruk.«

May erhob sich und sah, dass Tuh auf eine faltige Landkarte blickte. »Ja, genau das ist es«, nickte May. Ich habe es mir auch auf den Karten angesehen. Liegt am Popo der Welt. Morgen um sechs brechen wir auf. Der Fahrer müsste eine Wegstrecke vom Ressort für Transport bekommen.« May fühlte sich elend.

»Das liegt nicht weit entfernt vom dritten Nord-Kanal«, stellte Tuh fest. Sie stand auf und ging an der sprachlosen May vorbei die Stufen zur Tür hinauf. Etwas Entschlossenes lag in ihrem Gang. May fühlte sich immer noch benommen und spürte, wie in ihr der Wunsch zum Erbrechen aufstieg. Ehe sie es merkte, stürzte sie hinter Tuh her. Sie flog nach oben ins Freie und würgte bereits im Laufen einen Schwall roter Flüssigkeit heraus. Explosionsartig hatte der Wein gegen seinen Aufenthalt in ihrem Magen rebelliert und nun sah May dem Sprühregen nach, wie er aus ihr heraus schoss und in die Nacht verschwand. Als fröhliche Fontäne begrüßte er die Freiheit: Hinauf in den Nachthimmel, dann bestürzt in den Fluss. May sah der gekräuselten Oberfläche nach, wischte sich den Mund ab und bemerkte aus den Augenwinkeln, wie neben ihr Tuh begann, an einem Tau zu hantieren.

»Was machst du da?« fragte May zitternd.

»Siehst du doch. Wir legen ab.«

»Wir tun was? He, warte mal, ich dachte, wir ...«

»Nicht nachdenken, Frau Kommissarin. Das liegt dir nicht. Wir stechen in See. Sofort!«

»Aber, der Fahrer kommt morgen früh zum Hof. Um sechs müssen wir da sein. Und vorher müssen wir den Kofferraum ausladen.«

»Gar nix müssen wir. Um sechs sind wir längst hinter der zweiten Schleuse, und ab dann geht's Volldampf voraus! Vorbei an den Mangroven - und dann kann der Tag kommen.« Tuh packte die Ketten des Stegs und legte ihr gesamtes Gewicht wie beim Tauziehen hinein. Quietschend klappte das Blech an Bord. »Dein Schloss«, schnaufte Tuh, »liegt irgendwo acht Stunden backbordseitig. Habe ich auf der Karte gesehen.«

»Aha.« May zitterte. Wein war wirklich nicht ihr Ding.

Dann vibrierte der gesamte Kahn. Tuh war nach oben in den Fahrerstand geturnt und hatte den Motor angeworfen. May kletterte ihr nach und rief durch das Geknurre: »Bist du sicher, dass wir mit deinem Kutter da überhaupt hinkommen?« Unsicher blickte sie über den Kanal. Schwarz und unternehmungslustig kabbelte das Wasser im Wind.

»Wir werden sehen«, rief Tuh leichthin. Ihr Scheitel wehte jetzt rückwärts, aber es gelang ihr, ihn wieder so hinter die Schulter zu werfen, dass er sich dort verhakte. »Mir ist die Sache eigentlich Wurst«, sagte sie. »Meine Experimente kann ich überall unternehmen. Meinetwegen auch in der Pampa von Matruk.«

»Na ja«, gab May zu bedenken, »die Sache wird bestimmt kein Urlaub. Wenn ich den Ärschen vom Ministerium am Ende nichts präsentiere, werden die nicht entzückt sein.«

»Ach«, sagte Tuh mit einer abwinkenden Geste und kaute dabei auf einem Zigarillo, »mach Dir mal keinen Kopf. Du kannst doch bestimmt noch einen Krankenschein nachreichen. Das machen in deinem Laden doch alle so. Nur mit dem Unterschied, dass du eben auf Verbrecherjagd im Urlaub gehst. Ein prima Hobby! Andere mähen den Rasen, du schnappst den Außenminister, den Verbrecher.«

»Der Konsul ist kein Verbrecher. Korrupt, ja. Widerlich, mag sein. Aber als Verbrecher gilt er nicht.«

»Na, dann ist es ja eh Gurke, ob wir ihn schnappen oder nicht.« May sah in die Nacht, wo die Lichter der Hochhäuser schläfrig an ihr vorbei taumelten. Es musste mittlerweile weit nach Mitternacht sein, und nur noch wenige Fenster leuchteten klein und friedlich wie Puppenhäuschen. Es war schön, fand May, die Stadt einmal aus dieser Perspektive zu sehen. Man selbst schrumpfte hier unten im Kanal so sonderbar klein und niedrig - selbst die Straßenlampen am Ufer schwebten höher als man selbst. Wie eine Maus kroch man unter der Welt hindurch. Niemand sah einen, keiner nahm Notiz. Und der Wind spornte die Seele an, wie ein Komplize bei der Flucht. May fühlte sich bereit zum Desertieren.

14. Feinstoffliche Resonanz

May verkroch sich in der Kajüte unter einer Decke voller rosa Elefanten und schaukelte augenblicklich in einen traumlosen Schlaf. Als der Morgen sie mit klammem Muff weckte, stand Tuh immer noch oben im Fahrerstand und steuerte den Kahn mit der Miene eines grimmigen Seebären. May ging zu ihr hinauf und blickte in den Sonnenaufgang. Erfüllt von violettem Glühen machte sich der Morgen vor dem Bug breit.

»Bist du nicht müde?« fragte May.

»Geht schon. Du kannst ja die nächste Schicht übernehmen.« Tuh zeigte auf die Instrumente. May verstand nach einer Weile, welche Hebel und Knöpfe zu welchen Funktionen gehörten. Anders als beim Autofahren konnte man eigentlich fast nirgendwo anstoßen. May probierte, das Ruder mal hierhin, mal dorthin zu reißen. Viel passierte nicht. Kahnfahren war idiotensicher. Prima, genau das Richtige für sie, fand May. Nach dem Stress in den letzten Wochen hatte sie es dringend nötig, einfach mal irgendwo zu sein, wo man nirgends anstoßen konnte. Die Motoren grummelten verlässlich im Schiffsbauch, und May steuerte dämlich drauflos.

Die Stadt verschwand kommentarlos hinter ihnen, und auch das Ufer hatte sich nun in wesentlich größere Entfernung vom Schiff zurückgezogen. Gelegentlich grüßten wie zum Abschied ein paar Häuser am Ufer und ließen sich, bevor sie endgültig versanken, schläfrig hinter Plantagen voller Obstbäume zurückfallen. May sah zwei hagere Jungen, die auf einem Steg mit ihren Angelruten winkten.

»Sag mal May«, fragte Tuh, »wieso bist du eigentlich so scharf auf diesen Schloss-Einsatz? Das ist doch für eine normale Stadtbullin der komplette Oberquatsch.«

»Ach«, seufzte May, »ich weiß auch nicht. Alle anderen lassen die Finger von dem Fall. Wie eine heiße Kartoffel. Nur, weil der Konsul sich selbst noch viel mehr bereichert als alle anderen, an dem Kram, den wir konfiszieren, freuen die sich, dass er tot ist. Stell dir vor, du zockst die kleinen Ganoven ab - und dann kommt ein noch größerer Ganove und zockt dich ab. Je älter man bei uns wird, desto normaler wird das. Aber eigentlich müsste man da doch etwas unternehmen. Wenn in meinem Revier irgendein Gemüsehändler Ärger bekommt, gehen wir ja auch hin. Außerdem dachte ich, dass man kurz vor seiner Beförderung vielleicht mal ein bisschen Power zeigen sollte.« Sie sah, wie Tuh etwas spöttisch zu ihr hinüberschielte. »Naja, vielleicht war die Sache eine Schnapsidee. Aber ...« Während May darüber nachdachte, sah sie in Gedanken wieder das Gesicht von diesem Fremden vor dem Bus. Doch davon wollte sie Tuh diesmal nichts erzählen. Also sagte sie: »Außerdem steht mein Büro unter Wasser. Ein paar Tage rauskommen, wäre ganz gut, verstehst du?«

»Na warte mal ab, Wasser gibt es hier auch jede Menge. Besonders stabil ist die alte Mühle nicht mehr.« Tuh sah sie mit dunklem Blick an. »Wo die Schwimmflügel liegen, hast du schon gesehen?«

»Nee.«

»Na, die wirst du schon finden, wenn die Lage planschig wird.«

»Also, ich will diese Sache mit dem Konsul wirklich klären«, sagte May. »Er war schließlich nicht irgendwer. Den Minister fürs Auswärtige schreibt man doch nicht einfach so ab, als wäre er ein X-beliebiger Kleindealer.«

»Ist das dieser Bolaire?«

May nickte und sah, wie Tuh sich ihren rechten Zeigefinger in den Rachen steckte. Ja, jeder in Kujai fand den Kerl zum Kotzen.

»May, sei mal ehrlich«, sagte Tuh, »du willst dich doch nur als Superbullin präsentieren. Einschleimen bei der Oberschicht. Letztendlich willst du auch zur shoppenden Klasse gehören. Meiner Meinung nach teilt sich die Menschheit in zwei Typen: solche, die shoppen gehen, und solche, die den Müll für die Shopper anschleppen. Und die haben garantiert keine Kohle, um sich selbst etwas zu kaufen. Es gibt nur Diener auf der einen Seite - und Leute, die sich bedienen lassen. Und die Shopper bestellen dann Leute wie dich, die aufpassen, dass ihnen nichts von ihrem Plunder weggenommen wird. Bei dir im Büro arbeitet doch jeder Besserverdiener höchstens zwei Stunden am Tag. Den Rest des Tages vertreibt ihr euch mit Aufpludern, Federn-Spreizen und Sesselfurzen.«

May schwieg und blickte über das Wasser. Drei Enten schossen meckernd über die Oberfläche. Sie dachte an die Kollegen. Sie wusste, dass Tuh mit ihrer Einschätzung nicht völlig falsch lag. Frau Roseley pflasterte das Schwarze Brett in der Kantine mit Aushängen, wo sie die Pullover zum Kauf anbot, die sie während der Arbeit strickte. Ochsfort handelte mit Uhren. Schmit betrieb einen Massagesalon. Milton war Aquarianer und flog jeden Monat für eine ganze Woche in die Karibik, um Zierfische zu importieren.

»Deine Beamten, die wissen doch gar nicht mehr, wie schwer sich die Leute abrackern, um ein paar Pfennige zu verdienen«, setzte Tuh ihren Monolog fort. »Bei euch kommt das Geld automatisch. Einmal eingestellt ist alles geritzt. Und der Rest der Welt schuftet jeden Tag fünfzehn Stunden. Zwei, drei Jobs gleichzeitig. Auf eigene Rechnung. Die normalen Leute hauen sich für ein paar Mark sowas von in die Pfanne, das kann sich der erste Arbeitsmarkt gar nicht vorstellen. Die malochen sich kaputt für ein Zehntel von der Kohle, die ihr einfach so bekommt. Ich kenne Menschen, die würden für 100 Piepen *alles* tun. 70 Stunden die Woche lang Klos putzen, die Bürsten ablutschen, ihre Oma verarschen. Nachts den Müll sortieren, auf eigene Rechnung. Das sind Dienstleister. Profis. Der Markt braucht solche Leute. Nur zum Shoppen haben die immer noch keine Kohle.« Sie warf ihren Scheitel aus dem Wind. »Ach, ist doch alles Gurke.« Ihr Gesicht hatte jetzt einen völlig Zitronen-freien Ausdruck angenommen. Tuh meinte es wirklich ernst. »Stimmt's?« Sie sah aus den Augenwinkeln zu May. »Du bist und bleibst nämlich eine Streberin. Wie die Biene Maja. Deswegen bist du auch immer so kaputt mit den Nerven. Weil in Wirklichkeit die Welt eben kein Blumenbeet ist. Und einen Willi hast du auch nicht dabei. Denk mal drüber nach.«

May sagte nichts. Sie blickte mit sorgenvollem Blick auf das Ufer, das in immer dichterem Dickicht verschwand.

»Oder?«, setzte Tuh nach. »Komm schon, wenn du ehrlich bist, bist du auch ein kleines bisschen neugierig geworden, auf dieses Schloss Vogelfrei ...«

May beobachtete die Enten in der Luft und biss sich auf die Unterlippe. Sie schmeckte immer noch nach Rotwein.

»Hast du nicht erzählt, dein Trottel vom Bus wäre auch da draußen?« bohrte Tuh nach und grinste. Jetzt hatte sie tatsächlich den wunden Punkt getroffen. Tuhs telefonische Eigenschaften funktionierten manchmal doch ganz ordentlich.

»Na ja«, murmelte May, »das stimmt vielleicht etwas. Ich mache mir eben Sorgen um den.«

»Brauchst du nicht«, beschwichtigte Tuh. »Da draußen fährt bestimmt kein Bus.«

»Tja, wir werden sehen. Hauptsache, die killen uns nicht bereits auf der Kiesauffahrt.«

»Ach was. Da war doch seit Kriegsende noch nie ein Bulle. Da leben Bauern und Burgnutten noch in friedlicher Koexistenz.«

May nickte nachdenklich und blickte in den Sonnenaufgang. Sehr rot und etwas faul stand der Feuerball über dem Wasser auf. Wie schön es hier draußen war. Wenn es eine Wiedergeburt geben sollte, dann würde sie in ihrem nächsten Leben als Ente wiederkehren wollen. May sah in die Luft. Fliegen, quaken, das war stark.

Am Ruder zu stehen erfüllte May mit einem völlig neuen Gefühl von Freiheit und Wohlbehagen. Eigentlich musste man beim Steuern nämlich fast gar nichts tun - und konnte dennoch als der wichtigste Mensch an Bord gelten. Keiner ging einem auf die Nerven, und das Lenken war genau so einfach, wie einem Kater das Fell zu bürsten. Der Fluss besaß mittlerweile eine beträchtliche Breite, sodass keine ernsthaften Manöver notwendig waren. May brauchte nichts weiter zu tun, als dem Tuckern der Motoren zu lauschen und mit besonnener Mine dem allgemeinen Fortschritt beizuwohnen. Super, dachte sie und blinzelte seemännisch. Vielleicht war sie in einem früheren Leben Harpunier auf einem Walfänger gewesen?

Die Bäume am Ufer bildeten mittlerweile kleinlaute Kulissen und hielten im Übrigen hübsch die Klappe. Schön ruhig hier. May fand, dass sie sich dieses Gefühl verdient hatte, endlich einmal der wichtigste Mensch im Umkreis von zwanzig Metern zu sein, ohne dass jemand einen Stepptanz auf ihren Nerven aufführte.

Na ja, genau genommen war sie nur der zweitwichtigste Mensch an Bord - gleich nach Tuh. Die war natürlich der eigentliche Kapitän, auch wenn sie sich jetzt auf dem Heck jenen Dingen zugewandt hatte, die sie ihre *feinstofflichen Experimente* nannte. Im Prinzip handelte es sich dabei um völlig blödsinnige Spielereien mit allem, was irgendwie brennen, kokeln, oder - am allerbesten - explodieren konnte. May blickte manchmal nach hinten und sah, wie Tuh an einer großen Metallplatte hantierte. Bei der Scheibe handelte es sich um eine Art Herdplatte, und Tuh tanzte heulend wie ein Indianer um sie herum und warf verschiedene Pulver darauf. Lichterloh brannten diese, zischten und fauchten in blubbernden Flammen in die Höhe. Mal brutzelten sie als klebriger, rülpsender Brei auf der Platte, dann wieder schossen sie meterhoch in die Luft, wo sie um ein Haar die Enten getroffen hätten. Wie Pfannkuchen aus Ölfarbe schwappte der Brei über die glühenden Metallrillen und zerfloss in schmierigen Farben. Die eigentliche Brisanz erhielten die Experimente jedoch durch Tuhs Beigaben von Schwarzpulver, das sie zunächst in Bechern zu verschiedenen Mischungen anrührte. *Brenzlige* Mischungen, wie May fand.

Am Anfang hatte May sich noch furchtbar erschrocken, als die erste Explosion fauchend in den Himmel schoss. Dichter Rauch nebelte das gesamte Heck ein und May wäre beinahe vor Schreck gegen das Steuerrad gestoßen. Tuh dagegen sprang in großer Begeisterung durch den Qualm hindurch und stieß jubelnde Schreie aus. Oft kommentierte sie die Explosionen in einer Art selbst erfundener Geheimsprache. Sie rief dann Dinge wie: »Zähleibiger Bullenquark, rußig im Abgang«, oder »Grüner Balsamico des Morgens, organisch und taktil!« Und am allerbesten: »Flötende Grundresonanz, treibend im Aroma, labyrinthische Metaebene.« Tuh führte verschiedene Indianertänze dazu auf; mal heulend im Kreis, dann wieder sinnlich und schlängelnd, mit einer gewissen Fixierung in Höhe des Bauchnabels, um den sich dann ihr Unterleib bewegte. Meistens wurden die szenischen Tänze aber durch neue Explosionen beendet, und May hatte verunsichert wieder in Fahrtrichtung geblickt. Sie war froh, dass der Wind von vorne blies.

»Holziger Wurmton, nix für Anfänger«, hörte sie Tuh jetzt krakeelen, und May rief zurück: »Sag mal Tuh, bis du sicher, dass du nicht irgendwann das ganze Schiff in die Luft jagst?«

Tuh hustete von hinten: »Du denkst in viel zu engen Grenzen! Das, was du Schiff nennst, ist nur ein Wort, eine Idee. Ein Begriff, den du dir selbst im Kerker deines Geistes machst. Das Schiff als Wille und Vorstellung, verstehst du? Schiff heißt rückwärts Fisch. Sieh es mal so. Eine Frage der Perspektive! Das Schiff ist eine Illusion. Du musst aber die feinstoffliche Wirkung sehen. Wenn ich die richtige Mischung finde, dann wird eine Saite in deiner Seele zum Schwingen gebracht - und bildet dann eine Resonanz. Dann lernst du, mit dem Herzen zu sehen. Und das Schiff kann fliegen.«

Eine wütende Erschütterung brachte die Platte zum Klirren.

»Tuh?« rief May ängstlich über die Schulter. Es gab einen Moment von ungewöhnlicher Stille. »Tuh? Alles klar bei dir?«

Nach einer längeren Pause voller zischender Geräusche meldete sich Tuhs Stimme durch den Rauch. Sie hustete stark, aber man konnte hören, dass sie sich Mühe gab, eine gewisse Souveränität vorzuspielen: »All clear, Bootsmann ...« Sie spuckte ins Wasser. »Bootsmann, bleibe er auf Strich Zwei Null, Persec Acht. Kurs Nord-Ost. Ich kontrolliere die Brücke zum Fünf-Uhr-Meeting.« Dann schien sie sich an der Reling zu übergeben.

»Tuh, hör mal«, kicherte May, »du weißt schon, dass wir ein C3-Team sind, und nicht der Fischfutter-Bringdienst.« Sie hörte, wie Tuh den Stecker aus der Herdplatte zog und »... beim Mondkalb rülpst das Binsenkraut« schimpfte. Dann legte sich Stille über das Achterdeck.

Mit hartnäckigem Brummen kroch der Kahn weiter flussaufwärts. May massierte sich das Kinn und fragte sich, ob sie das Schloss womöglich bereits vom Wasser aus sehen könnte. Die Hügel am Ufer und dichte Wälder machten es unmöglich, Genaueres auszumachen. Vögel meckerten in der Luft. Denen passt der Gestank wohl auch nicht, dachte May. Sie blickte hinauf. Elegante Signaturen durch die

Luft schrieben die gefiederten Freunde. Dann klatschte ein fetter Spritzer auf Mays Schulter. Sie fasste das Lenkrad und zog den Kahn mit seiner Rußwolke ein wenig dichter unter den Schwarm.

15. Landgang

Es war nicht einfach gewesen, eine geeignete Stelle zu finden, wo sie das Schiff halbwegs sicher anlegen konnten. Als May eine Art Lichtung entdeckte, gab sie Tuh, die wieder am Steuer stand, ein Zeichen. Tuh reduzierte den Schub und steuerte den Kahn geradlinig auf das Ufer zu.

»Hier müssten wir in der Nähe vom Schloss landen«, rief May durch das Vogelgezwitscher. Knirschend schob sich der Bug in den Kies und May sprang beherzt über Bord. Sie konnte mit einem großen Satz sofort knietiefes Wasser erreichen. Dann zog sie ein Tau an Land, stiefelte die Böschung hinauf und wickelte es in mehreren Windungen um einen mittelgroßen Baum. Unsichtbare Tiere protestierten mit quakenden Liedern gegen die Besatzung.

Vom Schiff her warf Tuh das Gepäck nach. Sie hatte einen Bettdeckenbezug zu einem Transportbeutel umfunktioniert und schleuderte ihn in einem ruppigen Bogen über Bord. »Sag mal May«, rief Tuh, »gehört dieses Scheißding eigentlich dir?«

May versuchte, die anfliegenden Bündel zu fangen, um sie vor dem Untergang im Wasser zu schützen. »Was meinst du?«

»Na diese Bombe hier? Was ist das für ein Drecksding?« Tuh stieß einen Laut des Ekels aus. »Ihh, so was kann ich gar nicht gebrauchen! Das hat der Teufel dir geschenkt!«

Platschend knallte der Feuerlöscher in den Sand. Tuh konnte einige Kraft mobilisieren, wenn sie sauer war. »Hey, pass auf«, schrie

May. Beinahe wäre ihr der Zylinder an den Kopf geflogen. »Das Ding ist ein Glücksbringer. Hat mir einer geschenkt! Der soll Glück bringen - und kein Schädel-Hirn-Trauma.«

»Meine Nerven«, zeterte Tuh. »Mein Bootsmann will auch noch den Sicherheitsbeauftragten spielen. Das kann ja ein geiler Gig werden ...«

Schwitzend schleppten sie sich mit geschultertem Gepäck durch den Wald. Was für eine blöde Buckelei, dachte May. Die Bäume waren hier ungewöhnlich hoch und verästelten sich in der Höhe zu einem Dach aus zwitschernden Zweigen. Die Blätter schimmerten sonderbar blau. Wie die obere Etage einer zweiten, höheren Welt wölbte sich dieses Flechtwerk über May und Tuh, die sich unten mühsam ihren Weg durch den hölzernen Tunnel bahnten. An einigen Stellen rieselten silbergrüne Lichtstrahlen auf sie herab, doch May wusste, dass die Zeit gegen sie lief, und sie vor Einbruch der Nacht einen Ort zum Übernachten gefunden haben mussten.

Während May mit energischen Schritten den Sand unter ihren Füßen zertrat, meldeten sich erste Zweifel in ihr. War die ganze Sache nicht doch eine bescheuerte Tütenwein-Idee gewesen? Nur, weil sie Milton, Schmit und dem Rest der Lahmärsche zeigen wollte, dass sie auch ohne Polizeiapparat etwas erreichen konnte, hatte sie diese Fahrt auf eigene Faust angetreten. Oder besser: auf eigenen Plattfüßen. Ziemlich planlos das Ganze. Einzelgängertum stellte das genaue Gegenteil von Teamwork dar, von dem im Kommissariat immer alle redeten. Aber ein Zurück gab es auch nicht mehr, jetzt, wo sie sich, wenn ihre Berechnungen stimmten, vier bis fünf Kilometer vom Zielobjekt entfernt befanden. Professionell war das wirklich nicht, was sie hier veranstaltete. Hier lag echte Wildnis, überall konnte es wilde Tiere geben. Und auch die Dorfbewohner, falls sie eine Siedlung erreichen sollten, würden möglicherweise feindselig reagieren. May hatte zwar ihre Dienstwaffe mitgenommen, doch die lag ordentlich gesichert im Innenfach ihres Rucksacks. May schnaufte. Zu Hause auf dem Sofa hätte sie jetzt ein Honigbrot essen und dabei die Anzeigen vom Tierheim durchsehen können.

»Hör mal Tuh«, rief sie nach hinten, »ich glaube, wir müssten mal eine Pause machen. Hast du noch etwas zu essen dabei?«

»Ach?« schnaufte Tuh, blieb stehen und stemmte sich entrüstet die Hände auf ihren mit Glitzersteinen bestickten Gürtel. »Erst frisst meine Expeditionsleiterin mir das halbe Lager leer, verschüttet sogar auch noch den besten Wein über Bord - und nun ist das immer noch nicht genug?«

»Hm.« May fühlte sich unschlüssig. Sie sah auf ihre Stiefel herab. Der Boden schien mit kleinen Käfern bedeckt zu sein. May versuchte, ein paar von ihnen zu zertreten, doch die Tiere sanken lediglich in den Sand ein und vermehrten sich danach munter weiter.

»Na komm schon«, rief Tuh, »wir sollten nicht zu lange hier im Gebüsch rumstehen.«

May wusste, dass es in der Gegend auch größere Raubkatzen geben könnte. Und was die mit einem kleinen Happen wie May angestellt hätten, hatte sie oft an Lou beobachtet, wenn er sich über eine Maus hergemacht hatte.

Langsam arbeiteten sie sich durch scharfe Gräser und bissige Büsche. »Sag mal«, zeterte Tuh, »von wem hast du eigentlich diesen blöden Feuerlöscher bekommen? Ich glaube, hier wäre ein Gewehr für Großwildjäger besser gewesen.«

»Den hat mir der Alte geschenkt, der immer vor deiner Bude lungert. Kennst du den?«

Tuh verzog ihr Gesicht in Richtung Zitrone. »Den?«

»Ja, dieser Alte, sitzt oft vor deinem Laden rum. Kennst du den?«

Tuh starrte verlegen in die Büsche. »Ja, den kenne ich schon seit ungefähr siebenundzwanzig Jahren.«

»Oh ha«, sagte May und ahnte, dass Tuh nicht die ganze Geschichte erzählen wollte. »Stolze Zeit. Der Alte meinte, du hättest irgendwie, na ja, seine Wohnung auf dem Gewissen.« May spürte, wie das Thema Tuh unangenehm wurde.

»Solche Leute erzählen viel, wenn der Tag lang ist. Feinstoffliche Verstimmungen würde ich das nennen.«

Schweigend gingen sie weiter. Sie fanden einen sandigen Weg, der offenbar das Flussufer mit der nächsten Siedlung verband. May blieb stehen und sagte: »Warte mal ...«

»Was ist?«

»Irgendwie müssen wir mal nachsehen, ob wir überhaupt auf dem richtigen Weg sind. Ich habe das Gefühl, wir geraten viel zu weit nach rechts. Das Schloss muss irgendwie mehr links liegen.«

Tuh sah sie fragend an. Hier, im trüben Licht zwischen den Bäumen, wirkte ihr Gesicht noch blasser als früher, wenn sie in ihrer Kioskbude saß. May machte sich Sorgen, ob Tuh die Nerven behalten würde, wenn sie sich jetzt irgendwo verirren würden.

»Ja, nun«, sagte Tuh achselzuckend. »Zurück zum Schiff ist ein bisschen weit jetzt.«

»Wir müssten irgendwie mal nachsehen ...«

»Ihhh, Scheiße, Tuh!« kreischte May abrupt und sprang zurück. Alles geschah gleichzeitig: May schrie auf, als sie einen schwarzen Schatten sah, der über den Boden geschossen kam. Von unten packte er Tuhs Bein. Tuh drehte sich, durch Mays Schrei gewarnt, doch es war zu spät: Die Schlange hatte bereits zugebissen und hing als ein zappelndes Band an Tuhs Ferse. »Scheiße, ein Viech!« schrie May und sah, wie Tuh ihren Fuß nach hinten riss, um das Tier abzuschütteln. Die Schlange war etwas über einen Meter lang und hatte sich tief in den Schaft von Tuhs Stiefel verbissen.

»May! Ihh!« kreischte auch Tuh und drehte sich mit hektischen Bewegungen um die eigene Achse. Wie ein Wirbelwind, der von der eigenen Rotation gefangen wurde, sprang sie auf der Stelle, doch abschütteln konnte sie das Reptil nicht.

May griff in ihren Rucksack, holte den Feuerlöscher heraus und schlug ohne nachzudenken mit der Faust oben drauf. Dann fiel ihr ein, dass man irgendwie noch einen Stift vorher rausziehen musste. Während Tuhs Gekreische vom Ängstlichen in einen maßlosen Zorn gekippt war, fummelte May panisch an dem Ding, schlug mehrmals drauf, und dann zischte es und ein gewaltiger Schwall Schaum schoss heraus und überschwemmte Tuhs Beine. Die Schlange zappelte darin, und May ging dichter heran und zielte entschlossen auf das Tier. Sie sprühte gezielt auf den Kopf der Schlange und sah, dass Tuh mit einer Hand in den Schaft ihres zweiten Stiefels griff. Während May hoffte, dass die Schlange durch den Schaum der Appetit vergehen würde, hatte Tuh bereits ein Messer aus dem Schuh gezogen und mit einigen Verrenkungen auf das Tier eingestochen.

Nach einem kurzen Kampf hatte das Reptil verloren. Es fiel ab, May bedeckte es mit einem Berg von Schaum und Tuh stach mehrmals wütend in das Gemisch aus Schlange, Schaum und Schlangenblut hinein. Mit letzter, kreischender Kraft warf May den Feuerlöscher auf das Tier. Das war das Ende. Das Viech war tot.

»Ätzende Scheiße hier, Frau Kommissarin!« schrie Tuh und wischte sich über die Stirn. »Ich dachte, wir machen ne Session bei Lady Kokshausen - und keine Expedition ins Tierreich!«

»Ja, *Du* wolltest doch, dass wir mit dem Schiff fahren!«

»Ich dachte, hier gibt's irgendwo einen Hafen!«

»Hafen? Blödsinn!« May schnappte nach Luft. Unglaublich, was Tuh da für einen Scheiß redete. »Du wolltest mit dem Schiff fahren, ich wäre mit meinen Bullen hier einmarschiert, dann wäre das nicht passiert. Die haben auch richtige Stiefel. Aber du wolltest ja Schiff fahren!«

»Du und deine Bullen, dass ich nicht lache«, schnaufte Tuh, die sich langsam zu beruhigen schien, »ich wollte nur deshalb mit dem Schiff fahren, weil ich im Sternzeichen der Miesmuschel geboren bin. Und nicht im Jahr der Schlange. Scheiße, ey ...«

May blies den Atem aus und trat gegen den Feuerlöscher. Er war ziemlich leicht jetzt.

»Lass uns mal zusehen, dass wir aus der Scheiße hier irgendwie rauskommen«, schniefte May. »Das nervt wirklich.«

Sie versuchten, weiterzugehen, aber irgendwie fühlte May sich innerlich ziemlich angefressen. Man würde sich mal in Ruhe hinsetzen müssen, dachte sie, aber auf dem Boden hier, war das ziemlich riskant. Dann kam ihr eine Idee: »Sieh mal, hier der Baum!«

»Was soll damit sein? Willst du den jetzt verhaften? Im Namen der Bullerei von Kujai-City: Sie sind verhaftet, wegen Rumstehen ohne Lizenz zum Grün-Sein.«

»Nee, komm schon, da oben kommen wir rauf.« May ging zu einem der unteren Äste, sprang in die Höhe und zog sich auf die Gabelung. »Na komm schon. Oder willst du da unten noch mal Bekanntschaft mit den Kriechtieren machen?«

Tuh sah sie langnasig an. May wusste, dass sie jetzt lieber am Heck ihres Schiffes gestanden und Experimente veranstaltet hätte. »Los, sonst ruft Frau Schlange ihre Freunde: die Vogelspinnen.«

Bei dem Wort sprang Tuh kreischend zum Ast hinauf und ließ sich von May in die Höhe ziehen. Vom ersten Ast aus war es kein Problem mehr, sich vorsichtig nach oben zu arbeiten. Die Rinde war feste wie Schmirgelpapier. Tuh murmelte dabei etwas von Schwertfischknochen, blöden Seegurken und treulosem Mondkraut, und auch davon, dass Poseidons Fluch irgendwann May und die shoppende Klasse sowie sämtliche Polizisten des Universums zu Miesmuscheln verwandeln würde, und als beide auf dem obersten Ast angekommen waren, da gingen ihr langsam die Flüche aus, und die langnasige Wasserhexe hatte sich einigermaßen beruhigt.

Luftig war es hier. Schön hoch.

»Mann, Mann, Mann«, brummelte Tuh und hielt sich am Ast fest, »mit Bullen und Landratten hat man es echt nicht leicht.«

May schnaufte: »Sieh mal, dort drüben.« Rund um ihren Baum standen in einiger Entfernung noch weitere Bäume, doch dazwischen erhielt man durch den Abendnebel einen ausgezeichneten Blick über die Landschaft. Sie erstreckte sich grau und gelb in sanften Hügeln bis zum Horizont. In einiger Entfernung lag die sandige Fläche der Tundra, rechts konnte man zwei, drei Ortschaften erkennen, wo aus Bauernhöfen bescheidener Rauch aufstieg. Grünlicher Dunst besänftigte alles. Links aber, hinter einem Waldgebiet sah man ein gigantisches, cremefarbenes Gebäude. Acht Türme stachen als mächtige Zylinder aus dem Steinblock hervor. Das musste ihr Schloss sein.

»Da«, sagte May voller Ehrfurcht, »dort hinten liegt unser Zielobjekt. Sieht gut aus, oder?«

Auch Tuh schien sich jetzt zu entspannen und ließ die Stiefel baumeln. »Hammer!« kaute sie hervor. »Da wollen wir jetzt hin?«

»Klar«, sagte May. »Bist du nicht neugierig? Also, zum Schiff zurück ist es viel weiter.«

Tuh wühlte in ihrer Jacke und brachte ein kleines Fernglas zum Vorschein. Zunächst hielt sie es sich falsch herum vor die Augen. Sie kurbelte an dem Rand, und beinahe wäre sie vom Ast hinab gerutscht. May hielt sie fest und sagte: »Hey, Vorsicht ...«

Tuh murmelte etwas davon, dass der Mann im Ausguck die wichtigste Person an Bord sei, und man den nicht von der Seite anquatschen dürfe, und kaute dabei auf ihrem eingebildeten Zigarillo. Sie starrte mit dem Gerät mal nach links und schwenkte dann nach rechts. Ihr Mund lüftete sich zu einem gedankenfreien Staunen.

»Und«, fragte May, »hat der wichtigste Mann an Bord irgendwelche Erkenntnisse ausgekundschaftet?«

Tuh kaute hirnlos vor sich hin. Sie sagte nichts. Die Sonne stand tief am Himmel, es würde nicht mehr lange dauern, bis der Tag am Ende war. May überlegte, ob sie mit dem Wagen schneller am Ziel gewesen wären, aber die Tatsache, dass vor der zerstörten Brücke wahrscheinlich kein Durchkommen mehr gewesen wäre, ließ sie an der Richtigkeit ihres Planes festhalten. »Siehst du was?«, fragte sie ungeduldig.

»Ja«, kaute Tuh. »Jede Menge.«

»Aha.« May seufzte. Irgendwie müssten sie einen Ort finden, wo sie übernachten könnten. Selbst wenn sie jetzt hinabklettern würden, wäre es Dunkel, bis sie das Schloss erreichen könnten.

»Was siehst du denn?«

»Bäume.«

»Hm. Ich auch.«

»Überall Bäume. Hier einer, da noch einer. Alles ordentlich aufgebaut. Links sind Bäume, rechts sind Bäume, und dazwischen Zwischenräume. Tolle Sache. Und dahinten ist ...« Tuh stutzte. »Moment mal!«

»Was?«

Tuhs Unterkiefer sank herab und May konnte ihr Zungenpiercing erkennen, das wie eine Perle in der Abendsonne glänzte. Tuh schien etwas entdeckt zu haben, das sie in Erstaunen versetzte.

»Was denn nun? Siehst du was?«

»Ja, also da drüben ...«

May starrte mit bloßen Augen in die Richtung, in die Tuh mit dem Fernglas zielte. Dort befanden sich vier einzelne Bäume, die auf einer Lichtung in der Nähe des Schlosses standen.

»Da ist was im Baum.«

»Zeig her!« May wollte das Fernglas greifen, doch Tuh schob ihr abwehrend den Ellenbogen entgegen.

»Flossen weg, Landratte, ich bin hier der Maat.«

»Dann sag mir wenigstens, was du da siehst!«

»Sachen ...«, murmelte Tuh.

»Bäume, Sachen ... Wird ja immer interessanter, was mein Maat da auskundschaftet. Hoffentlich müssen wir keine Extra-Beilage ins Logbuch heften, wegen der Informationsflut.«

»Da ist einer. Im Baum.«

»Einer? Ein was?«

»Ein Baumbär.«

May war sprachlos.

»Ja, aber der hängt da ...« Jetzt begann Tuh, laut zu lachen.

»Nun her damit«, fluchte May und griff nach dem Fernglas. Sie schaffte es schließlich, Tuh das Ding zu entreißen und drückte es sich vor die Augen. Sie schwenkte eine Weile durch die verschwommene Landschaft, bis sie die Stelle entdeckte.

Neben ihr kiekste Tuh laut. »Nun wird das Landleben aber doch interessant«, prustete sie und wackelte am Ast.

May verstand immer noch nicht, was genau Tuh so amüsiert hatte. Sie drehte mit dem Rad die Linsen schärfer und konnte langsam den Baum besser erkennen. Er musste mindestens ebenso hoch wie jener sein, auf dem sie selbst saßen. May sah ein Rechteck in der Krone, ein Bretterverschlag möglicherweise. Jetzt musste May doch grinsen. Sie hatte den Baumbewohner entdeckt: Er hing an einem Ast, mit dem Kopf nach unten. An seinen Kniekehlen hatte er sich über einen Ast gehangen und baumelte dort im Abendwind. Seine Haare hingen in kurzen Strähnen zur Erde hinab. Es war ein Mann. Und er war nackt.

16. Ein Flüchtling

Voll heiterem Ingrimm kicherte Tuh: »Also, eigentlich ist mein Bedarf an Schlangen fürs Erste gedeckt.« Dann schulterte sie ihren geblümten Bettdeckenbezug, mit dem sie einen Haufen von klappernden Gegenständen mitschleppte.

Sie waren schnell vom Baum hinab gerutscht, doch anschließend gingen sie nicht wieder entlang des Sandweges, der in einer Biegung vom Schloss fortzuführen schien, sondern stiefelten querfeldein durch das Gestrüpp. Der Weg führte in Richtung der Siedlung.

Auch May musste immer noch kichern, als sie an den sonderbaren Mann im Baum dachte. »Ist ja niedlich«, sagte sie, »dass hier Freunde der Freikörperkultur in den Bäumen baumeln.« Sie sah sich zu Tuh um, die mit müdem Blick hinter ihr her wankte und stumpf mit dem Kopf nickte. Offenbar hörte sie einen schweren Beat, der einzig in ihrem Kopf randalierte.

So durchquerten sie den Wald, als plötzlich vor ihnen Schritte erklangen. May blieb stehen. »Psst, da vorne ist was«, flüsterte sie und gab Tuh ein Zeichen. Beide starrten in die Biegung des Weges. An dieser Stelle wölbten sich die Baumkronen so dicht über ihren Köpfen, dass vom Himmel kein Licht hindurch drang. Die Schritte hallten näher.

»Da kommt jemand«, sagte Tuh und griff nach ihrem Messer.

May war sich sicher, dass sie vor einem Menschen nicht die Flucht ergreifen sollten. Immerhin waren sie die Polizei von Kujai. Doch bereits, als sie dies dachte, hätte sie sich am liebsten mit der Faust gegen die Stirn geschlagen. Was für ein Blödsinn! Sie stand hier in einem halbdunklen Wald, mit einer pyromanischen Kioskverkäuferin - und weit und breit befand sich kein einziger richtiger Cop. Stattdessen spottete irgendwo ein Nachtvogel. Was zum Teufel hatte sie getrieben, sich in solch einen Mist hinein zu begeben? Wenn Milton sie nächste Woche feuern würde, könnte sie ihn sogar ein bisschen verstehen.

Wenn.

Die Schritte kamen näher, und noch bevor May verstand, was sie tat, rief sie: »Halt! Stehenbleiben! Polizei!«

Was war sie für ein Idiot.

Die Gestalt schoss an ihr vorbei, rutschte aus und richtete sich taumelnd wieder auf. Sie sprang ins Dunkle.

»Hey! Du da«, quakte jetzt auch Tuh. »Wir ham dich gesehen. Haste nicht gehört? Frau Oberhauptwachtmeisterin hat was gesagt! Die Frachtpapiere bitte!«

Tuh kam mit dem Messer in der Hand näher, während May nach der Taschenlampe in ihrem Rucksack suchte. Sie hatte kurz überlegt, ob es besser wäre, die Hände freizuhaben, falls der Läufer sie angreifen sollte. Auch wenn sie lieber Kata trainierte, waren ihre Fähigkeiten im Kampfsport immer noch so passabel, einen mittelgroßen Waldläufer ins Moos befördern zu können. Aber der Kerl war hinter dem Baum verschwunden, und so zeichnete sich ab, dass hier nicht die Handkante, sondern die Taschenlampe zum Einsatz kommen würde.

May leuchtete auf die Baumrinde und rief: »Brauchst keine Angst zu haben. Wir sind nette Bullen!«

»Ich nicht«, korrigierte Tuh.

»Schhh«, zischte May. »Mach ihm keine Angst.«

»Wir sind das C3-Team, Arschloch, komm raus!«

An dem Baustumpf wurde eine Hand sichtbar, die mit langen Fingern über die Rinde tastete. Schleichend wie die Beine einer Vogelspinne knabberten sie über das Holz. Die Krallen besaßen rötliche Kuppen und an ihren Bewegungen glaubte May bereits erkennen zu können, dass der Mensch, der dazugehörte, vor Furcht zitterte. Dann reckte sich blitzartig ein schwarzer Kopf hervor.

May erschrak. Eine schwarze Person mit bösen Augen starrte sie an, fletschte die Zähne, wie ein bissiges Tier und stieß ein stummes Fauchen aus. Das Wesen war eine Frau.

Vorsichtig kam sie hinter dem Baum hervor. Ihre Haare standen in drahtigen wirren Locken ab. Sie sah aus, als hätte sie einen Unfall mit Feuer erlitten. Sie trug einen abgeschabten, schwarzen Neoprenanzug, der einige Löcher aufwies.

»Guten Abend«, sagte Tuh mit tiefer Stimme. »Personenkontrolle. Die Fahrscheine bitte. Sie dürfen die Aussage verweigern. Es wird sowieso alles gegen Sie verwendet werden.« Tuh hatte offenbar Spaß daran gefunden, den Superbullen zu spielen.

»Schh«, machte May, denn sie sah, dass die verschreckte Frau Anstalten machte, etwas zu sagen.

»Wer«, flüsterte die Frau hinter dem Baum zittrig, »wer seid ihr?« Ihre Stimme klang heiser und erschöpft. May ging vorsichtig auf sie zu. Sie spürte, dass die Frau von großer Angst getrieben wurde. Ein scheues Tier, bissig und in die Enge getrieben.

»Wir sind Reisende«, sagte May beschwichtigend, »wir wollen die Gegend kennenlernen. Du brauchst keine Angst zu haben.«

»Keine Angst?« Die Schwarze zwängte sich hinter dem Baum hervor und blickte trotzig in das Licht der Lampe. In ihren Augen verliefen rote Risse und über ihrer rechten Wange war ein langer Kratzer zu sehen. Sie war eine junge, dunkelhäutige Frau, deren lockigen Haare verfilzt in Strähnen neben ihrem Gesicht herabhingen. Vielleicht war sie früher durchaus schön gewesen, doch jetzt schien die Angst ihre Persönlichkeit zu einer Grimasse verzerrt zu haben. Als sie ihren Mund aufklappte, sah May, dass ihr auf der rechten Seite einige Zähne fehlten.

»Normalerweise«, keuchte die Schwarze leise, »haben die Menschen Angst vor mir ...« Jetzt schien es, als müsste sie weinen.

»Wir sind aber nicht normal«, berichtigte Tuh. »Was man ja schon daran erkennt, dass wir hier ohne Sinn und Plan durch den Wald watscheln und warten, dass uns die Schlangen beißen.«

»Besser ihr geht hier fort«, hauchte die Frau. »Fort, ins Dorf.«

Sie machte Anstalten, erneut auf den Weg zu springen und loszulaufen, doch May stellte sich ihr in den Weg. »Warte. Halt. Du kannst uns bestimmt etwas erzählen ...«

»Lasst mich. Es wird gleich dunkel«, sagte die Frau und blickte gehetzt zum Himmel. »Bis zur Dunkelheit müsst ihr fort sein.«

»Wir müssten längst auf unserem Kutter sein«, sagte Tuh. Sie hatte ihr Messer jetzt in der Hand umgedreht und kratzte mit der Spitze unter ihren Fingernägeln. »Gerade in Vollmondnächten brennt das Binsenkraut schön grün. Was für ne Scheiße, dass ich meine Zeit hier mit Expeditionen ins Tierreich vergeude.«

May streckte die Hand aus und versuchte, den Arm der Schwarzen zu fassen. »Woher kommst du? Wohnst du hier?«

Die Frau sah sie mit einem merkwürdigen Blick an. »Seht zu, dass ihr hier wegkommt«, wiederholte sie leise.

»Wo sollen wir denn hin?«, fragte Tuh. »Hat hier irgendwo noch ein Club auf?«

»Hört ihr das nicht?« Die Schwarze zeigte in die Höhe.

May schloss die Augen. Der Wald war erfüllt von knackenden Geräuschen, ein paar Vögel krähten nervös. »Was soll ich denn hören? Das klingt, wie Hacki der Buntspecht ...«

»Hört ihr das denn nicht?« schrie die Schwarze heiser.

»Nö«, rülpste Tuh. »Wir hören nur auf die Sprache unserer Herzen.«

»Ganz ruhig«, sagte May. Sie versuchte, die Wange der Schwarzen zu streicheln. »Du brauchst keine Angst zu haben. Kannst du uns etwas über das Schloss erzählen?«

Nun weiteten sich die Augen der Frau mit traurigem Glanz. »Ja, ich komme von dort. Aber ich muss fort. Fort, von ihr.«

»Wer ist sie denn? Diese Baronin?«

Jetzt wurde die Schwarze ruhiger. »Sie ist der Teufel. Jeder weiß es. Ich hätte ihr niemals helfen dürfen ...«

»Beruhige dich. Was kannst du uns über die Baronin erzählen? Gehört sie zur Familie von Sandra Castiglione?«

»Die alte Madame? Die hat jemand hops genommen. Ein echter Killer, saubere Arbeit. Aber das ist lange her.«

»Ach? Castglione ist tot? Weißt du, wer sie umgebracht hat?«

»Na wer wohl? Die Beste natürlich.« Jetzt klappte ihr Mund zu einem bedrohlichen Gähnen auf. »Das war ich!« Sie lachte triumphierend.

»Halt«, zischte May, »wir tun dir nichts. Sag mir nur, was du über den Konsul weißt. War der auch bei Euch auf dem Schloss?«

Die Schwarze kam dicht zu May heran. »Ich hätte den Fetten so gerne killt, das könnt ihr euch gar nicht vorstellen«, spuckte sie die Worte aus. »Aber das wollte sie nicht.«

»Ah!« May spürte, einen Anflug von Glück. Diese Frau wusste etwas über den Konsul. »Und, die Baronin wollte ihn nicht töten?«

»Jeder wollte ihn töten. Aber sie wollte die Gunst, ihn zu töten für sich selbst behalten. Jeder hasst ihn. Du etwa nicht?« Sie sah zu Tuh hinüber, die immer noch mit ihrem Messer spielte. »Ich dachte, deswegen seid ihr gekommen?«

»Wir wollen nur wissen, was mit ihm passiert ist. Das ist alles.«

Die Schwarze lachte. »Was mit ihm passiert ist, weiß ich auch nicht. Bestimmt schmort er in der Hölle ... Einer süßen Hölle!«

May spürte, dass sie die Frau nicht endlos würde festhalten können. »Und warum willst du fort? Du hast für die Baronin die alte Madame getötet und fliehst jetzt?«

»Ich muss fort. Hört ihr das denn nicht? Es ist gefährlich hier. Die Baronin wird alle töten. Es war ein Fehler, hierher auf das Schloss zu ziehen. Hört ihr diesen Ton? Sie wird uns alle umbringen!« Ihre Stimme wurde von einem Geräusch überlagert, und plötzlich erfasste ein intensives Surren die Luft. Tuh warf sich als Erste geistesgegenwärtig auf den Boden, während May verwundert stehen blieb. Das Dröhnen raste mit großer Geschwindigkeit heran und im gleichen Moment riss sich die Schwarze los und rannte fort. Das Klappern ihrer Schritte wurde vom Rauschen der Luft verschluckt. Für einen Moment dachte May, dass ein Jagdflugzeug über die Baumwipfel geschossen käme.

»Bootsmann, was ist das?« kreischte Tuh und presste sich am Boden die Hände über den Kopf. Auch May hielt sich unter dem beißenden Lärm die Ohren zu. Sie konnte nichts antworten. Das Brummen ergriff sämtliche Baumwipfel. Um Gottes Willen, dachte May, waren sie mitten im Wald in einen Sandsturm geraten? Und warum kam der so plötzlich aus dem Nichts geschossen?

May warf sich dicht an einen Baumstamm heran. Sie sah mit zugehaltenen Ohren zu Tuh hinüber, die sich flach auf den Boden presste. Eine Staubwolke schoss über ihren Körper hinweg, Sand und kleine Äste wurden vom Boden mitgerissen. May kniff die Augen zusammen. Sogar Steine flogen über den Weg und durchzogen den Wald mit einem grauen Hagel aus Schutt und Staub. Alles prasselte fauchend an ihr vorbei, waagerechte Geschosse peitschten durch die Luft. Doch am Erschreckendsten war nicht allein die Wucht des Staubhagels, sondern die Geräusche, die in dem Inferno aufheulten: Der Sturm schrie.

Es war keine Einbildung, da war sich May sicher. Man konnte deutlich das Geheul einer menschlichen Stimme hören; es klang, wie eine Mischung aus Mensch und Turbine. Die kreischende Stimme einer Frau, die in grenzenloser Wut schrie. Der Schrei, der mit aller Macht durch den Wald peitschte, löste in May einen unerklärlichen Schmerz aus. Dann wurde alles Schwarz.

17. Familie Zwerg

Ein klatschender Schmerz riss May wieder zu Bewusstsein. Tuh hatte ihr eine Ohrfeige verabreicht, und sofort blitzte das Denken wie ein Kurzschluss zurück in Mays Gehirn. Sie schielte in eine punktierte Schwärze. Die Sterne leuchteten über den Baumwipfeln, aber Tuhs Stimme klang alles andere als beschaulich: »Hey, Landratte, keine falsche Müdigkeit vortäuschen. Wir müssen weiter!«

»Was?« stammelte May.

»Mensch, Kleine, krieg den Arsch hoch, sonst werden wir hier weggeblasen, wenn der Sturm zurückkommt.« Tuh holte eine Dose hervor, drehte den Deckel auf und steckte einen Finger hinein. Sie nahm etwas Creme heraus und rieb sie May unter die Augen.

»He, was ist das?«

»Was soll das schon sein? Krötenblut.« Tuh machte beim Pinseln ein konzentriertes Gesicht. »Gibt Kraft in kühlen Mondnächten.«

May erhob sich und murmelte: »Meine Nerven ...«

»Machste schlapp, oder was? Wäre es dir lieber, du hättest jetzt dein E2D2-Team dabei?«

»... um Gottes Willen.«

»Siehste.«

May rappelte sich auf. Das Krötenblut, oder was immer das war, tat wirklich gut. Sie sah sich um. »Mann, Tuh, wir sollten jetzt mal wirklich zusehen, dass wir irgendwo hinkommen, wo man was zu Essen bekommt.« Sie erhob sich und schaute in den Wald. Der Sturm hatte sich gelegt. May erkannte die helle Fläche des Sandweges, stand auf und schwankte voran.

»Da sagst du was«, nickte Tuh. »Mir war der lockere Typ im Baum von all dem Mist hier fast noch das Liebste.«

»Ja, das Leben ist kein Wunschkonzert«, flüsterte May. »Jetzt kannst du mal sehen, dass Polizeiarbeit kein Zuckerschlecken ist.« May war mittlerweile einige Meter vorangeschlichen »Los, wir gehen den Weg hier lang. Der muss ja irgendwo hinführen. Dazu sind Wege ja da: dass sie wo hinführen.«

»Pfiffiger Typ, mein Bootsmann.« Tuh setzte sich mit wiegenden Schritten in Bewegung.

Nachdem sie eine Weile schweigend durch die Schwärze geschlichen waren, verstand May, dass sie sich allen Zweifeln zum Trotz auf dem richtigen Weg befanden. Sie bewegten sich in Richtung jener Siedlung, die sie vom Baum aus gesehen hatten.

Noch vor dem eigentlichen Dorf lag ein kleiner Hof, dessen oberen Fenster mit flackerndem Kerzenlicht beleuchtet waren. Eigentlich handelte es sich um eine Hütte mit zwei Etagen, und daneben lagen niedrige Schuppen, wahrscheinlich Ställe. Die ganze Anlage schien etwas zu klein geraten, wie May erkannte, als sie endlich vor dem Haus standen. Tuh, die etwas größer als May war, schien mit dem Kopf bereits an die erste Etage der Hütte heranzureichen.

Tuh rümpfte die Nase und begutachtete missmutig die Bude. »Haben die hier überhaupt Strom?« brummte sie und warf nachlässig ihren Beutel zu Boden.

»Strom brauchen wir nicht«, entgegnete May. »Wir sind hier nicht auf Rock-Tournee. Wir sind die Polizei von Kujai. Du kannst vielleicht irgendwo akustischen Bass spielen, mir egal. Macht ihr eigentlich auch Unplugged-Konzerte? Könntest du hier vielleicht für Üben. Sieht nach einem idealen Ort für Folkmusik aus. Außerdem wollen wir eigentlich nur was essen und schlafen.«

Sie erreichten die Tür und May gab Tuh ein Zeichen, damit diese ihr Temperament zügeln möchte. Bloß nicht jetzt einen müden

Bauern mit einem weiteren Superbullen-Auftritt aus dem Häuschen bringen. May fürchtete, beim Öffnen unverzüglich Bekanntschaft mit einer Mistgabel zu machen.

Innen knirschte etwas. Obwohl May noch nicht geklopft hatte, hörte sie, wie hinter der Tür mehrere trippelnde Schritte näherkamen. Die Tür öffnete sich, und May sprang überrascht zur Seite. Mehrere kleine Gestalten kamen ihr eilig entgegen. Auch Tuh machte einen schwerfälligen Schritt zur Seite und stieß dabei an einen Blecheimer.

»Hallo?« flötete May so freundlich, wie sie konnte. Doch die kleinen Personen, es mussten vier oder fünf sein, stiefelten mit gesenkten Köpfen an ihr vorbei. Die Gestalten waren höchstens einen Meter groß, trugen gelbe, ausgebeulte Anzüge und alle schleppten Rucksäcke auf den Rücken und kugelrunde Taschen in den Händen. Mittendrin kam eine kleine Frau hinterher gelaufen, die den Kopf in einem Kopftuch eingehüllt hatte. Sie rief etwas zu den Kindern, doch May verstand es nicht. Ein Mann stand am Ende der Parade und blickte aus müden Augen zu May. Ein Zwerg, wie aus dem Märchenbuch! Er trug einen struppigen Bart und auf dem Kopf eine spitze Mütze. Doch er schien weder überrascht noch ängstlich zu sein. Vielleicht war es in dieser Gegend üblich, dass gegen Abend Besuch aus der Großstadt anreiste?

»Entschuldigen Sie«, sagte May, »wir sind auf der Suche ...«

»Was wollt Ihr?« brummte der Zwerg traurig. Dass seine Stimmung niedergeschlagen war, spürte May sofort.

»Bitte entschuldigen Sie die Störung.«

»Ach was, ihr stört nicht«, sagte er, »wir sind so gut wie weg.« Er schlurfte mit deprimierten Schritten über die Dielen. May sah, wie der Zwerg durch eine Küche aus dunklen Holzmöbeln stapfte und dann zu einer kleinen Treppe ging. Er verschwand knarzend ins obere Geschoss. Der Rest der Familie wartete stumm vor dem Haus und starrte aus großen Zwergenaugen Tuh an. Eine Riesin mit pinkfarbenen Haaren, einer Metallklammer in der Nase und einem Gesicht, als würde sie immerzu an einer Zitrone lutschen, hatten sie wohl noch nie gesehen.

»Regt euch ab Kinder, ich tu' euch nix«, sagte Tuh, während sie ihr Gewicht von einem Bein auf das andere verlagerte. »Habt ihr irgendwo ein Klo da drinnen?«

Noch bevor jemand von den Kleinen antworten konnte (einer hatte bereits stumm mit dem Finger hinter das Haus gezeigt), kam der Vater mit einer Kerze in der Hand zurück. »Na, das passt ja wunderbar«, brummte er. »Wir ziehen nämlich fort. Leb wohl, du schöne Heimat. Wir haben es satt!«

»Ach«, murmelte May, »Sie reisen ab?«

»Allerdings. Das ist ja nicht mehr zum Aushalten hier.« Er kam näher zu May und stellte sich auf die Zehenspitzen. »Ich rate euch: Seht zu, dass ihr hier so schnell wie möglich abhaut.«

»Ach«, trompete Tuh von hinten, »mir gefällt es immer besser hier. Menschen, Tiere, Sensationen. Ein echter Action-Urlaub!«

May beugte sich zu ihm. »Aber was ist denn hier los? Wir haben eben einen komischen Sturm erlebt. Ist das normal hier?«

»Ha«, schnaubte er, »wenn's nur die Stürme wären. Wartet mal ab, das wird noch schlimmer. Das war kein normaler Sturm, mein Kind. Damit ist nicht zu spaßen.«

May sah ihn unsicher an. Jetzt bemerkte sie, dass seine Stimme einen schrecklichen, zischenden Klang hatte, so, als befände sich ein Gegenstand im Mund, der ihn am Sprechen hinderte.

»Haut ab hier, wenn ihr bei Verstand seid. Meinetwegen könnt ihr die Nacht im Haus bleiben, aber bleibt lieber oben! In der Kammer ist man halbwegs sicher.« Er ging zu seiner Frau, die mit gesenktem Kopf dastand und ein Kind an der Hand hielt.

»Aber, was ist denn hier los?« fragte May.

»Na, ihr habt das, was ihr Sturm nennt, doch schon erlebt. Viel Spaß, wenn sie ihre Viecher auf euch hetzt.«

»*Sie?*« schaltete sich Tuh ein. »Wer ist sie?«

Der Zwerg schien nervös auf etwas zu kauen, das sich in seinem Mund befand. Als er erneut zu sprechen begann, erkannte May, dass er nur zwei Zähne besaß. »Na sie«, gluckste er, »die Herrscherin vom Schloss.« Er stellte sich auf die Zehenspitzen und zischte: »Die mit dem blauen Hass zwischen den Augen.«

»Uh, genau dahin wollten wir eigentlich. Und Madame Tanabe - der wollten wir sowieso einen Besuch abstatten.«

»Besuch abstatten?« protestierte der Zwerg. »Seid ihr irre? Seit Madame dort eingezogen ist, hat sich die Gegend hier schlimm entwickelt. Wir jedenfalls haben die Schnauze voll.« Er machte eine Geste, als wäre sein Hals tatsächlich angeschwollen.

»Ja, aber ...«

»Nichts, ›ja, aber‹. Wenn ihr euch auch abstechen lassen wollt, bitte schön. Meinetwegen. Hier, die Bude gehört euch. Wir hauen in jedem Fall ab ... Wir ziehen in die Stadt. Dort ist es sicher.«

»Dies ist ein freies Land«, bekräftigte Tuh und machte Anstalten, umstandslos in das Haus zu latschen. »Ein freies Land, für freie Klogänger.« Sie griff nach der Schnalle ihres Gürtels und zog ihn auf. Während sie an ihrem Reisverschluss zu fummeln begann, sagte sie: »Vielleicht treffen wir uns mal in der Stadt. Wenn ihr exquisit speisen wollt, hätte ich eine Restaurantempfehlung für euch ... Ihr müsst nur eine Flasche Mineralwasser und einen Löffel mitbringen. Platz am Tempel. Die Bude mit der Nixe.«

Der Zwerg schien aufmerksam zuzuhören. May konnte sich ein Grinsen nicht verkneifen.

»So, Kinder, Abmarsch. Wir bleiben die Nacht im Dorf und ziehen morgen mit den anderen im Treck nach Kujai. Lebt wohl.« Er trabte mit seiner Familie in die Dunkelheit. Als er bereits verschwunden schien, rief er: »Die Toilette ist hinter dem Haus.«

Die Kammer in der oberen Etage glich mehr einem Dachboden, als einer richtigen Wohnung. May hatte sich eine Decke über die Schultern geworfen und versuchte, aus der Luke in die Nacht hinaus zu blicken. Tuh kam vom Hof zurück und schmiss sich in voller Montur auf das Doppelbett, das beinahe unter ihrem Gewicht zusammengebrochen wäre. Nun lag sie da, mit den Stiefeln über der Bettkante und starrte zur Decke.

»Was ist hier bloß los«, sagte May, »dass sogar schon unsere Familie Zwerg das Weite sucht?« Sie blickt auf den Pfad vor der Hütte. »Das sind doch ganz wackere Leute. Die werden sich doch von ein bisschen Wind nicht ins Bockshorn jagen lassen.«

Tuh wippte auf der Matratze. »Also«, sagte sie, »bisschen Wind ist nett gesagt. Auf der Bühne würdest du den Sound nicht mal mit Quadrofonie hinbekommen.«

»Du nun wieder.« May versuchte, in der Dunkelheit etwas zu erkennen, was die sonderbaren Vorgänge erklären konnte. Es schien, als wenn aus der Ferne erneut das Brummen aufziehen würde. »Tuh? Pennst du schon? Tuh! Hör mal, da kommt es wieder! Verdammte Scheiße, der Sturm kommt zurück!«

Tuh wippte von der Matratze und zwängte sich hinter May. Wenn sie sich zusammendrückten, konnten sie beide aus der Luke sehen.

Das Surren klang jetzt leiser und es schien, als ob dieser Sturm, wenn er so etwas wie einen menschlichen Willen besaß, sich regelrecht anschleichen wollte. Er fiepte.

»Hörst du das?« flüsterte May. »Es sucht etwas.«

Tuh schwieg, aber ihr nervöser Atem verriet, dass auch sie von dem Geräusch verunsichert wurde.

»Da«, zischte May und zeigte hinab, »da drüben ist er!«

Sie blickten auf eine Wolke, die wie ein kriechendes Spinnennetz in der Lichtung des Waldes hockte. Es musste sich um die gleiche Staubwolke handeln, die als Sturm über sie hinweg geschossen war. Doch nun bewegte sich die Wolke langsam.

»Das sieht ja aus«, sagte Tuh leise, »wie ein Schwall Lava.« Die Wolke kroch tastend voran und bewegte sich doch äußerst ungewöhnlich. Sie schien nicht wie eine normale Staubwolke vom Wind getrieben zu werden, sondern sie glitt langsam ihren geheimnisvollen Weg - und manchmal schien sie auch abzustoppen und wieder zurückzuweichen, hinein in das holzige Grau des Waldes. Die Wolke konnte regelrecht fühlen, dachte May; sie untersuchte die Bäume, die Äste und die sandigen Wege. Diesmal wollte sich der Sturm nicht mit ungestümer Kraft auf eine Flüchtende stürzen ... Diesmal suchte er voller schnüffelnder Hingabe.

Die Masse kam näher an das Haus heran, und als sie über den Sandweg hinweg wallte, legte die Wolke plötzlich eine Pause ein. Das Brummen nahm ab. Der Schwarm musste Atem holen, dachte May, er musste Luft bekommen, bevor er weitersuchen konnte. Er lauschte, wie ein Raubtier auf der Jagd.

»Tuh, siehst du das? Es lebt. Das ist ein Schwarm.«

»Verdammt, hoffentlich ist unsere Familie Zwerg schon im Dorf angekommen«, murmelte May. Die Wolke hatte sich jetzt direkt unter das Fenster geschoben und bildete eine tanzende Oberfläche. Jedoch kam sie nicht höher als einige Meter über dem Boden.

»Verstehst du«, flüsterte May, »Die Viecher fliegen nur unten lang. Merkwürdig.«

»Ja, aber normal ist das nicht. Was sind das? Mücken?«

»Hm, hört sich eher an, wie ... Bienen.«

»Aber Bienen bewegen sich doch nicht so. Und Bienenschwärme sind niemals so groß.« Tuh nickt nach rechts hinüber, wo aus den bläulichen Schemen des Waldes immer mehr schwarzer Staub floss. Von hinten hörte May das Röhren einer Kuh. Sie blökte in tiefer, kreatürlicher Angst. Irgendwo auf dem Hof musste sie unter den Bienen versunken sein. Ihre Schreie klangen fürchterlich. Mays Puls schlug schneller, als sie verstand, was dort passierte: Die Bienen fielen über das Tier her und fraßen es bei lebendigem Leib ... Es war, als ob die Hölle ihre Tore geöffnet hätte. Sie flutete die Welt mit schwarzem Hunger.

18. Land und Leute

Die Todesschreie der Tiere vom Hof hatten May lange am Schlafen gehindert. Als am Morgen die Sonne auf ihr Gesicht brannte, wehte ein schlaffer Geruch von Schweiß und Angst durch die Kammer. Tuh lag mit geröteten Augen im Bett, und obwohl sie längst wach zu sein schien, machte sie keine Anstalten, sich zu erheben. May zwängte sich in ihre Klamotten und stopfte die Decke in den Rucksack.

»Sag mal Bootsmann«, fragte Tuh die Zimmerdecke, »wollen wir wirklich da rausgehen?«

»Natürlich«, bestätigte May und verstaute ihre Dienstpistole. »Dies ist kein Urlaub. Dies ist ein Polizeieinsatz.«

»Ja ja«, gähnte Tuh und erhob sich ungeschmeidig. Ihre Haare hatten sich in einen Haufen buntes Stroh verwandelt und ihr Lidschatten warf kriegerische Schmieren über die Wangen.

»Raus aus den Federn«, wies May an. »Bei der Polizeiarbeit ist es genauso wie in deiner Erlebnis-Gastronomie: Der Appetit kommt beim Essen. Wirst du schon sehen.« Sie schlug mit der Decke nach Tuh. Das hätte gerade noch gefehlt, dass hier jemand aus dem Team schlappmachen würde! Jetzt war es doch sowieso zu spät, umzukehren. Was sollte sie Milton erzählen? Dass sie zwei Tage Urlaub im Grünen gemacht und außer ein paar Kratzern rein gar nichts mitgebracht hatte? Hätte sie ihm zumindest einen wertvollen Korallenfisch mitgebracht, dann hätte sie sich bei ihm einschleimen können. Aber so? Ohne Informationen über den Verbleib des Konsuls konnte sie sich daheim unmöglich blicken lassen. »Wer A sagt, muss auch B sagen«, befand May resolut und schob die Füße in ihre Stiefel.

»Na ja«, schniefte Tuh und begann, das Alphabet auf Englisch zu rappen: »Ay, Bi, Ci, Di, Ii Ef, Dji ... Ein bisschen Bee schadet nie.«

»Nun mal raus aus den Federn, MC Morgenmuffel. Willst du hier zum Dauergast bei Familie Zwerg werden? Das sind nicht Gullivers Reisen! Hopp!« Sie warf Tuhs Lederjacke aufs Bett.

»Ach, hör doch auf«, gähnte Tuh. »Niemand weiß, ob der Konsul es überhaupt bis zum Schloss geschafft hat. Du siehst doch selbst, was hier los ist. Die Scheißgegend ist zum Kotzen. Mag sein, dass die Bienen ihn schon im Wald aufgefressen haben. Da können wir lange suchen, hier die Reste von einem Kerl zu finden, an dem seit einem halben Jahr geknabbert wurde.«

»Glaube ich nicht. Er ist der Minister für Auswärtiges. Er ist vielleicht mit dem Hubschrauber angereist. Und was die schwarze Frau erzählt hat, ergibt auch Sinn. Hör mal, Tuh: Wir sind Freund Fettsack ganz dicht auf der Spur.«

»Vielleicht«, maulte Tuh, »ist er irgendwo anders. Schlangenbiss, Bienenschwarm, Ende. Oder ihm ist ein Feuerlöscher auf den Kopf gefallen. Alles ist hier möglich. May be.«

»Hör auf zu quatschen, sonst kriegst *du* gleich irgendwas auf deinen Kopf. Und das macht die Frisur kaputt. Was soll der Konsul von uns denken, wenn wir kommen, ihn aus den Fängen der Killer-Oma zu retten, und dein Scheitel sitzt nicht? Hm?«

Tuh erhob sich und sah May entrüstet an. Ihre Augen bekamen immer dann einen besonders grünen Glanz, wenn sie ehrlich ärgerlich war: »Das ist doch alles Gurke hier«, protestierte sie. »Das ist nichts für ordentliche Kaufleute aus der City.«

»Also, ich persönlich sehe hier keine ordentlichen Kaufleute aus der City. Los, Abmarsch. Vielleicht braucht der beliebteste Außenminister des Landes gerade jetzt die Hilfe zweier dynamischer Polizeibeamtinnen.«

»Ich und Beamtin, nun reicht's aber wirklich!« Tuh klang jetzt richtig stinkig. Sie schwang sich auf und begann, ein paar Kniebeugen zu machen. Einmal richtig geärgert, bekam sie Schwung. May dachte an ihr Seminar zur Mitarbeiter-Motivation. Man musste den Leuten nur richtig auf den Keks gehen, dann zogen die mit.

»Dein blöder Konsul ist doch längst hops«, schimpfte Tuh, während sie sich anzog und dann hinter May die Treppe hinab kraxelte. »Oder er lebt noch und hat sich einen neuen Boyfriend angelacht. Vielleicht hat ihn der baumelnde Pimmelmann mit auf den Baum geschleppt?«

»Mensch, Tuh, das ist es!« May sah die Freundin entgeistert an. »Deswegen klettern hier alle auf Bäume! Weil unten nachts die Bienen alles platt machen. Man muss nur nach oben kommen, dann ist alles Roger.«

»Ja ja, das habe ich früher auch mal gedacht. Dass man sich nur nach oben hoch bumsen muss - dann läuft es schon. Ist aber auch nicht so einfach, wie man als Anfänger denkt.«

»Ach, du nun wieder. So, Ende der Diskussionsveranstaltung«, befand May und holte den Schlüssel, den der Hausherr ihr gegeben hatte, aus der Tasche. Mittlerweile waren die beiden am Eingang angekommen und May warf vergnügt die Tür ins Schloss. Vogelzwitschern empfing sie.

»Siehst du, die Luft ist rein. Tagsüber machen die Killerbienen einen auf mellow.« May kniff die Augen zusammen und blinzelte in die backige Morgensonne. Dann blickte sie über den Zaun, der die Ställe abtrennte. Sie sah, was sie befürchtet hatte: Von der Kuh hatten die Bienen nur einen Kadaver übrig gelassen. Die Knochen ragten dampfend empor.

»Mir ist schlecht«, maulte Tuh und hantierte mit einer Spraydose. May schloss behutsam die Tür ab.

Von den Bienen fehlte am Tag auch auf den Feldern jede Spur. Sonderbar, dachte May und überlegte, ob es sich um eine Art von afrikanischen Insekten handelte, welche für ihre ungewöhnliche Aggressivität bekannt war. Doch nun, wo die Sonne mit fröhlichem Glanz über die Tundra streichelte, segelte einzig ein Schwarm aus violetten Schmetterlingen durch die Luft. Er ergänzte mit seiner Leichtigkeit und Fröhlichkeit ihre Stimmung vorzüglich.

So marschierten sie still und beschwingt durch die Gräser. Alles um sie glitzerte in silbergrünen Farben, und wenn man stehen blieb, um die würzige Luft einzuatmen, konnte man die Feuchtigkeit und den knorrigen Geruch spüren, der aus dem Untergrund wie ein herzhaftes, chinesisches Gewürz aufstieg. Blütenpollen bildeten schwebende Lichtkugeln, voller entzückender Leichtigkeit und Wärme. Auch Käfer verzierten in optimistischen Bahnen die Luft mit ihrem Tanz der Fröhlichkeit. Lachend landeten Vögel auf Ästen, die ihnen im Wind bläulich entgegen winkten. Und selbst die kleinsten Feldmäuse schienen eine stille Komplizenschaft mit den beiden Wanderinnen schließen zu wollen, wenn sie neugierig zwischen ihren Füßen entlang flitzten. May spürte neuen Mut. Das alles fühlte sich doch besser an, als der Gestank und Irrsinn im Büro. Wer nun wohl daheim auf ihrem nassen Stuhl saß? Oder ob man das Büro ungelüftet bis zu ihrer Rückkehr abschließen würde?

Sie benötigten ungefähr eine Stunde, bis sie so dicht an das Schloss herankamen, dass es zum Greifen nahe war. Majestätisch baute sich der steinige Koloss vor ihnen auf. Tuh murmelte »Ach du große Gurke ...« Sie blieben stehen, um den Anblick zu verdauen: Mit sandigem Grau türmte sich das Gebäude in eine eindrucksvolle Höhe. Wie geschmirgeltes Papier standen die Mauern und schwiegen im Wind. Verwinkelten Zinnen wechselten sich mit Fenster ab, die aus spitz gewölbten Rahmen skeptisch auf das Umland hinab blickten. Gras wie Filz umgab das Schloss. Die Anlage erstreckte sich über mehrere hundert Meter in die Breite und griff mit weiten Flügeln in den südlichen Teil, wo eine Gartenanlage voller raschelnder Blätter anschloss. Kronen von Obstbäumen sah May dort im Wind schaukeln, vermutlich Birnenbäume, eine ganze Plantage. Hübsch, hübsch.

»Hey, sieh mal da vorne!« May zeigte auf eine Baumgruppe. Fünf große Stämme bogen sich dort im Wind und bildeten ein kleines, leise rauschendes Ensemble. Doch das eigentlich Interessante war eine Gestalt, die sich unten an einen der Bäume schmiegte.

Auch Tuh blieb stehen und blies den Atem aus.

»Guck mal«, flüsterte May, »da ist jemand!«

»Wo?«

»Da, am Baum. Psst, sei mal still, damit uns keiner hört.«

Sie gingen sehr langsam auf die Person zu und achteten darauf, in den trockenen Gräsern keinen Laut zu verursachen. »Guck dir das an«, murmelte May.

Die Person, die den meterdicken Baum mit ausgebreiteten Armen umfasste, schien eine Frau zu sein. Sie trug eine Ledermontur mit einer schwarzen Lederhose, die ihr Hinterteil deutlich zur Geltung brachte. Zwischen ihren Schultern baumelte ein brauner Zopf, der sich leicht bewegte, während die Frau ihren Körper offenbar mit großer Kraft an den Baum presste. Ihre Finger berührten sich auf der Rückseite des Stammes, krallten sich in die Rinde und es schien, als wenn kein Sommersturm sie von dem Stamm trennen könnte.

May stakste in einem zoologischen Bogen um das Wesen herum und bückte sich, um ihr Gesicht sehen zu können. Schmatzend presste die Frau ihre Wange an die Rinde und rieb den Kopf mit großem Nachdruck daran.

»Uh ...«, prustete Tuh mit unterdrücktem Kichern, »knutscht die Alte etwa den Baum?«

»Pssst«, zischte May, »vielleicht hat sie Hunger.«

»Glaubst du, die ist genauso verfressen wie du?«

»Warte mal.« May ging in die Hocke, um die Frau besser sehen zu können. Noch hatte die Baumfrau die beiden Ankömmlinge offenbar nicht gehört. »Uhh«, stieß May leise hervor, als sie erkannte, was die Frau dort tat: Mit aufgerissenem Mund drückte sie ihre Zähne in die Rinde hinein! Ohne Unterlass nagte sie am Holz und kaute voller Hingabe. Manchmal rieb sie ihre Wange zärtlich gegen den Stamm, Speichel lief über ihr Kinn, tropfte zum Hals und floss bis in den Ausschnitt ihrer Jacke. Überall auf ihrem Gesicht klebten Holzsplitter. Wenn es zunächst so ausgesehen hatte, als ob sie den Baum küssen würde, so erkannte May jetzt, dass die Frau große Stücke aus der Rinde heraus biss! Sie kaute hartnäckig.

»Ähh«, flüsterte Tuh, »die knabbert da dran. Prost Mahlzeit.«

Angewidert und fasziniert zugleich beobachtete May das Schauspiel. Nun schaffte es die Frau sogar, ein dreißig Zentimeter langes Stück Rinde herauszureißen und bearbeitete es knackend mit den Backenzähnen.

»May«, flüsterte Tuh, »geh mal zu der hin, und sag der: Das ist ungesund. Wenn sie mal in der Stadt ist und großstädtisch speisen will, hätte ich da einen Tipp in der Erlebnis-Gastronomie ...«

»Nee, warte mal«, unterbrach May und beobachtete die Braunhaarige fasziniert. Sie versuchte abzuschätzen, ob die Frau psychisch gestört war, und ob sie May womöglich angreifen würde, wenn man sie ansprach. Aber noch schien die Frau am Baum hingebungsvoll in ihr sonderbares Mahl versunken zu sein. Sie klammerte sich feste an den Stamm und schien nicht gewillt zu sein, sich von ihm losreißen zu lassen. Jetzt leckte sie mit spitzer Zunge über die Rillen der Rinde. Suchte sie darin etwa nach Käfern?

»Hallo ...?« fragte May und zog dabei das »O« in eine fröhliche Länge, damit ein Anklang von Verwunderung mitschwingen konnte. Und dann noch einmal etwas lauter: »Hallo! Guten Tag, wir wollten nicht stören ...«

Die Baumfresserin stellte jede Bewegung ein. Wie ein Insekt, das eine aufziehende Gefahr spürt, duckte sie sich unter dem Schatten von May und Tuh. Sie verharrte.

»Hey, Sie da«, meldete sich Tuh zu Wort, »was machen Sie denn da? Haben Sie überhaupt eine Lizenz zur Baumbeschädigung?« Tuh hatte jetzt einen Zweig auf dem Boden gefunden, mit dem sie sich langsam näherte. »Soll ich der mal was auf den Arsch verpassen?« sagte sie so laut, dass die Frau es hören musste.

»Lass mal«, sagte May, »ich glaube, die macht gerade Mittag.«

»He, Sie da, kann man mit ihnen sprechen?« Tuh aktivierte ihre Bassstimme: »Wir kommen von der Busch- und Bauminspektion, Ressort C-Baum, und würden ihnen gerne ein paar Fragen stellen.«

Mit einer ruckenden Bewegung drehte die Frau ihren Kopf zu May. Sie zischte wie ein gereiztes Reptil und spuckte Krümel aus.

»Wir, öhm«, stotterte May, »wir wollen ihnen ja nichts tun.«

»Na ja«, ergänzte Tuh von hinten und hob den Stock.

»Wir suchen nur den Weg ...«

»Zum Schloss?« fauchte die Frau. Sie sah May aus punktförmigen Augen an. Ihre Stimme klang durchaus menschlich, etwas gereizt, aber wie ein zurechnungsfähiger Mensch. Zornig blickte sie zu May, ohne ihre hölzerne Mahlzeit zu unterbrechen.

»Ja, zum Schloss«, sagte May. »Gehören Sie dazu?«

»Chhh«, fauchte die Frau mit verstärktem Unwillen. Jetzt klang sie, als wollte sie mit ihrem Mund nach jedem schnappen, der ihr zu nahe kam. May wich einen Schritt zurück.

»Wenn ich satt bin«, grunzte die Frau, »dann erst gehen wir.«

»Gut, gut.« May hob beschwichtigend die Hände. »Wir wollten wirklich nicht stören.«

»Sagen Sie mal«, krakelte Tuh von hinten, »habt ihr denn nichts Ordentliches zu essen hier? Das ist ja furchtbar, dieses Geknabber. Also, wenn ihr mal in die Stadt kommt, und eine Champignon-Creme essen möchtet, dann ...«

»Schht«, fuhr May dazwischen. »Essen Sie mal in Ruhe auf.«

May blies den Atem aus und blickte an dem Feuerball der Mittagssonne vorbei in Richtung des Schlosses. Jetzt, bei Tageslicht, wirkte es durchaus freundlich mit seinen kleinen, gebogenen Fenstern, den spitzen Türmchen und den gezackten Mauervorsprüngen, die weit oben einen Wandelgang umrahmten. Schwalben umkurvten ein Turmzimmer in der Höhe. An jedem Gebäudeabschnitt schraubten sich die Rundungen der Türme stämmig empor, als müssten sie sicherstellen, dass das Gebäude auch durch die nächsten eintausend Jahre stabil beisammen gehalten würde. Etwas weiter links lag die Einfahrt, vermutete May, aber da das Gebäude außerordentlich groß war, hätte man einige Zeit investieren müssen, um es von allen Seiten zu besichtigen. Und dann sah May noch etwas: Eine metallische Haube, die hinter der Schlossmauer hervor lugte. Dort stand ein größeres Gerät und glänzte mit weißem Blech in der Mittagssonne. May kniff die Augen zusammen und stieß Tuh in die Seite: »Guck mal da. Hinter der Mauer. Siehst du das?«

»Hab ich längst«, sagte Tuh lässig. »Das ist ein Cougar AS 532.«

May zog verblüfft die Augenbrauen in die Höhe. »Du hast den schon gesehen?«

»Logo.«

»Du kennst dich mit Hubschraubern der Flugbereitschaft des Auswärtigen Amtes aus?« May staunte.

»Klaro. Du etwa nicht? Das ist so ein Quartett-Spiel, kennt doch jeder. Gibt es auch als Kampfjet-Quartett. Und eins mit Panzern und eins mit Schiffen. Aber Hubschrauber sind das Beste. Das da drüben ist ein Cougar AS 532.« Sie zählte auf: »Maximale Nutzlast 4100 Kilo, Reichweite, vollbetankt 840 Kilometer, Höchstgeschwindigkeit 270 km/h. Kann sich beim Absturz aber deutlich erhöhen.«

May musste ihr Lachen unterdrücken. Nicht nur, dass Tuh die Kabine des Hubschraubers hinter der Mauer bemerkt hatte, auch den genauen Typ und die technischen Daten kannte sie. Schade, dass jetzt nicht Schmit oder gar Brunk dabei waren. »Tuh«, sagte sie, »du bist bald echt reif, für den gehobenen Sicherheitsdienst!«

»Nun«, näselte Tuh, »zurzeit läuft mein Gewerbe ziemlich gut. Die Einkaufspreise liegen günstig, das belebt die Konjunktur und hebt die Margen. Besonders für rechtschaffene Kaufleute. Da möchte ich keine unüberlegten Schritte unternehmen, die meiner Karriere schaden könnten. Ich bin nicht so der volatile Typ.«

Die Frau stieß sich mit einer energischen Bewegung vom Baum ab. »Chh«, fauchte sie jetzt etwas leiser. Sie spuckte Holzstücke aus und streckte den Rücken durch. Nun veränderte sich ihre Körpersprache, denn eigentlich war sie eine schlanke Frau mittleren Alters, deren gute Figur in dem Lederanzug durchaus zur Geltung kam - wenn sie sich wie eine halbwegs normale Frau bewegte. Dies schien ihr aber schwerzufallen. Ihr Rücken knickte immer wieder zu einem linkischen Buckel zusammen und ließ ihren gesamten Körper sonderbar gekrümmt aussehen, so, als hätte ein Marionettenspieler einige der Fäden, an denen sie hing, zerschnitten. Es schien, als müsste sie ihren Willen mit einer großen Anstrengung bündeln, damit sie sich in die aufrechte Haltung eines Menschen zwingen konnte. Das Seil ihrer Schulter vibrierte nervös.

»Ähm, hat's geschmeckt?« erkundigte sich May.

Die Frau ließ den Kopf rucken und spannte ihren Körper zu einer sonderbar aufrechten Pose, beinahe, als müsste sie einen Gegenstand auf dem Kopf balancieren. »Wir können gehen«, befand sie wackelnd und stieß sich vom Baum ab.

May spürte, dass es nicht einfach werden würde, mit dieser Person zu sprechen. War das überhaupt ein normaler Mensch?

Die Braunhaarige ging mit resoluten Schritten über den Sandweg und May und Tuh folgten mit unmerklich schüttelnden Köpfen. Nach einigen Metern wurde der Weg zu einer gepflasterten Auffahrt, die auf einen gemauerten Torbogen zuführte.

»Ihr stammt nicht aus der Gegend?« fragte die Braunhaarige.

»Nein«, sagte May, »wir machen hier Urlaub. Wir kommen aus Melville und wollten uns die Sehenswürdigkeiten ansehen.«

»Seid ihr überhaupt angemeldet?«

»Eigentlich schon. Unsere Agentur sagte, es wäre alles besprochen. Mit der Dame des Hauses.«

Die Lederfrau schwieg. Nun hatten sie das Tor erreicht. May versuchte, die Frau beim Gehen im Blick zu behalten und sah, dass sie immer noch seltsame Bewegungen mit dem Kiefer ausführte. Mahlend, ruckend ... In ihr schien nicht einzig die Persönlichkeit einer Frau zu existieren, sondern etwas Zweites: eine Art Tier. Nun blieb sie abrupt stehen und griff in die Brusttasche. Sie zog einen Lippenstift heraus und begann, ihre Lippen mit einem dunklen Rot zu färben. Sie wischte sich die Reste der hölzernen Mahlzeit ab und versuchte ein dünnes, menschliches Lächeln. Die Metamorphose zum Menschen schien zittrig geglückt.

May blickte die Mauern des Schlosses empor. In einem hellen Gelb zogen sich die Steinbrocken in die Höhe, wie sandige Würfel, und zugleich besaß das Gebäude einen geheimnisvollen Glanz, der völlig untypisch für Häuser dieser Art war. Das Schloss leuchtete ... golden. Hatte jemand die Mauern mit solch einem Farbton bemalt? Das müsste eine enorme Arbeit bedeutet haben. Auch duftete die Luft süß und milde. Es roch nach Mandeln.

»Ihr braucht keine Angst zu haben«, sagte die Frau. Jetzt klang ihre Stimme tief und menschlich. »So schlimm ist es hier nicht.«

»Nicht schlimm?« fragte May, »Was meinen sie damit? Wir sind neu hier und haben noch nicht viel mitbekommen.«

»Nun, ihr werdet es schon merken. Die Leute reden dies und das. Mein Name ist Flavia, seid willkommen.«

May nickte verlegen. »Äh, hallo, ich bin May Calla, Immobilienmaklerin aus Melville. Und das hier ist ...«

»Thusnelda del Mare«, flötete Tuh. Sie ließ die Worte aufblühen, wie ein Blumenbeet am Sommermorgen. »Künstlerin aus Spanien.«

Sie verneigte sich tief und überreichte den Zweig. Ein Kavalier der alten, gymnastischen Schule, vom Scheitel bis zum Springerstiefel.

Flavia schob das Tor auf. Innen kam ein Hof zum Vorschein; kühler und schattiger stand hier die Sommerluft. Vor allem aber verstärkte sich der süßliche Geruch. An den Rändern des Platzes lehnten Schaufeln, Weinfässer, Handkarren mit hölzernen Reifen, ein verrosteter Heuwagen, daneben Mistgabeln und Blecheimer. Zwei Hühner beratschlagten in Hühnersprache vor ihrem Verschlag. May sah: Das kleinere Vieh kam gar nicht zu Wort.

Der eigentliche Eingang lag am Ende eines breiten, mit bunten Kacheln gefliesten Weges, über den die Frau, die Flavia hieß, zügig voran schritt. Während May und Tuh folgten, bewunderte May das Muster am Boden: Es ergoss sich in raffinierten Formen wie ein funkelnder Perlenschatz unter ihren Füßen.

»Also, Flavia, du sagtest, es sei nicht *so schlimm* hier?«

»Ja. Man muss auf der Hut sein, aber dann geht es.«

»Auf der Hut? Wovor denn?«

»Nun ... Es gibt gewisse Wesen hier. Manche sagen: Tiere ...«

»Das haben wir auch schon gemerkt«, brummte Tuh. Sie bewegte ihren Finger, als würde sie an einer unsichtbaren Kurbel neben ihrer Schläfe drehen.

Flavia sah sie streng an.

»Aber, was sind das für Viecher?« fragte May.

»Bienen.«

»Ach«, rülpste Tuh, »Bienen sind doch niedlich.«

»Aber nicht die Bienen bei uns.«

May gab Tuh ein beschwichtigendes Zeichen, dass sie nicht zu viel drauflosplappern sollte. »Das mit den Bienen ist uns auch schon aufgefallen«, sagte May. »Besonders niedlich scheinen die in dieser Gegend nicht zu sein.«

»Sind sie auch nicht«, stellte Flavia fest, »ganz und gar nicht.«
»Und was kann man gegen die Viecher unternehmen?«
»Na ja, habt ihr ja gesehen ...«
Jetzt war es Tuh, die näherkam und polterte: »Ach! Und deswegen fresst ihr Baumrinde? Seid ihr völlig plemplem? Ihr futtert Bäume, um etwas gegen die Bienen zu unternehmen?«
Flavia schwieg und sah sie aus ernsten Augen an. »Wir sprechen ein andermal weiter. Kommt jetzt rein. Oder habt ihr Angst?«

19. In der Halle der Bienen-Königin

Das Erste, was May im Inneren der Halle auffiel, waren die wunderschönen Stoffe aus Samt und Seide, die sich in warmen Farben an den Wänden bauschten. Was für eine Pracht. Vor den Fenstern wehten Schals wie Nebelschleier aus purem Blütenstaub. Die Wände schienen mit Gold und Honig und reinstem Bernstein überzogen zu sein. Mit einem Schlag verschwand die vogelzwitschernde Welt des freien Landes und wurde ersetzt durch kühle Stille, voller Frieden und Wärme. Hier duftete es nach Rosen und Parfüm, und auch ein wenig nach Gebäck. Die goldene Behaglichkeit schien May und Tuh regelrecht einzuckern zu wollen.

»Au ha«, flüsterte May, »dafür, dass die Herrschaften hier draußen hinter jeder befahrbaren Brücke leben, haben sie aber einen exquisiten Geschmack.« Sie gingen an einer Spiegelwand vorbei und May erschrak, als sie sah, dass sie immer noch diese albernen Streifen aus Creme unter den Augen trug, die ihr Tuh als Krötenblut angedreht hatte. Die Streifen verliehen ihr den Ausdruck einer tapferen, kleinen Buschkämpferin. ›Ramboline, eine Frau geht ihren Weg.‹ May versuchte, den Blödsinn schnell abzuwischen.

Flavia hatte die beiden in einen bernsteinfarbenen Salon geführt, an dessen Wänden blaue Perlen bis weit hinauf unter die hohe Decke funkelten.

»Cool hier«, staunte Tuh. »Sieht flutschig aus. Aber ich weiß nicht, ob die Wände für die Akustik ideal wären. Zu hoch. Ziemlich glatt. Wenn man die Bühne dort drüben aufstellt«, sie zeigte auf eine Sitzgruppe mit drei mächtigen Sesseln, »dann hätte man die Seitenwand an der Seite. Das reflektiert ziemlich stark. Das gibt nur Brei im Sound.«

May ging langsam vor einem Sofa entlang. »Halt mal die Klappe Tuh, wir sind nicht *The Gossip* auf Welttournee. Sonst kriege *ich* hier irgendwann noch ›Brei im Sound‹ ...«

Flavia stieß einen scharfen, kommandierenden Pfiff aus. May verstand: Sie hatten sich zu setzen. Flavia sagte: »Ich weiß nicht, ob Frau Baronin persönlich Zeit für euch hat. Normalerweise empfangen wir keinen Besuch von Touristen.«

Tuh ließ sich als Erste auf das Sofa fallen und warf schnaufend ein Bein über die Lehne. Auch May setzte sich. So saßen sie eine Weile schweigend da und sahen zu Flavia hinüber. May überlegte, ob sie nicht direkt nach dem Konsul, oder vielleicht einfach nach dem Hubschrauber fragen sollte. Immerhin war der von draußen gut zu sehen gewesen, und die Frage nach Sinn und Zweck des Objektes wäre ja auch für jede Touristin naheliegend gewesen. Aber der sonderbare Glanz in den Augen dieser Frau namens Flavia verunsicherte sie. Vielleicht nahm sie Drogen, die sie zu dem merkwürdigen Verhalten am Baum getrieben hatte? An echtem Hunger musste hier gewiss niemand leiden.

»Lebt Frau Baronin denn schon lange hier?« fragte May.

»Nein«, sagte Flavia und schüttelte den Kopf. »Ein paar Monate erst. Alles hat sich schnell entwickelt. Vieles ist anders geworden, als es zunächst geplant war.«

»Aha.« May stand auf und ging zum hinteren Fenster. Durch die Gardinen erhielt man einen prachtvollen Ausblick auf die Wiesen und Wälder, die bis zu einem taubenblauen Horizont reichten. Die ungewöhnlich hohen Bäume, die May bei der Anreise gesehen hatten, wölbten sich als verträumte Wattebäusche auf der rechten Seite. Als hätte der liebe Gott die Landschaft mit Zucker gewürzt, sah das alles aus, ganz entzückend, fand May. Blauer Zucker, warum nicht? Von Bienen keine Spur.

»Wir wollten auch nicht lange bleiben.«

»So?« Jetzt fuhr Flavias Stimme in einem alarmierten Ton auf: »Ihr *wolltet*?« Sie schien nervös zu werden, fingerte in ihrer Jacke und zündete sich schließlich eine Zigarette an. »Ihr kleinen Käfer seid ja niedlich.« Sie blies den Rauch in die Halle, wo er vereinsamt in der Luft erstarrte. »Ihr *wolltet* nicht lange bleiben. Ts, ts, ts.«

May drehte sich verunsichert um. Flavias Gesicht hatte einen spitznasigen und boshaften Ausdruck angenommen. Dort, wo andere Frauen Lachfalten besaßen, schnitten bei ihr zwei braune Bissfalten um den Mund. Bestimmt hätte sie eine stabile Stuhllehne durchbeißen können. Die Wanduhr tickte.

»Irgendwie riecht es hier komisch«, brummte Tuh in unzufriedenem Moll. Sie hatte begonnen, den Schliff ihrer Fingernägel durch beharrliches Kratzen an ihrer Gürtelschnalle zu verbessern.

May versuchte, die Stille aufzulockern und flötete leichthin: »Ach, na ja, merk ich gar nicht so.« Natürlich war das gelogen. Selbstverständlich hatte auch sie den Geruch wahrgenommen: Süß und drückend stand er in der Luft. Er besaß etwas Moderiges, als hätte man ein vergammeltes Stück Fleisch mit einem Guss Sirup überschüttet.

»Wenn ihr eure Köpfe ein wenig durchlüften wollt, könnt ihr nachher ja noch Pilze sammeln gehen«, sagte Flavia mit dünnem Atem. Ihre Bissfalten spannten sich tief in die Wangen.

»Pilze? Also, ich mag Champignon-Creme ziemlich gerne.«

»Tja, vielleicht haben wir auch so etwas im Garten.«

»Ach, ihr baut selbst Pilze an?« fragte May.

»Wir machen hier so manches selbst.«

May beugte sich zur Scheibe und drehte den Kopf zur Seite.

»Ganz rechts, da kannst du das Pilzfeld sehen«, sagte Falvia. »Es geht rüber bis zu den Obstbäumen.«

May sah es. Die Pilze lugten wie kleine Raketenhauben zwischen den Blättern hervor. May staunte. Die Pilze wuchsen gewaltig hoch, bestimmt über vier Meter in die Höhe. Dabei waren sie rund und fleischig, und ihre Farben glühten so intensiv, dass May sofort verstand, dass es sich hierbei um alles andere als gewöhnliche Champignons handelte. Ein richtiger Wald aus Riesenpilzen wuchs dort im Garten ... Mysteriös. Die gelben Hauben hingen wie Wülste aus geschmolzenem Käse oben auf den Stämmen. May sah verzückt den bunten Punkten nach, die überall lustig aufstiegen. Gezuckerter Staub kreiste in der Luft. Insekten flogen dort, und zirkulierende Lichtkugeln stiegen in den Himmel. Violette Schmetterlinge zuckten in strudelförmigen Mustern. Flatterige Spaßvögel, Käfer des Glücks.

»Na, also, ob *diese* Pilze gegen Kopfschmerzen helfen?« fragte May mit möglichst ahnungsloser Stimme.

Flavia sagte nichts. Sie blies den Rauch in arroganten Strahlen heraus, und May bekam den Eindruck, dass die Braunhaarige in Gedanken bereits den nächsten Stamm erledigte.

Sonderbar war das hier. May überlegte, wie sie die nächsten Schritte unternehmen könnte. Wenn die Baronin sie einladen würde, eine Nacht zu bleiben, dann müsste sie einen Weg finden, das Gebäude heimlich zu untersuchen. Das könnte kompliziert werden.

»Leben denn viele Leute hier?« fragte sie.

Flavia verstärkte ihre gefährliche Falte und schwieg. Auch Tuh saß still auf ihrem Sofa. Sie hatte sich entschieden, wie eine Fünfjährige mit dem kleinen Finger in der Nase zu bohren. Als Flavia zur Decke sah, griff Tuh zum Zipfel der Gardine und wischte sich damit den Finger ab. Mays erzürnter Blick erreichte sie nicht. Tuh rieb nachdenklich die Gardine in den Fingern und musterte die Popelqualität ebenso wie die Stoffqualität.

»Weiß Frau Baronin denn«, fragte May in die Stille, »dass wir zu Besuch kommen?«

»Sicher. Frau Baronin ist über alle Vorgänge informiert. Wir haben euch bereits schon vom Schießstand aus gesehen.«

»Vom Schießstand?«

»Die Wache im Turmzimmer kontrolliert das Gelände. Ihr habt Glück, dass sie euch passieren ließ.« Flavia ließ die Augenlider müde sinken. Es sollte wohl ein wenig Mitleid ausdrücken. »Wenn die Wache schlecht drauf ist, knallt sie manchmal einfach so drauflos. Die Hitze macht einen ganz Ticka Tacka im Kopf. Da entspannt es, einfach mal draufloszuballern. Ihr versteht?«

»Wir verstehen sehr gut«, brummte Tuh. »Wir selbst sind ja eigentlich auch *immer* Ticka Tacka im Kopf. Deswegen haben wir ja die weite Reise unternommen, weil wir wussten: Hier sind Leute genau wie wir. Normale Leute. Hier sind wir unter Freunden.«

Flavia drehte wie in Zeitlupe den Kopf und blickte bösfaltig und unverwandt zu Tuh. Ach, da sitzt ja auch noch jemand, schien ihr Blick sagen zu wollen. Laut aber sagte sie: »Wäre ich nicht dabei gewesen, hätte die Wache euch erlegt, wie zwei Hasen auf der Jagd. Ihr wärt längst in der Speisekammer gelandet.«

May räusperte sich: »Vielleicht können wir, während Frau Baronin sich frisch macht, einen kleinen Rundgang durch das Gebäude unternehmen?«

Es entstand eine klirrende Stille.

»Ich meine«, setzte May nach, »es gibt doch bestimmt Sehenswürdigkeiten hier, und - «

»Gar nichts macht ihr«, zischte Flavia. »Dies ist kein Freizeitpark. Frau Baronin wird entscheiden, wie mit euch verfahren wird.«

»Verfahren?«

»Verfahren. Und nun seid ihr bitte still.«

May schwieg. Und Flavia auch. Und Tuh sowieso.

Die Uhr tickte kratzend. May überlegte, was geschehen würde, wenn sie einfach aufstehen würde, und zur Tür -

»Das würde ich dir nicht raten!« Flavias Stimme schnitt in ihre Gedanken, als hätte sie diese lesen können.

»Natürlich weiß ich, was du denkst!«

May spürte, wie ein Gefühl der Unsicherheit in ihr aufstieg, das langsam in Ärger überkippte. Gedanken lesen, so ein Quatsch. Wenn sie jetzt beispielsweise an Lou denken würde, dann -

»Deinen fetten Kater, den kannst du dir morgen abholen!« zischte Flavia. Sie stand auf und ging mit schwarzen Augen auf May zu. »Und weißt du was? Was wir mit deinem kleinen Scheißkater machen? Ich werde es dir verraten: Wir braten ihn in brauner Butter!«

Mays Herz stand still.

Was hatte die Braunhaarige da gesagt? Woher wusste sie von Lou? May traute sich nicht, noch einen weiteren Atemzug zu holen. Vielleicht würde das die telepathische Verbindung unterbrechen.

Flavia schritt langsam in die Mitte des Raumes. »Ihr wisst, dass wir zurzeit Mondwende haben, ja? Das ist gefährlich für kleine Schnüffler wie euch. Sehr gefährlich.«

Sie warf erst May, dann Tuh einen Blick aus schwarzem Eis zu. Dann ging sie, völlig geräuschlos auf ihren hochhackigen Stiefeln auf die Ausgangstür zu und verschwand.

Der Knall der Tür hallte lange nach.

»Uh«, seufzte Tuh und streckte die Beine aus. »Das ist ja echt ungroovy hier.«

May rang nach Atem. Sie fühlte einen Schmerz, als hätte ihr jemand in den Unterleib geboxt. »Ich weiß nicht«, stotterte sie, »woher wusste die, dass ich an Lou gedacht habe? Die kann doch nicht wirklich Gedanken lesen?« May blies den Atem aus. Das war ja furchtbar ...

Dann kam ihr eine Idee. Sie versuchte, in Gedanken zu brüllen: ›Hey Lady Arschloch, wenn du mich hörst, komm mal ruhig wieder rein! Dann zeige ich dir mal, was mein Kater mit Ungeziefer machen würde, das an Bäumen krabbelt.‹

Etwas ängstlich hielt May, nachdem sie dies sehr laut gedacht hatte, den Atem an. Sie blickte zur Tür und wartete, ob sie sich öffnen und diese Flavia zurückkommen würde. Irgendwie bekam May jetzt nämlich doch Lust auf eine Keilerei. Die Sache mit dem Gedankenlesen hatte sie ziemlich gereizt. Es hatte sich auch einige Wut in ihr angestaut: Wochenlang hatte sie im Büro gesessen und nur Mist fabriziert. Sie dachte an den bekloppten Brunk und an Frau Zmich, an die Dienstaufsichtsbeschwerde und den Wasserschaden. An Neville, die Bootsfahrt, die Mistschlange, den Bienensturm und die arme Familie Zwerg. Und zur Krönung kam nun auch noch jemand, der behauptete, *ihr Lou* sollte in »brauner Butter gebraten« werden! May spürte ihre Wut schäumen. Wäre ganz gut, mal wieder von Kata zum Kumite zu wechseln, dachte sie. Sollte die Baum-und-Butter-Tante ruhig zurückkommen, wenn sie diese Gedanken hörte!

Nichts geschah. Während May innerlich lauthals tobte, ging sie äußerlich ruhig zur Eingangstür. Sie drückte behutsam die Klinke. Verschlossen.

»... zu!« May spürte, dass ihre übliche Entspannungstechnik, die stets etwas mit dem Wachsen von Grünpflanzen zu tun hatte, nicht weiter helfen würde. So ein Mist. Vernünftige Polizeiarbeit war das wirklich nicht, was sie hier veranstaltete. Rückweg abgeschnitten. Mit solch einer verschlossenen Tür hatte vermutlich auch das Verschwinden des Konsuls begonnen. May biss sich auf die Unterlippe.

»Reg dich nicht auf«, gähnte Tuh vom Sofa. Sie schien froh zu sein, nach den Strapazen des Fußmarsches endlich sitzen zu können. Wenn Tuh in ihrem Kiosk das tat, was sie arbeiten nannte, saß sie ja eigentlich auch nur rum. Sie fühlte sich also wie zu Hause.

May setzte sich neben sie. Sonderbar war das alles hier. Mit professioneller Ermittlung hatte ihr Ausflug ungefähr ähnlich viel zu tun, wie Tuhs Tütensuppen mit ordentlicher Ernährung. »Vielleicht hätte ich doch mit den Jungs herkommen sollen«, sagte May leise und starrte auf die Tür, durch die Flavia verschwunden war. Richtige Cops wie Tim und Lowski hätten jetzt doch etwas geboten, das Tuh wahrscheinlich *Good Vibrations* genannt hätte.

»Meinste?« Tuh machte kratzende Bewegungen mit dem Stiefel über den Boden. So etwas tat sie immer, wenn sie sich langweilte. »Deine Bullen hätten doch wahrscheinlich als Erstes die Familie Zwerg verhaftet und einen Monat lang verhört. Bevor die Polizei sich an richtige Verbrecher traut, quetscht die doch erst mal zwanzig Unschuldige aus.«

May seufzte. Tuhs Gemaule half nun auch nicht weiter. Und wie lange wollte die Baronin sie eigentlich noch warten lassen? »Also mir kommt das hier unheimlich vor«, sagte sie. »Die Alte konnte wirklich meine Gedanken lesen ... Ich habe echt an Lou gedacht.«

»Ach was«, winkte Tuh ab, »das war ein Zufallstreffer.«

»Meinst Du?«

»Klar. Die Alte hat zu viel von den Pilzen genascht. So was macht dünnhäutig. Von dem Zeug wird man übersensibel. Kenn ich alles.«

»Ja aber«, wandte May ein, »deswegen kann man doch keine Gedanken lesen.«

Tuh grinste. »Dazu braucht man keine telefonischen Fähigkeiten, um zu sehen, dass du der typische Katerfreund bist.«

»Echt?«

»Klar. Du hast so eine typische Katerfreund-Visage.«

»Ach!« May fragte sich, wo hier der nächste Spiegel war.

Sie saßen eine Weile ratlos auf dem Polster, betrachteten ihre Stiefelspitzen und lauschten den murmelnden Geräuschen des Schlosses. Von draußen hörte man, wie der Wind in den Bäumen rüttelte und das Gebäude mit einem gelangweilten Sommerwind ummantelte. Manchmal hatte May das Gefühl, ein sonderbares Knacken zu hören, das tief aus den Mauern kam. Es klang, als wäre ein Schiff auf Grund gelaufen.

»Sag mal Tuh, was meintest du eigentlich vorhin, als du gesagt hast, du weißt, warum die Tante da am Baum knabbert? Ist die nur high, oder was soll das?«

Tuh wippte vergnügt auf und sagte: »Na, das ist doch völlig logisch. Mensch Frau Kommissarin, nun kombinieren Sie mal!«

May sah mit leerem Blick zur Tür. Gar nichts kombinierte in ihr.

»Da draußen gibt es jede Menge Bienen«, begann Tuh zu dozieren. Die Rolle als Deuterin von großen Welträtseln ließ sie munter werden. Sie schraubte mit einem Finger gedankenverloren in dem Vorhang ihres Scheitels und begann, mit dem Wickel am Finger zu fuchteln, wie ein Professor, der sämtliche Zusammenhänge des Universums erklärte. Professor Tuh begann mit seiner Einführung: »Erstens: Es gibt hier ein signifikantes Übermaß an deutlich zu vielen Bienen, wie ich finde. Der grobstoffliche Insekten-Index bohrt strudelförmige Wurmlöcher in das Raum-Zeit-Kontinuum, sodass eine wabenförmige Konklusion droht. Ja? Diesen Effekt haben wir im Wald erlebt: Der Bienenfaktor übersteigt um ein Vielfaches den Find-Ich-Gut-Faktor auf einer nach oben offenen Brumm-Skala.« Sie ließ ihren Blick von dem Stuck der Decke hinab in Mays fragendes Gesicht stürzen. »Du kannst folgen?«

May nickte. Wenn Tuh so weitermachte, könnte sie irgendwann im Fernsehen auftreten.

»Und was kann man gegen Bienen machen?« Tuh machte fragende Glupschaugen und streckte das Kinn wie ein kleiner, tückischer Backfisch voran, so, als wäre die Antwort völlig naheliegend. »Hm?«

»Weiß nicht ... Abhauen?«

»Ja, du nun wieder May, du mit deiner soften Art ... *Abhauen!* Abhauen ist völlig Gurke. Sag mal, du machst doch eigentlich auch Kampfsport, oder? Das müsst ihr Bullen doch. Lernt man da nichts Vernünftiges, was man machen sollte, wenn einem jemand dumm kommt?«

»Na ja. Vielleicht ausweichen?«

»Ausweichen, ausweichen ...« Tuh wickelte ihre Haarsträhne schneller. »Mann, May, du bist echt ne Tüte! *Wehren* sollte man sich natürlich! Zurückschlagen! Auf die Zwölf! Wummo Bummo! Nie gehört?«

»Ja ja, Wummo Bummo, schön und gut«, sagte May, »aber wie willst du denn auf einen Bienenschwarm draufschlagen? Bei aller Liebe zum heiligen Obelix - das könnte in diesem Fall kniffelig werden.« Innerlich hoffte May, die Tür würde aufgehen und die Baronin möge endlich erscheinen. Tuhs Gequatsche ging ihr langsam auf die Nerven. Dies hier war schließlich keine Wurstbude in der City, wo man beim Dosenbier die Fragen des Raum-Zeit-Kontinuums mit den Trinkern erörtern konnte - sondern dies war immerhin der Ort eines Verbrechens. Ein Tatort, der eine systematische Polizeiarbeit erfordert hätte. Es musste jetzt später Nachmittag sein, und May fühlte instinktiv, dass es besser wäre, die Verhöre ohne Tuhs Gequatsche und vor allem bei Tageslicht zu führen.

»Also«, sagte May, »du meinst, dass man durch Knabbern an Bäumen den Brumm-Faktor umbiegen und sich gegen Bienen wehren kann? Na, Prost Mahlzeit.«

»Nee, das geht tiefer«, korrigierte Professor Tuh. »Ins Tiefenpsychomagische!«

»Wohin?«

»Na du weißt schon: Tiefenpsychomagisch.« Tuh spielte die Bestandteile des Wortes vor: »Tiefen«, sie machte eine Bewegung mit den Händen, als spränge sie ins Wasser und tauche Richtung Meeresgrund, »Psycho«, sie kurbelte mit beiden Fingern an vielen unsichtbaren Rädern neben den Schläfen, »Magisch!« nun flogen ihre Finger um einen unsichtbaren, metergroßen Ball, der vor ihrem Gesicht zu explodieren schien. »Tiefenpsychomagisch! Da, wo die Birne zu Marmelade wird.« Sie senkte ihre Stimme in das Unterwasserreich einer Zarah Leander hinab: »Da, wo die Seele U-Boot fährt.«

»Aha.«

»Denk mal nach, May: Die wahren Feinde der Bienen sind - na?«

»Marmeladen-Verkäufer?« May zuckte mit den Schultern.

»Quatsch, nun bleib mal ernst. Die wahren Feinde der Bienen sind?« Tuh hob triumphierend den Finger in die Höhe und verkündete: »Hornissen!«

»Mir brummt jetzt schon der Kopf von den ganzen Viechern.«

»Eben! Eben drum! Die Leute hier haben nämlich alle eine Klatsche bekommen, von den Scheiß-Bienen.« Tuh polierte jetzt mit ihren Fingern eine unsichtbare Scheibe vor ihrem Gesicht. »Die sind so plemplem hier, vor lauter Bienen-Schiss, dass sie sich wünschen, selbst zur Hornisse zu werden! Als Hornisse kann man sich nämlich gegen Bienen *wehren*, verstehst Du? Nicht ausweichen, sondern plattmachen ist da Trumpf!« Sie deutete einen Faustschlag auf Mays Nase an. »Und Hornissen mampfen Holz, eine sehr gesunde Ernährung. Das schmeckt kernig und macht die Brummer groß und stark. Genau wie unsere Freundin Frau Flavia. Hornissen werden richtig brummig von Baumrinde. Hab ich mal im Fernsehen gesehen.«

»Ich auch.« May tastete in ihre Jackentasche, um sicherzugehen, dass ihre Dienstwaffe entsichert war. Wenn hier gleich eine Gang von bewaffneten Drogenhändlern einmarschieren würde, könnte die Tiersendung ziemlich schnell zum Actionfilm werden. Sie spürte den kühlen Abzug und ärgerte sich zugleich über die Situation. Wie unprofessionell sie sich in diese Lage gebracht hatte! Wenn wenigstens Tim und Lowski vor der Tür stehen würden, hätte sie halbwegs Rückhalt gehabt. Stattdessen hockte sie hier zum Abschuss freigegeben und neben ihr quatschte eine Kioskbesitzerin von Bienen und Marmelade.

»Hab ich auch mal gesehen«, brummte May. »Bei der Biene Maja.«

»Die Biene Maja war immer gut«, jubelte Tuh. Offenbar war sie jetzt endgültig bei einem ihrer Lieblingsthemen gelandet. »Maja, das war auch so eine Streberin, genau wie du! Und dann war da noch Flip, der Grashüpfer. Und Thekla, warte mal, war das die Spinne, oder Kassandra? Und Willi, die Niete, der Lahmarsch. Aber niedlich.« Sie wollte jetzt offenbar sämtliche Bewohner von Bonsels Blumenwiese diskutieren, ihnen möglicherweise eine Rolle in der Frage des Raum-Zeit-Marmelade-Kontinuums zuweisen, da polterte die Tür auf.

Der Staub wehte bis zu Mays Nase, und noch bevor sie hätte niesen können, kamen zwei Männer herein geschritten und zogen Mays Blick auf sich. Beide trugen Pageuniformen, wie sie die Diener in einem Hotel vor zweihundert Jahren getragen hatten: Weiße Streifen leuchteten mit goldenen Verzierungen auf abgeschabtem, rotem Untergrund. Ihre Schuhe besaßen diese schnabelartige Biegung aufwärts, wie sie Schauspieler in ganz altmodischen Theaterstücken trugen. Die beiden marschierten mit aufrechtem Gang auf May und Tuh zu und der Erste der beiden deutete mit einer herablassenden Geste an, dass sie auf dem Sofa sitzen bleiben sollten.

Und dann sah May den Fremden! Da war er! Er ... Der Rechte der beiden Diener, derjenige, dessen Uniform wesentlich zerknautschter aussah, das war genau jener Mann, den sie damals vor dem Bus gerettet hatte! Ihr Trottel mit dem Bärenblick! Es gab keinen Zweifel: Seine Haare trug er jetzt etwas kürzer, sein Gesicht war etwas schlechter rasiert, aber in seinen Augen, die er jetzt, wo er neben dem Thron wartete, zu Boden geschlagen hatte, lag der gleiche, seltsame Ausdruck von Müdigkeit und Wehmut, den sie schon damals bemerkt hatte. Mays Herz machte einen kleinen Hüpfer. Wenn sie mit ihm sprechen könnte, würde sie bestimmt in Erfahrung bringen können, wo der Konsul abgeblieben war. Was hatte den Kerl bloß hierher verschlagen? Also, wie ein Terrorist sah er nun wirklich nicht aus. Ein Page mit Schnabelschuhen. Ulkig.

20. Daumen hoch für die Baronin

Hinter den Männern marschierte mit resoluten Schritten eine füllige Frau herein. Sie trug ein grünes Kleid, das von einer weißen Schürze umspannt wurde, dazu kam ein ziemlich ungelüfteter Blick. Ihre Haare rollten als waagerechter Pony über ihrer Stirn, womit ihre gesamte Erscheinung einen betont fleischigen und unvorteilhaften Ausdruck erhielt, wie May fand. Die Frau schleppte einige Kilo zu viel mit sich herum, und ihr emporgeschraubter Blick ließ May vermuten, dass sie eine Art von höherer Funktion in der Dienerschaft einnahm. Eine Gouvernante der alten, massigen Schule.

Die Gouvernante zeigte erst auf den fremden Diener und dann auf jenen Bereich des Bodens, der sich vor Tuhs winkenden Stiefelspitzen spiegelte. Sofort bückte sich der Mann, ächzte wie ein Frosch und begann, mit einem Stück Kreide einen Strich auf die Kacheln zu malen. Penibel jaulte das Geräusch durch die Halle. May versuchte, den Vorgang mit wohlgeformten Mundwinkeln zu verfolgen, die ebenso viel Interesse wie Aufgeschlossenheit bekunden sollten. Sieh an, man malte eine Linie auf den Boden. Hübsch. Wäre dies ein Hotel, müsste man die Rezeption loben für ihre künstlerischen Einfälle.

Der Strich verlief ungefähr vierzig Zentimeter vor Tuhs Stiefeln.

»Bis hierhin und nicht weiter«, näselte die Dicke und blickte zwei Meter über Mays Kopf hinweg. »Wenn die Baronin anwesend ist, bleibt ihr an Eurem Platz. Verstanden?«

»Eins A«, krähte Tuh, zwängte die Finger in die Hosentaschen und rutschte noch ein paar Zentimeter tiefer in ihren Liegesitz hinab. Position Windkanal. Jetzt wackelten ihre Schuhspitzen nur noch zwanzig Zentimeter von der Linie entfernt. Die Dicke beobachtete dies mit einem dunkelgrünen Blick, und es war offensichtlich, dass sie keine weiteren Bemerkungen der flapsigen Sorte zulassen wollte.

Tuh verzog ihre Lippen zu einem Schmollmund. Dann reckte sie ihren Daumen empor und drückte die Faust beherzt nach vorne. Daumen hoch für die Baronin! Tuh war ein Fan.

Auch die Frau, die sich Flavia nannte, marschierte wieder herein und schob mit bräunlicher Miene einen großen Sessel vor sich her. Sie bugsierte diesen Thron, der übellaunig und knirschend die Fugen malträtierte, in die Mitte des Podestes. May fühlte sich, als säße sie in der ersten Reihe eines Dorftheaters. Künstlerische Projekte dieser Art hatte sie noch nie gemocht. Wehmütig sah sie in Richtung des Fensters.

Die Abendsonne kratzte draußen über den Pilzwald und stürzte in goldenen Wirbeln durch die Bögen der Fenster herein. Beide Pagen hatten sich mit gesenkten Köpfen an den Seiten des Thrones niedergekniet. Ihr Trottel vom Bus gelang ein besonders demutsvoller Rundrücken. Und dem anderen Mann, den May nicht kannte, floss ein Tropfen aus der Nase und regnete traurig auf den Samt hinab. Der Hofstaat war komplett.

Die Gesellschaft schwieg ein zeremonielles Schweigen. Dann hörte May ein Geräusch, das sich vom äußeren Zimmer näherte. Es schlurfte. Es schleppte sich. Es ging nicht gut voran ... Kraftlos und mühsam misshandelte das Knirschen die Kacheln; ein hörbar trotziger Versuch, den Körper voranzuschieben, ohne dabei die Füße zu heben. May pendelte mit dem Kopf dichter zu Tuh, um hinter den Türrahmen blicken zu können. Dann sah sie die Person, die sich derart schwerfällig näherte: Sie war klein wie ein Zwerg, eine Japanerin offenbar. Ihr Kopf, der von einer dunklen Pagenfrisur gekrönt wurde, schwebte merkwürdig diagonal an einem langen Hals. May musste an jene Dinosaurier-Art denken, deren Gang so merkwürdig von den schlecht montierten Hälsen geprägt war. Auch bei der Baronin pendelte der Saurierkopf ohne Sinn und Verstand hin und her.

Ihre Füße versteckte sie in brotförmigen, roten Pantoffeln, seltsamen Überschuhen, die sie wie vollgelaufene Boote über den Teich der Bodenkacheln quälte. Ein Laut der Übellaune bildete deren Bugwelle. Über ihren winzigen Schultern knisterte ein goldener Umhang, der mit Sternchen und roten Perlen bestickt war; vermutlich bestand er aus Aluminiumfolie. Was für eine sonderbare Erscheinung, dachte May. War diese Frau ein Flüchtling aus dem Reich der Weltraumforschung - oder eine Art Trümmerfrau, die von einem Bewerbungsgespräch als Varieté-Zauberin heimkehrte? Die Frau blinzelte aus stecknadelgroßen Löchern, die ihre Augen bildeten, durch die Strahlen der Abendsonne zu May. Dann erlahmte ihr Kleinsaurier-Körper so langsam und resignierend auf dem Thron, als habe ein Puppenspieler die Fäden wie ausgeleiertes Gummi sinken lassen.

Sie saß. Die Luft war raus. Nur ihr Umhang hüstelte ein leichtes, metallisches Keuchen. Ja, dachte May, diese Frau besaß eine Seele aus Alufolie.

Es fiel May nicht leicht, das Alter der Baronin einzuschätzen. Sie schien beileibe noch nicht so alt zu sein, wie es ihr Körper vermuten ließ. Vielleicht war sie Anfang Fünfzig, nur sah sie viel älter aus. Hinter den Knopfaugen, die mit winzigen Pupillen auf May einstachen, loderte eine Art jugendlicher Energie. May spürte sie geradezu körperlich wie Schmirgelpapier auf der Seele. Das Gesicht der Baronin schien dabei von zwei diametral entgegen gesetzten Kräften verzerrt zu sein: Einerseits wirkte es durchaus hübsch, es trug deutlich japanische Züge. Doch gleichzeitig zeichnete sich ein Ausdruck zwischen den Augenbrauen ab, der völlig untypisch für eine Japanerin war: Zornig und verbissen wirkte sie - und dieser Eindruck rührte an der seltsam geformten Partie über ihrer Nase. Als würde von innen heraus eine Kraft ihr Gesicht zerfressen, schnitt eine Falte zwischen ihren Augenbrauen entlang. Über ihrer Nase bis weit in die Stirn hinein kroch dieser dunkelblaue Strich wie die Kriechspur eines Reptils. Die Furche wucherte zwischen ihren Augen und bildete einen Hautlappen, wie ihn May noch nie bei einem Menschen gesehen hatte. Er bildete eine Zornesfalte, die einen großen Willen zum Hass vermuten ließ. Die Baronin trug statt eines Gesichtes nur eine Wunde über dem Gehirn. In ihrer Heimat hätten die Menschen mit Recht gesagt: Sie hat ihr Gesicht verloren.

Ihre Dienerschaft erstarrte in Angst.

Nach langen Minuten der Stille kamen die Worte der Baronin wie ein Schluckauf aus ihr heraus gerülpst: »Wir haben Besuch?«

May wollte etwas erwidern, doch die kleine Frau hob herrisch die Hand. May sah zu dem Fremden hinüber, zu dem sie sofort Vertrauen gefasst hatte, und sah, dass er ihr ein beschwichtigendes Zeichen gab. Besser, May würde nichts sagen.

»Ihr sprecht erst, wenn ich es erlaube. Ich benötige Ruhe.«

Die dicke Gouvernante, die den Auftritt der Baronin mit der Trägheit eines Bierkutschers verfolgt hatte, reichte jetzt ein Tablett, auf dem eine silberne Kanne neben einer Tasse klimperte. Die Baronin griff danach und begann, mit einem Löffel in der Tasse zu rühren. Wie ein Kind, das sich mit seinem Lieblingsspielzeug beschäftigt, stocherte sie darin. May musste an ein Eichhörnchen denken. Wie niedlich, sie teilt nicht gerne.

»Ich weiß doch, dass ihr nicht in Frieden kommt«, klagte das Eichhörnchen zu ihrer Freundin der Tasse.

May schwieg. Auch Tuh sagte nichts, ließ aber einen gestischen Kommentar los, indem sie eine Hand hob und dann wie auf einer schwankenden Oberfläche taumeln ließ. Es schwippte ein wenig nach links, es schwappte ein wenig nach rechts. Schwerer Seegang. Ja, es schien, glaubte man der Hand, noch sehr *unentschieden* zu sein, ob der Besuch friedlich oder nicht friedlich vonstattengehen würde. Alles etwas fragil hier.

Obwohl die Baronin Tuh kaum sehen konnte, weil sie in ihre Tasse starrte, flüsterte sie plötzlich: »Ich sehe deine bösen Finger, Große.« Dann winkte sie zu Flavia. Die Braunhaarige benötigte nur fünf knallende Schritte, um sich direkt vor Tuh aufzubauen.

»Wenn deine bösen Finger noch ein Wort sagen, Rote, dann gehören sie mir«, zischte die Baronin. Nachdem sie diese Worte wie Gift aus sich heraus gepresst hatte, rührte sie langsamer. Das Geräusch ergab ein trauriges Duett mit dem Ticken der Kaminuhr. May sah, dass die Flüssigkeit, die sich in der Tasse befand, zähflüssig sein musste, denn der Löffel blieb senkrecht darin stehen.

»Hast Du gehört, Große?« giftete die Baronin noch einmal, nun lauter, »wenn deine Finger mir etwas sagen möchten, dann ist es das Beste, du gibst sie mir komplett.«

Tuh drehte den Kopf schräg, als bereite es ihr große Schwierigkeiten, ihr Ohr in eine Hörposition zu bringen. Klack machte es seitlich neben ihr. Flavia hatte ihre Hand aus der Tasche gezogen und brachte eine kleine Kneifzange zum Vorschein. Das Werkzeug besaß eine rote Ummantelung, wie sie für elektrische Arbeiten an harten Kabeln üblich war. Sie schien sehr scharf zu sein.

»Euer Ehren«, sagte May schnell, als sie die Gefahr erkannte, »ich bitte demutsvoll um Vergebung für meine Begleiterin!« May warf die Worte schnell heraus, Sprechverbot hin, Sprechverbot her.

Es setzte eine brütende Stille ein. Wieder konnte May nur das Knacken im Gemäuer hören. Die beiden Diener schienen das Atmen völlig eingestellt zu haben, die Baronin starrte hirnlos in ihre Tasse, und Flavia ließ sehr langsam die Kneifzange auf und zuschaben.

»Kneif ihr den kleinen Finger ab«, sagte die Baronin leise.

May fürchtete, Tuh könnte jetzt die Nerven verlieren, würde aufspringen und versuchen, dieser Flavia eine reinzuhauen. Auch die Diener und die Gouvernante schienen nun auf dem Sprung zu sein, die Amputation tatkräftig zu unterstützen. Auf eine Massenkeilerei mit einer Bande von Dorf-Psychopathen war May nicht besonders erpicht.

Dann sagte die Baronin: »Ihr wollt mir etwas wegnehmen. Das spüre ich!« Sie stieß mit dem Fuß auf das Podest und das Aluminium über ihren Schultern gab einen rasselnden Tusch dazu. »Es gibt nur zwei Arten von Besuchern: Solche, die etwas bringen - und solche, die etwas nehmen. Und ihr wollt mir *nichts* bringen.«

»Eure Hoheit, wir bringen Euch sehr viel«, sagte May vorsichtig. Man konnte mit dieser Frau sprechen, dachte sie, man musste nur ruhig sein.

»So?« flüsterte die Japanerin. »Aber ihren Finger will mir deine Freundin nicht geben.«

May schwieg.

»Warum wollt ihr mir nicht euren Finger geben?«

»Wir wollten euch etwas anderes geben«, sagte May.

Die Baronin schwenkte ihren Kopf, und als sie Mays Blickrichtung frontal erreicht hatte, verengten sich ihre Augen zu kleinkalibrigen Schießscharten.

May überlegte, ob sie jetzt ihre Waffe ziehen sollte, doch dann entschied sie sich zu sagen: »Eure Hoheit, wir wollten Euch unsere Freundschaft schenken.«

Die schwarzen Punkte im Gesicht der Baronin lösten einen stechenden Schmerz bei May aus. Der Anblick dieses Gesichtes tat körperlich weh. Drohend richtete sich die Baronin auf. Es schien, als müsse sie ein großes Gewicht mit dieser Bewegung in die Höhe stemmen, und auch der Umstand, dass sie sich von dem Anblick ihres Tasseninhaltes losreißen musste, erfüllte sie offenbar mit Schmerz. May sah in ihre Augen. Die Baronin schielte.

»Ihr lügt«, zischte die Baronin, »das sehe ich an eurer Nasenspitze. Ihr seid gekommen, weil ihr schnüffeln wollt. Ihr bringt mir nichts, wie es sich gebühren würde ...«

»Bekommt Eure Hoheit denn nicht oft Besuch, der etwas mitbringt?« fragte May mit möglichst leichtem Klang. »So schön, wie es hier ist, kommen doch bestimmt viele Reisende zu einem Besuch vorbei? Ihr müsstet doch bereits viele Geschenke erhalten haben.«

»Ihr sucht jemanden?« sagte Baronin erregt. »Ihr kommt den weiten Weg aus der Stadt und wolltet jemanden suchen? Bei mir?«

May schwieg. Unsicher sah sie zu den Dienern hinüber und fragte sich, ob der Fremde mit dem Bärengesicht sie irgendwann erkennen würde. »Bekommt ihr denn nicht oftmals Gäste«, wiederholte sie trotzig, »die die Schönheit der Landschaft genießen wollen?«

»Die Landschaft? Euch gefällt die Landschaft hier? Habt ihr etwa auch draußen in meinen Gärten bereits herumgeschnüffelt?« Mit einem strengen Blick zu der Dicken setzte sie nach: »Wer gab Euch die Erlaubnis durch meine Gärten zu spazieren?«

»Aber Eure Hoheit, wir sind nicht in euren Gärten gewesen.«

»Schweigt«, schrie die Frau. »Schweigt!«

May blickte durch das Fenster, durch das die Abendsonne eine waagerechte Flut aus intensivem Orange herein schickte. Tuh kniff die Augen zusammen und hatte offenbar beschlossen, sich schlafend zu stellen. Flavia spielte zwar immer noch mit ihrer Kneifzange, war aber wieder zurück an ihren Platz neben der Tür gegangen und schien das Projekt der Amputation auf einen späteren Zeitpunkt verschoben zu haben. Mays Worte hatten sie besänftigt. Auch der zweite Diener wurde von der Abendsonne geblendet und blinzelte müde.

»Es wird bald dunkel«, schnaufte die Baronin. Sie schien von dem Gespräch völlig ausgelaugt zu sein. Vielleicht war sie krank, überlegte May, vielleicht musste sie einen körperlichen Schmerz ertragen. Vielleicht brauchte sie einfach nur Ruhe. Bestimmt wäre es besser, sie nicht weiter zu reizen. »Ihr wisst«, flüsterte die Baronin, »dass wir seit gestern Mondwende haben?«

»Mondwende?« May zog sorgenvoll die Augenbrauen in die Höhe. Sie wusste, dass sich bei den Landbewohnern hartnäckig der Aberglaube hielt, dass während der Mondwende unerklärliche Dinge geschehen würden: Besuche von Gespenstern, tierische Verwandlungen, Auferstehung von Toten ... Sehr viel Unsinn.

»Nein, davon habe ich noch nie gehört«, log May.

Die Baronin legte den Kopf in den Nacken, wie ein Fisch, der Luft von der Wasseroberfläche schnappen wollte. »In der Mondwende«, japste sie, »wird die Welt anders. Bläulich. Die Wärme geht. Es ist nicht gut, wenn dann Fremde bei uns sind.«

»Wir wollen euch auch nicht zur Last fallen.«

»Ihr stört nicht.«

Tuh drehte verwundert den Kopf zu May. Hört, hört, schien sie zu sagen, wir stören nicht. Eben noch Finger abkneifen wollen - und jetzt einen auf gastfreundlich tun.

»Schh«, zischte May. Tuh sollte bloß ihr Mundwerk halten. »Es spricht von großer Gnade, dass ihr uns diese Ehre erweist.«

Jetzt kam die Gouvernante näher, legte den Finger auf die Lippen und sagte milde: »Ihr seht doch, dass Frau Baronin der Ruhe bedarf. Wir sollten uns jetzt in unsere Gemächer zurückziehen.«

May nickt. Genau, zurückziehen, das war gut. Das Sofa unter ihr war längst unbequem geworden. Sie sah zu dem komischen Pagen hinüber. Auch er lächelte gequält.

»Hopp, Abmarsch ...«, brummte die Dicke. Eine Aufforderung, die man Tuh nicht zweimal sagen musste. Mit einem ärgerlichen Grunzlaut sprang sie vom Sofa auf, schüttelte die Beine in ihren zerfetzten Jeans und warf das Gestrüpp ihrer Haare nach hinten. Einen Moment lang tat sie so, als wäre ihr schwindelig, damit jeder sehen konnte, dass ihr das lange Sitzen missfallen hatte. Als May ebenfalls aufgestanden war, tauchte Flavia neben ihr auf und sagte: »Das Ding in deiner Tasche gibst du mir.«

Wortlos griff May in die Jacke und zog ihre Pistole heraus. Sie fasste sie mit zwei Fingern am Lauf und reichte Flavia den Griff.

»Schön, dass die Formalitäten sich bei Euch nicht so lange hinziehen«, sagte Flavia und steckte die Waffe ein.

»Wir sind eben Profis«, schimpfte Tuh und walzte bereits mit dem Gang eines Preisboxers in Richtung Tür. May folgte wortlos. Der einzige Gedanke, den sie fassen konnte, während sie einer ungewissen Zukunft entgegen ging, hatte damit zu tun, dass sie bestimmt Chancen auf einen Spitzenplatz hätte, sollte es irgendwo eine Wahl zur unfähigsten Polizistin des Jahrtausends geben. Nun war sogar ihre Waffe weg ... Egal - sie war ja nicht im Dienst. Betrachten wir es als Urlaub, dachte sie und ging schweigsam hinter Tuhs klappernden Stiefeln her. Vielleicht würde irgendwann Hilfe nachkommen?

21. Hier würde selbst Neil sich ekeln

Sie gingen einen Korridor entlang, der sie von der Empfangshalle in einem weiten Bogen in den hinteren Teil des Schlosses führte. May staunte über die Ausstattung: Schwere Vorhänge und silberne Spiegel rahmten den Weg durch das Gebäude. May erschien das Schloss wie ein Labyrinth aus undurchschaubaren Reflexionen, süßer Behaglichkeit und murmelnden Schatten. Immer wieder tauchten meterhohe Gemälde an den Wänden auf. Zwischen Plüschsessel roch es nach Kokosnuss. Unter den Decken schwebten Kronleuchter mit butterfarbigen Lichtern. Ein Märchenschloss, wie aus einem vergangenen Jahrhundert! Was für eine Pracht. May fragte sich, wie die Baronin es geschafft haben mochte, vor den Toren der Metropole solch ein entzückendes Parallel-Universum zu errichten. Gerne wäre May an manchen Stellen länger stehen geblieben und hätte die Ausstattung eingehend betrachtet. Einige Gemälde zeigten moderne Malerei voller abstrakter Farbverläufe. Wirbelnder Wahnsinn in keifenden Farben. Auf anderen sah man Porträts von Persönlichkeiten, die hoheitsvoll auf die Besucher herabsahen. Ein undurchdringlicher Schleier des Mirakels schien in ihren Mienen zu liegen. Auch durch die Fenster hätte May liebend gerne einen Blick auf die Außenanlage geworfen, doch die rappelnden Schritte der Gouvernante und ihrer Diener ließen keine Verzögerung zu.

»Wir wollten auch nicht lange bleiben«, versuchte May zu der Dicken zu sagen.

»Aha, ihr wolltet.« Die Gouvernante blieb abrupt stehen und musterte May abschätzig. »Wann - und ob - ihr überhaupt wieder abreist, entscheidet ganz alleine die Baronin persönlich. Verstanden?«

»Ja, aber«, protestierte May, »wir wollten die Gastfreundschaft nicht über das Maß der Schicklichkeit hinaus beanspruchen.«

»Kindchen, ihr könnt von Glück sagen, dass die Baronin euch so wohlwollend aufgenommen hat.«

»Wohlwollend, ja ja«, grummelte Tuh, »das haben wir gemerkt.«

»Ja, aber«, sagte May, »ich dachte, hier kommen häufig Gäste in den Genuss der Güte von Frau Baronin?«

Die Dicke schwieg ein lauerndes Schweigen.

»Wir haben gesehen, dass Frau Baronin sogar über einen Hubschrauber verfügt ... Reisen damit die Gäste aus der Stadt an?«

Jetzt begann die Dicke, ihre Zähne bei geschlossenem Mund zu lecken. »Ob hier Leute anreisen, wollt ihr wissen? Ihr seid Schnüffler von der üblen Sorte und allein für eure Blödheit sollte man Euch gleich alle Finger abkneifen.«

May schwieg. Dann gingen sie an einer Reihe von Türen vorbei und gelangten an das Ende des Korridors. Der unbekannte Diener schloss eine Tür auf und trat mit dem Fuß dagegen. May blickte zu dem zweiten Diener, dem Fremden, den sie von damals kannte, und versuchte, zu lächeln. Er aber hielt die Augen unbeirrt auf die Kacheln gesenkt. Immer noch schien er in einer Welt zu leben, in der die Zeit viel langsamer zu fließen schien. Sonderbarer Kerl.

»Aber«, wandte May noch einmal zur Gouvernanten ein, »eure Hoheit kann doch nicht jedem Gast einen Finger abschneiden, nur so zum Spaß? Was soll denn das? Das bringt doch nichts.«

»Kindchen, ihr habt es doch gehört: Madame wünscht eine kleine Gabe. Nicht mehr. Das ist hier so üblich.«

May blickte in das Zimmer. Eine kleine Kammer lag dort, nicht besonders einladend. Das einzige Fenster lag - quadratisch und klein - viel zu hoch oben, sodass nur wenig Licht von der Dämmerung hereinrieseln konnte. Ein Tisch stand in der Mitte und gräuliche Armee-Matratzen lagen am Boden. Es roch stickig. May sah einen Schatten mit Schwanz über den Boden rascheln.

Flavia und die beiden Diener blieben auf dem Gang stehen. Für eine Sekunde hatte May das Gefühl, Flavia würde über die Wange des Fremden streicheln - doch völlig sicher war sie sich da nicht. Dennoch schoss ein sonderbares Gefühl in diesem Moment durch sie hindurch. May ärgerte sich über dieses Gefühl, denn sie wusste genau, dass es etwas mit Eifersucht zu tun hatte. Ja, wie blöde war das denn? Kaum hatte sich Kommissarin Calla ihre Dienstwaffe abnehmen lassen, wurde in die Kammer einer Bande von Dorfverbrechern gesperrt, und konnte darauf warten, dass jemand mit einer Kneifzange vorbeikam, und ihr einen Finger abkniff - und schon bekam sie Schmetterlinge im Bauch wegen eines fremden Mannes, der noch dazu in einer bescheuerten Uniform den Kerkermeister in diesem Zirkus der Jämmerlichkeit spielte. Irgendwie war May doch die Königin aller Idioten.

Sie blickte zu Tuh. Sie wusste, dass es nur eine Frage von Sekunden sein könnte, bis auch Tuh diese wenig schmeichelhafte Bilanz ihrer Situation hinaus posaunen könnte.

»Wow«, grunzte Tuh, »das ist ja stark hier! Und hier dürfen wir so lange bleiben, bis Frau Baronin sich entschieden hat, ob sie uns zu Tode labern oder schnetzeln will?« Sie pfiff eine anerkennende Melodie aus und schleuderte den ersten Schuh vom Fuß. Der zweite folgte in hohem Bogen hinterher und schlug gegen ein Regal an der Wand. Ein paar kleinere Gegenstände fielen hinab. Sie schlugen wie Glasmurmeln auf die Dielen. Dann warf Tuh sich selbst auf die breitere der Matratzen, verschränkte die Arme hinter dem Kopf und trompete zur Decke: »Urlaub auf dem Land! Geil! Guck mal May: feuchtes Stroh! Junge, Junge, ich glaube, hier würde selbst Neil Young sich ekeln.«

Die Dicke nickte in Richtung des Regales. »Hebt das mal lieber auf. Nicht, dass hier Unordnung reinkommt.«

May gehorchte widerwillig. Als sie vor dem Regal stand, konnte sie im milchigen Licht erkennen, dass auf dem Brett eine lange Reihe von hellen Objekten lag. Zunächst vermutete sie, dass dies eine Art Steinsammlung darstellte, oder kleine Murmeln. Aber dann sah sie genauer hin. Die kleinen Steine glänzten in fleckigem Gelb, es mussten über hundert Stück sein. May bückte sich, um die herab Gefallenen aufzuheben. Erst als sie zwei von ihnen zu den Übrigen gestellt hatte, verstand sie: Hier lagen menschliche Zähne!

»Frau Baronin sammelt die«, flüsterte die Dicke. »Sie ist eine echte Liebhaberin. Hier Schätzchen, guck mal.« Sie kam näher, öffnete den Mund und ließ May in die rosa Dunkelheit blicken. An der rechten Oberseite fehlten ihr mehrere Zähne. Dann schnappte ihr Maul wieder zu und sagte: »Die habe ich der Baronin vermacht. Ein Geschenk meiner Ehrerbietung. Nachdem sie so viel für uns getan hat, war es mir eine Freude, ihr etwas zurückgeben zu dürfen. Und ich gebe euch einen Rat: Ihr solltet ihr auch etwas spenden. Wenn es kein Finger sein soll, dann reicht ein Zahn. Aber ihr könnt nicht mit leeren Händen zu ihr kommen und erwarten, dass ihr in Madames Gunst verbleiben dürft. Jeder von uns hat ihr etwas vermacht. Einige sogar ihr Herz. Das ist wie Honig für ihre Seele.«

May betrachtete sich das füllige Gesicht. Himmelherrgott dachte sie, May war Kommissarin der Polizei von Kujai-City - und sie musste sich so einen Scheiß anhören? Normalerweise hätte sie Spinner von dieser Art ohne weitere Diskussion zum psychiatrischen Dienst abführen lassen. Sie hätte ihrem Assistenten einen Hinweis gegeben, hätte vielleicht noch ein Foto mit Uhrzeit vom Tatort machen lassen, wäre in ihren Wagen gestiegen und hätte sich von der Fahrbereitschaft zur Zentrale bringen lassen, wo sie von der Garage innerhalb von Sekunden in ihr Büro im fünften Stock befördert worden wäre. Hier aber ...

... sagte sie nichts. Und sah tatenlos zu, wie die Dicke, nachdem sie ihre irrsinnigen Erläuterungen beendet hatte, May den Rücken zuwandte und verschwand. Dann hörte Kommissarsanwärterin Maria Birgit Calla, die sich auf einer zweifelhaften Mission siebzig Kilometer außerhalb ihres Reviers befand, wie eine mit Eisenverstreben beschlagene Tür vor ihrer Nase ins Schloss fiel. Es schepperte.

May blies den Atem aus. Toll. Praktikum im Dorfknast. Zumindest Ruhe hatte man hier.

»Glückwunsch, Frau Polizeimeisterin«, krähte Tuh, »das läuft ja Spitze! Der Gig hier kriegt so langsam so einen Gothic-Sound scheint mir.« Tuh hatte die Socken ausgezogen und massierte sich die Zehen. »Sag mal, wenn man so scharf darauf ist, sich von ein paar hirnkranken Pilz-Züchterinnen in Stücke schneiden zu lassen, gibt es da eigentlich nicht auch in der Stadt gewisse Möglichkeiten, wie man das hinbekommen könnte?«

»Ach, Tuh, sei doch still. Wir sehen morgen weiter.« May warf ihre Jacke auf den Stuhl und legte sich ebenfalls auf eine Matratze. Das Stroh pikste in ihren Rücken.

»Also, wenn es nach mir geht«, schimpfte Tuh, »haue ich morgen früh dem erstbesten auf die Schnauze, der die Tür aufmacht, und wir fackeln die ganze Bude ab. Hast du die Vorhänge gesehen?« Sie sah mit funkelnden Augen zu May. »Chinesische Seide. Da brauchst du nur ein Glühwürmchen ranhalten, dann gehen die schneller in Flammen auf, als Red Adair vom Klo fallen kann.«

»Ach, lass mal. Was soll das bringen?«

»Wie? Was das bringen soll? Willst du abwarten, bis die uns hier in die Marmelade rühren?«

»Wer sagt denn so was? Die sind eben nur vorsichtig, wenn Fremde kommen. Wenn wir hier abhauen, ohne eine Spur vom Konsul zu finden, hätten wir gleich zu Hause bleiben können.«

»Wäre vielleicht nicht schlecht gewesen.« Tuh hatte wieder ihr Feuerzeug heraus gekramt und ließ den Zündstein ratschen.

»Mensch, pack das Ding weg«, schimpfte May, »wir müssen doch erst einmal versuchen, ob wir uns mit den Leuten hier arrangieren können. Außerdem würde ich gerne rauskriegen, was mit dieser Baronin eigentlich los ist. Die alte Castiglione ist sie auf jeden Fall nicht, die sah völlig anders aus. Hast du gesehen, wie komisch die in ihrer Tasse gerührt hat?«

»Yup. Wahrscheinlich ist da irgendein Zeug drin, das die Birne von innen bunt anmalt. Würde ich die Finger von lassen.«

May drehte sich um. Jetzt blieb ihnen nichts anderes übrig, als zu schlafen. Vielleicht könnten sie morgen einfach einen der Zähne mitnehmen, und ihn der bekloppten Baronin als Geschenk mitbringen? Aber, May schluckte, wahrscheinlich würde sich die Irre zum Beweis eine Zahnlücke zeigen lassen. Gott, wahrscheinlich hatte Tuh doch recht: Einfach sich den Weg freiprügeln wäre das Beste.

May träumte in dieser Nacht zum ersten Mal vom Kumite. Sie gewann die Gold-Medaille. Als der Preisrichter sie ihr übergab, bestand die Medaille aus purem Honig.

Ein tickendes Geräusch weckte sie. May fuhr in die Höhe und sah, wie Tuh an der Tür hantierte. Das Mondlicht schnitt gräulich und scharf in die Kammer.

»Was machst du da?« flüsterte May.

»Wonach sieht es denn aus? Stiftung Warentest. In der Juli-Ausgabe: Türschlösser.« Es gab einen knirschenden Laut. Der Bolzen schob sich im Zylinder zurück. Tuh hatte die Tür mit einem Draht aufgekriegt.

May gähnte und wischte sich die Haare aus der Stirn. »Mensch Tuh, warte mal ...«

»Warten, warten ... Am Arsch mit warten! Los, die Luft ist rein, komm schon!«

Vorsichtig schoben sie sich auf den Korridor. Die Luft hatte sich deutlich abgekühlt und der Gang gähnte in unheimlicher Schwärze. May erkannte hinter einer Reihe von Stühlen eine kleine Fackel. Nach kurzer Überlegung beschloss sie, der Biegung des Wandelganges Richtung Schlosshof zu folgen. Sie tastet nach der Wand.

Tuh war sowieso ein nachtaktives Wesen und sprang bereits in die entgegengesetzte Richtung. Sie hatte ihre Springer-Stiefel nicht wieder angezogen hatte und hüpfte jetzt auf Socken über die Kacheln wie ein Storch auf Froschjagd. May fand, dass es in jedem Fall besser war, wenn sie so leise wie möglich das Schloss untersuchen könnten.

»Los, wir hauen ab ...«, kommandierte Tuh und zeigte nach rechts. »Hier geht's raus.«

»Nee, komm, warte mal« presste May hervor. Lass uns doch mal gucken, ob wir nicht noch etwas finden.« May ging nach links, in Richtung der Fackel, die mit rülpsenden Lichtschüben den Korridor erleuchtete. Es war völlig still im Schloss, nur durch die Fenster konnte man ein Echo vom Nachtwind erahnen. Tuh zog ein ärgerliches Gesicht, drehte sich dann aber widerwillig zu May um.

May hatte die Fackel gegriffen und ging langsam voran. Sie kamen an Gemälden, Sitzgruppen und vielen Türen vorbei. An jeder Tür machte May kurz Halt und versuchte, die Klinke zu drücken. Erfolglos. Alles verschlossen.

Dann sah May einen kleinen, blitzenden Gegenstand auf dem Boden liegen. Zunächst hatte sie ihn für einen Knopf gehalten, aber als sie näherkam, funkelte das Ding in einen goldenen Glanz. »Sieh mal einer an«, murmelte sie und hob es auf. Doch diesmal war es kein Zahn, auch wenn das Ding - es handelte sich um eine Metallplatte -

ähnlich groß war. Die rote Linie in der Oberfläche verriet, dass es sich um einen Orden des kujanischen Militärs handelte! Und zwar nicht von irgendeinem gewöhnlichen Offizier - sondern es handelte sich um die persönliche Kennung des Ministers für auswärtige Angelegenheiten. Konsul Bolaire! Der Orden war identisch mit jener Kopie, die May von Frau Rosely bekommen hatte.

»Guck mal, Tuh, ist der nicht hübsch?« Sie versuchte, den Orden Tuh ans Hemd zu heften. »Was ist? Hast Du keine Lust, Nachfolgerin von Frederick Bolaire zu werden? Unseres geliebten Großkonsuls? Du könntest die gesamte Armee kommandieren und als Ordner für deine Konzerte einsetzen.«

Tuh schob Mays Hand ärgerlich fort und grummelte: »Ach, lass mich in Ruhe mit deinem Staats-Scheiß. Wobei ...« sie schien nachzudenken, »auf einem Granatwerfer Slap-Bass zu spielen, wäre vielleicht echt mal was Neues.«

»Siehst du, interessant ist es schon, nicht wahr? Du könntest ein schönes, korruptes Leben als Tyrann führen«, frohlockte May. »Wer deine Platten nicht kauft, muss am Samstag die Latrinen wischen. Und dein Kiosk wäre die neue Machtzentrale«, kicherte sie. »Mensch Tuh, guck doch mal: Wenn Bolaire hier schon auf dem Gang seine Orden liegen lässt, dann kann das nur heißen, dass - «

»Ihhh!« rief Tuh plötzlich.

»Schh... Was hast Du?«

»Ihh«, flüsterte Tuh jetzt etwas leiser und zog die Hand von der Mauer. Sie hatte daran getastet, als sie hinter May hergegangen war, und jetzt hielt sie May die Hand hin. Sie glänzte feucht.

»Was ist das?« fragte May und sah, wie Tuh die Finger an die Nase hob und daran roch.

»Ich weiß nicht ... Das klebt. Verdammt, die Wände hier sind total verklebt ... Halte mal das Licht hier ran.«

May drückt die Fackel so, dass die Flamme die Mauer hinauf züngeln konnte. An dieser Stelle war der Raum so groß, dass die Decke über fünf Meter in der Höhe liegen musste. May blickte auf das Mauerwerk. »Das ist ja widerlich«, murmelte sie.

Tuh versuchte, ihre Hand an einer anderen Stelle der Mauer abzuwischen und fluchte dabei leise: »Sieh dir die Scheiße an ...«

May blickte empor und sah, wie aus den Fugen eine Flüssigkeit hervor quoll. Als würde der Mörtel flüssig werden, lief ein träger Brei über die Mauer und sackte immer tiefer als Schleim hinab, bis er so dicke Wülste bildete, dass ein ganzer Finger darin verschwinden konnte. May hielt ein Ohr daran. Schmatzende Geräusche ...

»Uh«, flüsterte sie, »hier kommt etwas aus der Wand. Sieh dir das an: Da kommt immer mehr von dem Zeug!«

Einige Augenblicke lang starrten beide auf die Mauer, und je länger sie das glucksende Schauspiel betrachteten, desto klarer erkannte May, dass der Brei an Menge zunahm und in immer fetteren Wülsten aus der Mauer herausquoll.

»Igitt«, fluchte Tuh, »das Zeug klebt wie ...«

»Das klebt nicht nur wie Honig«, unterbrach May, »das *ist* Honig!« Beinahe hätte sie laut aufgelacht, wenn die Sache nicht so sonderbar gewesen wäre. Sie blickte hinauf. Auch weit oben unter der Decke floss der gelbe Saft hervor, und als May mit ihrer Fackel ein paar Meter durch die Halle gegangen war, verstand sie, dass aus allen Ritzen des Hauses der gelbe Schleim hervorschwappte. Leise sagte sie: »Das verdammte Schloss blutet. Es blutet Honig!«

22. Sonnenbad zur Mitternacht

Ein Dröhnen rollte ohne Vorwarnung durch die Mauern. May zuckte zusammen. Der Ton vibrierte wie ein Gong aus einer anderen Welt, süß und schwer. May stellte sich vor, irgendwo im Inneren des Schlosses würde jemand mit einem Klöppel gegen einen Bottich aus Holz schlagen. Doch es klang nicht einzig wie ein Schlag auf ein bauchiges Gefäß, sondern gleichzeitig nach einem heiseren Pfeifen; dieses Ächzen schien die letzten Reserven von Sommerluft aus dem Gebäude heraus pressen zu wollen. Dem Schloss ging die Luft aus.

»Gespensterstunde«, hauchte Tuh. »Da sollte man eigentlich im Bettchen sein. Und einen Neil-Young-Gedächtnis-Joint rauchen. Das beruhigt.«

»Ach, halt mal die Klappe«, sagte May, »lass uns lieber nachsehen, wo das herkommt. Da ist noch irgendwo jemand wach ...«

May versuchte, den Boden möglichst leise beim Gehen zu berühren und winkte Tuh hinter sich her. So schlichen sie beide mit klopfenden Herzen durch die Hallen, bis sie schließlich hinter einer Außentür einen Wandelgang erreichten. May ging als Erste in die kühle Nachtluft hinaus. Der Gang, der sich vor ihr abzeichnete, wurde an beiden Seiten von hohen Fenstern umschlossen. Auf der rechten Seite lag der Außenbereich. Durch die Scheiben erhielt man einen Ausblick in die grün-schwarze Nacht. May ging zu einem Fenster und konnte die Hügel des Umlandes erahnen und sah auch die hohen Baumgruppen, die sie bereits bei ihrer Anreise von der anderen Seite aus gesehen hatten. In der Nacht wirkten sie knorriger und gespenstischer als bei Tag. Auf der linken Seite aber trennten die Fenster den Gang von jenen Zimmern ab, die im Inneren des Schlosses lagen. Die meisten ruhten unbeleuchtet, aber May vermutete, dass man von hier aus auch in eine der Hallen hineinsehen konnte, in denen sich die Baronin und ihr Hofstaat zurückgezogen hatten.

Wieder erklang der Ton. Es schien keine richtige Glocke zu sein, sondern dröhnte jetzt wie eine hölzerne Schiffshupe.

»Mensch May«, schimpfte Tuh, »lass doch die Baronin da zur Nacht hupen, wenn es ihrer kranken Birne gut tut. Das kann uns doch piepegal sein. Was willst du dir denn noch alles ansehen? Der Konsul wird irgendwo unter einem Blumenbeet liegen. Und den Rest der Bande sollten wir nicht weiter dabei stören, wie sie sich gegenseitig die Zähne rauspopeln.«

»Schhh, nun sei mal still. Sonst hört uns noch jemand.«

Sie schlichen auf fluchtbereiten Zehenspitzen weiter, und als sie unter einem hoch gelegenen Fenster ankamen, konnte May von oben einen schwachen Lichtschein ausmachen. Aber das Fenster lag ungefähr drei Meter über ihnen. »Tuh, mach dich mal nützlich«, flüsterte sie, »ich muss da hinkommen.«

Tuh verstand sofort und faltete die Hände zur Räuberleiter. May stemmte einen Fuß hinein und war angenehm überrascht, wie feste Tuh stand und ihr Halt gab. May zog sich an dem Mauervorsprung in die Höhe. Damit sie tatsächlich das Fenster erreichen konnte, trat sie mit dem zweiten Fuß auf Tuhs Schulter.

»Öff«, schnaufte Tuh, wackelte aber kaum.

»Geht doch, geht doch«, besänftigte May. »Du bist jetzt immerhin das C3-Team. Normalerweise hätte das technische Ressort jetzt eine Q25-Klappleiter aus dem C3-Pool gebracht.«

»Sag mal«, schnaufte Tuh, »willst du jetzt einen Kursus auf der Bullen-Akademie abhalten ... oder klettern?«

»Ich sag ja nur.« May balancierte auf Tuhs Schultern und stand jetzt genauso sicher, wie auf einer Q25. Dann streckte sie die Arme aus und wischte über die Fensterscheibe. Sie bestand aus dünnem

Glas und May schaffte es, den Film so zu verschmieren, dass er durchsichtige Streifen freigab. In diesem Moment drang ein neuer tiefer Ton heraus. May blickte mit keuchendem Atem hinein.

Sie sah einen bläulich schimmernden Saal, dessen prachtvolle Anmutung von den kreisförmig angelegten, gelben und blauen Kacheln herrührte, mit denen der Boden in der Form einer großen Spirale überzogen war. Doch auf eine unerklärliche Weise schien das Muster sich zu bewegen, zu fließen, zu fluoreszieren. Ein Meer aus funkelnden Rauten zirkulierte um das Zentrum und May schwindelte beim Anblick. War es Einbildung, dass sie das Gefühl bekam, das Muster würde in einem hypnotischen Strudel zirkulieren? Die Rechtecke tanzten in silberblauen Schattierungen. In der Mitte ragte als archimedischer Punkt ein riesiger Stuhl auf, ebenfalls mit leuchtenden Steinen besetzt, der einen ähnlichen Thron darstellte, wie ihn die Baronin bereits in der Empfangshalle besetzt hatte. Nur erhob sich dieser noch höher in den Raum und war noch seltsamer geschmückt. Seine Armlehnen bestanden aus wabenförmigen Verzierungen. War er wie ein Bienenstock gefertigt? Dann erkannte May, wo die Geräusche herstammten: In einigen Metern Entfernung befand sich eine Konstruktion, ein großes Gerät, das ungefähr vier Meter in die Höhe ragte. Es bestand aus bauchigen Trommeln und quaderförmigen Kisten, die seitlich angebaut waren. Die Konstruktion machte einen zusammengewürfelten Eindruck, schien aber durch ihre Nieten und Schrauben auf eine ausgeklügelte Weise durchdacht zu sein. Das Gerät musste eine Art Orgel darstellen, vermutete May, denn jetzt hörte sie das Hupen wieder aus dem Instrument hervorquellen. Es klang wehmütig und beinahe wie ein Sturm, der durch den Wald rauschte. Vor dem Gerät saß eine Person, eine große Frau, die ein blassgrünes Kleid trug, aber May konnte nur ihren Rücken erkennen. Die Frau schien das Gerät zu bedienen, indem sie mit ihren Füßen auf Pedale an der Unterseite trat, und gleichzeitig mit den Händen an den Hebeln zog.

Und dann sah May die Baronin.

Sie lag mehr auf ihrem Thron, als dass sie gesessen hätte. Ihre kleinen Beine streckten sich auf einen Schemel vor ihren Füßen, sodass ihr Körper beinahe waagerecht zum Liegen kam. Sie trug jetzt nicht mehr ihren Umhang aus Aluminiumfolie, sondern - ebenso merkwürdig - ein Tuch, das aus vielen zusammengenähten Geschirrtüchern bestand. Ihren Kopf hatte sie weit in den Nacken gekippt und für einen Moment dachte May, die Frau wäre tot. Ihre Punktaugen glotzten ausdruckslos in die Höhe, schräg über die Orgel hinweg, aber als May genauer hinsah, sah sie, dass die Baronin langsam eine Hand hob. Auf ihrem Brustkorb stand eine kleine Schale und zittrig führte die Baronin eine Hand hinein. Ihre Bewegungen besaßen die Langsamkeit einer Schwerkranken, und May stellte sich vor, die Baronin wäre bereits gestorben und diese Bewegungen stellten nur die letzten Zuckungen des vegetativen Nervensystems dar.

Aber sie lebte. Ihre Hand schwebte in einer Art von beschwörerischem Flug über der Schale. Dann tauchte sie ihre Fingerkuppen hinein, rührte darin und zog sie wieder in die Höhe. In langen Fäden tropfte eine zähflüssige Creme herab. May ahnte, dass auch dies Honig sein musste. Die Baronin hatte einen regelrechten Honigfimmel, so viel war klar. Jetzt hob sie die voll beladene Hand über die Nasenspitze und ließ, langsam und zäh, einen großen Tropfen auf ihre Stirn hinab sacken. Als der erste Faden ihren Kopf berührte, stöhnte sie hingebungsvoll. Ihr kleiner Körper streckte sich und bäumte sich sogleich ein wenig auf, so, als würde eine tiefe Wollust durch sie hindurchfahren. Mit Hingabe strich sie den Honig über ihre Stirn, verrieb ihn auf den Wangen und überzog auch ihre Nasenspitze mit der Masse.

In diesem Moment ertönte ein orkanartiges, schauriges Hupen. Sogar die Scheibe begann zu vibrieren und May fürchtete, von Tuhs Schultern herabzurutschen.

»Mensch, Bootsmann, was ist da oben los?«, schimpfte Tuh. »Ich krieg hier gleich Beulen an den Mauken.«

»Warte mal, ich kann die Baronin sehen.«

»Und? Schleift sie bereits ihre Kneifzangen?«

»Nee, die scheint sich da ... Ja, was tut die da? Es scheint ihr irgendwie nicht gut zu gehen. Die liegt da nur. Und cremt sich ein. Du, die scheint sich da zu sonnen!«

»Zu *sonnen*? In der Nacht? Drinnen in der Bude?«

»Ja, es sieht aus, als ob sie sich eincremen würde. Mit Honig.«

»Sag mal, Frau Spürnase, kann das sein, dass *du* zu lange in der Sonne warst? *Ohne* Creme? Hm?« Tuh machte absichtlich eine ruckelnde Bewegung, und May wäre beinahe abgerutscht.

»Hey!« Jetzt kam May endgültig aus der Balance und sprang auf den Boden. »Mann, Tuh, ich hätte mir das gerne noch länger angesehen, die hat sich da wirklich ...«

»Was macht ihr denn hier?«

Die fremde Stimme peitschte durch den Gang. Ein Lichtkegel erfasste May und Tuh wie zwei Rehe auf der Autobahn. May kniff die Augen zusammen und blinzelte in Richtung der Blendung. Hinter der Taschenlampe musste sich die Gouvernante befinden. Ihre Stimme stach scharf wie ein Bienenstich. Sie hatte sie erwischt.

»Wir konnten nicht schlafen«, stänkerte Tuh, »das ist ja echt ne Bude für Hippies, und wir sind mehr so der Typ Premium-Gast. Und da haben wir die Rezeption gesucht, um uns bei der Sachbearbeiterin zu beschweren. Außerdem wollte meine Tour-Managerin noch ne Runde shoppen gehen ...«

May fasste Tuhs Schulter, zog sie nach hinten und rief in die Taschenlampe: »Ach, hören Sie da nicht hin, meine Freundin hat nur zu viel Stroh geraucht. Wir wollten gerade wieder in unsere Kojen.« Doch bevor sie weiter nachdenken konnte, hatte Tuh bereits die Flucht ergriffen und sprang rückwärts den Gang entlang. May stolperte hinterher. Vielleicht lag es an der schrecklichen Hupe, die jetzt wieder einsetzte, vielleicht aber auch an den Geräuschen, die aus der Dunkelheit hinter der Taschenlampe zu hören waren. Es klang nach Waffen. Mehrere Personen liefen hinter ihnen her. Es war besser, einfach abzuhauen, da war sich May sicher, während sie jetzt immer schneller lief.

May schaffte es, an Tuh vorbei zu ziehen, und beide bogen nach links durch eine kleine Tür. In einiger Entfernung hörte sie das Keifen der Dicken. Stehenbleiben sollten sie, und man würde sie jetzt fertigmachen. May schob sich an Tuh vorbei, und beinahe wären sie beide gestürzt. Offenbar hatten sie einen Gang erreicht, der abwärts in Richtung der Außenanlage führte, zumindest hoffte May dies, während sie versuchte, weiter zu beschleunigen. Das Mondlicht warf eckige Muster durch die Luken, aber es war in jedem Fall viel zu dunkel, als dass man erkennen konnte, wohin man lief.

»Wir sind das C3-Team«, brüllte Tuh nach hinten, wo der tastende Lichtkegel anzeigte, dass ihre Verfolger etwas zurückgefallen waren. »Wir sind die Headliner«, keuchte sie, »und wir hauen jetzt ab! Tschüss!« May hätte am liebsten auch noch etwas von ihrem Senf dazugegeben, aber die Geräusche aus der Dunkelheit ließen befürchten, dass ihre Verfolger sich anschickten, Waffen in Anschlag zu bringen. Auch die Dicke und weitere Personen rannten durch die Dunkelheit und stießen Flüche aus.

May sah eine Tür an sich vorbei fliegen. Sie packte Tuhs Hemd, riss die Freundin mit aller Kraft nach hinten und zog sie zu sich.

»Hier! Da kommen wir raus!« Sie drückte die Klinke hinab, und als sie glaubte, das quietschende Geräusch des sich öffnenden Holzes zu hören, waren sie bereits draußen ins Freie getorkelt. Tuh schoss an ihr vorbei und stieß einen jauchzenden Schrei in die Nachtluft: »*Out of the Blue, and into the Black!*«

Sie rannten auf eine weite Rasenfläche, die schmatzend unter ihren Füßen federte. May versuchte, die Orientierung zu finden ... Dort der Vollmond, hier die Pflastersteine vom Südflügel. Ob sie eventuell in Richtung der Siedlung hätten laufen können? Doch eine grüne Schwärze umzingelte sie, undurchdringlich. May blickte aus tränenden Augen zurück. Aus der Tür winkte der Lichtstreifen der Taschenlampe, doch die Verfolger schienen sich zu scheuen, ebenfalls ins Freie zu laufen.

Auch Tuh blieb mit keuchendem Atem stehen und May hörte, wie aus dem Inneren des Schlosses ein neuer, tiefer Ton ins Freie schwappte. Pfeifend verirrte er sich in der Nacht. Es war erstaunlich, dass man das Hupen bis weit in die Gärten hören konnte.

»Kommt lieber wieder rein!« hörte May die Dicke in der Tür schimpfen. »Wir tun euch nichts.« Ihre Stimme klang aus der Entfernung dünn und beinahe ein wenig ängstlich. Ganz offensichtlich wollte die Gouvernante ihnen nicht weiter folgen.

»Hey hey, my my!« grölte Tuh aus der Schwärze.

»Schh...«, sagte May. »Halt einfach mal die Klappe!«

»Ach, die haben doch alle ne Meise da oben«, fluchte Tuh. »Ich finde, wir beenden unseren Gig hier jetzt endgültig. *Thusnelda has left the Building!*«

May blieb unschlüssig stehen. Am Ende der Rasenfläche konnte sie die ersten Baumgruppen erkennen, doch die Vorstellung erfüllte sie mit Beklemmung, hier nun ohne Schuhe und Jacke durch das

Unterholz zu laufen, und in der Finsternis nach einem Weg zu suchen, der sie ins Dorf gebracht hätte.

»Kommt rein, ihr Wahnsinnigen«, zeterte die Gouvernante und im gleichen Augenblick hatte Tuh einen Stein vom Boden gehoben und ihn in Richtung des Gebäudes geschleudert. Er musste mehrere Sekunden lang durch die Nacht geflogen sein, bis ein schwächliches Klackern verriet, dass er irgendwo an der Schlossmauer eingeschlagen war. Seitlich quakten ein paar empörte Frösche.

»Lass das doch ...«

»Das sind doch alles Arschlöcher da«, motzte Tuh, »und das können die auch ruhig wissen!«

»Am Ende hetzten die noch die Hunde auf uns ...«

»Hunde?«

»Kommt sofort rein, sonst kriegen sie euch«, rief die Dicke. Und dann mischte sich das Hupen der Orgel mit einem neuen, noch intensiver anschwellenden Geräusch. Es kam aus den Bäumen, sammelte sich zu einem breiten Klangteppich, und obwohl May sofort wusste, dass es der Bienenschwarm war, den sie am Tag zuvor erlebt hatten, blieb sie einen Moment lang stehen. Zu lange.

Tuh war bereits viele Meter fortgelaufen und May musste wie in Trance da gestanden haben und dem Brummen aus Millionen Insektenkörpern gelauscht haben. Es klang ...

- interessant.

Es tönte voluminös, wirbelnd, verlockend. May stand. Und lauschte. Der zauberhafte Klang spannte ein Netz aus funkelnden Locken über ihren Geist. Fröhliche Flügel, die von Freiheit flüsterten. Goldene Glühstäbe für die Nacht in ihrem Herzen. Ein Fischernetz aus Honig, Creme für die Seele. Das süße Rauschen wurde von einem Chor kleinster Körper verkündet. Diese unternehmungslustige Brut, taumelnd mit tausend wilden Seelen, rieselnd wie Sand im

Hirn, diese Brut stürmte jetzt geradezu in Mays Kopf hinein. Ihr Summen zog sich als eine kribbelnde Kapuze über ihr Bewusstsein. Die Bienen wollten etwas unternehmen, das verstand May, und sie waren viele. Ihr Hirtenlied flimmerte voller böser Vitalität.

»Mensch May, träumst du?« Tuhs Worte drangen wie durch eine Wand zu ihr. »Los, verdammt, die Viecher fressen uns auf!«

May taumelte wie gelähmt.

Tuh hatte bereits die Flucht geradeaus angetreten, und obwohl May wusste, dass es kein Entrinnen vor den Bienen geben würde, quälte sie sich mit tonnenschweren Knochen hinter Tuh her. Sie musste Tuh zum Umkehren bewegen, es wäre der reinste Wahnsinn, jetzt noch weiter nach draußen in die Schwärze zu fliehen. Niemals würden sie in der Wildnis Unterschlupf finden. Mit den Leuten im Schloss konnte man reden. Mit den Bienen nicht.

»Ich geh nicht wieder da rein«, schrie Tuh. Sie rannte geradeaus.

May schaffte es nicht, sie einzuholen, die Lähmung, die in sie gefahren war, hatte ihre Füße furchtbar träge gemacht. Sie fiel zu Boden und spürte, wie der Hagel aus Bienenkörpern über ihren Rücken hinweg prasselte. Ein Sandstrahl, druckvoll und detailliert.

»Tuh«, schrie sie verzweifelt, »leg dich hin, auf den Boden!«

Es war hoffnungslos. Die Luft verfinsterte sich unter der grauen Walze aus Staub und Insekten und auch Tuhs schmatzende Laufschritte verschwanden in dem Wirbel voller Lärm, Staub und schierem Vernichtungswillen.

May krümmte sich zu einer Art Kugel zusammen. Ihre Knie drückten in die Augenhöhlen, sodass keine der Bienen in ihr Gesicht kriechen konnte. Abschotten, dichtmachen wollte sie sich, aber sie spürte, wie die Tiere dennoch in ihren Haaren zu krabbeln begannen. Sie versuchten, Besitz von ihr zu ergreifen. Sie nisteten, wimmelten ... Einige begrüßten ihre Gehörgänge mit kitzligem Flügelschlag, knabberten am Nacken und kosteten ihr Ohrenschmalz. Die meisten jagten gierig über ihren Rücken hinweg. Die Tiere verhielten sich völlig unnatürlich, kein normaler Bienenschwarm würde sich mit solch einer Aggressivität fortbewegen. Und während sich May voller Angst zusammenkrümmte, hörte sie nun Dinge ... Erstaunliche Dinge! Die Bienen schienen mit May sprechen zu wollen; in einer unbekannten Sprache, die nicht von diesem Planeten stammte. May hörte, oder besser sie spürte ihren tickenden Tanz aus Tippen und Krabbeln, verborgene Botschaften aus einem kleinteiligen Reich. Tipp, tipp, tapp. Kurz, kurz, lang. Ein magisches Morsen. Alles, was sie May sagen wollten, war winzig - und wahnsinnig. ›Wir sind viele‹, tickerte die Botschaft durch ihr Ohr direkt in ihr Gehirn, ›wir sind viele‹. Kurzes Zischen, langes Zischen. Stotterndes, intensives Pulsieren. Eine Mitteilung ohne Sinn, ein Code, komplex und idiotisch, wahnsinnig und böse. Und doch verstand May mit jeder Sekunde, in der sie eins wurde mit der feuchten Erde unter ihr und dem Insektenhagel über ihr, was die Bienen sagen wollten. Es war keine richtige Sprache - es war nur ein dringliches *Wollen*. Jede Einzelne mochte nur ein Krümel sein, aber das Wollen von vielen formte einen Kokon aus vernehmbarem *Willen*. Sie waren viele. Sie besaßen keine Zeit. Sie würden heute Nacht alle sterben, das klopfte und trampelte der Chor. Alles, was sie taten, geschah ohne Zeit. Sie kamen aus einer Welt, in der es keine Worte für *Jetzt* und *Später* gab, alles geschah im gleichen Flügelschlag, simultan. Die Bienen hatten nun einen Kriechgang in jene Welt geknabbert, in der menschliche Gehirne wie das von May existierten. Es war wie ein Kurzschluss. Eine Okkupation. May verstand in einem Lichtblitz der Erkenntnis: Die Welt der Bienen bildete Strukturen, in denen sie ihr Wissen speicherten, die Weitergabe dieser Informationen besaß allergrößte Wichtigkeit. Die Wabenformen, die genaue Positionen der Larven und der vielfach verschachtelte Weg zur Königin, all das glühte jetzt als schreiende Informationsflut in Mays Gehirn auf. Und sie verstand alles! Der Tanz der Bienen, stellte eine bewegte und geformte Erinnerungsstruktur dar. Und diese fand nun auch direkt in Mays Kopf statt. Aufgeregt bejubelten die Bienen ihren gemeinsamen Tod.

Die Muster zerflossen in Mays Kopf. Sie sah die Rhythmen des Klopfens in sekündlich wechselnden Fetzen, und sie erkannte diese eine, große Botschaft, die unaufhörlich pulsierte: Jetzt wollten die Bienen sterben. Es lag eingeschrieben in ihrem Morsen: Tipp, tipp, tapp. Sie würden heute alle hinüber krabbeln, in eine neue Welt voller Zeit. Das war etwas Neues für sie. Mit Millionen Freunden, im Schwarm, in der Struktur wollten sie das Reich erobern, das ihnen so lange verschlossen war: Das Reich des Todes. Dort lag ein Paradies, wo es Zeit gab. Es war innovativ, es war gut, es war süß. Sie waren nicht allein. Sie waren stark. Dort lag das gelobte Land, dort gab es Zeit im Überfluss. Tipp, tipp, tapp. Mach mit May, mach mit.

May presste ihren Körper in den Boden, stemmte sich gegen das Todeslied der Bienen. Sie wollte die Verbindung zu ihren Krümmel-Hirnen gewaltsam zerreißen. Tatsächlich konnte sie im Gras eine kleine Kuhle schaffen und presste einen Teil ihres Oberkörpers hinein. Sie drückte ihr Gesicht mit aller Kraft in den Matsch. ... *doused in mud.* Nur die Ohren verschließen! Wie in einem Windsturm schienen die Bienen einzig voran schießen zu wollen. Auch einige jener Tiere, die bereits in ihren Haaren krabbelten, wurden wieder fortgerissen. Alles befand sich in einem jagenden Strudel, und May wusste, wonach der Schwarm jagte: Er wollte Tuh erreichen.

May wusste nicht, wie lange der Spuk tatsächlich dauerte. Während sie gekrümmt in ihrem Matschloch lag, stellte sie sich vor, welche

Masse von Bienen über sie hinweg fegte. Aus dem Fenster der Zwergfamilie hatte sie das Ausmaß des Schauspiels sehen können, aber jetzt, wo sie mitten im Sturm lag, und darunter begraben wurde, gab es keinen Zweifel mehr: Der Bienenschwarm war mehrere Kilometer lang.

Als er endlich verschwand, lächelte die Morgensonne durch die Zweige, wie eine schüchterne Sanitäterin, die den Ort eines Unfalls begutachtete. May strich sich vorsichtig die Haare zurecht. Der Dreck in ihrem Gesicht roch nach verbranntem Gras. Lebte sie noch? Nur wenige Bienen waren in ihren Haaren hängen geblieben. Jetzt, wo die Nacht abebbte und der Schwarm verschwunden war, schienen sich die verbleibenden Bienen wieder völlig normal zu verhalten. Niedlich, friedlich ... Sie krabbelten über Mays Kopf, Arme und Hände. Sie leckten an ihren Flügeln, und so bald es jeder Einzelnen möglich war, flüchteten sie in die Morgenluft. May bemühte sich, keine von ihnen zu erdrücken.

Mays Körper schmerzte. Ihr Nacken fühlte sich taub und geschwollen an, die Rückseite ihrer Schulter brannte wie Feuer. Au! May jaulte wie ein kleiner Hund. Offensichtlich hatten einige Bienen sie doch gestochen. Aber das war noch ein relativ glimpflicher Ausgang, verglichen mit dem, was -

Verdammt, wo war Tuh? May sah zum Horizont. Eine Spur von wässerigen Pfützen zeigten die Fußabdrücke an, die Tuh bei ihrer Flucht hinterlassen hatte. Sie musste geradeaus gelaufen sein und war nicht nach links zum Schloss abgebogen. Aber auch nicht nach rechts, wo sie in den Wald geraten wäre.

May stand auf. »Tuh?« schrie sie. »Tuh? Wo bist du?«

Doch zur Antwort erhielt sie nur das ratlose Japsen der Vögel.

Als May versuchte, der Spur zu folgen, meldeten sich schmerzend ihre Füße. Sie war auf Strümpfen zunächst über die harten Böden im

Schloss und dann über die Gräser gelaufen und jetzt merkte sie, dass sie sich den rechten Fuß verstaucht hatte. So ein Wahnsinn, vielleicht hätten sie gar nicht vor der Dicken weglaufen sollen? Die Leute im Schloss lebten ein wenig verschroben, aber es war doch gar nicht sicher, ob sie May und Tuh wirklich etwas tun wollten. Die Kraft der Morgensonne gab May neuen Mut. Eigentlich hatte sie ja auch keine Wahl: Sollte sie versuchen, den Weg ins Dorf auf eigene Faust zu humpeln?

Sie blickte auf die Fassade des Schlosses. Wie herrlich es im Sonnenaufgang leuchtete. Und bevor May wusste, was sie tat, war sie bereits über hundert Meter darauf zugehumpelt. Die gesamte Fassade war mit diesem Glanz überzogen. Über andere Schlösser wuchs normalerweise Efeu oder Moos, doch dieses hier schien völlig anders zu sein. Unschlüssig drehte sie sich noch einmal um und blinzelte über die Grasfläche. Keine Spur von Tuh. Aber das Schloss ...

Es war schön. Es schien aus purem Gold zu bestehen. Wobei, nein, dachte May, als sie näher herantrat, für Gold war es zu dunkel. Es war ein braunes Gold. Sie erreichte die erste Außenmauer und klopfte mit dem Knöchel dagegen. Sie sah Honig ... Weicher Honig umhüllte die gesamte Mauer. Das Zeug wurde langsam hart, und die Schicht musste mindestens zehn Zentimeter dick sein. Eine Festung aus Honig.

23. Vorwärts Kameraden, wir müssen zurück

»Nun kommt aber endlich rein«, zeterte eine Stimme von rechts. Die Dicke hatte quietschend die Tür aufgestemmt und dabei ein paar verkrustete Brocken Honig vom Rahmen abgesprengt. Wie Brotkrümel rieselten sie hinab. Und hinter der Gouvernanten tauchte der Kopf von dem Fremden auf. Da war er wieder: der Baumbär! Der Trottel. Der ulkige Page ... Er blickte etwas ungebügelt aus der Wäsche, aber niedlich.

May zögerte nicht lange. Längst hatte sie sich entschieden, zurück in die Honig-Festung zu kehren und die Angelegenheit von Grund auf zu untersuchen. Schnell schlüpfte sie durch die von Honig verklebte Pforte. Dem geheimnisvollen Diener einen Blick zuzuwerfen, traute sie sich in diesem Moment nicht, denn sie wusste, dass er ihr in jedem Fall folgen müsste. Er flankierte ja ständig jede Tür, durch die irgendwer hinein oder hinaus rauschte. Als May die gewundene Steintreppe hinter der Dicken hinaufstieg, tapste er wie ein schüchterner Schatten hinterher. May fühlte sich zu erschöpft, als dass sie etwas hätte sagen können, und es drückten Schuldgefühle in ihr: Wieso verdammt, hatte sie Tuh nicht festhalten können? Hätte sie Tuh irgendwie aufgehalten, wären sie jetzt beide in Sicherheit. Dann wäre der Bienenschwarm über sie hinweg gerauscht. Die Viecher befanden sich im Jagdmodus, wie Hunde stürzten sie sich auf alles, was sich bewegte oder fortlief. Und Tuhs Flucht hatte sie gereizt. Was mochte bloß mit ihr geschehen sein? May dachte an die Kuhknochen hinter dem Zwergenhaus.

Als sie oben in der Küche angekommen waren, reichte ihr der komische Diener ein Handtuch. Er war einen Kopf größer als sie, und May fand, dass er eine bemerkenswerte Körperhaltung besaß. Zurückhaltend und doch irgendwie weich wirkten seine Bewegungen.

Manchmal rollte er mit den Schultern auf eine lustige Art. Als wollte er sich den Menschen in seiner Umgebung vorsichtig nähern, ohne ihnen tatsächlich zu nahe zu treten. Er trug kurze, braune Haare, die sich oben zu leichten Locken kräuselten, und zudem war er ziemlich schlank. Etwas mehr essen sollte er, fand May. Von Schulter zu Schulter war er ungefähr genauso breit, wie ein Kater lang war. Irgendwie griffig, fand May. Er wich Mays dankbarem Blick aus und verneigte sich stumm.

Von hinten näherte sich die Dicke und sagte: »Warum seid ihr auch gestern einfach raus gerannt? Ich habe euch doch gewarnt. Kinder, ihr macht Sachen ...«

May wischte sich schweigend das Gesicht ab. Die Bienenstiche am Rücken trieben jetzt feurige Schmerzen durch ihre gesamte rechte Körperhälfte. »Ich weiß nicht, wir ...«

»... wollten eben nur überall ein bisschen die Nase reinstecken«, ergänzte die Gouvernante, »in Dinge, die euch gar nichts angehen.« Mit resoluten Bewegungen marschierte sie voran in Richtung der Kammer. »Eins kann ich euch jetzt schon sagen: Wenn die Baronin erfährt, dass ihr versucht habt, sie nachts im Schlaf zu beobachten, dann wird euer Aufenthalt hier kein Zuckerschlecken.«

Sie dirigierte May zurück in die Kammer. Jetzt, im Morgenlicht, machte das Zimmer sogar einen halbwegs freundlichen Eindruck. May ging müde zum Tisch und ließ sich auf den Stuhl fallen.

»Ihr habt sicher Hunger?« fragte die Gouvernante.

May nickte eifrig. Oh ja, sie hatte Hunger!

Die Dicke gab dem Diener ein Zeichen. »Jo wird sich um Euch kümmern. Ich werde zu Madame gehen und ihr ein paar Geschichten erzählen. Ihr könnt nur hoffen, dass sie nichts von eurem Nachtspaziergang erfährt.« Jetzt hatte ihr Blick eine beinahe mütterliche

Wärme angenommen. »Aber ich kann für nichts garantieren.« Sie drehte ihren Körper in einer elefantösen Pirouette und verschwand.

May ließ sich auf dem Stuhl sinken. Es war doch sonderbar: Jetzt war sie tatsächlich in einem Zimmer mit jenem Mann, der seit Monaten ihre Fantasie beschäftigte - und doch hatte sich die ganze Situation drum herum mehr als mysteriös entwickelt. Wieso konnte nicht einmal in ihrem Leben etwas normal laufen? Kater weg, C3-Team geplatzt, und jetzt war auch noch Tuh verschwunden! Von Bienen zerstochen? Ihre Bilanz des letzten Jahres war eine einzige Katastrophe. Nur dieser Mann faszinierte sie immer noch.

Er verschwand kurz aus dem Zimmer und balancierte mit einem klirrenden Tablett wieder herein. Behutsam stellte er es auf den Tisch und murmelte etwas, das ›Bitte sehr‹ bedeuten sollte. Seine Schultern rollten entzückend. May nickte dankbar und griff zu. Hörnchen mit Butter, sehr gut.

Während sie gierig in den Teig biss und ihn beinahe ohne zu Kauen herunter schlang, beobachtete sie den Mann aus den Augenwinkeln. Er stand pflichtschuldig in seiner Zirkusuniform da und sah sie aus grünen Augen an. Seine blöden Schnabelschuhe hätte er auch mal putzen müssen. Sie versuchte, ihm mit ein paar unmerklichen Bewegungen anzudeuten, dass er sich noch nicht entfernen möge. Eventuell habe sie noch einen Wunsch, er könne ihr noch etwas bringen, irgendwas, schließlich war sie der Gast. Mit Sorge erkannte sie allerdings, dass das Tablett bereits jeden Wunsch erfüllte: Marmelade, Honig, drei verschiedene Wurstsorten, einen hellen und einen mittelhellen Käse, ein Glas Milch und eine Karaffe Wasser, eine Flasche Orangensaft, dahinter noch eine kleine Packung mit Schmierkäse, Kaffee, Tee, Zuckerpackungen, Petersilie, Cocktail-Tomaten, ein gebratenes Würstchen, ein Stück Schokolade, Haferflocken, Trauben, Gürkchen, Mandarinen, Ziegenkäse. May suchte alles ab und sagte dann mit entrüsteter Stimme: »Gibt es hier eigentlich gar keinen Kirschsaft?« Traurig ließ sie den Rest des dritten Hörnchens sinken.

Der Fremde kam näher. Er kratzte sich am Ohr. »Bitte, was?«

»K i r s c h s a h a f t.«

»Kirschsaft?« Seine Stimme klang sanft und schüchtern, beinahe verängstigt. Seine Augenbrauen machten eine entzückende Biegung in der Form eines umgekippten Buchstabens S. Aber er sah jetzt May zumindest in die Augen - das war schon einmal ein Fortschritt, fand sie. Von Kirschsaft hatte er bestimmt noch nie in seinem geheimnisvollen Leben gehört.

»Richtig. Kirschsaft«, bekräftigte May vorwurfsvoll. »Rot, saftig, kirschig. Ist doch eigentlich eine gute Gegend hier für Früchte aller Art. Ein Kirschsaft wäre jetzt genau das Richtige. Mir tut nämlich alles weh! Und deswegen.«

»Braucht Ihr einen Kirschsaft?«

»Exakt!«

Er verschwand. May seufzte. Immerhin, etwas zu Essen bekam man hier. Und sie hatte mit ihm gesprochen! Das erste Erfolgserlebnis seit Ewigkeiten. Als er ihr nach einer kurzen Weile - in der sie das beste Hörnchen des letzten Jahres verdrückte - ein großes Glas mit roter Flüssigkeit hinstellte, befand sich May bereits wieder in halbwegs passabler Ermittlerlaune. Um eine gewisse Lässigkeit vorzutäuschen, nahm sie noch einen weiteren Hörnchenzipfel in die Hand und schaukelte ihn durch die Luft. »Mannomann, was habt ihr für komische Viecher da draußen ...«

Er räusperte sich verlegen.

»Ist doch nicht normal so was ...« May stopfte eifrig nach. »Ich meine: Gibt es diese komischen Bienen hier schon lange?« Sie drehte sich zu ihm und sah, wie er verlegen sein Gewicht von einem ungeputzten Schnabelschuh auf den anderen verlagerte.

»Du verstehst, was ich meine?« setzte sie etwas unsicher nach.

»Doch, gewiss, Madame«, flüsterte er, »gewiss. Ich verstehe.«

»Aber?«

»Sprechen, ist nicht meine Aufgabe. Ich bringe euch Dinge.«

»Aha«, sagte May und bemerkte nicht, dass ihr einige Krümel aus dem Mund fielen, »und, äh, das macht ihr ja auch sehr gut. Ist ja alles ganz prima hier, so Kirschsaft-mäßig.«

Sie sah ihn an.

Und er sah sie an. Und dann wischte May sich stumm ein paar Krümel von der Brust. Gott, wie sie wohl aussehen mochte, dachte sie, ohne sich aus dem grünen Glanz seiner Augen befreien zu können. Tagelang hatte sie sich nicht einmal richtig waschen können, ihre Haare mussten zerzaust sein, und bestimmt war ihr Gesicht vom Matsch überzogen. Außerdem schwoll ihre Schulter zu einem juckenden Buckel an. Lady Quasimodo mit Schlamm-Peeling. Sie befand sich wirklich nicht im idealen Flirtmodus.

»Danke Madame«, sagte er, diesmal ohne seinen Blick abzuwenden, »ich stehe euch voll und ganz zu Diensten.«

»Oh, das ist schön«, kaute May die Worte hervor und dachte, dass es jetzt vielleicht besser wäre, den Rest des Satzes nur zu denken. Sie dachte nämlich, dass er, wenn er Dienste leisten wollte, eigentlich mit ihr in eine Badewanne gehen könnte; ein bisschen den Nacken massieren, und das Aua am Rücken wegpusten, und danach könnten sie gemeinsam vielleicht noch das tun, was Mann und Frau nach einem Bad besonders gerne machen: Abendbrot.

So in etwa dachte May. Und obwohl sie versuchte, möglichst leise zu denken, schien er alles genau gehört zu haben! Sein Kopf legte sich leicht schräg und er flüsterte: »Es ist mir nicht gestattet, mit Euch über Gebühr in euren Gemächern zu parlieren.«

Parlieren, parlieren ... May fragte sich, was das noch mal bedeutete? Ihr Rücken schmerzte höllisch, es war unmöglich, vernünftig zu denken. Parlieren - ja, das hieß doch: Baden-Gehen! May staunte. Ein Gedankenleser! Andererseits: Gemächer, Parlieren, Gebühren ... May rollte mit den Augen eine Achterbahn. Dabei sah sie erst die Spinnenweben an der Decke, dann Tuhs Transportbeutel neben der Matratze und schließlich ein paar Hörnchenkrümel am Boden. Gemächer, Parlieren ... Der Typ konnte ganz schön geschwollen quatschen. Am liebsten hätte sie ihm jetzt den Mund gestopft ... mit ihrem eigenen.

»Dann, öhm«, hörte sie sich sagen, »kannst du mir jetzt auch nicht erzählen, was auf diesem Schloss ansonsten für Gäste ein und, na ja, eben *nicht* mehr ausgehen?«

»Wie meinen?«

»Na ja«, stotterte sie, »ich habe gesehen, ihr habt da einen ... Dingens auf dem Hof stehen.«

»Einen was?«

»Einen, einen ...« Verdammt dachte May, das gab es doch gar nicht, jetzt fiel ihr sogar der Name für dieses Ding nicht mehr ein, mit dem der Konsul hergeflogen war. Das Ding hatte Flügel, oben, und man konnte drin sitzen, und es konnte fliegen, und oben drehte sich etwas, diese Bretter, aus Metall. Rotoren ...

»Einen Cougar AS irgendwas!« posaunte sie heraus. Jetzt hatte sie es! May strahlte und sah ihn an. Als er keine Reaktion zeigte, hörte May sich die Worte nachschieben: »Mit 4000 Kilometern Reichweite, und einer ziemlich vollbetankten Spannweite. Und wenn er abstürzt, kann er noch schneller werden.«

Er sah sie belustigt an. »Nein ...« schmunzelte er, »so etwas, kenne ich gar nicht.«

»Nicht?« May wurde unsicher und setzte fragend nach: »Höchstgeschwindigkeit 270 km/h?«

»Ich fliege in letzter Zeit so selten.«

May hatte vergessen, Hörnchenkrümel zu wischen und Badewannengedanken zu formen, denn Höchstgeschwindigkeiten und betankte Flughöhen kreisten in Rotoren-Form zwischen ihrem leerem Kopf und ihrem juckenden Buckel. Und bevor sie aufstehen konnte, und ihn geküsst hätte, war er einen großen Schritt zurückgewichen.

»Also, den Hubschrauber kennst du gar nicht?«

»Madame, ich darf über solche Dinge wirklich nicht mit Gästen sprechen.« Er blickte auf den Flur. Noch schien die Luft rein zu sein, doch man konnte bereits das Klackern von Stiefeln hören.

Er kam näher zu May und sagte schnell: »Es ist hier wirklich gefährlich. Es ist besser, wir sprechen später weiter.« May konnte den Geruch seiner Seife riechen. Sie roch irgendwie jugendlich. »Ich bin nachmittags draußen«, flüsterte er, »bei den blauen Bäumen.«

»Den blauen ...«

»Ihr findet sie leicht. Sie sind hoch und sicher.«

»Ich ...«, stammelte May, denn sie wusste nicht, was sie sagen sollte. »Ich heiße May.«

Er lächelte, und May wusste immer noch nicht, was sie sagen sollte. Bei den blauen Bäumen, soso. Dann rief sie völlig überrascht: »Hier ist ja alles voll mit Krümeln!«

Er blickte erst auf ihren Oberkörper und dann weiter abwärts, wo in der Tat empörend viele Hörnchenreste niedergeregnet waren. Und May fühlte sich auch innerlich irgendwie krümelig, und es wäre schon gut, dachte sie, wenn er daran etwas ändern könnte. Er hob seine Hand und versuchte, durch behutsames Winken einen Luftzug herzustellen, der kontaktlos zur Krümelbefreiung genutzt hätte. Ging aber nicht. Die Krümel blieben satt und krümelig dort kleben, wo sie nicht wirklich hingehörten: Auf Mays Busen, ein Paar hingen vor ihrem Bauch, und der Rest lag irgendwo unten auf ihren Beinen. Vorsichtig drehte er den Handrücken und wischte damit über Mays Oberschenkel. Er lächelte und verschwand.

Nun brannte nicht nur Mays Rücken.

24. Schnauze voll?

Kaum hatte der Fremde May mit knisterndem Herzen und krümelfreien Beinen sitzen gelassen, stand plötzlich Flavia in der Tür. Sie baute sich breitbeinig auf, und für einen Moment fürchtete May, die Braunhaarige könnte eine Peitsche zücken und eine Art Raubtier-Dressur mit May veranstalten wollen.

»Ich war bei Madame«, zischte Flavia, »das sieht nicht gut aus für euch zwei.« Sie reckte die Nase vor. »Wo steckt deine komische Rockerbraut eigentlich?«

»Ich weiß es nicht«, seufzte May. »Sie ist draußen in den Bienenschwarm geraten. Ich mache mir große Sorgen.«

»Hm, das würde ich auch. Wenn Madame ihre Viecher auf jemanden hetzt, dann muss man schon ganz schön schnell sein, um rechtzeitig Land zu gewinnen.«

»Was soll das heißen? *Auf sie hetzt?* Man kann doch keine Bienen abrichten und sie auf jemanden hetzen?«

»Kann man nicht?« Flavia stolzierte in den Raum und blickte verächtlich auf Mays Frühstücksteller. Sie massierte sich den Kiefer, als hätte sie einen Hieb auf die Wange einstecken müssen. »Ja, iss du dich mal schön satt«, kaute sie, »solange du noch ordentlich zubeißen kannst.«

May versuchte, den Blick der Braunhaarigen aufzufangen. Er wirkte flatterhaft, wie ein Tier in einem Käfig. »Was ist denn nun los, mit euren Scheißbienen?«, fragte May beharrlich. »Und kann mir mal jemand sagen, wohin Tuh verschwunden ist? Vielleicht sollten wir mal nach ihr suchen?«

»Ach, Kindchen, eins nach dem anderen. Das Land da draußen ist groß. Wenn sie Glück hatte, ist sie bis zum Teich gekommen.«

»Teich? Tuh ist wasserscheu. Kann ich mir nicht vorstellen.«

»Na, dann ...« Flavia hatte sich einen Hocker von der Wand genommen und sich damit zum Tisch heran gezwängt. »Kindchen, sag mal«, flötete sie in verschwörerischem Ton, »kann das eigentlich sein, dass ihr beiden, du und deine bunte Schreckschraube, dass ihr beide völlig bekloppt seid?«

»Na ja«, sagte May, »Tuh ist wirklich nicht die Hellste.«

»So so, nicht die Hellste. Und du - bist die Königin der Dusselchen, wie mir scheint. Oder?« Ihre Pupillen bohrten ungemütlich. »Ihr zwei Püppchen kommt den weiten, knorrigen Weg aus der Stadt angeflattert, wie zwei Schmetterlinge ohne Hirn und Verstand, ihr brummt hier bei uns einfach so rein, wollt rumschnüffeln, steckt eure kleinen Nasen rotzfrech in die Angelegenheiten von Madame - und wundert euch am Ende, wenn ihr Ärger bekommt? Ts, ts, ts.« Sie griff in die Tasche ihrer Jacke und legt die Kneifzange auf den Tisch. »Malou hat dir doch gesagt, dass Madame es nicht gerne sieht, wenn«, sie seufzte und sah May mitleidsvoll an, »tja, wie erkläre ich es dir am besten? Madame wünscht nicht, dass es jemanden in ihrem Haushalt gibt, der ...«

Die Tür öffnete sich knirschend. Flavia fuhr auf. Die Dicke stand da und stemmte die Hände in die Hüften. »Und? Hat die Neue ihr Gastgeschenk jetzt abgeliefert?«

»Siehst du, Kleine, ich habe es dir doch gesagt.«

May blickte auf die Zange. »Ist nicht euer Ernst, oder?«

»Oh, doch. Madame sieht es nicht gerne, wenn hier jemand herumläuft, der mehr Körperteile beisammenhat, als sie selbst.«

May holte Luft. Wenn jetzt wenigstens Tuh da gewesen wäre, dann wäre spätestens jetzt der Moment gekommen, die Strategie endgültig zu wechseln, und ins Kumite überzugehen. May saß endgültig in der Grütze.

»Schätzchen, ich schlage vor, du machst es, wie wir alle: Einen Zahn kann jeder entbehren. Das ist besser, als ein Finger - oder etwas noch Größeres.«

»Ich brauche meine Zähne aber noch«, wandte May ein.

»Ach! Und wozu?«

»Zum Essen.«

»Wir haben viel Brei.«

»Zum Küssen.«

»Wer meint, man braucht Zähne zum Küssen, der zeigt damit ja ziemlich klar, dass er davon keine Ahnung hat.« Flavia kam sehr nahe und deutete einen Kuss an. »Du bist doch völlig aus der Übung, Kleine, das sieht doch jeder.«

May überlegte, ob sie es nicht doch mit einem Handkantenschlag versuchen sollte. Aber diese Flavia wirkte auch nicht gerade schwächlich, und spätestens mit der Dicken im Flur, und dem Rest auf dem Gang wollte May es nicht unbedingt aufnehmen.

»Pass auf Püppchen, du kannst es machen, wie wir alle.« Flavia holte eine kleine Flasche hervor und stellte sie auf den Tisch. Sie goss bräunliche Flüssigkeit in eine Tasse, steckte den Finger hinein und zog ihn wieder heraus. »Sag mal Cheese, du kleiner Brummer.«

May musste wirklich grinsen und im gleichen Moment steckte Flavia ihr den beschmierten Finger in den Mund. »Hee!« schrie May und kippte beinahe vom Stuhl.

»Was hast du denn?«, fragte Flavia entrüstet. »Das ist die sanfte Tour. Du massierst dir jeden Tag ein bisschen von dem Zeug aufs Zahnfleisch. Schön sauer ist das. Alter Essig mit gegorener Zitrone. Mmm! Das macht das Zahnfleisch mürbe, und dir fallen nach ein paar Tagen die ersten Beißerchen von alleine aus.« Sie sah May frontal an. »Ich kann es aber auch mit der Zange machen.«

Jetzt reichte es May gründlich. Es war ein Reflex, als Flavia die Zange angehoben hatte. May stieß einen lang gezogenen Kampfschrei aus, und hämmerte die Faust auf den Tisch. Die Platte brach sofort. Splitter flogen auf und das gesamte Frühstücksbüfett polterte auf die Dielen. Flavia kippte rülpsend mit dem Oberkörper voran und stürzte hinter den Einzelteilen des Tisches nieder. Am liebsten hätte May die Schlange jetzt mit dem Feuerlöscher fertiggemacht, dem guten alten Glücksbringer. So aber wirbelte sie um die eigene Achse und sprang in Richtung der Dicken. Wendig war May wirklich. Bruchtest bestanden, Gegner besiegt, ohne kämpfen zu müssen. Flavia fluchte wütend auf, sie hatte sich beim Sturz offenbar verletzt. May lief auf den Ausgang zu. Vor der Gouvernanten, die versuchte, Mays Ausbruch aus matschigen Augen zu verfolgen, täuschte May einen kurzen Schlag auf das rechte Ohr an, lief aber sofort links an ihr vorbei. May war schnell. Sie rannte hinaus auf den Flur und schoss den Gang entlang. Den Weg zur geheimen Ausgangstür kannte sie ja bereits. Während sie immer schneller sprintete, musste sie wieder an Lou denken. Genau so musste er sich damals gefühlt haben, als er durch die Haustür ins Freie gesprungen war. May fühlte sich katerstark und rief: »Mich kriegt ihr nie, ihr Arschlöcher!«

Sie stürmte hinaus, den Hang abwärts, dann über die Wiese. Nervös blickte sie empor: Keine Biene kreuzte den Mittagshimmel.

Nachdem sie ungefähr einen Kilometer gerannt war, sah sie die mannshohen Gräser, die das Ufer des Baches bewilderten. »Tuh?« rief sie aus vollem Hals. Wenn Tuh es bis hierher geschafft hatte, dann hätte sie sich vor den Bienen vielleicht retten können. Aber außer warmem Wind und dem Hupen der Frösche hörte sie nichts. Die telefonischen Eigenschaften zu Tuh waren ernsthaft gestört.

Mit bedrücktem Herzen trabte sie weiter. Diese ganze, sogenannte Mission war der peinlichste Polizeieinsatz der Geschichte von Kujai, dachte sie. Rein ins Schloss, raus aus dem Schloss. Nichts Vernünftiges hatte sie gefunden: Irre Bienen und geistig gestörte Damen … Vom Konsul selbst hatte sie einzig einen Orden gefunden. Das war zu wenig. Wenn May jemals heil zurück in die Zentrale kommen sollte, würde sie am liebsten ihre Polizeimarke freiwillig abgeben. Wegen erwiesener Idiotie. Aber wahrscheinlich lief sowieso bereits ein Verfahren gegen sie.

Während May sich müde weiterschleppte, überlegte sie, ob sie nicht irgendwo im Dorf einen Arzt finden könnte. Wenn sie wenigstens ein Attest vorweisen könnte, bei ihrer demütigenden Rückkehr, dann hätte sie eventuell den ganzen Katastrophen-Trip als krankheitsbedingten Kuraufenthalt darstellen können. Krankenscheine galten im Kommissariat eigentlich immer als eine Art von Adelsschlag. Man konnte der größte Volltrottel sein, wenn man nur einen Krankenschein vorweisen konnte, dann wurde jeder geschossene Bock entschuldigt.

Kein Dorf, kein Arzt, nirgends. May verscheuchte einen Schmetterling, der sich direkt auf ihre Stirn geklebt hatte. Die Luft wurde ziemlich warm und diese irrsinnige Rennerei machte sie nervös.

May schluckte, sie bekam Durst. Was sollte sie tun? Eigentlich wollte sie gar nicht den Weg zum Dorf suchen, denn selbst wenn sie Tuhs Kahn wiedergefunden hätte, wäre sie alleine überfordert gewesen, das Schiff seetüchtig zu machen. Außerdem konnte sie auf keinen Fall ohne Tuh abhauen. Und diesen Jo wollte sie auch noch einmal interviewen. Es war zum Heulen.

Die Sonne grinste unverschämt vom Himmel herab und bohrte eine rundum unfreundliche Hitze auf sie nieder. Als May ziellos weiterging, quälte sie der Gedanke, dass sie deprimierend wenige Aktivitäten entwickelt hatte, Hinweise auf den Verbleib eines gewissen Frederick Bolaire zu finden. Am liebsten wäre sie jetzt sofort zurück ins Schloss gelaufen und hätte der Baronin den Honigtopf vom Stuhl gehauen, ihr den Orden des Konsuls unter die Nase gehalten - und dann ein Verhör von der salzigen Sorte veranstaltet.

Missmutig trabte sie weiter. Warum war sie überhaupt hierher gekommen? Dabei lag die Antwort doch so nahe: Das Bild des Fremden hatte sie bereits damals in der Konferenz auf eine geheimnisvolle Weise angezogen. Sie wollte schon damals rauskriegen, was es mit ihm auf sich hatte. Nur wegen ihm war sie hierher gekommen, und nur wegen ihm hatte sie sogar die arme Tuh in den Mist mit reingerissen. May biss sich auf die Unterlippe. Es tat ihr alles so leid.

Ohne es zu wissen, suchte sie die blauen Bäume. May stampfte mit gesenktem Kopf einen Trampelpfad entlang und gelangte so wieder etwas näher an die Rückseite des Schlosses. Die Hitze drückte zunehmend humorlos auf sie herab. May suchte Schatten. Glücklich erkannte sie, dass vor ihr die Mauern der Gartenanlage auftauchten. Sie verströmten eine muffige Kühle. Es roch nach getrockneten Algen, sehr grün. May schnaufte. Puh, endlich Schatten. Die hohen Pflanzen spendeten Erfrischung. Dass jemand aus dem Schloss heraus kommen würde, fürchtete May nicht mehr. Die Damen dort waren verrückte Stubenhockerinnen. May lehnte sich an eine große, violette Pflanze, eine regelrechte Palme, deren Stamm von weißen Beulen bewachsen war. Sie drückte ihren Rücken an den Stamm und spürte, wie die sanfte Rinde ihre Bienenstiche zu kühlen begann.

»Ah«, rief sie. Zugleich wurde sie von einem völlig neuen, einem leichten und schmetterlingsartigen Gefühl der Euphorie ergriffen. Solch eine Schwerelosigkeit hatte sie noch nie gespürt. Und noch etwas geschah: Die Euphorie hob nicht nur ihre Stimmung, sondern auch ihren Körper regelrecht in die Höhe! Als hätte eine geheimnisvolle Kraft zu ihr geflüstert: »Schwerkraft? Ach, die brauchen wir doch nicht!«

Die Gravitation sackte wie ein Fahrstuhl unter ihr in die Tiefe und sie selbst begann zu fliegen! Ja, die kleine, leichte May, dieses Kind, das doch immer so heiter war, dieses Geschöpf aus Liebe und Leichtigkeit, erlebte jetzt ihre wahre Bestimmung: Schweben, leicht sein, alles erleben. Ja, *erleben*. Nicht erleiden. Nicht erdulden. Er Leben. Was für ein Leben! So warm, so blau, so schön. May flog.

Etwas geschah mit ihr. Glück pumpte durch ihre Venen. May war schließlich immer schon die fröhliche Fliegerin gewesen, dachte sie, keine Angst hatte jemals ihr Herz bedrückt. So gut. Und nun hob eine unbekannte Kraft May in die Höhe und ließ ihr fluoreszierende Flügel wachsen. Im Sonnenlicht rotierten plötzlich Millionen wilde und flüssige Farben! May hob ab. Sehr schön, zauberhaft und elfenleicht ... Die Sonne verstärkte ihre Leuchtkraft, und auf einmal hörte May dieses eine Lied, das immer in ihrem Kopf klang: *May Be ... You're gonna be the one that saves me.* Ja, dachte sie, so war es vielleicht. Irgend jemand würde sie retten. Mag sein. May mochte es, zu sein. May flog. Möglich war es. May Bee.

25. May = Bee

Natürlich flog May *nicht* - einzig ihr Geist geriet in einen Zustand des farbenfrohen Schwebens. Dieses mentale Fluggefühl, voller Seelenfrieden im Herzen und Schmetterlingen im Hirn, ließ sie wie Blütenstaub durch die Sommerhitze segeln. Dass der Auslöser ihres Fluges in Wirklichkeit mit jener Pflanze zu tun hatte, an der sich May wie ein Schaf am Weidezaun gerieben hatte, das konnte - oder wollte - sie in diesen wunderbaren Momenten nicht wahrhaben. Grüne Spiralen lachten ihr vom Himmel entgegen, und May winkte belustigt zurück. Waren ihr nicht sogar zwei kleine, muntere Flügel am Rücken gewachsen? Dort, wo einst ein Schmerz in ihrem Buckel wohnte, dort brummte jetzt ein Kraftwerk von transparenten Rotoren. Etwas zog sie empor. May, die Hubschrauberin, die Cougarline, die Fliegerin. Es war herrlich! Und - natürlich, wie konnte es anders sein? - begann am Boden ein Beet aus blauen Blumen emporzustreben. Es griff nach ihr und wollte ihr in die Höhe folgen. Aber es wuchs nicht einfach, es *wollte* hinaus an das Licht. Im Tale grünte Hoffnungsglück. May spürte den Willen der Blumen dort unten: Sie machten Ansprüche an ein Leben in der Höhe geltend. Denn welches Korn konnte es erdulden, für immer im Erdreich niedergedrückt zu sein? Ein Beet war kein Grab - sondern ein Kraftfeld, ein Sprungbrett! Ein Trampolin. Etwas, womit man das Gewicht der Welt verlachte. Diese Blumen wollten May ihre Unterstützung mitteilen, in dem gemeinsamen, wunderbaren Projekt, dass ab sofort nichts Niedriges und keine Erniedrigung mehr existierte. Zu diesem hohen und blühenden Zweck verschenkte die Wiese ihre Liebe an May. May bildete die Avantgarde sämtlicher Blumen. Die Schwerkraft verlachend, flog sie voran. Sie wollte ihren Freunden den Blumen ein Vorbild sein.

Und Mays Flug konnte nur ein Ziel haben: Die blauen Bäume.

Und: Er.

Er = Leben. May = Bee.

May war völlig verzückt von dieser Formel. Denken in Gleichungen schien ihr auf einmal völlig normal zu sein. Ja, und nicht nur normal - sondern sogar sehr viel besser, als ein Denken, mit ... Wie hießen diese Dinger? Worten? May lachte. Worte, wie plump!

War sie der Albert Einstein des Blumenbeets? Hatte sie die Weltformel tatsächlich gefunden? Vieles sprach dafür. May konnte in Mathematik denken, wer hätte das gedacht? Es war ein Denken ohne Worte, ein Denken mit völlig logischen Gleichsetzungen. Formeln statt Worte tanzten in ihrem Kopf. Hatte nicht der Dichter Novalis bereits die Mathematik als die einzige wahre Poesie gepriesen? Noch bevor May diesen Gedanken in seiner kompletten Schönheit begriffen hatte - ja, sie konnte jetzt wirklich einen Gedanken *greifen*. Wie ein schöner dicker Gummiring fühlte er sich an, weich und feste zugleich ... Noch bevor sie all dies gänzlich befühlt hatte, da sah sie: die blauen Bäume.

Es waren vier große Bäume, die ihre knisternden Äste explosiv in den Himmel spreizten. Hatte ihr Geliebter nicht gesagt, er würde nachmittags hier warten? Warum nicht, dachte May, es war ja auch sehr schön hier. Sie könnte mühelos bei ihm vorbeifliegen. Die Gleichung in ihrem Kopf löste sich im Abendwind zu milder Süße auf. Es blieb eine saubere Null hinter der Gleichung zurück. Rund, neutral und schön.

»O«, dachte May und flog einen Kreis.

Dann stand sie unter dem Baum und sah hinauf. In der Höhe erkannte sie etwas: Eine Art Verschlag, der aus schiefen Brettern in der Höhe montiert war. Es war hoch, aber May fürchtete sich nicht. Gerne wäre sie hinauf geflogen, doch diese Gleichung ließ sich nicht so einfach umstellen: May = Mensch. Albert Einstein flüsterte zu ihr: »May, du *stehst* unter einem Baum. Diese Gleichung kannst du nicht umstellen. Du musst deine Füße bewegen. Füße verhalten sich ungleich zu Flügeln.«

»Hallo«, rief sie leise, mit einem langen, schönen und sehr runden O. Wie eine sanfte Null segelte der Ton aus ihr hinaus und May sah, wie das O rundlich in die Zweige hinauf schwebte. Eine Maus hätte kein runderes O piepen können. Und May piepte gerne, besonders rundliche Sachen.

»Hallo Joooo«, fragte sie den Baum, »bist du oben?«

Der Wind fächelte ein freundliches Schweigen hinab. Auch dieses Nichts klang lieb und mathematisch schön, fortschrittlich und rund, wie May fand, und sie hätte dem gerne noch länger zugehört. Es verführte sie mit Weichheit und Rundheit zugleich. Auch hätte May es gerne befühlt. War es wirklich geformt wie ein Kreis? Nein, jetzt rollte es zu einem Oval, doch auch das war ein Wort mit O. Offenbar, oberhalb, so oben, so O.

Oval = O.

Jo steckte seinen Kopf aus dem Verschlag. »Madame«, stotterte er und richtete sich auf der knackenden Plattform auf. Sein Oberkörper war nackt. Eilig zog er sich eine Hose an. »Madame?«

»May«, sagte May. »Ich bin May!«

»Madame May, bitte, ich habe sie gar nicht so früh erwartet ...« Er schien ehrlich überrascht zu sein, aber seine Stimme klang dennoch erfreut, das spürte May, auch wenn sie fand, dass Hören eine weniger wichtige Kunst sei, im Vergleich zum Sehen, zum Fliegen und zur Mathematik.

»Einfach nur May. Sag doch bitte einfach nur May!«

»May ...« Er rieb sich die Haare und verschwand hinter dem meterdicken Baumstamm. May hörte, wie sein Gewicht dort oben auf den Holzplanken knackende Laute verursachte. Dann ging sie ihm entgegen, ganz leicht ging das. Denn rund um den Baumstamm waren verschiedene kleinere Bretter montiert, in denen man eine Art Treppe erkennen konnte - wenn man mathematisch begabt war, so wie May, die all dies nun mit der Euphorie einer kleinen runden Wissenschaftlerin entdeckte, und alles zu einem schlüssigen Bild kombinierte. Sie flog die Rundungen um den Baum herum und stieg dabei auf, wie eine Biene, die zur Blüte schwebte.

»Vorsicht, Madame May«, hörte sie ihn rufen, »die Bretter sind nicht stabil.«

»Sooo?« fragte May und stand bereits grinsend vor ihm. Sie hatte das O um den Stamm so schnell geschlungen, dass sie flugs bei ihm landete, ohne Furcht.

»Madame, sie müssen aufpassen«, sagte er und fasste sie bei den Schultern.

»May«, sagte May und spürte, dass er schöne Hände hatte, die gewiss ausgezeichnet geeignet waren, das Jucken in ihrem Buckel zu besänftigen.

»Ja, May.« Er zog sie vorsichtig über die Bretter. May sah auf den Boden: Kleine Spalten gaben den Blick bis auf die Wiese frei. Sie ruhte weit unter ihnen, aber May fürchtete sich nicht. Das Baumhaus schwankte nur sachte im Wind.

»Du wohnst hier, in dieser Bude?« May duckte sich und kroch wie ein Bienenbaby in den Verschlag. Der Raum war niedlich, man konnte hier wie in einem kleinen Wohnzimmer sitzen.

»Ja, es ist sicherer hier«, sagte er und legte seine Hand auf ihren Kopf. Er bewahrte sie davor, sich an einem Balken zu stoßen. Der Verschlag bot nur wenig mehr Fläche als ein Ehebett.

»Sie können sich hier hinsetzen«, sagte er und ließ sich selbst auf eine Wolldecke fallen, die in der Mitte lag.

»Ja«, sagte May. Was hätte sie auch sonst sagen sollen? Sie ließ ihr Herz klopfen und freute sich über das leichte Schwanken des Baumes. Es ergänzte ihre Stimmung auf eine wundervolle Weise. Sie fand, sie war eine geborene Baumbewohnerin.

»Sagen Sie mal May, sehen Sie mich mal an.« Er griff behutsam nach ihrem Kinn und drehte ihr Gesicht zu sich. Mit der anderen Hand fuhr er über ihre Wange. Ein paar Grashalme fielen hinab.

»May, sagen Sie mal, geht es ihnen gut?«

»May«, sagte May, »bitte sag May zu mir.« Sie wollte ihm mit ihrer Nasenspitze einen Stups geben, aber er wich zurück.

»Ja, gut, May.« Er sah ihr prüfend und ein wenig besorgt in die Augen. »Mensch May, bist du etwa im Garten gewesen? Du bist doch hoffentlich nicht an die Pilze gekommen? Die darf man auf keinen Fall berühren. Selbst wenn man die Pollen einatmet, dann ist das ziemlich ... ungesund.«

»Pilze?« May lachte. »Aber nein, dort waren Palmen ... Die waren schön und kühl.« May sah ihn glücklich an. »Und dann bin ich zu dir geflogen.«

Der Fremde, der Jo hieß, griff ihr in die Haare und schob sie hinters Ohr. Das kitzelte etwas, aber es fühlte sich schön an.

»Du musst dich ausruhen. May. Die Pilze sind nichts für Bienen wie dich.«

»Ich bin keine Biene, ich bin May.«

»Bist du dir da sicher?«, sagte er. »Mag sein. Hier, nimm einen Schluck.« Er griff in eine kleine Kiste, die an der Wand montiert war, und brachte eine Plastikflasche zum Vorschein. May trank das Wasser gierig. Alles war gut hier.

Sie schwiegen eine Weile. May hätte stundenlang so dasitzen können und den Mann mit den grünen Augen und den lustigen Schultern bestaunen können. Ein echter Baumbewohner! Ein Baumbär. So etwas hatte sie noch nie gesehen.

»Es wird bald dunkel«, sagte er mit sorgenvoller Stimme, »dann müssen wir vorsichtig sein.«

»Dann kommen sie wieder?«

»Ja. Sie kommen nur nachts. Die Bienen haben sich stark vermehrt, aber sie bleiben am Boden. Hier oben sind wir sicher.«

May sah ihn an. Das Wasser hatte ihren Kopf etwas gereinigt. »Weißt du eigentlich«, sagte sie langsam, »dass wir uns schon sehr lange kennen? Ich habe dir einmal das Leben gerettet.«

»Du? Mir das Leben gerettet? Ich kann mich nicht erinnern ...« Er lächelte, doch es lag ein seltsamer Schmerz in seinem Blick.

»Ja, damals, vor dem Bus. Erinnerst du dich? In der Stadt. Er hätte dich todsicher überfahren.«

Jetzt zog sich ein nervöser Film über seine Augen. »Ach, der Bus, damals vor dem Tempel? Ja, das ist lange her ...« Er wechselte den Sitz seiner Hocke und kroch in Richtung der hinteren Öffnung. May krabbelte hinterher und setzte sich neben ihn. Von hier aus konnten sie gemeinsam über die Kronen der Bäume hinweg bis zum Horizont blicken. Als kleine, gräuliche Kratzer schrammten dort die Wolkenkratzer von Kujai gegen den Himmel. So weit fort.

»Ich weiß nicht mehr, was ich noch denken soll«, sagte er leise. »Es ist so viel passiert seit dem. Ich hätte vielleicht niemals hierher kommen dürfen.«

»Aber du bist damals nach Kujai reingekommen. Das ist doch der Wahnsinn! Die Stadt ist eine Festung. Was wolltest du denn bei uns? Oder ist das geheim?«

»Ach«, seufzte er und hob abwehrend die Hand. »Ich hatte mich einfach nur verliebt. In eine Frau ... Die Liebe weißt du ...«

May nickte still. Ja ja, die Liebe, die Liebe. Sollte er mal ruhig ein bisschen erzählen.

Er versuchte ein Lächeln. Es geriet müde. Die Falte zwischen seinen Augenbrauen nahm wieder die traurige Form an. »Tja, diese Frau«, begann er, »sie hatte zwei Gesichter. Sie hatte mich eingeladen in die Stadt.«

»Und wegen ihr bist du einfach in die Stadt eingebrochen? Die Wachen hätten dich erschossen, hätte ich dich damals angezeigt.«

»Ach ja, Wachen. Hätten sie mich erschossen, wäre mir das noch das Liebste gewesen. Für einen Moment hatte ich geglaubt, das Ganze wäre ein Traum gewesen.«

»Du bist dann echt in den Tempel rein marschiert?« Mays Herz schlug schneller.

»Klar! So bin ich halt. Warum auch nicht. Sai hatte mich eingeladen, und ich bin zu ihr gekommen.«

»Aber das ist doch verboten. Dort dürfen doch nur Frauen rein.«

»Das habe ich dann auch irgendwann bemerkt. Zu spät.« Er zog die Mundwinkel zu einem bitteren Grinsen. Doch besser gefiel May, dass er jetzt seine rechte Hand hinter ihrem Rücken abstützte. Eine vernünftige Entwicklung, wie May fand.

»Und dann? Du hast doch bestimmt mitgekriegt, dass die Ladys im Tempel diese schrecklichen Gladiatorenkämpfe veranstalten?«

»Oh ja.«

May betrachtete, wie ein grauer Vogel unter ihnen seine Runden zog. Sie sagte: »Und, wie bist du dann hierher gekommen? Konntest du irgendwie abhauen?«

»Tja, abhauen ... Wenn man es so will. Eine Zeit lang haben sie mich unten in den Katakomben eingesperrt. Ich dachte, sie würden mich eines Tages ebenfalls in die Arena schicken. Irgendwann habe ich verstanden, dass *sie* es war, die mir eine Falle gestellt hatte. Eigentlich hieß sie Anoje. Sie hat für die alte Madame die Gladiatoren einfangen lassen. Und ich war einer von ihnen. Aber es kam anders. Irgendjemand hat die alte Madame um die Ecke gebracht, und ich durfte mit ihnen fliehen. Hierher. Und da sind wir nun.«

Vorsichtig sagte May: »Und diese Frau, die du so geliebt hast, die hat dich hierher ins Schloss gebracht?«

Er nickte. »Das war ein Glück. Sonst hätten die mich im Tempel umgebracht.«

Jetzt nickte auch May. Ja, diese Schauspiele kannte jeder in Kujai aus dem Fernsehen. »Hier draußen ist das Leben natürlich viel besser«, sagte sie langsam.

»Kommt drauf an, wie man es sieht.«

»Wann hat diese Frau dich denn verlassen?«

Er drehte seinen Kopf zu ihr und blickte sie unglücklich an.

»Na ja, diese Frau, deine große Liebe«, sagte May, »sie muss dich doch irgendwann verlassen haben.«

»Sie wird mich niemals verlassen«, sagte er so leise, dass May ihn zwischen dem Krächzen der Vögel kaum verstehen konnte. Sie spürte, dass er kurz davor stand, in Tränen auszubrechen.

»Wie? Ist deine Frau denn noch hier? Im Schloss?«

»Natürlich ist sie im Schloss. Wo sonst?«

May schwieg.

»Sie ist die Herrin dieses Schlosses.«

Ein kalter Schauer lief über Mays Rücken. Das konnte doch nicht wahr sein. »Du meinst ... die irre Alte?«

»Sie nennt sich Baronin, ja. In Wirklichkeit heißt sie Lisa Anoje Tanabe. Natürlich ist sie keine Baronin. Sie ist krank, das ist alles. Sie ist nicht alt. Sie ist 36.«

May seufzte.

»Sie ist mein Leben und mein Unglück. Sie war es, die mich damals gerettet hat. Ich kann sie niemals verlassen.«

»Aber, du lebst bei ihr, wie ein Diener ... Du willst sagen, dieses Scheusal, die sich abends mit Honig eincremt und anderen Leuten die Zähne rauspopeln lässt - das ist deine große Liebe?«

Er schwieg.

»Und deshalb lebst du hier auf diesem Baum?«

»Du kennst sie nicht.«

May ließ sich auf den Rücken fallen. Er hatte versucht, seinen Arm in diesem Moment fortzuziehen, doch sie erwischte ihn dennoch, sodass er nun unter ihrem Nacken eingeklemmt wurde. Er polsterte ihren Bienenstich weich. May sah zur Bretterdecke empor und versuchte, einfach mal gar nichts zu denken.

»Manchmal habe ich mir gewünscht«, sagte er leise, »das irgendwann jemand kommt, der mich rettet.«

Ja, genau so ein Gefühl kannte May auch. Sie wusste nicht, was sie dazu sagen sollte. Sie hätte es sowieso besser gefunden, wenn er sie jetzt küssen würde. Also flüsterte sie: »Ich glaube, ich habe hier eine ganze Menge Krümel abbekommen.« Sie blickte in den dunklen Glanz seiner Augen und begann, innerlich zu zählen.

Bei fünf drehte er sich zu ihr. Bei zwanzig kam sein Oberkörper näher. Bei einhundert strich er über die Krümel, die gar nicht vorhanden waren. Und bei dreihundertzweiundneunzig küsste er sie. Mays Herz schlug krümelfrei. Endlich wieder Magnetismus.

26. Zwischenbilanz

Aufgewühlt lag May neben diesem Mann, der Jo hieß und mit dem sie die ganze Nacht geküsst hatte. *Nur* geküsst hatten sie - das aber sehr gut, wie May fand. Nun schlief er eingerollt wie ein Fuchs, und May versuchte, all die merkwürdigen Sachen einzuordnen, die er erzählt hatte. Ein Flüchtling aus Madames Katakomben ... Der gequälte Diener einer irren Frau ... Was für ein seltsames Leben. Dabei schien er doch viel zu sanft für solche Absonderlichkeiten zu sein. Morgen, dachte sie, würde sie ihn nach dem Konsul fragen, und dann würden sie gemeinsam abhauen. Wenn er Zeuge des Mordes war, würde er in der Stadt Schutz genießen. Von dieser schrecklichen Frau wollte er in jedem Fall fort, da war sich May sicher. Sie betrachtete die Bretter der Decke. Das war ja alles völlig wirr hier.

Sie versuchte, eine Art Zwischenbilanz zu ziehen. Was hatte sie gewonnen? Erstens: ein paar bedenkliche Erfahrungen mit psychoaktiven Pilzen. Zweitens: einen entzündeten Buckel, der rein gar keine Einbildung war, und der sich jetzt an den Holzsplittern des Baumhauses derart infiziert hatte, dass May sich wie eine Prinzessin auf der Brennnessel fühlte. Und Drittens: Einen neuen Knutsch-Freund, der ganz offensichtlich eine Vollmeise bezüglich seines bestehenden Ehelebens hatte.

Wäre das Leben ein Kräutergarten, dann befand sich May viel zu oft in jener Ecke, wo mal dringend gejätet werden musste. Sie versuchte, die Ruhe einer Harke zu finden und schlief mit gemischten gärtnerischen Gefühlen ein.

27. Von Gurken und Zitronen

»Hallo Frau Wachtmeisterin, Bing Bong, pennen Sie etwa da oben?«

May riss die Augen auf. Sie sah rosa funkelnde Blütenpollen unter der Decke schweben und spürte, wie eine Erschütterung durch das Holz fuhr. Die Person, zu der die Stimme gehörte, musste unten gegen den Stamm getreten haben. Es klang nach gelbem Springerstiefel gegen müden Baum.

»Hey, Frau Wachtmeisterin«, näselte die Stimme weiter, »wenn du schon deine Socken hier unten liegen lässt, würde ich mal aufpassen, dass sich keiner darüber beschwert. Bienen sind genauso Bürger wie du und ich. Und die sind geruchsempfindlich, und das hier - uh, grenzt eindeutig an Tierquälerei!«

May riss die Augen auf. »Tuh!« rief sie und robbte über den schnarchenden Jo hinweg. Von der Bretterkante aus blickte sie nach unten. Die Sonne stand schon hoch und blendete. Es musste bereits nach Mittag sein. Unten aber grinste Tuh und hielt eine Socke wie einen giftigen Lappen an zwei sehr langen Fingern empor. Auch hatte sie sich wieder aufwendig geschminkt: Heute trug sie gelben Lippenstift und schwarze Strähnen in den Haaren. Sie strahlte zu May wie eine Zitrone ins Morgenlicht.

»Mensch Tuh!« jubelte May und schob sich das Hemd zurecht. »Mann, wo warst du denn?«

»Wo soll ich schon gewesen sein? Ich bin in den Fluss geplanscht und habe eine Tauchpartie hinter mir. Ziemlich feucht da. War aber mal eine coole Abwechslung nach dem Insektenscheiß. Das war Tiefenpsychomagie im Original.«

May kletterte die Treppe hinab und fiel ihr in die Arme. »Guck mal Jo, wir haben Besuch. Das hier ist Tuh! Die ist ...«

»Künstlerin«, unterbrach Tuh. »Nun quatsch mal keine Opern, du Baumhaus-Bullin, wir haben noch einiges zu erledigen. Bevor die Sonne untergeht, sollten wir mal ein paar Dinge gründlich geklärt haben. Wir knöpfen uns Oma Bienenbirne vor und prügeln aus ihr raus, was sie mit unserem Kumpel Freddie veranstaltet hat!«

Jetzt kam auch Jo aus dem Haus heraus: »Bullin?« fragte er mit dünner Stimme. »Wer ist hier eine Bullin?«

»Ich nicht«, krähte Tuh, »leg dich wieder hin, und lass erst mal alles locker baumeln.«

May zog sich die Socke an und blickte glücklich zu Tuh. »Und dann bist du durch den Fluss geschwommen?«

»Yup. Das war echt der Flow! Nach einer Stunde war ich beim Boot. Herrlich! Urlaub daheim ist doch das Beste.«

Jetzt sah May, dass Tuh neben sich einen kleinen Handwagen abgestellt hatte. Auf ihm standen ein großes Fass, ein paar kleinere Kisten, Decken, Jacken und eine Schweißerbrille. »Ach, und Proviant hast du auch mitgebracht? Ich hätte nämlich echt Hunger.«

»Na, ich bin hier aber nicht das Hotel Mama.« Tuh zeigte in Richtung des Schlosses. »Da müssten wir uns vielleicht doch an die Adresse da drüben wenden.«

»Stimmt«, bestätigte May. »Die Hörnchen da sind echt gut.« Und mit einem Blick in die Höhe zum Baumhaus setzte sie hinzu: »Die krümeln auch sehr schön.«

Tuh packte den Griff des Handwagens und zog ihn knirschend durch das Gras. Oben im Baumhaus raschelte Jo wie ein Igel nach dem Winterschlaf. Er warf sich eilig in seine Uniform und schien bestrebt zu sein, die verlorene Zeit aufzuholen.

»Los, Jo, es hilft ja nichts, wir müssen mal mit deiner Chefin ein ernstes Wörtchen reden«, rief May, »komm schon!«

Jo kämpfte mit seinen Schnabelschuhen, stolperte die Treppe hinab und stammelte: »Stimmt das, May, du bist von der Polizei?«

»Ja, und?« sagte May und versuchte, Tuh zu überholen.

»Ihr kommt bestimmt wegen des Konsuls.«

»Ein Konsul?« May gelang ein ehrlich überraschter Ton. Sie blieb stehen. »Was weißt du denn über einen Konsul?«

»Ich glaube nicht«, schnaufte Jo, »dass Madame sich an den Herrn überhaupt noch erinnert.«

»So?« Mays Herz machte einen Hüpfer. Ein Zeuge! Kaum reiste man vier Tage lang zu einem Tatort an, wurde von Schlangen gebissen und auf Stroh gebettet, von Bienen halb totgestochen und lässt die einzige Freundin beinahe im Fluss ertrinken, klettert auf Bäume und verpasst sich eine Ladung Bio-Drogen - schon bekam man den ersten Zeugen zu Gesicht. Lief ja wie am Schnürchen.

»Mann Jo«, sagte sie schnell, »wir müssen einfach nur wissen, was ihr mit dem Konsul gemacht habt!«

Er sah sie bleich an.

»Jo, verdammt, was ist mit Bolaire passiert?«

»Das weiß ich wirklich nicht ...«

Jetzt schaltete sich Tuh ein: »Mann, Mann, Mann, Frau Kommissarin, da hast du dir ja einen entzückenden Kronzeugen angelacht. Er weiß es nicht. Wie niedlich.«

»Er war hier«, sagte Jo. »Susan hat ihn hops genommen.«

»Susan?«

»Ja, ihr kennt sie nicht. Susan kümmert sich um solche Fälle.«

May ging wütend schneller. Susan, soso. »Ab sofort kümmere ich mich hier mal um ein paar Fälle.«

Schweigend stiefelten sie weiter. Jo schien neuen Mut geschöpft zu haben, und wollte offenbar Mays Tempo mithalten. Er schaffte es sogar, May zu überholen und ging zügig einige Meter vor ihr. Tuh schob sich neben May und sagte leise: »Also irgendwie passt der Typ ganz gut zu dir.«

»Findest du?«

»Ja, er ist niedlich. Genau wie du.« Tuh ließ das Kompliment eine kurze, zweifelhafte Wirkung entfalten und setzte dann nach: »Ja, er ist auch ein bisschen der Typ: trübe Tasse.«

May blieb stehen. »Trübe Tasse? Wie meinst du denn das?« Sie zog ein zitroniges Gesicht von der üblen Sorte.

»Ja, siehst du, genau das meine ich!« sagte Tuh.

»Wie? Was?«

»Na, zum Beispiel genau jetzt. Wie du schon guckst!«

»Wie soll ich denn gucken?« fragte May. »Genau so guckst du doch auch, wenn du findest, dass etwas voll neben der Spur liegt.«

»Nee, eben nicht. Ich mache dann *so* ein Gesicht.« Tuh machte ihr eigenes Zitronen-Gesicht. »Siehst du, *das* ist ein Zitronen-Gesicht.« May wollte etwas sagen, aber Tuh ließ sich nicht unterbrechen. »Aber bei dir, da sieht das eher *so* aus ...« Sie machte es vor. Es sah müde und ein wenig dümmlich aus. »Das ist aber kein Zitronen-Gesicht ...«

»Nicht?« May fand Tuhs Darbietung nicht besonders erbaulich.

»Nicht. Das ist ein Gurken-Gesicht!«

»Also, ich weiß ja nicht ...«

»Ich aber! Und dein neuer Freund da vom Baum, der ist auch so ein bisschen gurkig. Aber niedlich.«

»Aber nur ein ganz kleines bisschen«, sagte May.

»May, es geht im Leben darum, zu den Zitronen zu gehören, und nicht zu den Gurken. Man hat immer genau zwei Möglichkeiten. Rechts oder Links, Mops oder Maus, Biene oder Bulle, Zitrone oder Gurke, Draufhauen oder Ausweichen. Da muss man sich mal entscheiden.« Tuh warf ihren Scheitel zur Seite und zwinkerte May zu.

»Kata oder Kumite«, murmelte May betroffen.

Zum Glück war Jo einige Meter vorangegangen, sodass er sie nicht hören konnte. »Na ja«, sagte May leise, »also, ich mag den Typ schon. Und ein bisschen mehr Zitrone kann man da vielleicht später noch beigeben.«

»Mag sein.«

Schweigend marschierten sie durch die Gräser. May beobachtete Jo von hinten, wie er jetzt ein wenig anders zu gehen schien, als wenn er tagsüber im Schloss diente. Er fiel in einen schweren Gang, seine Hüften wogten wie bei einem Cowboy. Ein richtiger Anführer. Er wirkte, wenn er alleine war, viel selbstsicherer und seine Schritte drückten schwer und sicher die Grashalme platt. Jeder Schritt eine richtige Entscheidung. Er besaß etwas Gewicht, nicht zu viel, aber genug, dass er einen gewissen Druck in die Schritte legen konnte. Die Hände schlenkerten nicht neben seiner Hüfte, sondern unterstützten seine Bewegung auf eine geübte und irgendwie ausdauernde Art. Er wusste, wie man weite Strecken marschierte. Nur, wenn er alleine war, schien diese Seite an ihm zum Vorschein zu kommen. May verstand: Er war nicht als verschreckter Zirkusdiener auf die Welt gekommen.

Sie erreichten den Seiteneingang des Schlosses. Es duftete nach Kokosnuss und Thymian. Jo fingerte einen Schlüssel aus der Tasche und schloss die Tür auf. Die Kühle des Korridors empfing sie wie ein feuchter Lappen.

Als sie die Empfangshalle erreichten, versperrte ihnen eine Person den Weg, die May bisher noch nicht im Hofstaat gesehen hatte. Dennoch wusste sie sofort, wer dort breitbeinig vor ihr stand. Sie kannte die Frau durch ihre Recherche. Sie war ziemlich groß und schlank, trug einen weißen Hosenanzug, der sich mit ihrem blonden Zopf zu einer kühlen, beinahe überirdisch anmutenden Erscheinung ergänzte. Eine eisige Elfe. In ihrem ebenfalls kalkweißen Gesicht leuchteten ihre Lippen sehr Rot. Sie versperrte den Durchgang und stemmte die Hände in die Hüften. Ihr harter Blick flößte May sofort Respekt ein.

»Wo«, fragte die Blonde leise, und ließ ihre Zunge wie ein Reptil über die Vorderzähne lecken, »wo kommt ihr denn her?«

Jo fiel sofort in eine kniende Haltung, senkte den Kopf, als würde er einen Ritterschlag oder eine Art von Bestrafung erwarten. May spürte, dass sein Herz raste. Er schwieg und schwitzte.

May taxierte die Große. Sie wusste genau, dass es sich um jemanden aus dem Clan der Castigliones handelte: Susan Kovač, gesucht wegen zahlreicher Delikte, die in der Weststadt mit der Zahlung von Schutzgeldern in Verbindung gebracht wurden. Aus den Akten wusste May, dass dieser Frau eine ganze Reihe von Morden zur Last gelegt wurden. Alle waren niemals zur Anklage gekommen, weil entweder Frau Kovač nachweisen konnte, dass sie sich zur Tatzeit im Ausland aufgehalten hatte und sonderbarer Weise diplomatischen Schutz genoss, oder sich keine Zeugen fanden, die ihre Aussage wiederholen wollten, oder sich die Zeugen plötzlich ebenfalls im Ausland aufhielten. Gleich drei Polizisten, die Kovač vor Gericht hätten belasten können, verschwanden spurlos.

Es war immer wieder interessant, fand May, jemanden in der Realität zu treffen, von dem man schon viel gehört hatte. May musterte die Frau. Sie sah durch den transparenten Stoff ihrer Bluse ein kleines Tattoo auf dem Oberarm. Ihre gesamte Erscheinung besaß einen silbrigen Glanz, der durchaus elegant wirkte, wenn nicht ihr Blick ebenfalls von dieser Härte geschmiedet wäre. May hegte keinen Zweifel: Diese Frau besaß ein Herz aus Eis. Aus sehr hartem Eis. May hielt ihrem Blick stand.

»Hallo«, sagte May, »ich bin May.«

Die Große kniff die Augen schmal. Sie lächelte nicht. Ihr Gesicht verriet nicht den kleinsten Anflug einer Emotion. In ihren grauen Augen spiegelte sich lediglich eine spöttische Art von Neugier.

»Wo ihr herkommt - habe ich gefragt. Nicht wie ihr heißt.«

»Bitte nicht schlagen, Frau Susan«, wimmerte Jo zu den Steinplatten am Boden.

Schlagen? Jetzt versuchte May ein besseres Zitronengesicht. Wer würde denn von Tätlichkeiten sprechen wollen?

»Du brauchst mir nur zu sagen, wo ihr gewesen seid. Dann ist alles gut. Keine Lügen. Ist das zu viel verlangt?« Die Frau, die Susan hieß, zog ihre Stimme leise in die Höhe. May musste an den Schwung eines Stiletts denken, mit dem einem Kollegen in der Weststadt die Halsschlagader aufgeschnitten worden war.

»Ich habe«, stammelte Jo, »die beiden geschnappt. Sie haben geschnüffelt. Sie sind abgehauen, beinahe bis zum Fluss.«

Tuh kaute auf ihrem Kaugummi und unterbrach ihn: »Ja nun, wir wollten halt angeln gehen. Ist das verboten? Die Stinkmorcheln sollen zurzeit ja besonders bissig sein.«

»Abhauen wollten die«, bekräftigte Jo mit niedergeschlagenem Blick, »und deswegen, dachte ich - «

»*Du?* Du *dachtest?*« Die Frau, die Susan hieß, zog die Betonung in eine lächerliche Breite. Sie hatte kurz auf ihn herab gesehen, sich dann aber entschieden, sich der Begutachtung ihre Fingerkuppen zu widmen. Sie waren ziemlich kurz. »Fang hier bloß keine Experimente an, Jo«, sagte sie leichthin. »Seit wann kannst du denn denken?«

Jo schwieg und May wurde die ganze Szene langsam peinlich. »Ja, es stimmt schon«, sagte May schnell, »er hat völlig recht. Wir wollten ein bisschen schnüffeln, aber irgendwie ...«

»... irgendwie«, tobte Tuh dazwischen, »geht uns das alles hier gewaltig auf den Sack!«

»Auf den Sack?«, wiederholte die Große kühl und verkniff sich den naheliegenden Unterton von Belustigung.

»Genau, auf den Sack«, bestätigte auch May energisch. Es war an der Zeit, dass sie hier mal die Gesprächsführung übernahm. »Und weil uns das alles *derart* auf die Säcke ging, mit dem Rumschnüffeln, den Bienen, dem Honig und dem ganzen Mist hier, haben wir beschlossen, mal eine Runde Angeln zu gehen, am Fluss. Das ist doch im Prinzip alles ganz normal, oder?«

Susan sah sie still an. Für einen Moment spürte May, dass die Große in diesem Moment einen körperlichen Angriff erwog. Ein Schlag, ein Tritt, ein Kniestoß. May konnte so etwas riechen. Und gleichzeitig verstand May, was die Form von Susans Tattoo bedeutete: Kyokushin-Karate, eine ziemlich gewalttätige Stilrichtung im Karate. Und jetzt kniff diese Susan einen tausendstel Millimeter die Augen zusammen. May kannte diesen Moment von früher, als sie noch Kumite trainiert hatte: Dieser kurze Blick, in dem sämtliche Möglichkeiten eines Angriffs abgeschätzt wurden. Man brauchte nur den Flügelschlag einer Biene dafür.

May drehte ihre linke Schulter einen tausendstel Millimeter voran. Sie sah ihrer Gegnerin in die Augen. Gleichzeitig zog sie die rechte Schulter nach hinten. Sie legte ihren Körperschwerpunkt tiefer - und ein wenig nach hinten. Das genügte, um der Großen zu zeigen, dass sie genau wusste, was die andere dachte. May verringerte ihre Angriffsfläche.

»Männer, wie lange wollt ihr da eigentlich noch rumstehen?« blökte Tuh von hinten. »Es ist High Noon durch, und wir wollten eigentlich nur was Essen.«

Das Gemäuer knackte.

Und nachdem dieser Moment der Stille durch die Halle gekrochen war, setzte Tuh nach: »Wo war noch mal das Klo?«

Die Blonde blickte kurz auf Jo, dann wieder zu May und sagte ruhig: »Wir klären das noch, Jo, was du da draußen treibst. Wenn du Madame Kummer bereiten willst, hast du die Konsequenzen selbst zu tragen.« Sie drehte sich um und bedeutete ihnen, zu folgen.

May blies den Atem aus und bemühte sich, wieder in den Gang einer naiven Touristin zu finden.

»Wenn ihr bei Madame seid, benehmt ihr euch, ja?«, sagte die Große im Gehen.

»Easy«, krähte Tuh.

28. Die Wahrheit und der Brei

Sie erreichten einen Salon, dessen Boden voller silberner Kacheln funkelte, und in dem Susans weiße Gestalt - wie in einer Überblendung - zu verschwinden drohte. Sie dirigierte May und Tuh an einen langen Speisetisch. Feinstes chinesisches Porzellan, verziert mit nadeldünnen, roten Blütenmustern, lud zum Mittagsmahl. Tuhs Stiefel quietschten.

»Nehmt Platz.«

Sie warteten eine Weile, bis die Tür sich öffnete und die Baronin hereinschlich. Heute war ihr königliches Gehabe auf ein krümeliges Minimum geschrumpft. Sie schleppe eine Robe aus Wolldecken hinter sich her und trippelte zur Stirnseite des Tisches, wo sie sich von Jo den Stuhl abrücken ließ. Bedächtig setzte sie sich. Jede Bewegung eine Niederlage. Sie steckte sich einen Zigarillo an.

Susan schien an der Tafel, wo May und Tuh ein wenig verloren saßen, nicht Platz nehmen zu wollen, sondern stand zunächst hinter den beiden, dann ging sie mit unhörbaren Schritten hinter den Stuhl der Baronin. Sie blieb beständig in Bewegung - wie ein Tiger bereit zum Sprung.

May betrachtete die Rauchende. Wie merkwürdig ihre Wangen glänzten. Möglicherweise hatte sie Fieber, oder es handelte sich um eine allergische Reaktion auf den Honig.

»Frau Baronin, wir müssen mit ihnen sprechen«, sagte May.

Die Baronin massierte ihre Nase. »So? Was sollten wir denn miteinander zu besprechen haben? Wünscht ihr, ein paar meiner Kostbarkeiten zu erwerben?« Sie hielt den Zigarillo zwischen Mittel und Ringfinger geklemmt. »Huggert kann euch beraten. Er destilliert die Substrate ganz nach Kundenwunsch. Wenn ihr mir vertraut - und ich *euch* vertraue - dann kann er euch heute Abend in die Destillerie führen. Aber zuvor brauchen wir ein bisschen ... Vertrauen.« Sie beobachtete Tuh, die müde auf ihren Teller glotzte. »Bleibt ein wenig bei uns, dann wird vieles leichter. Wir haben so vieles hier, Buntes, Schönes, dass wir miteinander teilen können.« Sie tippte die Asche ihres Zigarillos achtlos auf das Tischtuch und setzte hinzu: »Aber nur für gute Kunden.«

»Nein«, sagte May. »Wir wollen euch nichts nehmen.«

»Nichts geben wollt ihr mir - und auch nichts kaufen? Wie ungewöhnlich!« Sie winkte zu den Pagen, die begannen, aus einem dampfenden Kessel Brei zu schöpfen. »Ich habe noch nie einen Menschen wie dich mein Kind hier empfangen. Alle anderen wollen mit mir ins Geschäft kommen. Mich bestehlen. Aber nichts bringen und nichts nehmen ... das ist neu.« Sie streichelte ihre Nase auf eine sonderbar intensive Art.

Tuh brummte still vor sich hin, während May versuchte, den Blickkontakt zur Baronin nicht abreißen zu lassen. Ihr Blick schmerzte May. Die Falte zwischen ihren Augen schien mehr als nur ein Geschwür zu sein. Ein offensiver Schmerz ging davon aus, er strahlte geradezu in den Raum hinein, zumindest schien es May so. Verdammt, dachte May, die Irre wusste doch genau, dass May nur wegen des Konsuls gekommen war. Sie war keine Dealerin auf Einkaufstour.

»Alles«, sagte May beharrlich, »was wir von diesem Ort mit uns nehmen wollen, ist die Wärme der Wahrheit.« Sie beugte sich über den Tisch und sprach so leise, dass Susan es nicht hören konnte: »Frau Baronin, bitte, alles was wir uns wünschen, wären ein paar Hinweise, über ...« sie seufzte, »über ihre Freunde, die sie hier bewirten. Wir sind Reisende, die ...«

»Das glaubt doch kein Mensch!« Die Baronin schüttelte deprimiert den Kopf, als habe sie keine Kraft mehr, das Gespräch fortzuführen. »Bitte lügt mich nicht an«, sagte sie in einem beinahe flehentlichen Ton. »Ihr braucht nicht die Wahrheit zu sagen, aber bitte, bitte ...« sie unterdrückte ein Schluchzen, »bitte lügt mich nicht an. Ich ertrage das nicht. Wir brauchen Vertrauen.«

»Also gut«, seufzte May. Die Wahrheit, die Wahrheit ... Vertrauen! May versuchte, ihrem Gegenüber zu vermitteln, dass sie intensiv über das nachdachte, was man gemeinhin Wahrheit nannte. Genau das war ja tatsächlich ihr eigentlicher Beruf. Vielleicht war es gar nicht notwendig, auszusprechen, dass May von der Polizei kam. Einfach nur gemeinsam über die Wahrheit nachdenken ... Der Mensch war ein Resonanzwesen. Wenn May über die Wahrheit nachdachte, würde vielleicht irgendwann auch die Irre mit der Wahrheit rausrücken. Wenn die Baronin die Wahrheit so sehr schätzte, dann - May erschrak. Sie sah, wie die Baronin in diesem Moment eine kauende Bewegung mit dem Kiefer vollführte. Nicht zufällig, nicht natürlich, sondern überdeutlich. Sie kaute mit einer Art von Betonung. Konnte sie Mays Gedanken lesen? Oder bildete May es sich ein? War dies die Antwort auf die Frage nach der Wahrheit? Die Baronin hatte den Konsul -

... gegessen?

May betrachtete den kauenden Kiefer der Japanerin ebenso eindringlich, wie sie meinte, dass ihr Gegenüber ihn bedeutungsvoll bewegte. Lange sah May hin. Unverschämt lange.

Jo schnarchte an der Tür. Die Luft faulte klebrig über den Tellern. May spürte, dass die Baronin unter einem sonderbaren inneren Druck zu stehen schien, aber sie würde nichts gestehen, wenn ihre Leibwächterin anwesend war. May sah den kalten Blick der Blonden, die hinter dem Stuhl Wache hielt. Was genau die Frauen hier mit ihren Kunden anstellten, die nicht nach ihrer Nase tanzten, würde ihr Geheimnis bleiben. Womöglich wäre es besser, einmal unter vier Augen mit der Alten zu sprechen.

»Wir interessieren uns für Technik«, nuschelte jetzt Tuh. Sie schaufelte unbekümmert den Brei in sich hinein, den ein Page ihr auf den Teller geschaufelt hatte.

»Technik?« fragte die Baronin. Sie beendete ihr bedeutungsvolles Kauen und schien jetzt ehrlich überrascht zu sein. Beinahe gütig sagte sie: »Aber Kind, wir sind doch völlig altmodisch. Deswegen bin ich ja hierher gezogen, weil in der Stadt alles«, sie nahm einen Schluck aus dem Glas, »alles so kompliziert geworden ist.«

»Ich finde Technik geil.« Tuh kaute völlig sorglos.

Auch May starrte in den Brei. Er wirkte bläulich. Eine fischige Konfitüre. Tuhs plumpes Gequatsche war vielleicht genau das Richtige, um die Situation zu entspannen. Irgendwann würde die Baronin ihr Geheimnis preisgeben. Sie war einsam, das spürte May. Genau so einsam, wie sie selbst.

»Aber, in Sachen Technik muss ich Sie leider enttäuschen, mein Kind«, sagte die Alte. »Wir leben hier in friedlicher Eintracht mit der Natur. Mit den Blumen und den Bienen.«

»Hm«, nickte May, »die Blumen sind echt schön hier.« Sie kritzelte eine ziemlich moderne Kalligrafie in den Brei. Der Buchstabe, den sie formte, hätte bedeuten können: ›Ich weiß auch nicht, was der Quatsch bedeuten soll.‹ Deprimiert blickte sie in die sinnlosen Linien. Und als niemand etwas sagte, setzte sie nach: »Aber diese Bienen, die sind nicht jedermanns Sache.«

Die Baronin warf ihr einen müden Blick zu. »Kind, ihr kennt die Bienen nicht. Sie können Freunde sein. Man muss sie für sich gewinnen. Dann sind sie warm und weich. Sie besitzen eine Seele - aber nicht nur eine einzige Seele ...« Jetzt kicherte sie. »Sondern Millionen! Kind, stellen Sie sich das vor: Millionen weicher Seelen, die alle an die Wahrheit glauben. Sie machen die Nacht erträglich, sie schützen uns mit ihrer Güte und Süße. Sie stehlen nicht. Sie helfen uns hier«, sie suchte nach den Worten, »sie helfen uns ... zu sein.«

»Brrrrr ...« Tuh machte ein blubberndes Geräusch. »An Bienen finde ich gut, wie die fliegen können. Aber wenn schon fliegen, dann *richtig*. Brummm!« Sie warf die Gabel in den Brei und führte die Finger vor ihrer Brust zusammen. Dann stülpte sie die Ösen, die sie an beiden Händen aus Zeigefinger und Daumen gebildet hatte, plötzlich über die Augen, sodass ihre Handflächen an den Wangen lagen und ihre Ellenbogen weit nach außen abstanden. Nun besaß sie alles, was ein Kampfpilot benötigte: Fliegerbrille, Fliegermütze, Flügel. Sie schwankte und spielte einen Sturzflug vor: »Brumm!« Tuh tat so, als würde sie eine Salve auf Mays Kalligrafie niedergehen lassen.

»Schhh«, wollte May sagen, aber Tuh ließ sich nicht abbringen und brummte weiter: »Tuckertuckertucker ... na? Tuckert was?«

May räusperte sich. »Ich glaube, meine Freundin will sagen ...«

Jetzt unterbrach Susan: »Dass ihr hinter dem Hubschrauber herschnüffelt!« Ihre Stimme zerschnitt wie ein Messer Tuhs Darbietung.

Betroffen ließ die Baronin die Gabel sinken. In wortlosem Staunen glotzte sie waagerecht. Sie sah May entrüstet an. »Ach? So ...?«

»Ach! So!« blökte Tuh. Sie hatte ihre Luftfahrtschau beendet und rührte wieder im Rollfeld des Tellers. Sie malte ein paar Verwirbelungen hinein, welche die Form eines Rotors nachbilden sollten.

»Ihr kleinen Käfer seid nicht wegen meiner süßen Waren, sondern wegen des Hubschraubers gekommen?« Die Baronin erhob sich abrupt und sagte: »In dem Hubschrauber ist rein gar nichts drin, was für irgendwen von Interesse sein könnte. Merkt euch das! Kümmert euch um eure eigenen Luftlöcher.« Sie drehte sich suchend nach Jo um. Er schien auf einem Stuhl neben der Tür eingenickt zu sein. »Jo!« schrie sie schrill.

Nervös riss er die Augen auf.

»Träumst du?« keifte die Baronin. »Jo, wir gehen!«

Er sprang auf, lief zum Ausgang und zog dienstfertig an der Flügeltür. Modrige Zugluft schwappte herein. Dann zwängte sich die Baronin durch den Spalt und ging hinaus. Jo warf May einen verzweifelten Blick zu und schlich dann mit hängendem Kopf hinter seiner Herrscherin her. Er hielt zwei jämmerliche Meter Abstand.

May sah sich den Abgang kopfschüttelnd an. Sie rollte mit den Augen, bis ihr Blick entnervt am Kronleuchter baumeln blieb. Ihr Page, entzückend.

Auch Susan schüttelte tadelnd den Kopf. »Girls, was macht ihr bloß für Sachen? Ist euch nicht klar, dass Themen, die mit Hubschraubern und deren Insassen zu tun haben, keine Gespräche darstellen, die man bei Tisch führen sollte?«

»Oh«, sagte May, »das wussten wir nicht. Können wir Frau Baronin nicht um Verzeihung bitten, für unseren Missgriff?«

»Kindchen, nun tu mal nicht doof. Ihr seid von der Polizei, das riecht man doch, hundert Meter über den Frosch-Tümpel. Auch wenn der rote Baron da irgendwie aus der Geisterbahn ausgebrochen ist. Polizei-Pussys von der ganz schrägen Sorte seid ihr.« Sie blickte abfällig zu Tuh.

»Polizei? Was für ein hässliches Wort«, flötete May leichthin.

»Genau«, schimpfte jetzt auch Tuh, »Polizei, *das* ist wirklich ein widerliches Wort!« Sie warf die Gabel entrüstet auf den Teller. Brei spritzte bis in Mays Auge. Tuh zerknüllte ihre Serviette und warf sie aus angeekelten Fingern hinterher: »Jetzt habt ihr *mir* aber echt den Appetit versaut!« Sie stand auf, wie ein belgischer Bürgermeister, dem man den Schweinebraten versalzen hatte. »Wo war noch mal das Klo? Ich müsste mal kurz ne Runde kotzen. Bevor heute Abend wieder dieser Folk-Drone mit Bienenchor losgeht.«

Susan sah sie tückisch an.

»Hm ja«, sagte May, »sie meint diese Nachtmusik. Hier spielt doch jemand so eine Art Orgel.«

Susan ging jetzt hinter Tuh her und zeigte allen an, dass sie sich aus dem Salon entfernen sollten. Leise sagte sie: »Die Orgel ist ein Instrument von Fanny. Sie spielt es zur Nacht. Es beruhigt die Bienen. Wir möchten nämlich auch, dass die Bienen sich normalisieren. Interessiert ihr euch für Musik?«

Na ja, wollte May sagen, aber Tuh war wieder schneller und rülpste: »Klar. Aber nur instrumental. Gesang macht mich irre. Braucht Fanny noch wen, der Bass spielt? Ich hab alles dabei, auf meinem Wagen.« Sie schnappte mit dem Feuerzeug, das wieder zwischen ihren bunten Fingernägeln aufgetaucht war.

Bei Susan schien jetzt tatsächlich Heiterkeit aufzusteigen: »Na, meinetwegen kannst du zu Fanny rübergehen. Die ist auch ein bisschen bekloppt. Da könnt ihr schön Musik machen. Bongo Bongo, Pussy-Power, Cool.«

Während Susan Tuh den Weg zum Musikzimmer zeigte, fiel Mays Blick auf einen kleinen Tisch am Rand des Ganges. Nicht der Tisch selbst hatte ihren Blick auf sich gezogen, sondern ein winziger, funkelnder Gegenstand, der darunter lag. Sie bückte sich, sodass Susan nichts bemerkte, und steckte ihn ein. In ihrer Jackentasche befühlte sie ihn. Der zweite Orden des Konsuls lag glatt und schwer auf dem Boden der Tasche. Fast hätte man das Pulsieren eines korrupten Herzens dahinter spüren können ... Er war noch ganz frisch!

Nachdem Tuh ins Musikzimmer verfrachtet worden war, führte Susan May in ein Zimmer, das hinter dem Turmzimmer am Ende des dritten Ganges lag. Offenbar wollte die Baronin ihre Gastfreundschaft doch noch ein wenig aufrechterhalten. Immer noch schien es, als wollte sie May tatsächlich in ihr Vertrauen ziehen. Und obwohl May das Gefühl hatte, dass diese Susan auf den richtigen Moment lauerte, einen ernsthaften Angriff zu starten, schien alles friedlich zu bleiben. Die Frauen hier schienen zu wissen, dass ihnen keine echte Gefahr von Polizei-Pussys aus Kujai drohte. Oder sie glaubten gar nicht daran, dass May von der Polizei kam. Vielleicht dachten sie, May wäre von der Sorte Polizist wie Kollege Brunk? Scharf auf einen Drogentrip zum Nulltarif.

29. Der einzige Weg hier raus führt nach unten

May verbrachte den Nachmittag in einem Lesezimmer, dessen Regale bis unter die Decke mit vergilbten Büchern gefüllt waren. Susan hatte sie dorthin geleitet und hielt nun vermutlich Wache auf dem Gang. Während May still und grüblerisch dasaß und unschlüssig in all den Büchern, Karten und Chroniken blätterte, gelangte sie zu dem Schluss, dass die Schloss-Gesellschaft sie offenbar eine Weile beobachten wollte, bevor über ihr Schicksal entschieden worden wäre. Es galt also, die Damen in ihrer sonderbaren, aber trägen Stimmung hinzuhalten, und keinen weiteren Staub aufzuwirbeln. Wer konnte schon wissen, ob es am Ende vielleicht sogar möglich war, sich mit ihnen anzufreunden und in ihren Zirkel aufgenommen zu werden? Tuh jedenfalls hatte sich bereits mit dieser Organistin halbwegs vertragen. Und May besaß mit dem Orden zudem ein weiteres wertvolles Indiz, das eindeutig auf den Konsul hinwies. Damit würde sie nicht mit leeren Händen dastehen, wenn sie in die Zentrale zurückkehren sollte.

Sie blätterte ohne tieferes Interesse in einem der Bücher und versuchte, in Ruhe über alles nachzudenken. *Ovid, Metamorphosen*, stand auf dem Wälzer. Hatte sie schon oft von gehört. Viel von Natur war da die Rede - aber schwer lesbar. Verwandlungen gab es zwar jede Menge, aber keine vom Bullen zur Biene. Doch diese Sehnsucht war in allen Texten allgegenwärtig: dass die Existenz eines Menschen nur eine vorübergehende darstellte. Stets war eine zweite Ebene, eine neue Erscheinung möglich. So, wie May früher ein Walfänger war - und demnächst eine Ente werden würde. Alles bildete nur eine Station. Ein Mensch konnte umgetopft werden, alles war ein bisschen relativ. Bäume kamen in dem Buch auch oft vor, das war schön, fand May. ... aber keine Baumhäuser. Wie uninteressant.

May seufzte und blickte durch die orangefarbenen Scheiben. Die Kraft der Abendsonne drückte waagerecht und ermutigend durch das Glas hindurch. Eigentlich hätte man hier wirklich Urlaub machen können, dachte sie, und schlug ein neues Kapitel auf. Philemon und Baucis, Narziss und Echo ... Na ja, dachte May, eine Illustrierte wäre auch nicht schlecht gewesen. Ob sie heimlich aus dem Zimmer herauskommen und das Schloss untersuchen könnte?

Plötzlich hörte sie ein Geräusch. Da polterte etwas vor dem Fenster! Zunächst gab es nur ein leises Knirschen, May hielt es für einen Vogel, doch dann rumpelte es sehr laut. Ein Einbrecher? Das Zimmer befand sich im zweiten Stock, davor lag noch eine steile Böschung, die mehrere Meter in die Tiefe führte. Und doch hörte May tatsächlich das Schnaufen eines Menschen, der sich in dichter Nähe außerhalb des Gebäudes befinden musste.

»Calla?« hörte sie jemanden rufen. Ein Mann.

Das gab es doch nicht, dachte May. Hatte sie das geträumt? Wer kannte denn hier ihren Namen?

»Calla! Verdammt, sind Sie da drin?«

Die Stimme des Mannes, der sich draußen fluchend befand, kam ihr irgendwie vertraut vor. Auch die rhetorische Figur, ihren Nachnamen in kurzer Verbindung mit einem Fluch zu konjugieren, besaß ein vertrautes Muster, das sie an zu Hause erinnerte. Beinahe hätte sie eine Art Wohlbehagen verspürt, doch da brüllte es draußen noch lauter: »Calla, Sie machen sofort das Fenster auf, oder Sie kriegen ne F3 rein!«

Schmit?

May ließ das Buch sinken. Das konnte doch wohl nicht wirklich Schmit sein, der verdammte Vollidiot? May bekam Druck hinter der Stirn, ging zum Fenster und legte den rostigen Riegel um.

Sofort traten zwei Stiefel von außen die Scheibe auf, und in einem Schwall von Staub schwangen sich geriffelte Sohlen und dann der untere Teil vom restlichen Schmit ins Zimmer. Seine Beine zappelten wie bei einem Maikäfer auf dem Rücken, aber sein Hintern blieb quietschend auf dem Fensterbrett sitzen.

»Schmit ... Was machen Sie denn hier?«

»Verdammt Calla, das wissen Sie genau«, röchelte er draußen die Mauer empor. Nur seine Beine konnte er ins Zimmer rutschen lassen, während der Rest an einem Seil hing und er im Freien baumelte.

»Calla, verdammt, Sie haben sich ohne Abmeldung in diese Mission begeben, das ganze Ministerium macht mir die Hölle heiß, wo Sie eigentlich stecken.« Er zerrte an seinem Geschirr und schnappte nach Redeluft. »Calla, Scheiße, da läuft sogar eine Dienstaufsichtsbeschwerde gegen mich, wegen ihnen, verstehen Sie?«

May hörte sehr gut, und verstand sogar etwas, sagte aber nichts. Irgendwie musste Schmit, dieser Beamtenarsch, es geschafft haben, sich vom Dach abzuseilen. May sah ängstlich zur Tür. Schließlich hätte jeden Moment Susan oder die Fette auftauchen können.

»Mann, Schmit, das ist ja schön, dass Sie hier, äh, eingreifen, aber das ist doch alles gar nicht notwendig«, stammelte sie. »Ich habe bereits erste Spuren gefunden, und ...«

»Nun halten Sie mal die Klappe«, schrie er. Er konnte sich auch mit energischem Rütteln nicht gänzlich hineinzwängen, sodass er sich jetzt wieder in die Höhe zog. May staunte, dass ausgerechnet Schmit, dieser aristokratische Theoretiker, sich zu solch einem Einsatz aufgerafft hatte. Offenbar hatte er sich - genau wie sie selbst - zu einer ziemlich gewagten Aktion antreiben lassen.

»Das Ministerium reißt mir den Arsch auf, wenn diese Mission den Bach runter geht«, schimpfte er schaukelnd. »Wir haben deutliche Hinweise, dass der Konsul hier gekillt wurde, und nicht nur der, aber eigentlich ist mir das alles Scheißegal, ob Sie hier auch draufgehen, Calla, das sage ich ihnen ganz ehrlich. Das würde ihnen sogar recht geschehen. Ich will nur eines: dass Sie wissen, dass wir die Bude hier hopsnehmen. Die Regierung hat den Luftschlag angeordnet. Vergeltung, zur Abschreckung. Morgen früh brennt hier der Busch! Kapito?«

May seufzte. Ja, sie verstand. Vor allem verstand sie, dass Schmit offenbar genau so ein Vollidiot wie sie selbst war. Er hatte sich auf eigene Faust vom Kommando abgesetzt, und versuchte hier einen hirnrissigen Alleingang. Na ja, dachte May, so langsam komplettierte sich ihre C3-Idioten-Mixtur.

»Calla, eins sage ich ihnen: wir sprechen uns noch«, röchelte er. »Die Sache wird ein Nachspiel haben. Ich sichere jetzt das Dach, bis die Hundertschaft im Dorf einsatzbereit ist. Morgen früh planieren wir das Gelände. Und zwar richtig. Und ich schwöre ihnen, dass für all den Scheiß, der ihnen dann um die Ohren fliegt, Sie persönlich haftbar gemacht werden. Haben wir uns da verstanden?«

»Ich höre prima, Schmit.«

»Gut. Die Regierung will die Sache aus der Welt haben. Frederick Bolaire und seine Koks-Ausflüge aufs grüne Land werden ein für alle Mal in Schutt und Asche begraben werden. Wir wissen doch alle, dass wir hier mitten in ein Bienennest getreten sind. Calla, Sie sind bereits so gut wie gebraten, wenn Sie da nicht sofort rauskommen. Aber mir persönlich ist das scheißegal. Sie wurden gewarnt. Wenn Sie ausgeräuchert werden wollen, können Sie ihren Bildungsurlaub ruhig fortsetzen. Sie dürfen Gymnastik machen, bis die Bude brennt. Aber wenn es nach mir geht, ist hier morgen Mittag die Landschaft besenrein. Over!« Er zappelte mit den Beinen und zog sich röchelnd in die Höhe.

»Kommen Sie gut rauf, Schmit.« May sah seinen Füßen nach, schloss vorsichtig das Fenster und ging zum Tisch. Dann stellte sie beunruhigt den Ovid ins Regal.

Sie hüpfte auf Zehenspitzen zur Tür und sah hinaus. Auf der rechten Seite saß einer der Diener - es war nicht Jo - und schnarchte. Ihr würde nicht mehr viel Zeit bleiben, Tuh und Jo zu suchen. Aber immerhin blieb ihr noch diese Nacht, das Haus nach der Leiche vom Konsul abzusuchen. Je mehr Spuren sie von Bolaire auftreiben könnte, desto besser. Niemand sollte ihr Vorwürfe machen können, dass ihr Voranpreschen keinem Zweck gedient hätte.

Vorsichtig schob May sich auf den Flur und lief immer schneller über die Kacheln. Am Ende des Ganges erreichte sie eine Wendeltreppe, die sich mit steinernen Stufen einen kleinen Turm hinab in die Tiefe schraubte. May hörte aus dem Erdgeschoss, wie das Hupen wieder einsetzte, das zugleich von einem dröhnenden Gepolter ergänzt wurde. Irgendwo steckte Tuh dort im Musikzimmer und veranstaltete vermutlich diesen Krach. Na, immerhin ging es ihr gut, wenn man sie gewähren ließ, und sie zusammen mit der Organistin diese Nachtmusik fabrizieren durfte. Und da die Baronin offenbar keine Motorhauben besaß, bestand keine Gefahr, dass Tuh größeren Schaden anrichten würde.

May entschied, am Erdgeschoss vorbei zu gehen und noch eine Etage tiefer hinabzusteigen. Hier wurde die Luft wärmer und es stieg ein süßlicher Geruch empor. Eine Zuckerfabrik aus braunem Mörtel. Als sie eine Mauer betastete, spürte sie wieder die weiche Substanz, bei der es sich nur um Honig handeln konnte. Überall weiche Wände ... Ein organisches Gebilde umschloss May. Im Bauch eines Wales musste es sich ähnlich anfühlen. Die Masse fühlte sich ähnlich wie Blut an, wie warmes Rinderblut, das May früher im Schlachthof berührt hatte. Sie roch daran: stechend, würzig. Es war Honig. Bitterer Honig, der einen Schmerz in der Stirn auslöste.

Behutsam ging sie weiter. Der Gang weitete sich an dieser Stelle zu bauchiger Breite und wurde von einer Reihe kleiner Fackeln beleuchtet. Rußend flackerten sie vor sich hin. An vielen Stellen hatten sie die Wölbung der Decke mit kränklichen Flecken vollgeraucht. May überlegte, ob jemand wie die Baronin die Leiche des Konsuls tatsächlich einfach im Keller lagern würde? Wahrscheinlich hatte Tuh doch recht, als sie meinte, eine Beseitigung draußen im Garten wäre sinnvoller gewesen.

Aber gerade als May umkehren wollte, um nach oben ins Musikzimmer zu Tuh zu gehen, entdeckte sie noch etwas Merkwürdiges: An dieser Stelle der Katakomben überzog ein wesentlich hellerer Honig die Wände. An manchen Stellen floss er sogar in dickflüssigen, silbrigen Schüben von oben herab, und erstarrte über dem Boden in wellenförmigen Krusten. Doch das eigentlich Erschreckende war, dass sich *in* dem Honig mehr zu befinden schien, als einzig die scharfkantigen Mauersteine. May zögerte. Sie wusste, dass sie etwas Schreckliches entdeckt hatte.

30. Im Keller

Obwohl der Honig nach fauligem Obst und Thymian stank, schöpfte May neuen Mut und beugte sich dichter an die Oberfläche. Wenn sie die Masse berührte, ihre Finger tief hineindrückte, und sie dann schmatzend wieder heraus zog, dann blieben kleine Fäden daran kleben. May benötigte etwas Geschick, bis sie die Fackel so halten konnte, dass sie selbst nicht geblendet wurde und dennoch Licht in die Masse drang. Sie legte den Kopf schräg und schielte in den Honig.

Wie eine Bohne im Gelee schwebte dort ein schwarzer Klumpen. May sah die Umrisse ... Es gab keinen Zweifel: In dem Honig hing ein Mensch.

May sah seinen Kopf, dessen Kiefer in einem gefrorenen Schrei nach Luft schnappte. Aufgeklappt und schrecklich zur Seite verdreht hing er dort drinnen, als hätte ihn jemand zunächst abreißen wollen, bevor er dann im Honig erstickte. Die Haare schwebten in einem aufgelösten Wirbel zur Seite. May wich erschrocken zurück, konnte sich aber nicht von dem Anblick lösen. Sie spürte, wie ein Würgereiz in ihr aufstieg. Zwar hatte sie bereits einige Leichen in ihrem Leben gesehen, doch der Umstand, dass jemand auf die Idee kam, einen toten Menschen ausgerechnet in Honig einzulegen, erfüllte sie mit größter Übelkeit.

»May? Sind Sie da unten?«

Die Gouvernante! Ihre Stimme grollte mit spitzer Bosheit durch das Treppenhaus. May entschied, die Flucht in die andere Richtung anzutreten. Sie steckte eilig die Fackel in die Halterung und lief auf Zehenspitzen den Gang entlang. An den Geräuschen hinter ihr konnte sie erkennen, dass die Frau nur sehr langsam ihren Körper die Treppe hinab poltern ließ. May rannte an der Honigwand entlang und hoffte, dass es auf der anderen Seite irgendwo einen zweiten Ausgang geben würde. Eine Holztür tauchte nach vielen schnellen Schritten tatsächlich neben ihr auf. May sprintete drauf los, und als sie die Tür erreichte, spürte sie frische Luft durch sie hineinziehen. Sie drückte die Klinke. Verschlossen. Verdammt, dachte May, der Rest des Kellers bildete gewiss eine Sackgasse. Jetzt zurück in die Arme von dieser Malou zu geraten, wäre ziemlich unangenehm geworden. Die verdammte Tür musste doch aufgehen! May sprang beherzt in die Höhe, wirbelte um die eigene Achse und stieß ihren Fußballen gegen das Holz. Eselssprung. Die Tür flog auf. War das Karate-Training also doch zu etwas nützlich gewesen!

Sie verletzte sich etwas. Obwohl ihr Fuß höllisch schmerzte, humpelte May schnell weiter. Wieso musste sie auch so tun, als wäre sie Bruce Lee, dachte sie, während sie die Zähne zusammenbiss. Auch die Entzündung auf ihrem Rücken meldete sich mit pochenden Stichen zurück. Als die Tür krachend aus den Angeln geflogen war, hatte sie den Schlüssel heraus purzeln sehen. Au Weia: Man hätte sie einfach aufschließen können! Na ja. Karate gut, Denken schwach. Egal. Der Mensch irrt, solange er tritt. Alles Gurke, dachte May und humpelte weiter.

Die Luft zog hier tatsächlich frischer durch den Korridor und jetzt drang sogar das unternehmungslustige Abendlied der Vögel von draußen herein. Der Gang führte steil aufwärts, und May konnte oben bereits einen orangefarbenen Schimmer der Abendsonne erahnen. Sie lief hinauf und erreichte durch ein Steinportal das Freie. Endlich Luft, dachte sie und griff nach einem Gitter, das am Ausgang in den Angeln lehnte. May warf es krachend zu und legte den Riegel davor. Die fette Concierge sollte mal schön da unten im Keller bleiben. Dort konnte sie sich ja ein Honigbrot schmieren. Mmm!

Puh, geschafft. May sah sich um. Sie befand sich irgendwo in der Gartenanlage. Hinter ihr überragte der Schatten der Außenmauer das Gelände und in einiger Entfernung, am Ende des Blumenbeets, wurde der Garten von einer Steinmauer begrenzt. Links sah May die letzten Ausläufer der Pflanzen des Pilzgartens. Meterhoch türmten sich die Pilze dort auf und schillerten jetzt, wo die Sonne flach stand, in besonders interessanten, quietschenden Farben. Bei einigen leuchteten die Stämme in intensivem Violett, das May besonders faszinierte. In der Höhe, wo die wulstigen Kuppen wie gefrorener Schaum hingen, wechselte die Farbe dann in ein helles Rosé. Bereits ihr Anblick zog May magisch an. Wie lockend die gelben Punkte dort zu wirbeln schienen ... Aber diesmal würde sie bestimmt vorsichtiger sein; sie würde jeden Kontakt mit den Dingern vermeiden. Mit gemischten Gefühlen dachte sie an den gestrigen Rausch zurück. Irgendwie war es zwar eine schöne Erfahrung gewesen, als dieses weiche und die Seele öffnende Gefühl von Leichtigkeit sie erfasst hatte; als sie fliegen konnte, wie eine Biene ... Aber gefährlich waren die Drogen ohne Frage.

May blickte sich um. Ob in diesem Labyrinth aus meterhohen Pilzen auch giftige Pflanzen wuchsen? Dies könnte eine Erklärung für die durchgedrehten Bienen sein: Die Viecher hatten schlichtweg eine Mahlzeit zu viel von dem Zeug verputzt und waren nun krankhaft süchtig geworden. Und jetzt kamen sie jede Nacht zurück, um sich einen Nachschlag zu besorgen. Wenn man sich als Mensch schon fühlte, wie eine Biene, nachdem man diese Substanzen zu sich genommen hatte - wie mochte sich dann wohl eine Biene fühlen? Wie eine Laus auf Ecstasy?

May humpelte weiter. Im Schloss leuchteten jetzt nur noch wenige Fenster und May beschloss, das Gebäude von außen zu umrunden und Jo und Tuh vielleicht durch ein Fenster zu erreichen. Irgendwo musste ja auch Schmit oben auf dem Dach herumkraxeln und die Stürmung des Gebäudes organisieren. Wenn sie ihn richtig verstanden hatte, würde morgen früh in jedem Fall die Luftwaffe das Gebäude in Schutt und Asche legen. May seufzte. Alles nur, weil eine geistig verwirrte Drogenbaronin ein paar Leichen im Keller lagerte - und sich den etwas bizarren Luxus leistete, diese in Honig einzulegen. Na, sollte Schmit die ganze Sache in die Luft jagen, dann hätten sie alle ihre Ruhe. Hauptsache, Jo und Tuh kamen noch heil heraus.

31. Nachtgespräch

May näherte sich dem Schloss von der Rückseite. Die Sonne tauchte resignierend hinter das Geflecht der Bäume ab und gab den Weg für den Einzug einer warmen Dunkelheit frei. Neugierig schwappte die Schwärze von der Tundra hinüber. Zunächst hatte May Schwierigkeiten, im Dunklen etwas zu erkennen, doch nach einigen Metern, in denen sie über das schmatzende Gras geschlichen war, sah sie eine Handvoll warmer Lichtpunkte. Ein Dutzend Fackeln leuchtete hinter den Büschen. Sie waren in einem Halbkreis aufgebaut und umsäumten wie pflichtbewusste Soldaten die große, mit groben Steinplatten gepflasterte Terrasse. Tapfer pusteten sie ihr Licht in die Abendluft. May zögerte kurz, näherzutreten, weil sie sich fragte, ob sie dort nicht von dieser Killerin namens Susan empfangen werden würde. Doch als May sich etwas dichter herangeschlichen hatte, sah sie, dass sich nur eine einzige Person auf der Terrasse befand. Auf einer Liege lag die Baronin. Ob sie schlief? May ging näher.

Die Baronin sah beinahe wie tot aus, wie sie dort ausgestreckt lag. Bleich, leblos, den Mund wie ein toter Fisch geöffnet, sah sie in den Himmel. Vielleicht erwartete sie den Mondaufgang, fragte sich May und ging vorsichtig den kleinen Hang hinauf. Zwischen den Fackeln angekommen, überlegte sie noch kurz, ob sie unbemerkt an der Liegenden vorbei ins Haus schleichen könnte, doch da krächzte die Baronin bereits: »Kind, was machen sie denn hier draußen?«

»Oh, Guten Abend, Madame. Ich ... habe sie gesucht. Ich habe mir Sorgen gemacht.«

»Kommen sie ruhig näher meine Beste, ihnen tue ich nichts.« Ihre Stimme klang, als ob sie ein scheues Tier zur Fütterung anlocken wollte. May dachte an die Enten am Fluss. Widerstrebend ging sie näher heran.

»Kommen sie her zu mir. Leisten sie mir ein wenig Gesellschaft. Niemand wird ihnen etwas Böses tun.«

May ging langsam über die Terrasse und setzte sich in einen Korbstuhl. Er wackelte neben der Liege. »Sind sie sicher, dass die Bienen heute Nacht nicht hierher kommen?« fragte May behutsam. »Das letzte Mal, als ich die Viecher erlebte habe, da - «

»War ich sehr unglücklich.« Die Baronin stellte ihre Lehne aufrecht. Sie sah May nicht an, sondern schien ihren Blick wie eine Ertrinkende an den Rettungsring des Horizonts zu klammern. Die blaue Furche über ihrer Nase schien länger gewachsen zu sein. »Setzt dich zu mir mein Kind. Ich sehe, du hast Angst.«

»Na ja«, sagte May, »diese Bienen in der Nacht, die können einem schon das Fürchten lehren.«

»Es ist alles eine Frage der Gewöhnung. Weißt du, ich habe mich an vieles hier gewöhnen müssen. Aber mit der Zeit wird es besser.« Aus den Augenwinkeln schielte sie zu May hinüber. »Ich habe lange daran gearbeitet, hier Freunde zu gewinnen. Die Bienen sind anspruchsvoll, sie nehmen nicht jeden in den Kreis der ihren auf. Sie sind eine edle Gemeinschaft. Eine Loge.« Sie drehte ihren kleinen Saurierkopf zu May und zischte: »Sie leben im Gelb! Verstehst du, mein Kind? Das Gelb ist ihr Königreich. Es schützt vor dem Blau, der Farbe des Ozeans und der Tiefe. Blau ist die Heimat des Bösen. Sie aber leben in der Wärme, im Gegensatz zu allem Tiefem. Sie sind die Luft, der Atem. Das Leben.«

Ein Windzug brachte May zum Frösteln. Sie musste daran denken, wie sie gestern unter dem Bienenschwarm gelegen hatte. Hatte sie dort nicht tatsächlich dieses warme Glühen gespürt? Man konnte das Gefühl nicht in Worte fassen, es war wie in einem Traum, in dem alles um eine wortlose Wahrheit zirkulierte. ›Wir sind viele‹, hatten die Bienen ihr ins Ohr gemurmelt. May dachte an die Todesmelodie, die sie geklopft hatten.

»Kind, du magst die Bienen auch?«

May sagte nichts.

»Es sind die einzigen Wesen, die mir wohlgesonnen sind. Sie verstehen mich. Das hat sehr lange gedauert, verstehst du? Man muss sich mit ihnen anfreunden. Dann sind sie weich und mild.«

May wusste nicht, was sie antworten sollte. Zunächst hatte sie vermutet, dass die Frau an einer Psychose leiden würde, aber die schreckliche Wucht und der warme Zauber, der von den Bienen ausging, waren keine Einbildung.

»Sind Sie denn nur wegen der Bienen hierher gezogen? Ich dachte, Sie hätten früher in der Stadt gewohnt, bei Frau Castiglione?«

»Kind«, seufzte sie, »ich sehe, du bist und bleibst eine Schnüfflerin. Aber es spielt keine Rolle mehr, ob die Polizei aus Kujai versucht, mich zu verhaften. Mein Leben ist vollkommen, nichts wird daran etwas ändern. Und ich freue mich, dass jemand nach mir fragt. Nach all den Jahren ... Bleib bei mir, dann kann ich es dir erzählen.«

May blickt über die Wipfel am Horizont. Langsam erhob der Mond seine kühle Scheibe über der Landschaft.

»Ja, es ist wahr, ich habe lange bei Madame gedient«, flüsterte die Baronin, während sie in das Mondlicht starrte. »Ich habe in den Katakomben unter dem Tempel gelebt. Die Ausbildung der Kämpfer war mein Leben. Niemand wollte diese Aufgabe übernehmen, aber ich habe mich damit befasst. Systematisch. Keine leichte Aufgabe, mein Kind. Ich wollte immer so sein, wie die alte Madame. Dazugehören, zu der Welt der Selbstsicheren. Madame und Susan, die gaben damals den Ton an. Ich war nur ein Täubchen. Ich wollte immer nur dazugehören, so sein, wie sie. Mich verwandeln vielleicht.

Ich war jung, ein naives Ding von der Universität. Ich musste mich verwandeln, um dazuzugehören.«

Während die Baronin dies sagte, blickte May in die Schwärze. Sie muste an Ovid denken und an die Nacht mit Jo im Baumhaus. Was immer in dieser Nacht geschehen würde, es würde mit Sicherheit die Letzte für Schloss Taubenschlag werden. Alle, die hier lebten, mussten sich für das Ende bereit machen.

Die Baronin sah sie an. »Du kanntest die alte Madame?«

May nickte. »Jeder kannte Sandra Castiglione.«

»Für sie«, sagte die Baronin, »hätte ich alles getan. Ich wollte alles für sie tun. Alles optimieren. Und deswegen musste ich sie am Ende töten. Nur so wurde die Welt besser. Ich sehe vielleicht wie ein Täubchen aus, aber ich bin nicht zu unterschätzen. Ich war diejenige, die im Tempel alle erlöst hat. Ohne mich wäre die Welt ein schlimmer Ort.« Sie sah zu May mit einem Blick, in dem ratloses Staunen lag.

»Aber Sie haben nicht nur die alte Castiglione getötet?«

»Ach, Kind. Ihr von der Polizei, was wisst ihr schon vom Leben und vom Töten? Die alte Madame hat euch Waren geliefert, ich habe Madame beiseitegeschafft, und bin hierher gezogen. Die einzige Freude, die mir bleibt, sind meine Bienen. Es macht keinen Unterschied. Alle Geschäfte laufen weiter, wie gehabt. Niemand von euch in der Stadt hat je etwas davon bemerkt. Der Konsul war unser beste Kunde, das wird auch bei der Polizei von Kujai bekannt gewesen sein. Er wollte eine Jagd sehen, hier, in meinem Garten. Er hat sie bekommen. Wir haben hier eine hübsche kleine Jagd veranstaltet, nur für ihn. Am Ende waren alle zufrieden. Was willst du noch mehr erfahren?« Die Baronin verzog ihren kleinen japanischen Mund zu einem spöttischen Grinsen.

May atmete tief durch. Jetzt ein Tonbandgerät zu haben, wäre doch ganz nützlich gewesen. Ein lupenreines Geständnis! Fehlte nur noch ein Polizeiwagen mit Blaulicht, der aus der Tundra hätte kommen müssen, und May hätte endlich Feierabend machen können. Sie sah die Baronin schweigend an.

»Das ist doch nicht euer Ernst«, keuchte die Baronin, »dass ihr wegen diesem Widerling gekommen seid? Ihr wollt mir den Konsul fortnehmen?« Ihr Blick veränderte sich und die Zähne ihres Unterkiefers bissen nun in spastischen Zuckungen auf die Oberlippe.

May starrte auf das schreckliche Schauspiel. Was sollte sie sagen? Die Alte hatte den Konsul gejagt wie einen Hasen? Das klang ja entzückend. Nein, eigentlich war ihr dieser Konsul ebenfalls aus tiefstem Herzen zuwider, und eigentlich hätte man der Baronin einen Orden im Namen des Volkes dafür verleihen müssen, dass sie den Mistkerl von der Bildfläche verschwinden ließ. May legte ihre Hand auf den Arm der Frau und sagte leise: »Der Konsul war hier? Und Sie haben ihn den Bienen zum Fraß vorgeworfen?«

»Und wenn schon? Möchten Sie sein Gerippe zurückhaben?«

»Ich möchte ihn nicht haben. Aber man bezahlt mich dafür, dass ich den Leuten erzähle, was mit ihm los ist. Nichts weiter.«

Jetzt drang ein Schmerzenslaut aus den mahlenden Kiefern der Baronin. Sie wurde wie von einem spastischen Anfall in die Länge gezogen und ihre Augen weiteten sich, während sie senkrecht in den Nachthimmel starrte.

»Ihr wollt mir etwas fortnehmen!« schrie sie. »Er gehört mir! Ich könnte euch die Bienen auf den Hals hetzen ...« Das Sprechen schien ihr kaum noch möglich zu sein. »Aber, nicht heute!« Ihr Rücken bog sich zu einem Hohlkreuz, sodass sie zuckend von der Liege zu fallen drohte. May wusste nicht, wie sie der Frau helfen konnte und hielt lediglich hilflos ihr Handgelenk umklammert. Speichel schäumte aus dem Mund der Baronin.

»Ich kann nicht mit Euch weiter sprechen. Ihr wisst, ... dass wir Mondwende haben!«

»Aber, das ist doch ein Aberglaube«, besänftigte May.

»Gebt mir von dem Honig!« röchelte die Baronin. »Bitte!«

»Was denn?« May sah auf die große Schale, die neben der Liege stand. Zwar enthielt sie den geforderten Stoff, aber May zögerte einen Augenblick zu lange, sodass die Baronin hysterisch keifte: »Bitte! Gebt mir den Honig! Ich ersticke sonst!«

May hob die Schale mit beiden Händen an. Sie wog einiges, und als die Baronin hineinreichen konnte, schöpfte sie in einer wilden, verzweifelten Bewegung eine Handvoll und schlug sich japsend den Honig auf das Gesicht.

»Ja«, seufzte die Baronin, »mehr!«

May gehorchte und schöpfte nun ebenfalls etwas Honig heraus. Er stank fürchterlich. Zaghaft reichte sie ihn der Schreienden.

»Alles!« keuchte die Baronin, »gebt mir alles! Auf mich!«

May richtete sich auf und schüttete vorsichtig den Honig aus der Schale über den zuckenden Körper. Der Honig floss in gutmütigen Strömen auf ihren Hals und weiter auf die Bluse und mit lechzenden Bewegungen schaffte es die Baronin, auch ihr Gesicht unter den Strom zu schieben. Sie schmatzte, und schnappte wie ein Tier nach Nahrung und langsam beruhigten sich ihre Bewegungen unter der klebrigen Dusche. Nun wurde auch May ruhiger. Bitte schön, die Irre hatte es so gewollt, dachte sie. Behutsam versuchte sie, etwas Honig von der Nase der Frau zu wischen. May fürchtete, die Ärmste könnte ersticken.

»Fasst mich nicht an!« schrie die Baronin und schnappte wie ein bissiges Tier nach May. Und im gleichen Augenblick erklang im Wald ein energisches Brummen. Die Bienen waren erwacht.

»Aber ich tue ihnen doch nichts. Ich wollte nur helfen.«

»Lasst mich«, japste die Baronin, »die Bienen ... Wenn die Bienen spüren, dass ihr mir etwas Böses antun wollt, dann ...«

Das Brummen schraubte sich in eine heisere, wütende Höhe.

»Vielleicht sollten wir jetzt wirklich ins Haus gehen«, sagte May.

»Nein, lasst mich. Ich brauche die Luft. Ich ersticke. Und bitte fasst mich nicht an.«

May spürte, dass der gesamte Bereich, der im Dunklen um der Terrasse lag, von den Bienen umkreist wurde. In einem Kreis bewegte sich diese Wand aus Insekten um sie herum - jedoch hielten sie einen gewissen Abstand zu May und der Baronin. Möglicherweise bildeten die Fackeln eine Art Barriere. In wenigen Metern Entfernung türmte sich der Schwarm zu einem lärmenden Wall aus rotierenden Körpern auf. Doch näher kamen sie nicht. Noch nicht. May überlegt, sich auf den Boden zu werfen; vielleicht könnte sie unter die Liege der Baronin kriechen. Bis ins Haus hinein war es zu weit.

»Seid ganz friedlich«, röchelte die Baronin, »dann tun sie Euch nichts.«

»Warum sollten sie mir auch etwas tun wollen?«

»Weil ihr mir etwas tun wollt! Versteht ihr das nicht?«

»Aber was sollte ich euch tun wollen?«

»Wie? Das fragt ihr auch noch? Ihr kommt den weiten Weg aus der Stadt, zerstört mir mein Leben, zerstört meine Ruhe, meine Wärme, meine Musik. Und ihr wollt mir etwas nehmen!«

»Aber ich will euch nichts nehmen ...«

»Nicht einmal etwas mitgebracht habt ihr. Habt ihr mir einen Finger geschenkt? Ein Stück von eurem Ohr? Anderen haben wir den Kiefer ausgeschlagen, aber ihr beiden? Habt ihr mir wenigstens einen Zahn geschenkt?«

»Nein.« May ließ erschöpft die Schüssel sinken. »Nein, noch nicht, ich wollte noch warten. Bis er vielleicht irgendwann von alleine ausfällt.«

Die Bienen zogen ihren Trichter enger. May sah in die wirbelnde Wand und versuchte, sich vorzustellen, ob sie mit aller Kraft dort hindurchlaufen könnte und vielleicht den Weg bis ins Innere des Hauses finden würde. Aber die flirrende Mauer aus Insekten türmte sich undurchdringlich vor ihr auf.

»Ihr wollt mich bestehlen«, japste die Baronin. »So seid ihr alle. Schnüffler und Diebe. Emporkömmlinge, die nicht zu dienen gelernt haben. Ihr wollt euch alles schenken lassen. Ich habe meiner Madame immer treu *gedient*. Nichts hat man mir freiwillig gegeben. Ich habe mir dieses Leben erarbeitet.«

»Erarbeitet?« May hielt die Hand der Frau und räusperte sich. »Aber verehrte Frau Baronin, bei allem Respekt: Sie haben die alte Madame Castiglione ermorden lassen, genau, wie den Konsul auch. Das nennt ihr *erarbeiten*?«

Die Alte verzog ihren Mund zu einer spastischen Grimasse. »Was glaubst du mein Kind, womit ich dies alles ermögliche? Ja, wir liefern die süßen Stoffe aus unserem Garten an euch Stadtkinder. Ihr mögt es doch: das Pulver und die Pillen. Natürlich bringen wir auch Leute um. Das ist unsere Arbeit. Kind, das ist der Lauf der Dinge. So hat Castiglione ihren Cousin umgebracht, und so habe ich sie beiseitegeschafft ... Das ist unser Leben. Unser Leben ist das Töten. Es ist anstrengend. Aber wir sind viele. Wir werden Gelb.« Sie konnte nicht weitersprechen. Wie eine leblose Puppe sackte ihr Körper zusammen.

May wischte etwas Honig aus ihrem Gesicht und blickte ratlos in die Höhe. Ein lupenreines Geständnis. Ordentliche Polizeiarbeit. Wenn jetzt ein Tontechniker ein Mikrofon in den Honigtopf montiert hätte, wäre die Sache geritzt. Verdammte Scheiße, dachte May, wo blieb eigentlich der leitende Kommissar? Und wie zur Scheiße sollte sie hier heil wieder rauskommen?

Ein Grollen ertönte. Aus dem Schloss drang das röchelnde Brummen der Orgel, gepaart mit dem Brummen eines elektrischen Verstärkers. Das konnte nur Tuh sein! Tuh hatte es geschafft, dort irgendwie ihren E-Bass in Betrieb zu nehmen! Sie begann, ihr geliebtes, blubberndes Riff zu spielen. May musste lachen. »Yeah!« schrie sie in die Bienenwand, so dämlich das Ganze auch war. Was hatte sie zu verlieren?

»Frau Baronin, bitte, wachen Sie auf ...« May versuchte, der Liegenden leichte Ohrfeigen zu verabreichen. »Sagen Sie ihren Viechern, dass sie ins Körbchen sollen. Frau Baronin, bitte ... Sie brauchen mir nur zu sagen, wo Sie den Konsul vergraben haben. Ich muss nur die Stelle wissen. Mit einem guten Anwalt können sie die Sache als Unfall darstellen. Ich werde für sie als Zeuge aussagen. Niemand in Kujai will den Fall länger untersuchen. Frau Baronin, hören Sie mich?« May schüttelte die Hand der Frau. Keine Reaktion. Und das Dröhnen aus dem Schloss von Tuhs Bass wurde lauter. Es klang, als ob sämtliches Besteck in den Schubladen vor Begeisterung klirrte.

Langsam weitete sich nun der Kreis, den die Bienen wirbelten. May atmete durch, als sie sah, wie sich der Schwarm Meter um Meter zurückzog und das Brummen langsam abflaute. Die Bienen traten den Rückzug an. Tatsächlich. War es der Bass, der sie verscheucht hatte, oder hatte der Wille der Baronin sie entlassen? May wusste es nicht. Sie sah sich erschöpft auf der Terrasse um. Auf einem Tisch in einiger Entfernung standen ein paar Gläser und eine Karaffe. Sie ging ermattet hinüber, roch daran und schenkte sich ein Glas ein. Rotwein, igitt. Sie trank es in einem Zug aus.

»Möchten Sie auch etwas?« rief sie zu der leblosen Baronin hinüber. Sie hatte nicht mit einer Reaktion gerechnet, doch zu ihrer Überraschung kam eine zittrige Antwort von der Liege herüber geräuspert: »Ja, bitte, geben sie mir ein Glas.«

May war verblüfft. Sie ging zögernd mit zwei vollen Gläsern wieder zu der Liegenden.

»Geht es ihnen besser?«

Die Baronin schien unter der Honigkruste zu nicken und sagte: »Der Honig, ja, er schützt mich.«

May setzte sich wieder neben sie. »Sie heißen Tanabe?«

»Woher wissen Sie das?«

»Ich bin von der Polizei.«

Nun, wo die Bienen fort waren, schien die kleine Frau neue Lebenskraft zu schöpfen. Ihre Wangen nahmen etwas Farbe an und ihr Blick klarte sich auf. »Ich empfange für gewöhnlich keinen Besuch von der Polizei«, röchelte sie. Sie trank dabei beidhändig aus dem Glas, wie ein Kind aus einem Becher voller Milch. »Ich sollte nicht so viel trinken«, murmelte sie dabei. »Wissen sie: Früher, als ich noch in den Katakomben gelebt habe, da hat die Sache mit dem Trinken angefangen.« Sie zog May zu sich hinab und sprach mit piepsender Stimme: »Es hat alles mit der Mondwende zu tun!«

»Ach?« May hätte ihr am liebsten die Hand auf die Stirn gelegt, wie man es mit Fieberkranken tut. Doch nicht nur der Honig, der das Gesicht der Baronin wie eine dicke Schicht Creme überzog, ließ May zögern. Auch fürchtete sie, die Baronin könne noch einmal nach ihr schnappen.

»In der Mondwende«, krächzte die Alte, »verwandeln wir uns. Wir nehmen unsere wahre Gestalt an. Es hat lange gedauert, bis ich verstanden habe, dass dies kein Traum ist. Wir alle hier werden dann zu dem, was unsere Vorfahren einst waren.«

May sah in den dunkel schillernden Pilz-Wald. Für einen Moment wünschte sie sich, das unglaubliche Glücksgefühl, das sie gestern durch die Berührung mit den Pilzen erlebt hatte, möge noch einmal zurückkehren. Jede Stimmungsaufhellung wäre ihr jetzt lieber gewesen, als sich weitere Phantasmen der Irren anhören zu müssen. Mondwende, Verwandlungen ... Lächerlich. Die arme Frau schien wirklich krank zu sein. May betrachtete angewidert, wie die Irre unter ihrer Kruste nach dem Honig leckte und mit aufgerissenen Augen May anstarrte.

»Malou«, fauchte die Baronin, »Malou wird in der Mondwende zu einem Mönch! Sie tut nichts Böses, aber sie sieht schrecklich aus. Ich habe sie gesehen. Und Susan - sie kennen Susan? - wird zu einer Ratte! Sie müssen sehr vorsichtig sein. Sie frisst sich dann satt. Kind, wenn Sie hier länger bleiben, dann müssen Sie sehr auf sich aufpassen ... Ich habe nicht alles unter Kontrolle, was in den geheimen Zimmern passiert. Sie müssen sich anpassen, wenn Sie hier leben wollen. Sich auch verwandeln, wenn man so will.« Jetzt bekam ihr Blick einen boshaften Ausdruck, als würde sie Lust bekommen, sich auf May zu stürzen und sie bei lebendigem Leib zu fressen. »Kind, Sie müssen aufpassen, dass Sie in einer Nacht wie heute nicht in die Kammer geraten, in der Susan sich gerade satt frisst ...«

May klopfte der Alten beruhigend auf den Unterarm. »Ich verspreche es«, sagte sie sanft. »Ich werde aufpassen.«

»Susan hat eine Kammer, die nur für sie alleine reserviert ist. Gehen sie da bitte nicht hinein. Versprechen sie mir das?«

»Ich verspreche es ihnen. Sie brauchen jetzt Ruhe.«

»Malou wird zu einem Mönch und Susan verwandelt sich in eine Ratte. Aber das Schlimmste ist«, sie schluchzte jetzt, »das Schlimmste von all dem, was passiert, das ist der ...« Sie bäumte sich auf, und

May fürchtete, sie könnte ihr ins Ohr beißen. »... am Schlimmsten ist der Stachelrochen!« Sie fiel zurück auf ihre Liege.

»Der Stachelrochen?« May sah hinaus in die violette Nacht. Dort hinten würden jetzt ein paar Kampfflugzeuge aufgetankt und mit Bomben beladen werden. May bildete sich ein, bereits das Dröhnen der Turbinen im Nachtwind hören zu können.

»Ja, der Stachelrochen kommt«, flüsterte die Baronin. »Er ist leise und sanft. Eine Engel auf dem Meeresgrund. Und er *sticht* zu!«

»Aber, das ist doch Unsinn. Wo soll hier ein Stachelrochen herkommen?«

»Ich sagte es ihnen doch bereits. Wir verwandeln uns. Malou wird ein Mönch. Und Susan eine Ratte.«

»Ja ja, das sagten Sie ja alles schon.«

»Und der Stachelrochen«, die Baronin sah May mit dem Ausdruck einer Ertrinkenden an, die versteht, dass niemand ihr einen Rettungsring zuwerfen wird. »Der Stachelrochen - das bin ich!«

May lauschte in die Nacht. Ein Nachtvogel flötete eine eckige Melodie. Sehr langsam wiederholte May: »Sie verwandeln sich in einen Stachelrochen? Das ist doch Quatsch. So ein Fisch, der ...«

»Der wird ersticken!« Die Baronin kreischte in nackter Panik.

»Ah. So.« May sah in den Himmel. Bestimmt waren die ersten Bomber bereits vollbetankt. »Sie haben also Angst, Sie könnten ersticken, weil Sie eigentlich ein Rochen sind, der ins Meer gehört? Bei Vollmond verwandeln Sie sich? Davor haben Sie also Angst?«

»*Sie* sollten Angst haben. Sie! Ich kann *Sie* stechen! Ich steche dann gerne Leute ab! Genau wie die Bienen ...«

May wich zurück. Das war ja alles furchtbar mit der Irren. »Frau Tanabe, bitte, sehen Sie mich mal an. Ich glaube das alles nicht. Sie werden sich *nicht* in einen Fisch verwandeln. Und auch nicht in eine Biene. Sie sind krank. Sie brauchen Hilfe.«

»Nein!« Jetzt grinste sie, wie ein Kind, das ein Geheimnis preisgab. »Nur *wenn* ich mich verwandeln würde, würde ich ersticken. Deswegen brauche ich den Honig.« Sie leckte sich über die Lippen. Es sah gespenstisch aus, wie lang sie dabei ihre Zunge herausstrecken konnte. Bis zur Nase und weit zu den Wangen leckte sie die Masse. »Wenn ich den Honig auf mir habe, kann das Mondlicht mich nicht erreichen. Dann bin ich sicher. Und *Sie* auch!«

May beschloss, das Verhör zu beenden. Es reichte. Das hatte doch alles keinen Sinn hier. Diese Frau war irre und gefährlich. May würde jetzt sofort Tuh suchen und das Gepäck holen, und dann Jo auftreiben, und ihm seine bekloppte Zirkusuniform vom Leib reißen. Nur so könnte man aus ihm einen normalen Menschen machen. Und dann würden sie bei der Abreise vielleicht noch einen Stein aufs Dach schießen, in der Hoffnung den behämmerten Schmit zu erwischen, wie er dabei war, dort Zielkreuze für die Bomber aufzumalen. May hatte die Schnauze voll. Gründlich.

32. Shooting Star

Plötzlich zerriss ein Schuss die Nacht. May hatte schon oft Schüsse gehört, aber bisher war noch keiner so dicht an ihr vorbei geschrammt wie dieser. Es musste sich um eine Gewehrkugel handeln, das verstand sie sofort. Jemand schoss auf sie, offenbar direkt aus dem Schloss!

May sprang von der Liege fort. Ob sie sich in die Dunkelheit des Gartens retten konnte? Aber eigentlich wollte sie unbedingt ins Haus hinein kommen, Jo und Tuh rausholen. Sie blinzelte zu den wenigen erleuchteten Fenstern hinauf. Wenn der Schütze klug war, würde er aus einem dunklen Fenster schießen, aber eigentlich stellte May in jedem Fall ein bequemes Ziel für einen Abschuss dar.

»Hey!« schrie sie nach oben in die Dunkelheit, »hier sind Leute im Garten ...« Einfach offensiv mit der Situation umgehen, dachte sie. Beinahe hätte sie wie in Routine gerufen: »Stehen bleiben, Polizei!« - aber das wäre in dieser Situation mehr als blöde gewesen.

Auch so war es blöde, durch Rufen seine Position zu verraten. Rufen gut - Denken schwach, dachte May, während vor ihrem inneren Auge ein Polizeizeugnis auftauchte, wo jemand eine hundsmiserable Note eintrug. Das Idioten-Gen in ihr hatte mal wieder zugeschlagen. Was war sie eigentlich? Eine dumme Biene oder ein richtiger Bulle? Ach was, brüllte sie sich innerlich an; sie war einfach *nur blöde*.

May starrte auf die Fassade und taumelte ein paar Meter rückwärts. Dann sah sie eine Gestalt im zweiten Stock. Die Dicke! Ihr Schnaufen war sogar über die Entfernung zu hören. Sie schien zu fluchen und hantierte mit einem langen Gegenstand. Sie stützte ein Gewehr auf dem Fenstersims - May erkannte das metallische Geräusch - und während in ihr sämtliche Alarmsirenen aufzuheulen begannen (es handelte sich um keinen Fehlalarm), überlegte sie, ob sie noch die Mauer erreichen könnte, wenn sie jetzt mit aller Kraft durch den Garten rennen würde - bevor die Dicke nachgeladen hätte.

»Das haben wir gerne«, meckerte die Schützin von oben, »dass in unserem Garten die Seelsorger von der Polizei Investigation betreiben!« Sie stützte sich auf das Fensterbrett und zielte auf May. »Aber kleine Polizeibiene, eins sag ich dir: Nicht mehr lange werden wir uns das gefallen lassen!« Noch ein Schuss bollerte durch die Nacht. Er schlug ungefähr zehn Meter hinter May ein. Ein Brocken feuchter Erde schlug empor.

May wollte auf keinen Fall ohne Tuh und Jo fliehen, also warf sie sich auf den Boden und rollte ein paar Meter nach rechts. Die Baronin schien von all dem nichts mitbekommen zu haben. Oder stellte sie sich schlafend? Sie lag in einer Art Todesstarre auf ihrer Liege und glotzte durch ihre Honig-Kruste ins Mondlicht empor. Ein Knorpelfisch, der hirnlos im Schlamm versank.

May kullerte über das Gras. Fort, nur irgendwie fort musste sie kommen, vielleicht könnte sie einen Bogen durch die Dunkelheit laufen, und von hinten unbemerkt ins Schloss wieder hinein kommen. Sie würde sich diese Dicke aus der Nähe greifen! Außerdem müsste ja auch Schmit dort oben irgendwo noch rumturnen. Vielleicht würde er auch ohne Antrag auf Amtshilfe eingreifen, wenn es darum ging, eine Kollegin vor dem Abschuss zu retten? Kurzer Dienstweg! Vielleicht war er derjenige, der sie retten würde? Oder war der träge Sack bereits wieder abgereist? May wusste nicht, ob sie fluchen oder rennen sollte. Diese ganze Mission war doch der reinste Irrsinn.

Ein dritter Schuss schlug hinter May ein. May rannte.

»Wenn Du abhaust, kriegen dich die Bienen!« schrie die Frau am Fenster. »Komm lieber wieder zurück, Frau Schnüfflerin! Wir tun dir nichts. Der Konsul wartet auf dich!«

May blieb stehen. Hatte sie richtig gehört? Der Konsul lebte?

»Der Konsul würde gerne mit dir zu Abend speisen, Frau Kommissarin! Komm rein, er wartet nicht gerne.«

May stellte sich aufrecht, damit sie so laut wie möglich rufen konnte: »Also, verarschen kann ich mich alleine! Wo ist denn der Konsul? Der soll sich mal melden!«

»Hier oben! Siehst du ihn nicht?«

May kniff die Augen zusammen. Lebte Bolaire etwa noch? Und feierte dort eine Stehparty mit Damenbegleitung? Sie sah mehrere Personen im Fenster stehen - aber es schienen allesamt Frauen aus der Entourage zu sein. Die füllige Gestalt von Frederick Bolaire konnte sie nirgends ausmachen. »Vielleicht könnte man über solche Fragen besser diskutieren«, brüllte sie, »wenn einem keine Gewehrkugeln um die Ohren fliegen würden?«

»Na, dann komm mal rein, hierher, zu deinem Konsul. In der Küche quellen schon die Töpfe über, für das Nachtmahl! Es wird sehr süß!« Sie gluckste ein appetitliches Lachen.

»Ich sehe Bolaire nirgends! Oder habt ihr im Keller vergraben?«

Jetzt hörte May, wie die Dicke zu schmatzen begann. »Mag sein, mag nicht sein.« Sie schien das Gewehr wieder nachgeladen zu haben und zu zielen. »Sie einer an! Von unserer Speisekammer weiß die kleine Schnüfflerin also auch schon ...«

Ein weiterer Schuss peitschte ins Gras.

Verdammt, dachte May, die knallt mich ab! Die knallt mich einfach ab, und der Fall ist ein für alle Mal zu Ende.

Sie lief ein paar Meter rückwärts in die Dunkelheit. Dann sah sie, wie durch den Dunst der Nacht ein Lichtstrahl zu tanzen begann. Ein Suchscheinwerfer! Er schwankte zunächst unbeholfen aus dem Fenster. Erst traf er jene Büsche, die sich direkt an der Fassade befanden, doch dann wurde er heller und schwenkte zielstrebig über die Terrasse und - erfasste May.

Sie sah nichts mehr. Sie wurde komplett von der Blendung gefangen, ihre Augen schmerzten, und alles, was sie erkennen konnte, war ein silberblaues Licht, das aus dem Schloss auf sie einwütete und ihr jede Orientierung raubte. Nun existierte für May nur noch eines: dieses Licht, umwölkt von schwarzem Nichts. So sah der Tod aus.

May wurde ruhig. Wie bei einer Kata versuchte sie, ihren Geist zu bündeln. Sie musste ihren Atem formen und ihren Körper kontrollieren, damit sie die richtige Bewegung ohne die Last eines Gedankens auslösen konnte. Sie entspannte ihre Muskeln, vom Nacken die Wirbelsäule hinab, sie versuchte, den Atem mit dem Geist zu versöhnen. Dann ließ sie die Entspannung abwärts über den Rücken bis in jede Zehenspitze gleiten. Das Licht strömte sehr weiß in ihre Seele. Wenn sie jetzt sterben würde, war dies eben so. Wenn sie eine Chance zur Flucht haben sollte, war dies ebenfalls so. Alles war gleich. Es gab im Leben immer genau zwei Möglichkeiten. Licht oder Finsternis. Leben oder Tod.

Und diese Möglichkeiten bedeuteten jetzt für May: rechts, oder links. Rechts von ihr befand sich die weite Fläche des Rasens, der erst in großer Entfernung von der Steinmauer begrenzt wurde. Links von ihr knisterte das Schattenlabyrinth des Pilzgartens.

»Ja«, jubelte die Stimme der Fetten, »bleib schön ruhig stehen, kleine Schnüfflerin!« Ihre Stimme hallte glucksend durch das Nichts. »Wir losen gerade aus, wer von uns dich abknallen darf!«

May sah in das Licht. Sie drehte kurz die linke Schulter vor, so, wie sie es im Nahkampf tat, um die Angriffsfläche zu verringern.

Eine Kugel knallte rechts von ihr ins Gras.

»Schön ruhig bleiben, Frau Schnüfflerin. Wir üben noch. Wohin willst du das erste Loch bekommen? Unten, Mitte, Oben?«

Jetzt hörte May, wie auch die anderen Frauen lachten. »Frau Baronin wünscht ein süßes Nachtmahl! Erst gibt es den Konsul in Mandelhonig. Schön gewürzt. Und als Nachspeise: die kleine Biene in brauner Butter.«

Dann explodierte May. Ihr Körper sprang aus dem Korsett ihres Geistes und ohne von der Last eines Gedankens beschwert zu sein, täuschte sie einen Lauf nach rechts an, flog dann aber rückwärts in die andere Richtung. Sie war schneller als ihr Schatten. Ihr Sprung gelang wie ein Satz in eine andere Welt. Ein Sturzflug ins Nichts. So, als wäre sie selbst ohnmächtig geworden und einfach gegen die gedachte Laufrichtung von unsichtbaren Fäden gezogen worden, schnellte sie los. Sie sprang wie eine Katze rückwärts nach links. Fort war sie. Ein Schatten ohne Körper, ein Geist ohne Käfig. Zehn, zwanzig, Meter sprang May nach hinten, schlug einen neuen Haken, griff in den Boden, warf eine Handvoll Matsch nach rechts, und sprang selbst in höchstem Tempo nach links.

Die Täuschung glückte. Die Dunkelheit umfing May wie einen alten Freund. Sie schwamm durch die Schwärze und spürte kaum, dass sie schneller lief, als je ein Mensch zuvor gelaufen war. Ihre Füße hämmerten durchs Gras. Sie war schnell wie Lou.

Konzentriert jagte sie voran. Der Mensch ist ein Resonanzwesen. Über Jahre hatte sie alles von einem Kater gelernt, was man von einem Kater lernen konnte. Gemüt und Appetit - und Tempo. May lief genauso gut wie Lou. Nur das glucksende Plätschern der Wiese gab einen Hinweis darauf, dass sie sich tatsächlich rasend schnell bewegte. Aus den Augenwinkeln sah sie, wie der Scheinwerfer gierig aufs Entdecken hinter ihr hetzte. Irgendwo in diesem Brei aus Schwärze, weit entfernt von jenem jagenden Schatten, der früher einmal May war, fluchten die Frauen im Fenster. Sie versuchten, nachzuladen. Wieder peitschte ein Schuss auf, aber lachhaft weit daneben. Die Kugeln trafen jenen Punkt, den May bereits vor ewigen Sekunden verlassen hatte. May besaß keine Wahl: Sie rannte hinein in das Pilzfeld.

Um den Schutz der Pflanzen zu erreichen, musste sie ihren Körper seitlich drehen, sodass sie zwischen den ersten beiden Pilzstämmen durchschlüpfen konnte. Nur der Wald bot jetzt noch Schutz. Aber auf keinen Fall durfte sie eine Berührung mit den Stämmen riskieren! Ein halluzinogener Trip würde das Ende bedeuten. Nur mit klarem Kopf konnte May hier lebend rauskommen.

Vorsichtig schob sie ihren Körper zwischen das schützende Geflecht. Es duftete nach Moos und bitterer Minze und May fühlte sich zwischen den Stämmen gleich sicherer. Hinter ihr, in der glucksenden Dunkelheit der Wiese, verriet eine ganze Salve von Einschüssen, dass die Dicke offenbar in planloser Wut drauflosballerte. May registrierte mit Genugtuung, dass die Schützin offensichtlich keine innere Ruhe besaß. Die blöde Kuh da oben verlor die Nerven. Sehr gut.

»Holt sie mir da raus!« kreischte die Fette völlig enthemmt.

Tollpatschig hoppelte der Lichtkegel über die Pilzwaldung hinweg. Die aufgesplitterten Lichtstrahlen schossen durch die Stämme hindurch und drohten, einen Teil von May zu erfassen, ihr Versteck zu entdecken, ja, sie hinaus zu zerren, ins Licht und damit in die Schussbahn zu zwingen. Aber May wich aus, bevor ihr Gegner das Licht, sie hätte verraten können. May bewegte sich mit der Sicherheit einer Seiltänzerin über die Schlingpflanzen am Boden und tauchte im richtigen Moment in die schützenden Zonen hinein. Das waren immer die dunkelsten. Mays Stand war fest und sicher.

Während sie überlegte, ob sich zwischen den Pilzen auch toxische Substanzen befinden könnten, sah sie plötzlich eine Gestalt: Schnell bewegte sich der Schatten eines Menschen auf die Waldung zu. Eine Frau, die trabte, wie ein hungriger Wolf. May musste in die Hocke gehen, um ihre Gestalt gegen die etwas hellere Fassade des Schlosses erkennen zu können. Es war Flavia. Sie verlangsamte ihre gehetzten Sprünge und kam schnaufend näher. Als May eine Sichtlinie zwischen den Stämmen gefunden hatte, erkannte sie, dass Flavia etwas in ihrer rechten Hand hielt. Ein langer, schmaler Gegenstand, der im Mondlicht silbern aufblitzte. Sie hielt ein sehr dünnes Messer, wie man es zum Tranchieren von Fisch benutzte.

Während Flavia näherkam, stieß sie einen knurrenden, keuchenden Ton aus. Er besaß wieder jenen animalischen Klang, der befürchten ließ, dass sie ihr Dasein als Mensch verloren hatte und sich für ein bissiges Insekt hielt. Vor allem aber hatte die Hornisse, die sie nun war, sich einen sehr spitzen Stachel aus Metall mitgebracht.

33. Magische Pilze

Obwohl sich May in größter Gefahr befand - schließlich musste sie fürchten, durch Berührung mit den Stämmen einen weiteren schmetterlingsbunten Rausch zu erleiden, und dann ein leichtes Opfer für ihre Feinde zu werden - so fühlte sie sich doch völlig sicher. Denn eigentlich befand sie sich ja ganz in ihrem Element: Die Bewegungen an den Pflanzen vorbei, hinein in die dunklen Zonen, und die behutsamen Körperdrehungen, die sie auf einen Angriff vorbereiteten - all das beherrschte sie perfekt. Es war ganz ähnlich, wie bei einer Kata. Wer seinen Körper und Geist beherrschte, konnte hier sanft und sicher wie ein Schatten hindurch gleiten. Mühelos gelang es May, sich durch die Stämme zu bewegen, völlig lautlos. Und der Lichtkegel, der ungelenkig über die Pilzhüte hinweg kratzte, zeigte, dass ihre Feindin am Fenster weder Überblick noch Nerven besaß.

Doch diese Flavia kam langsam näher.

»Chhh...«, zischte sie. May machte sich darauf gefasst, dass sich die Mischung aus Mensch und Hornisse in die Waldung stürzen und sofort das Messer einsetzen würde. Einen Kampf zwischen den Giftpilzen wäre in jedem Fall eine schreckliche Sache geworden, und so entschied May, sich weiter nach hinten zu bewegen. Sie versuchte, alle Möglichkeiten zum Ausweichen zu überblicken.

Flavia sprang tatsächlich blindlings voran. Zunächst landete sie einige Meter neben May, sie bewegte sie sich heftig und sehr entschlossen. Sie stieß geradelinig mit dem Messer in die Dunkelheit. Das Moos quietschte unter ihren Stiefeln. May versuchte, den Atem flach zu halten. Flavia dagegen führte keuchend ihre Attacken aus; beinahe wie eine Degenfechterin stocherte sie geradelinig drauflos. Eine naive Art, mit dem Messer zu kämpfen, wie May sofort erkannte.

»Stich sie endlich ab, die kleine Ermittlerin!« zeterte aus der Ferne die Gouvernante. Sie klang wie eine Kröte in der Hochzeitsnacht. »Mach aus ihr Fleischbällchen für das Gelee.«

Flavia fauchte und schnitt mit dem Messer einen waagerechten Hieb - direkt auf Kehlkopfhöhe! - durch die Luft. Sie schien stumpfsinnig entschlossen zu sein, auf diese Weise den gesamten Wald zu durchpflügen, so lange, bis sie May erwischen oder endgültig ins Freie treiben würde. Dort könnte die Schützin Maß nehmen.

»Los, hol sie mir da raus«, zeterte die Dicke am Fenster.

May tauchte zur Seite ab. Nicht nur das Messer, mit dem Flavia um sich stach, wirkte Furcht einflößend, auch ihre Körpersprache verriet einen sonderbaren, enthemmten Trieb, der es noch schwieriger machte, sie als Gegnerin einzuschätzen. May beschloss, nach allen Regeln der Kunst vorzugehen.

»Hier bin ich«, zischte May. Sie dosierte ihre Stimme gezielt: nicht zu laut, aber gleichzeitig eindringlich und mit einer gefährlichen Tiefe, sodass Flavia sie hören musste. Auch May konnte gefährlich klingen. Oh ja. Über fünf Meter trennten die beiden Frauen nun, und May besaß den Vorteil, dass sie ihre Verfolgerin gut im Blick hatte. Kaum hatte May noch ein zweites, lockendes »Hier« gehaucht, wirbelte Flavia um die eigene Achse. Sie grunzte und hechtete in Mays Richtung. Aber May hatte dies natürlich bedacht und ging im gleichen Augenblick hinter dem Stamm in Deckung. Jetzt umhüllte sie völlige Finsternis, doch diese Dunkelheit war ihr Freund. May konzentrierte sich still und mit einer beinahe liebevollen inneren Hinwendung auf ihre Gegnerin. Die war relativ unerfahren. Zugleich richtete May ihre Aufmerksamkeit aber auch auf den Boden - ihren zweiten Verbündeten. Wie mochten die Gräser beschaffen sein? Gab es Zweige, über die man stolpern konnte? War das Moos zu weich und würde der Untergrund Halt bieten, wenn es zum Kampf käme? Er roch nach Feldmäusen. Mays Geist verwurzelte sich mit der Erde.

Und dann griff sie an. Sie wirbelte hinter dem Stamm hervor und packte Flavias Handgelenk. Sie drehte es kraftvoll nach außen und sofort quiekte Flavia wie ein Schwein. Wie leicht ihre Gegnerin zu überwältigen war! Flavia mochte eine tierische Bosheit in sich tragen - aber eine gute Nahkämpferin war sie wirklich nicht. Eine echte Anfängerin, dachte May innerlich lachend, nicht mal einen gelben Gürtel würde man dafür vergeben ... May setzte routiniert einen Armhebel an. Flavia keifte und May zog den Griff fester, bis das Messer endlich zu Boden fiel. Eine Welle der Euphorie schoss durch May hindurch: Diese psychisch gestörte Hornisse war wesentlich leichter zu entwaffnen, als die letzten durchgeknallten Junkies, mit denen May beruflich das Vergnügen hatte. Flavia war echt ne doofe Biene.

»Ha!« schrie May und drehte Flavia den Arm auf den Rücken, »hier endet das Märchen von der hirnlosen Hornisse!«

Flavia besaß durchaus Kraft, sie wandte sich energisch in dem Polizeigriff, aber May hatte wenig Mühe, sie von hinten unter Kontrolle zu behalten. »So, mein Stacheltier, es reicht!« May wusste genau, was sie tat, als sie Flavia mitleidslos geradeaus drückte. Direkt auf den Pilz mit dem violetten Stamm zu.

Flavias Gesicht gab zunächst einen kreischenden Laut von sich, dann steigerte es sich zu einem schmatzenden Quietschen, weil der Stamm, in den es gedrückt wurde, weich wie ein feuchter Wischlappen über ihre Nase radierte. May drückte Flavias Gesicht mit humorloser Kraft hinein. Ihre gesamte Nase verschwand rülpsend in dem Material und May presste kräftig nach. Flavias Kreischen wandelte sich zu gierigem Schmatzen und nach ein paar langen Momenten erlahmte ihr Widerstand komplett. Die Hornisse in Ledermontur rutschte quietschend am Stamm hinab. Das war keine Tierquälerei, fand May, sondern eine notwendige Anpassung an den Lebensraum.

»Mahlzeit«, sagte May, doch im gleichen Augenblick hörte sie aus der Ferne ein neues Brummen.

Die Bienen kamen zurück. Sie waren viele.

34. Heureka

Für einen Moment verfluchte May diesen elendigen Schmit. So langsam hätte sie hier *wirklich* Amtshilfe benötigt! Wo blieb eigentlich derjenige, der *sie* endlich retten würde? Tuh schien ja irgendwo im Musikzimmer vor sich hin zu lärmen, und dieser Jo war zwar niedlich, aber eben auch ein wenig antriebsschwach. Ob man auf den überhaupt zählen konnte, wenn es hart auf hart kam? Am liebsten hätte May jetzt nach der Polizei gerufen.

War sie selbst nicht auch eine steuerzahlende Bürgerin, die ein Anrecht darauf hatte, dass ein Polizist auftauchen würde, wenn man ihn brauchte? Wütend blickte May zum Dach des Schlosses. Verdammt, wo steckte eigentlich Schmit? Wenn er einen offiziellen Einsatz geplant hatte, dann hätte er doch irgendwo mit einem Einsatzteam Stellung beziehen müssen! Oder war er ebenfalls alleine angerückt? Offenbar war ihm das Gleiche passiert wie May; und man hatte ihn derart unter Druck gesetzt, dass er auf eigene Faust losgezogen war, weil kein anderer Bulle Bock auf diesen Einsatz hatte. Nun schnüffelte Schmit irgendwo wie ein Dackel im Klettergurt auf dem Dach herum. Aber er hätte doch längst die Schüsse hören müssen ...

»Scheiße«, schrie May laut heraus und blickte um sich. Hinter ihr antwortete Flavia mit einem glücklichen Grunzen. Sie schwankte, wie ein Bootsmast im Wind. May sah, wie die gurgelnde Flavia es nach einigen vergeblichen Versuchen endlich schaffte, sich schwankend aufzurichten. Beinahe wäre sie bäuchlings hingefallen, doch dann umschlang sie den Stamm mit beiden Armen und begann, sich in hirnloser Wollust an ihm zu reiben. Sie biss ein großes Stück Pilzfleisch heraus und kaute ein glückliches Hornissenkauen.

May rannte. Sie war nicht den weiten, bunten Weg hierher gekommen, um mit Bienen und Blumen zu kämpfen, dachte sie, oh nein, sie war gekommen, um einen Konsul zu finden. Er musste irgendwo dort drinnen sein. Und sie würde ihn holen. Ganz gleich, ob als Marmelade oder Fleischbällchen, Matsch oder Mann, Muff oder Bluff. Sie würde zeigen, wo das Brot gebuttert war.

May sprintete über das meckernde Gras. Dann erfasste der Scheinwerfer sie erneut, aber May ließ sich nicht aufhalten, sondern zog voll durch. Karate war zwar ein schöner Sport, aber Schnelllauf gefiel ihr jetzt noch viel besser.

»Baller nur, du fette Kuh«, schrie sie, »ich greif mir dich!« Volle Attacke, nur so würde es gehen. Auf keinen Fall durfte May draußen bei den Bienen bleiben. »Schmit? Tuh? Jo?« May brüllte planlos in die Nacht. »Männer, her zu mir!« Sie bog den Weg an der Terrasse vorbei und suchte in der Blendung nach Orientierung. Sie fand die Holztür, die den Gang in den Keller versperrte. Nachdem sie diese aufgeschlagen hatte, fühlte sie sich gleich besser. »Scheiß auf den Schlüssel«, murmelte sie, »ich bin das C3-Team.« Es würde eine Weile dauern, bis die Fette und ihre Schergen im Keller auftauchen würden. May blieb Zeit, einen zweiten Aufgang zu finden.

Sie lief an den verharzten Wänden vorbei. Was für eine entzückende Speisekammer, dachte sie. Wer die würzige Küche mit Honig schätzte, der war hier im Schlaraffenland. Und wer zudem noch Fleischeinlagen liebte, der war im siebten Himmel. May würgte.

Die verdammten Leichen waren ihr in diesem Moment völlig egal. Wenn morgen früh die Sonne aufging, würde das ganze Schloss sowieso in die Luft fliegen, und bis dahin musste sie einfach nur Tuh und Jo hier raushauen.

Sie erreichte einen Korridor, der noch düsterer als ihre Laune war. Der Raum fühlte sich warm an, und es lag ein merkwürdiges Pulsieren in der Luft, beruhigend und rauschend. Eine Art Heizungskeller - nur ohne richtige Heizung. May konnte diese Atmosphäre nicht genau einschätzen, aber sie wirkte freundlicher, Mut machender, als jene im ersten Gang. Vorsichtig ging sie weiter und besah sich die Wand. Auch hier floss grauer Honig in Schüben hinab, er sah beinahe wie Schimmel aus, und May spürte instinktiv, dass es gefährlich sein könnte, dort dichter heranzugehen. Aber aus dem Raum zu fliehen war auch keine gute Idee. Und zugleich wuchs ihre Neugier stärker als ihr Abscheu. Sie ging dicht an die Wand heran und betrachtete die schwarze Gestalt, die dort unter dem Honig eingeklebt war. Eine menschliche Leiche, zweifellos. Sogar ein paar Strähnen seiner Haare ragten aus dem Gelee heraus. May bückte sich und sah den kleinen Finger, der aus einer verkrümmten Hand den Weg bis ins Freie geschafft hatte. Sie sah ihn lange an. Übelkeit schoss ihr in die Nase, beinahe hätte sie sich nicht durch den Mund, sondern die Nasenlöcher erbrochen. Eine Abwehr-Reaktion gegen die Erkenntnis, die jetzt ebenso ekelerregend in ihr aufstieg, wie der beißende Geruch.

... sie hatte es immer gewusst. Vielleicht hatte sie gehofft, einen Gegenbeweis für die furchtbare Gewissheit zu finden, die doch so offensichtlich war. Sie hoffte, der Finger möge tot und regungslos dort in seinem klebrigen Gefängnis ruhen. Eine Leiche, flehte sie innerlich zu sich selbst, es ist einfach nur eine Leiche. Wie tausend andere Leichen auch, die sie bereits gesehen hatte, und wie Dutzende Leichen, die sie in Zukunft sehen würde. Eine Leiche, tot und starr, hart, wie der Ast eines Baumes, kalt, wie ein Türgriff im Winter.

Aber dieser Finger bewegte sich.

Dies war keine Katakombe, wo die Baronin Leichen verwahrte. Dieser Raum stellte ein Lager dar. Eine Speisekammer. Und die Lebensmittel, die hier gelagert wurden, sollten frisch bleiben.

Es waren viele. Sie hingen in den Wänden, streckten ihre insektenartigen Arme aus dem Honig heraus und bewegten sich wie in Zeitlupe. Der Honig zog sich in braunen Fäden an ihren Gliedmaßen entlang. May gewann den Eindruck, die Menschen, die hier eingelegt waren, würden versuchen, sich aus dem Klebstoff zu befreien. Sie schrien stumm nach Hilfe, doch wahrscheinlich spürten sie nicht einmal mehr, dass sie noch lebten. Sie vegetierten als Zutaten für ein scheußliches Mahl.

Was war das eigentlich für ein Brei gewesen, den sie gestern gegessen hatten? May würgte und blinzelte in den Honig. Sie ging auf einen der eingeklebten Gefangenen zu. Der Mensch lebte, daran gab es keinen Zweifel. Er sah sie mit gefrorenem Entsetzen an. Es schien, als würde er ihr ein Zeichen geben wollen. Er flehte um Hilfe. May zögerte einen Moment. Dann nahm sie ihren Zeigefinger und bohrte ein kleines Loch auf jene Stelle zu, wo sich sein Mund befand. Die Gestalt war ziemlich groß und May streckte sich auf Zehenspitzen, um die Stelle zu erreichen. Beherzt stach sie zu. Ihr Finger sackte in die klebrige Masse. Sie musste dem Menschen schließlich Luft verschaffen, er würde sonst früher oder später ersticken. Dies war keine Erste Hilfe mehr - sondern Teil einer archäologischen Ausgrabung.

Erst bohrte sie mit dem Finger und schaufelte danach immer schneller mit der gesamten Hand, um die Masse fortzukratzen. In dem Moment, als die Schicht über dem Kopf des Eingeklebten nur noch wenige Zentimeter dick war, drang eine rülpsende Blase an die

Oberfläche. Gärte die Leiche Gase aus? May wich zurück. Vielleicht war der Körper längst mit Gift gefüllt? Und May hatte sich die Bewegung nur eingebildet. Solche Effekte kannte sie aus der Autopsie.

Eine Wolke aus gelbem Dunst schoss aus seinem Mund. Die Blase roch nach Bohnenkraut und Kot. May würgte, sie musste an die Ausgrabungen von ägyptischen Mumien denken, bei denen die Forscher tödlich vergiftet wurden. Doch dann sah sie, dass der Körper sich voran drückte, die klebrige Masse überwand und seinen Kopf zentimeterweise voran schob. Er bewegte sich! Er lebte und wollte sich befreien! Endlich erreichten seine Lippen die Luft. Es gab einen markerschütternden Klang, als die röchelnde Kreatur Atem schöpfte. Wie ein verwundeter Hirsch klang der Mann, und May wünschte sich, sie hätte jetzt ihre Dienstpistole bei sich gehabt. Vielleicht besaß er keinen Verstand mehr und würde um sich schlagen?

Der Kerl, der an schmatzenden Fäden versuchte, aus dem Honig zu entkommen, war groß wie ein Büffel. Ein Monster. Er röhrte. Sein gesamter Mund hatte es jetzt ins Freie geschafft und durch langsames Drehen des Kopfes schüttelte er den Honig so weit ab, dass auch seine Nase, ein hässlicher, schwarzer Hautlappen, ins Freie stieß. Er sah scheußlich aus. Aber nun, wo er seine Augen unter der verklebten Masse öffnen konnte, machte sich bei May dennoch ein Anflug von Glück breit. Sie hatte hier einen Menschen gerettet! Er bewegte sich offenbar unter starken Schmerzen - aber er lebte! Eine Schmerzgeburt aus Honig.

May kratzte über seinen Arm, aber sie benötigte lange Minuten, bis sie den Riesen halbwegs herausgebuddelt hatte. Sie schaufelte den glucksenden Honig zu einem immer größer werdenden Berg an der Seite. Dann endlich rutschte der Mann herab, sackte auf die Knie und kroch wie ein Kleinkind in die Mitte des Raumes. Er trug offenbar noch seine Hose und ein Hemd, auch wenn davon kaum mehr als eine knirschende Kruste übrig geblieben war.

Er blökte.

»Danke«, rülpste er zum Boden. Das Wort fiel aus ihm heraus, wie ein Schwall Erbrochenes. May hockte sich vorsichtig neben ihn und versuchte, weiteren Honig von seinem Rücken zu kratzen. Er sah jetzt aus, wie ein kleiner Bulle, der auf einer Weide graste. Nur stank er schlimmer. Er schien völlig erschöpft zu sein, ließ den Kopf hängen und manchmal schien es, als würde er bäuchlings auf dem Steinboden zusammenbrechen, doch er stützte sich tapfer ab.

Mein Gott, dachte May, wie lange mochte der Kerl in dem Zeug gelegen haben? Jetzt fiel er zur Seite und rollte auf den Hintern. May fasste seine Hände und setzte ihn auf. Er sah wie eine lebende Moorleiche aus, sein Kopf saß breit und massig auf einem ebenso dicken Hals, sein Mund bildete eine schräge Öffnung. Der Honig hatte nicht viel von einem menschlichen Gesicht übrig gelassen. Speichel und Erbrochenes schwappten aus seinem Mund. Mit einer Pranke wischte er über den Hals. Er löste eine Drahtschlinge über der Kehle.

Dann sah May seinen Orden.

Gold und rot gestreift. Vier Stück in einer kleinen Reihe über der Brust. Ein Soldat von Kopf bis Fuß - dekoriert bis in den Honigtod.

»Sie«, sagte May sehr langsam, »Sie sind Frederick Bolaire?«

Speichel lief aus seinem Mund. Seine Augen zuckten nervös. Rülpsend schnappte er nach Luft. Langsam füllte sich der Raum um ihn mit einem hirnerweichenden Gestank von Fäulnis.

»Ich?« Er stammelte und schaffte es nicht, die Worte heraus zu stemmen. May wischte ihm Honig von der riesigen Wange. Dann röchelte er: »Ich war einmal ... etwas wie ... Konsul Bolaire.«

»Kommen Sie General. Können Sie stehen?« Sie half ihm auf. Igitt, wie klebrig der sich anfühlte. »Herr Konsul, wir müssen hier raus. Wir haben nicht mehr viel Zeit.«

»Wer«, röchelte er, »wer sind Sie?«

»Ich bin May. Ich bin das C3-Team. Ich hole Sie hier raus.«

Come, as you are, as you were,

as I want you to be

As a friend, as a friend, as an old enemy

Take your time, hurry up,

the choice is yours, don't be late

Take a rest, as a friend,

as an old memory

Nirvana

35. Einmal Panzer, immer Panzer

Mit ungeduldigen Schritten lief May einige Meter vor dem keuchenden Bolaire. Er rülpste hinter ihr wie ein Walfisch auf Landgang und nieste giftige Honigspritzer an die Mauern. Speichel tropfte von seinem Kinn, aber immerhin watschelte er mittlerweile in zähem Tempo vorwärts. Einmal ins Rollen gebracht, schob sich der stinkende Dickfisch, der einst als oberster Kommandant der kujanischen Armee Angst und Schrecken verbreitete, mühsam Meter um Meter voran. Kundenkontakt färbt eben ab, dachte May. Einmal Panzer, immer Panzer.

May lief natürlich schneller und kundschaftete den Weg aus. An jeder Kreuzung gab sie ihm einen lieben Wink, wenn die Luft rein war. Hinter der vierten Abzweigung fanden sie endlich ein Treppenhaus, grünlich und eng, das sich unbemerkt nach oben schraubte.

Das Schloss dehnte sich hier viel umfangreicher aus, als May gedacht hatte. Von den Verfolgerinnen sah man zum Glück nichts. May biss sich auf die Lippen. Wenn sie nur den Weg zu Tuh unbemerkt finden könnte. Und auch Jo musste sie holen, bevor der Morgen kam und ein letztes Mal die Sonne über Schloss Taubenschlag aufgehen würde.

»Sind Sie von der Polizei?« japste Bolaire.

May nickte.

»Wo sind die anderen?«

»Im Büro. Oder krank.«

»Wie? Sind Sie etwa ganz alleine?«

»Es gab Komplikationen.« May musste sich räuspern, um einen halbwegs polizeilichen Ton zu treffen. Sie spürte ihre Schulter schmerzen und wünschte sich, sie könnten einen Ort finden, wo sie sich in Ruhe übergeben könnte. Mit amtlicher Miene sagte sie: »Meine Assistentin Frau Thusnelda sichert den Fluchtweg.«

»Haben Sie eine Waffe?«

»Nicht nötig.«

»Ich würde gerne ein paar von diesen Damen umlegen, bevor uns der Hubschrauber raus bringt.«

»Welcher Hubschrauber?«

»Ich dachte, Sie fordern einen an? Nur so kommt man hier doch raus. Haben Sie etwa keinen Hubschrauber angefordert?«

»Nein.«

»Aber, wie sind Sie dann hierher gekommen?«

»Mit Tuh. Mit dem Boot.«

Jetzt hatte er sie eingeholt und baute seinen massigen Körper vor ihr auf. Mittlerweile schien er zu ziemlich fleischigen Kräften gekommen zu sein und fand in den kalorienhaltigen Habitus eines Kommandanten zurück. Nur noch wenige Honigkrümel purzelten über seine Wampe. Er sah May mit unvegetarischem Blick an.

»Sie wissen, wer ich bin?«

»Ich weiß«, versuchte May eine leichtfüßige Entgegnung. Unbeherrscht verlagerte sie ihr Gewicht von einem Bein auf das andere. Irgendwie hielt sein Gequatsche alles nur auf, fand sie. Himmelherrgott, der Kerl wäre beinahe im Honig erstickt, und nun wollte er ausgerechnet sie, die ihn aus der Grütze rausgezogen hatte, auch noch zur Rede stellen? Da, wo er herkam, konnte er vielleicht über die mächtigste Armee des Kontinents befehlen. Hier aber galten andere Gesetze. Hier gab es nur böse Bienen und eine Handvoll irrer Drogenladys. Eigentlich hatte er nur zwei Möglichkeiten: Im Honig draufgehen - oder im Bombenhagel draufgehen.

»Ich bringe Sie hier raus«, bekräftigte May. »Ich habe drei meiner besten Leute hier. Das sind Profis. Spezialagenten.« May biss sich auf die Lippen. Diese drei Agenten waren *ziemlich* speziell. Ihr Team bestand aus einer pyromanischen Kioskbesitzerin, einem lieben Baumbären und - Schmit. Das war noch der einzige Profi, den sie bieten konnte. Ja, wo zum heiligen Imker steckte überhaupt Kollege Schmit?!

»Hauptkommissar Schmit sichert den Luftraum«, sagte sie eifrig.

Er sah sie dunkel an.

»Auf dem Dach«, sagte May. »Er bereitet da, äh, alles vor. Für die Luftwaffe. Das Rettungskommando.« May wusste, das Schmit dort oben für die Bomber Zielkreuze in Leuchtfarbe malte.

»Hauptkommissar Schmit?« rülpste der Konsul. Die Zornesfalte über seiner Nase glättete sich. »Klingt Gut. Guter Mann.«

Während May über die glatten Kacheln weiter schlich, überlegte sie, ob der Konsul tatsächlich Schmit persönlich kannte - oder, ob er einzig von dem Namen auf dessen Kompetenz schloss. May bekam schon wieder dieses gewisse heimatliche Gefühl. Als würde sie bereits wieder auf ihrem nassen Bürostuhl sitzen.

»Ha!« entfuhr May plötzlich ein kleiner Jubelschrei. Jetzt wusste sie nämlich, wo sie sich befand! Die Orientierung kehrte schlagartig zurück: Hier hingen die großen Gemälde hinter der Eingangshalle. Sie sah ein Bild, das die alte Sandra Castiglione zeigte. Rote, wallende Haare, hohle Wangen, ärgerlicher Blick. Einen Ehrenplatz hatte die Baronin für sie reserviert. Wie lieb. Nun war die Alte offenbar in der Konfitüre. Vor allem aber erkannte May, dass das Zimmer, in dem sie einquartiert gewesen war, am Ende dieses Ganges lag. Sie musste den Konsul irgendwo unterbringen, bis sie Tuh und Jo gefunden hatte. Der Panzer war ein Bremser.

»Los, Euer Ehren, hopp, hier hinein.« May zog die Tür auf. »Hier sind Sie sicher. Aber nicht gegen das Regal stoßen, da sind Wertgegenstände drauf.« May schob den Konsul beherzt in die Kammer, zog die Tür zu und sah sich um. Immer noch war der Gang menschenleer, und auch von Tuhs Bass und der Orgel war nichts mehr zu hören. May beschloss, das Musikzimmer dennoch zu suchen.

Als sie an einem der Fenster vorbeikam, blieb sie stehen und sah hinaus. Sie erstarrte. Obwohl der Mond nur wenig Licht über die Landschaft schickte, konnte sie das Ausmaß der Katastrophe erahnen: Die Bienen hatten sich zu einem dichten Pulk geformt und umlagerten das gesamte Umland. Der Schwarm bedeckte meterhoch den Boden. Einzig einige Baumkronen lugten noch vereinzelt heraus. Ungefähr fünf Meter bedeckte die Schicht aus Insekten das Land, und alles, was sich darunter befand, würde unweigerlich von den Viechern zerdrückt werden. Es hatte Bienen geschneit. Es war völlig unmöglich, aus dem Schloss hinauszukommen.

Plötzlich hörte May ein Geräusch. Es schabte, und dann öffnete sich eine Tür. Jemand kam aus dem Zimmer und May sah mit dröhnendem Herzen - dass es ihr Baumbär war! Er trug seine zerknautschte Uniform und ging mit gesenktem Kopf auf den Gang.

»Jo!« rief May und rannte zu ihm. Ihm blieb keine Zeit, ihren Ansturm abzuwehren, und noch während May überlegte, was sie sagen sollte, lag sie in seinen Armen. Sie fasste in seine Haare und küsste ihn lange. Er wollte zur Seite blicken, ob jemand sie gesehen haben könnte, doch May unterband das mit ihren Lippen. Der Magnetismus war stark. Sie küsste ihn und zog ihn zu sich. »Jo!« Sie hätte weinen können vor Glück und Angst zugleich.

»May«, stammelte er, »Gott, bin ich froh, dass du nicht ...« Er konnte nicht sprechen, denn May schob ihre Finger über seine Wangen und küsste ihn. »Dass du nicht da draußen bist.« Er stupste gegen ihre Nase.

»Wo ist Tuh?« flüsterte May.

»Ich weiß nicht genau. Sie war bei Fanny im Musikzimmer. Hast du nicht den Lärm gehört, den die da gemacht haben?«

»Das ist kein Lärm, das ist Infraschall«, korrigierte May. »Ich hatte das Gefühl, der Sound war gut. Er hat die Bienen vertrieben.«

»Das weiß man nie genau. Die Viecher sind unberechenbar. Aber es ist gefährlich, in so einer Nacht herumzulaufen.«

May betrachtete ihn. Im Mondlicht sah sein Kopf irgendwie runder aus als am Tage, aber das konnte eine Täuschung sein. Auf jeden Fall fühlten sich seine Lippen gut an, und May hegte keinen Zweifel, dass sie ihm auf jeden Fall vertrauen konnte. Genau wie sie wollte auch er diesen schrecklichen Ort verlassen. Sie würden gemeinsam fliehen.

»Ja, dass es gefährlich ist, habe ich gemerkt!« sagte May. »Die fette Kuh wollte mich abknallen. Im Garten! Und deine saubere Madame, die ist doch gemeingefährlich! Wie lange willst du bei der Irren denn noch bleiben?«

Er schüttelte den Kopf und sagte: »Ach May. Ich habe oft gehofft, dass mich eines Tages jemand hier rausholen würde. Aber es ist alles nicht so einfach.«

»Nicht so einfach, nicht so einfach ...« May blies verächtlich den Atem aus. »Mann, Jo, wenn wir Tuh gefunden haben, hauen wir ab, und zwar so schnell wie möglich.« Sie zögerte, ihm alles zu erzählen, was sie entdeckt hatte. Wie würde Jo reagieren, wenn er hörte, dass sie den Konsul aus einer Honigwand herausgeholt hatte und plante, auch ihn aus dem Schloss zu bringen? May sagte nichts.

»Ja«, murmelte Jo, »aber wir sollten lieber an einen sicheren Ort gehen. Wenn Anoje erfährt, dass ich hier frei herumlaufe, dann –«

May unterbrach ihn: »Was? Dann? Dann hetzt sie die Bienen auf dich?« Sie sah ihn entrüstet an. »Was führst du hier für ein Leben?«

Er schwieg und ließ den Blick sinken.

Verdammt, dachte May, das geht doch so nicht weiter. »Komm, Jo, wir hauen ab! Morgen früh ist hier sowieso alles im Eimer.«

Er sah sie fragend an.

»Ich habe keine Zeit, dir alles zu erklären. Wir müssen Tuh finden und dann holen wir den Konsul und dann ...«

»Den Konsul?« unterbrach er.

Mist, jetzt hatte May sich doch verplappert. »Ja, verdammt, den Konsul ... Ich habe dir doch gesagt, dass ich von der Polizei bin und den Kerl hier rausholen soll.«

»Aber«, stammelte er, »ich dachte, der Kerl wäre tot. Ich dachte, er wäre längst -«

»Was? Was hast du gedacht?« May wollte jetzt alles über dieses verdammte Schloss wissen. »Was hast du gedacht?«

Er begann zu zittern. »Ich dachte ... Er wäre gefressen worden.«

»Ist er nicht. Er lag noch in der Marinade.«

»Aber, ich habe es doch gehört, wie er gefressen wurde ...« Jetzt zitterte Jo noch stärker. »Sie frisst sich nachts satt. Glaub mir. Wenn wir Mondwende haben, verwandelt sie sich. Und frisst Menschen.«

May spürte einen starken Trotz in sich aufsteigen. Nein, sie war nicht gewillt, an Geschichten von Verwandlungen und Mondnächten zu glauben. Niemand würde sich bei Vollmond in etwas anderes verwandeln, es handelte sich um pure Einbildung, Psychose, Halluzinationen. Zu viele Pilze, zu viel Likör. Auch die Bienen waren völlig normale Bienen, die sich einzig unter der ungesunden Ernährung lediglich überproportional vermehrt hatten. Es musste eine völlig normale Erklärung für all das geben, dachte sie, da -

... hörte sie es.

Ein Wimmern, ein Schluchzen. Ein Mensch weinte in Schmerzen. »Das ist Susan«, flüsterte Jo. »Sie frisst sich satt.«

»Susan? Das ist euer blonder Engel?«

»Ja. Sie ist gefährlich. Sie verwandelt sich in eine Ratte. Der Ruf ihrer Urahnen will es so.«

May hatte vergessen, sein Gesicht zu streicheln. Am liebsten hätte sie sein Kinn gepackt, seinen Kopf geschüttelt, und ihn angeschrien: »Wach auf, du Traumbär! Hier gibt es keine Ratten! Hier gibt es keine Verwandlungen. Deine Olle hat eine Macke. Und jetzt hauen wir ab.« Aber all das sagte sie nicht, denn nun kroch tatsächlich etwas durch ihren Rücken, das sich wie ein Stück Eis anfühlte. Die kalte Spitze ließ salziges Eiswasser in ihren Magen rieseln. Auf ihr Herz regnete Furcht. Was, wenn das Zeug stimmte, das Jo erzählte?

Das Wimmern wurde lauter.

36. The Sound of Music

»Wir sehen uns das an«, entschied May. Sie fasste Jos Hand und zog ihn hinter sich her. Der Kerl war ja wirklich ein lahmer Willi.

»Nein, bitte nicht, Susan ist gefährlich«, murmelte er.

»Ich auch«, sagte May. »Ich bin auch gefährlich. Ich kann C3.«

»C - was?«

»Wirst du schon sehen.«

Sie erreichten jene Tür, aus der die Geräusche knusprig und nur schwach durch das Holz gebremst drangen. May drückte entschlossen die Klinke hinab. Sie würde sich nicht vor irgendwelchen Ratten fürchten, nahm sie sich vor. Die Tür schwang auf.

Sie blickte in einen Salon und sah schummeriges Licht, bräunlich und gedämpft. Dicke Teppiche bemusterten den Boden in schottischen Formen. Der Geruch eines sonderbar roten Parfüm wehte aus Richtung eines Kamines herüber, in dem sich verträumte Flämmchen langweilten. Durch ein Flügelfenster lugte das Mondlicht wie ein Spion hinein. May spürte, dass sich etwas im Raum befand, das in großer Angst zu zittern schien. So etwas spürte sie immer schnell. Dann sah sie es: Am Boden lag Schmit! Und über ihm stand leise lächelnd die Frau, die Susan hieß. Schmit lag bäuchlings mit gefesselten Händen auf dem Teppich und sein schmerzverzerrtes Gesicht wurde von Susans nacktem Fuß ziemlich feste zu Boden gedrückt. Sie presste seine Nase in den Teppich hinein, indem sie einiges Gewicht auf ihn legte. Aber sie war beileibe keine Ratte; sie sah völlig normal - zumindest eindeutig menschlich - aus. Unter dem weißen Kimono, den sie trug, lugten ihre langen, braunen Beine heraus. Sie wollte sich offenbar einen romantischen Abend mit Herrenbesuch machen; oder zumindest eine recht eigenwillige Variante davon. Sie schmunzelte über Schmits vergebliche Versuche, aus der Fixierung zu entkommen.

Erschrocken ging May hinein. Einerseits fühlte sie sich schockiert, dass offensichtlich auch ihre letzte Hoffnung - Schmit - ebenfalls dahin war. Aus dem Verkehr gezogen ... Was hätte man auch sonst von dem Idioten erwarten können? Andererseits bildete Susans menschliche Erscheinung einen schönen Beweis dafür, das Jos Ammenmärchen pure Fantasiegebilde darstellten. Sie sah zu Jo. Er stand still hinter ihr. Und Schmit röchelte leise.

»Hallo!« flötete Susan amüsiert, »kommt ruhig rein, ihr Nachtfalter. Ich beiße nicht.« Sie schien ein wenig mehr Gewicht in das Kreuz von Schmit zu legen, sprach aber ohne Anstrengung weiter. »Jo, das ist aber schön, dich zu sehen. Und eine kleine Freundin hast du dir auch mitgebracht? Hast du die Schnüfflerin eingefangen? Das ist ja sonst gar nicht deine Art. Bravo. Ich dachte, die Kleine wäre längst im Garten erledigt worden?«

Jo schwieg.

»Das ist aber fein von dir. Ich habe nämlich den Eindruck, hier ist ein ganzer Trupp von Schnüfflern im Anmarsch. Wer hätte gedacht, dass unser bester Kunde Mister Bolaire so sehr vermisst wurde?« Sie blickte auf ihren Fuß, mit dem sie Schmit peinigte. »Vielleicht können wir einen großen Aufwasch machen?«

Schmits Kopf lief puterrot an. Warum hatte der Esel sich auch erwischen lassen, dachte May. Nicht einmal auf dem Dach hatte er sich vernünftig verstecken können ... Besaß May so etwas wie magnetische Eigenschaften, wenn es darum ging, Trottel anzuziehen? Jetzt könnten sie alle gemeinsam auf die Ankunft der Luftwaffe warten.

Flüsternd wandte May sich zu Jo: »Siehst du, sie ist keine Ratte.«

»Eine Ratte? Ich?« Susan schüttelte ihren Kopf so amüsiert, dass ihr Zopf zu schaukeln begann. »Was erzählst du denn hier für Sachen über mich, mein Kleiner?«

May überlegte, wie lange es dauern würde, bis der Rest der Bande auftauchte.

»Unser braver Jo! Das Sensibelchen. Und sogar eine Freundin hat er sich angelacht ... Eine tapfere Schnüfflerin. Ich glaube, wir machen heute Abend ein schönes Grillfest. Mit Bullen in Blutwurst.«

»Calla ...«, röchelte Schmit am Boden, »nun tun Sie doch endlich etwas! Sie sehen doch, dass ich hier Probleme habe.«

Das stimmte. May sah es ziemlich gut. Sie sah auch, dass die Frau, die Susan hieß, mit ihrem Fuß seinen Rücken betastete. Noch wirkte das neckisch, aber May wusste, was die Blonde plante: Sie suchte jenen Punkt, wo man durch Zutreten das Rückgrat brechen konnte.

May blickte durch den Raum. Sie sah das Feuer lodern.

»Ja, da drüben«, sagte Susan, die offenbar ihre Gedanken erraten hatte, »da liegt ein schöner, spitzer Kaminhaken. Den könnte sich eine Schnüfflerin natürlich holen, wenn sie eine Waffe bräuchte.«

May sagte nichts. Sie wusste, dass diese Frau eine Killerin war. Das Kyokushin-Tattoo der Blonden hatte sie nicht vergessen.

»Calla«, fluchte Schmit noch einmal, »nun tun Sie endlich was!«

May erinnerte sich daran, wie sie bei ihrer Ankunft ihre Dienstwaffe abgegeben hatte. Das war vielleicht ihr größter Fehler in diesem Ozean von Dämlichkeiten gewesen.

»Calla heißt die Schnüfflerin?« schmunzelte Susan. »Was für ein schöner Name. Klingt nach Oper. Mag die Schnüfflerin Musik?«

»Ich mag den Basslauf von *Come As You Are*«, sagte May.

»Nirvana? Stark!« Susan betrachtete den liegenden Schmit. »Und weißt du, was ich mag?«

May schüttelte den Kopf. Sie wollte nach Jos Hand greifen, aber er war einige Meter hinter sie gegangen. Vielleicht war es auch besser, Susan im Glauben zu lassen, er würde weiterhin für den Clan einstehen. Obwohl ... - völlig sicher war sich May nicht, wie Jo im Ernstfall reagieren würde.

»Musik«, schwärmte Susan, »hat so viele Facetten. Ich zum Beispiel«, sie untersuchte die Knöchel an ihrer Faust, »ich mag den Klang von Menschen - wenn sie sterben. Das bildet schöne Obertöne. Einige quieken wie ein Ferkel am Spieß, andere rülpsen überrascht, wie ein Blasebalg. Tief und erdig. Erst kommt der Bass der Überraschung, dann das Klirren des Entsetzens.« Sie lächelte May an. »Eine Melodie des Sterbens. Immer wieder neu, immer schön. Ein herrlicher Klang. *Thats the Sound of Music.*« Sie sah mit einem sonderbaren Lächeln auf Schmit hinab. Eine Waffe schien sie nicht bei sich zu tragen, da war sich May sicher. Doch dass Susan im Begriff war, jetzt Schmit zu töten, war dennoch offensichtlich.

»Calla, nun tun Sie etwas. Dies ist ein ganz klarer Fall von ...«

May ahnte, worauf er hinaus wollte: Dass sie wegen Beihilfe zum Polizistenmord angeklagt werden könnte, sollte das Schlimmste passieren. May musste ihm helfen, egal wie.

»Na was hat dein Kollege denn?« flötete Susan. »Hat er etwa Angst? Gerade wollte ich ihm von *meinem* Musikverständnis erzählen. Wie gut das klingt, wenn einem Menschen der Hahn abgedreht wird. Wenn man ihm langsam den Hals bricht. Zum Beispiel einem kleinen, dummen Bullen. Interessant, nicht wahr?«

May fragte sich, was Jo hinter ihrem Rücken gerade tat, aber sie zog es vor, ihren Blick auf dieser Susan gerichtet zu lassen. Wenn die Blonde jetzt den Schürhaken greifen würde, wäre es eine Frage von Sekunden, sich zu wehren - oder vielleicht Schmit zu befreien. Und auch die Frage, auf welche Seite sich Jo in diesem Moment schlagen würde, war nicht entschieden.

May erwiderte Susans Lächeln. Ein schwesterliches Lächeln, wie es Frauen gerne lächeln, wenn sie sich gut verstehen.

»So meine kleine Schnüfflerin«, flötete Susan, »wollen wir jetzt die Ouvertüre beenden? Und uns der ersten Arie zuwenden?«

May legte den Kopf schräg.

»Ich finde«, sagte Susan, »wir beginnen mit einem schönen Crescendo. Ich würde gerne mal sehen, was dein Bullenfreund alles so aushalten kann. Und dann hören wir ganz genau hin, wenn er sein letztes Liedchen pfeift.«

Immer noch verstand May nicht, was Susan plante.

»Na los, kleine Bullin, hilf ihm ruhig. Ich finde, er soll aufrecht sterben. Im Kreis seiner Kollegen, wie ein echter Mann.« Sie hob ihren Fuß und ging einige Meter durch den Raum. Er war frei.

May zögerte einen Moment, doch als sie Schmits wütenden Blick sah, bückte sie sich zu ihm und griff nach den Fesseln auf seinem Rücken. Unter Susans spöttischen Blicken knotete sie das Seil auf. Vielleicht war die Blonde einfach zu selbstsicher, dachte May. Bestimmt hatte sie irgendwo eine Pistole oder ein Messer versteckt, aber vielleicht täuschte sie sich auch.

Während May vorsichtig das Seil löste, überlegte sie, was Tuh jetzt gerade tat. Immerhin gab es die Möglichkeit, dass Tuh irgendwo herumspazierte, auf ihrem Lolli kaute und an ihren Haaren kokelte. Wenn sie auftauchte, könnte sie helfen. Dann wären sie zu viert: Schmit, May, Tuh und Jo. Tuh konnte einige Wut mobilisieren, wenn sie mit dem Sound unzufrieden war.

Schmit stand auf. »Vorsicht«, flüsterte May von hinten, »die ist gefährlich.« Sie sah zu Susan, die mit geradem Rücken vor ihnen stand und ihr Lächeln gegen eine ruhige Konzentration ausgetauscht hatte. Sie stand da, wie eine Karatekämpferin vor dem Einsatz.

»So, die kauf ich mir«, schnauzte Schmit, warf die Reste des Seils zu Boden und krempelte sich den ersten Hemdsärmel auf.

»Vorsicht Schmit, das würde ich nicht tun ...«

»Calla, Sie sind viel zu lasch. Ich zeige ihnen jetzt mal, wie man das regelt!« Er hob die Fäuste in die Höhe und ging drohend auf die Frau im Kimono zu. Er wollte sie sofort umhauen, keine Frage.

May wollte noch etwas sagen, da schlug Susan bereits zu. Genauer: Sie trat zu. Schmit, der drei Meter auf sie zugestürmt war, krachte auf der Stelle zu Boden. Susan hatte einen abgehackten Kampfschrei ausgestoßen und zugleich ihren nackten Fuß vorschießen lassen. Sie traf Schmit ungebremst ins Gesicht. Blut spritzte, Schmit schrie und brach zusammen. Er rollte röchelnd über den Teppich. Ein perfekter Angriff.

»Nun wollen wir mal ganz genau hinhören«, flüsterte Susan und ging mit demonstrativer Langsamkeit auf ihn zu, »wie er sein letztes Liedchen singt.« Sie packte seinen Hals in einen Würgegriff.

»Calla ...«, japste er noch einmal, aber es war zu spät. Susan brach ihm das Genick. Er fiel leblos nieder.

Susan lachte und sprang auf. Sofort griff sie May in dem gleichen, athletischen Kampfstil an. May spürte, wie enorm stark diese Gegnerin war, und hatte Mühe, sich in Position zu bringen. May wich rückwärts aus, während Susan mit boshaften Fußattacken voran jagte. Da sie auch einen Kopf größer als May war, ging May sofort in den Rückwärtsgang. Sie täuschte ein paar Gegenattacken an, sprang aber zwei, dreimal von der Blonden fort.

»Komm schon, kleine Schnüfflerin, zeig mal, was ihr im Polizeisport so lernt!« lachte Susan.

May sagte nichts. Entweder, man kämpfte, oder man diskutierte, fand sie. Man hatte immer nur zwei Möglichkeiten im Leben. Labern - oder zuschlagen. Aufs Maul bekommen, oder anderen aufs Maul hauen. Ausweichen, oder Reinhauen. Zitrone, oder Gurke.

May wich aus. Sie lief rückwärts durch das Zimmer, kam an dem Fenster vorbei, überlegte, ob sie es eventuell bis zum Schürhaken schaffen könnte, sah den toten Schmit dort liegen und sah, wie Susan jetzt enorm schnell einen hohen Tritt aus der Drehung explodieren ließ. May gelang es nur äußerst knapp, dem Fuß auszuweichen. Zentimeter fehlten. May spürte, dass sie auf Dauer keine Chance gegen diese Frau haben würde. Die war wirklich gut. Sie spielte Katz und Maus mit May. Der Fuß der Blonden schoss jetzt tiefer auf ihren Bauch zu, May taumelte rückwärts, und dann -

... riss May das Fenster auf.

Die Bienen schwappten wie eine Nebelwolke hinein, doch weil der Raum im ersten Stock lag, befand sich die größte Masse der Insekten noch unter dem Fenstersims. May versuchte, mit dem Fenster Susan zu schlagen, aber so blöde war die Große nicht, als dass sie sich von solch einer dämlichen Finte hätte täuschen lassen ...

Da packte Jo sie. May sah, dass Jo genau richtig handelte: Von hinten griff er die Blonde, die wohl mit allem gerechnet hatte, aber nicht mit einem Angriff des braven Zirkusdieners. Jo packte sie an den Oberarmen, krallte seine Hände in ihren Bizeps und konnte sie für einen kurzen Moment bändigen. Er schaffte es tatsächlich, sie festzuhalten - und nun war es an May, zuzuschlagen. May dachte etwas nach. Es war tatsächlich der erste gezielte, offensive Schlag gegen einen Menschen, den sie während ihres siebenjährigen Polizeidienstes anwenden würde! Noch nie musste sie jemanden schlagen, erstaunlich, aber wahr. Hier endete ein beachtlicher Rekord. Außerdem überlegte May, ob diese Schlägerei überhaupt den Status eines dienstlichen Einsatzes besaß? Eigentlich war dies ja Urlaub! Genau betrachtet war die rechtliche Lage nämlich so, dass -

»May! Träumst du? Hau ihr eine rein!« schrie Jo.

May blickte auf den Oberkörper der Blonden. Sie zappelte in Jos Griff und May hatte Zeit, gut zu zielen. Susans Brüste waren mittelgroß, da würde sie leicht den Solar Plexus treffen können. In dieser Sekunde beendet Kommissarsanwärterin Maria Birgit Calla auf einem nicht genehmigten Einsatz 75 Kilometer außerhalb ihres Reviers eine rekordverdächtig lange Strecke von Ausweichen und Abwiegeln, Vertrösten und Moderieren, von Zur-Seite-Springen und Sich-Zurück-Nehmen, von Defensive und Rücksichtnahme, von Gurkenwald und Konfuzius. In diesem Moment tat Maria Birgit Calla etwas Unerhörtes:

Sie schlug zu.

Ungebremst. Sie rammte ihre Faust in den Oberkörper der Blonden, technisch perfekt. May achtet genau darauf, die Faustknöchel schulbuchmäßig zu halten, damit der Schlag nicht nur die Atmung lähmen, sondern auch auf den Rippen richtig schön wehtun würde.

Nicht besonders schulbuchmäßig war allerdings der hysterische Schrei, den sie dabei ausstieß, und in dem sich alle Wut über dieses komplett idiotische Abenteuer entlud. May schlug und weinte zugleich. Und traf perfekt. Als ihre kleine Faust ihr Ziel traf, riss die Blonde die Augen auf, schnappte nach Luft, und ließ dann erschöpft den Kopf hängen. Ihr Widerstand war gebrochen. Technischer K.o.

Die Bienen füllten jetzt zunehmend den Raum. Kalte Morgenluft drückte von draußen nach. Das Brummen kroch in jede Ritze und nahm May die Sicht. Durch den braunen Sturm hindurch sah sie einen violetten Lichtschein am östlichen Himmel. May versuchte, die Füße der Blonden zu fassen und Jo zerrte die Besinnungslose auf den Fenstersims.

Dann schlug die Tür auf. Malou und Flavia stürmten herein, zappeln, polternd, spastische Querschläger ohne Hirn aber mit umso mehr Wut. Flavia grunzte und sprang mit einem großen Satz auf May und Jo zu. Ihre Augen waren mit riesigen roten Flecken umrandet und ihre Bewegungen dabei so taumelnd und ungeschickt und derart hektisch, als würde ihr gesamtes Nervensystem mit einer Art von elektrischer Überspannung betrieben werden. Einen Beistelltisch riss ihre blutige Stiefelspitze mehrere Meter mit. Sie würde versuchen, May zu beißen, wie eine Hornisse auf Ecstasy, daran hegte May keinen Zweifel. Malou hielt den Lauf ihres Gewehres abgeklappt, offenbar versuchte sie immer noch vergeblich, es richtig zu laden. Der Kolben quetschte ihren Busen in die Höhe. Gewiss, war sie gefährlicher, wenn sie versuchen würde, einen Gegner einfach über den Haufen zu rennen, als ihn zu erschießen.

»Jo! Los!« schrie May und versuchte, Susans Füße unter Kontrolle zu bekommen. Jo verstand. Er schleuderte die Gepackte über das Fensterbord, während May ihr mit einem kräftigen Stoß gegen das Hinterteil den nötigen Schwung verpasste. Kreischend flog die Blonde aus dem Fenster. Sie verschwand in einem schäumenden Ozean aus Bienen.

May rannte in einem Bogen vor Flavia davon. Jo folgte ihr.

»Bier schweißen euch die Geier ab« faselte Flavia, aber da hatte Jo bereits den schweren Lehnsessel in den Weg geworfen und war an ihr vorbei gerannt. May und Jo liefen hinaus.

37. Ertrunken im taumelnden Himmel

»Tuh?« schrie May aus vollem Hals in den Korridor, »Tuh, wo steckst du? Tuh, mach sofort deine telefonischen Fähigkeiten an!«

Sie rannten vorbei an der Ahnengalerie und erreichten wieder die Gästekammer. Scheiße der Konsul, dachte May, der könnte eigentlich in der verdammten Bude drin bleiben und im Bombenhagel endgültig zu Marmelade verrührt werden. Eigentlich war der doch sowieso schon von allen Listen gestrichen worden. Außer vielleicht der Speiseliste einer nimmersatten Honig-Baronin.

Da öffnete sich die Tür. Ein roter, fleischiger Klumpen kam zum Vorschein. Der Kopf des Konsuls. »Ich«, rülpste er, »ich erwarte, dass umgehend der leitende Offizier mir Meldung macht. Haben Sie verstanden, junge Frau? Ich erwarte unverzüglich Informationen über den Stand der Ermittlungen.«

»Ich auch«, schrie May im Laufen, »ich auch!«

May war bereits an seiner Kammer vorbei gelaufen, da drehte sie sich noch einmal um, und sah den Kerl an. Was für ein erbärmliches Monstrum. Mit seinen Schweinsäuglein stand er fragend im Türrahmen, der widerlichste Schweinehund, den es in ganz Kujai gab. Seine Waffenlieferungen hatten ganze Provinzen in einen endlosen Bürgerkrieg getrieben, ein Krieg, an dem seine eigenen Firmen glänzend verdient hatten. Jeder in Kujai wusste, dass er *beide* Kriegsparteien ausgerüstet hatte. Und an seiner jetzigen Lage war er alleine Schuld. Nun stand er da, ein Berg aus Honigkruste und Jämmerlichkeit. Und irgendjemand sollte ihn retten, wie putzig.

May lief zu ihm zurück. Als sie vor ihm angekommen war, holte sie tief Luft. Sehr tiefe Luft. Sie zielte rhythmisch mit dem Zeigefinger auf seine Nase und schrie: »Wissen Sie was? Ich sage Ihnen jetzt mal klipp und klar, was ich denke!«

Auch er schien Atem holen zu wollen. Seine Augen glänzten in knirschender Wut. Offensichtlich hatte in den letzten vierzig Jahren noch nie ein Mensch so mit ihm gesprochen.

»Ich sage ihnen mal eins, Sie Fettfisch«, wütete May weiter. »Ich würde hier auch gerne mal einen richtigen Offizier sehen! Und ich habe *auch* Hunger, und zwar ganz gewaltig! Und wenn es nach mir geht, können Sie sich wieder unten in ihr Honigfass legen und warten, bis die Hornissen Appetit auf Walfisch in Aspik bekommen. Oder Sie können sich in aller Ruhe den Sonnenaufgang angucken. Bei ihnen da ...« Sie war so wütend, dass ihr die Worte fehlten, »da ist doch jede feinstoffliche Resonanz völlig neben der Gurke!«

Er blickte sie an. Dunkle Tücke tobte in seinen Augen, aber May ließ sich nicht unterbrechen. »Ganz Kujai will Sie in der Konfitüre sehen, Sie Arsch! Kapito? Und ich Vollidiot hole Sie hier auch noch raus! Steht auf meiner Stirn eigentlich geschrieben: *Ein Herz für Ärsche?* Glauben Sie etwa, dass *mich* irgendjemand retten würde? Eigentlich müsste ich jetzt die Dosenbohnen in den Kofferraum von einem Twingo laden! Stattdessen mache ich hier Urlaub im Honigland!« Sie sah im tief in die Augen. Sie flackerten bedrohlich. Sein Körper stank nach Kot. Aber er sagte nichts. Also polterte May weiter; wie ein Kiesgrubenbesitzer nach zwölf Bier: »Kerl, sehen Sie zu, dass Sie in die Gänge kommen, Sie verzogenes Bübchen von einem General! Aber dalli klick!«

Ein Laut der Unzufriedenheit entfuhr seinem Körper. Doch dann schlug er den Blick zu Boden und begann, wie eine fette Ente hinter May und Jo herzuwatscheln. Er hatte sein Fett weggekriegt.

Als sie einen Gang weiter gelaufen waren, kam ihnen aus der Dunkelheit eine Gestalt entgegen. Ein roter Scheitel schwang zum Klang eines unhörbaren Beats.

»Tuh!« rief May, »Mann, wo hast du gesteckt?« Einige Meter hinter ihr konnte sie bereits das Röcheln von Flavia hören. Sie hatte mit triefenden Lefzen die Verfolgung aufgenommen.

Tuh kam ihnen kopfnickend entgegen und schleppte einen großen Gegenstand in der Hand. »Macht mal nicht so ne Hektik hier«, maulte sie, »das muss hier alles ordentlich durchtränkt werden, sonst bringt das nichts. Kunst braucht Struktur.«

Jo hatte es am Ende des Ganges geschafft, Flavia einen solchen Schubser zu verabreichen, dass diese bis ins Treppenhaus rutschte. Jo schloss die Tür ab und zog den Konsul mit sich, bis sie beide May erreichten.

»Tuh, Mensch«, prustete May, »die hätten mich fast gekillt, und du machst da irgendwo Musik ...« May blieb stehen und spürte, wie ihr Schweiß in die Augen lief. Sie sah Tuh glücklich an.

»Ja, selber Schuld«, quakte Tuh aus dem Halbdunkel. Ein gluckerndes Geräusch schien dem Gegenstand in ihrer Hand zu entweichen. »Du hast dir diesen Urlaub ja selbst ausgedacht. Hättest du mal gleich der Erstbesten gehörig was auf die Zwölf gehauen, dann hätten wir die Sause hier schneller beendet.«

»So ähnlich hat das der Kollege Schmit auch versucht«, sagte Jo und May unterbrach ihn: »Mann, Tuh, los, weiter, die haben uns gleich eingeholt!« Jetzt erkannte May auch den Geruch: Benzin! Tuh spazierte nämlich mit einem großen Kanister Benzin durch die Gänge. Drei weitere Behälter lagen bereits geleert auf dem Podest. Tuh begoss voller Hingabe sämtliche Möbel und malte feuchte Linien auf die Teppiche.

»Das wird ein interessantes künstlerisches Projekt«, sagte sie durch ihren Scheitel. »Dekonstruktion. Organisch und taktil. Wir jagen die Scheiße hier richtig schön grobstofflich in die Luft!« Tuh verkündete ihren Plan mit dem Stolz eines Kreativen, der kurz davor stand, die Performance seines Lebens abzuliefern.

»Apropos ›in die Luft‹« meldet sich Jo von hinten. »Hier geht es lang meine Damen!« Er zeigt nach rechts, wo sich die Tür zur Veranda befand. May überlegte, wie sie am besten durch den Bienenschwarm hindurch kommen sollten. Vielleicht könnten sie sich irgendwie mit Pullovern einwickeln und dann blindlings loslaufen? Sie hatten keine Wahl. Die Luftwaffe würde rücksichtslos das Gebäude bombardieren, so idiotisch das alles auch sein mochte.

Der Konsul ächzte: »Wir können doch nicht bis Kujai zu Fuß laufen«, protestierte er. Und auch der Umstand, dass Tuh mittlerweile begonnen hatte, in kindischer Vorfreude auf das größte Feuerwerk ihres Lebens mit dem Feuerzeug zu hantieren, schien in ihm eine problematische feinstoffliche Resonanz hervorzurufen. Er schwitzte vor Angst.

Ein Schuss knallte. Malou hatte die Patronen gefunden. Vom Ende des Ganges, wo sie einen Sekretär zum Schießstand umfunktioniert hatte, nahm die Fette Maß.

»Los, hier lang«, rief Jo und winkte die Gruppe auf die Veranda. Draußen stoben Bienen in alle Richtungen auf.

»Moment«, rief Tuh von innen, »ich muss noch den spanischen Lavendel auf den Zündpunkt streuen. Nur der gibt den Teint, den ich suche. Spanischer Lavendel ist rostig im Ansatz und treibt Sprossen ins Kognitive. Das wärmt die Interferenz und salzt die Seele diagonal in Richtung vom Elysium ...«

»Tuh, halt die Schnauze und komm!« schrie May. »Auf meinem Grabstein soll nicht stehen: Sie *wollte* die Honighölle *würzen*.« An ihrer Hand wurde sie von Jo ins Freie und damit in den Bienenschwarm hinein gezogen.

»Jo, warte«, rief May, »wir müssen uns dicker anziehen. Die Viecher zerstechen uns sonst!«

»Nein«, brüllte Jo zurück, »wir hauen ab. In die Luft!«

May zog ihn zurück und sah, wie Tuh auf dem Gang mit einer Schaufel hantierte. Sie schippte Pulver aus ihrem Handkarren und verteilte es unter sämtlichen Möbeln. Schießpulver, meine Nerven, dachte May. Dann tauchte eine hagere Frau von der anderen Seite auf. »Tuh!« schrie May noch einmal in größter Panik. Das Gesicht der Frau, die mit schüchternen Schritten angetippt kam, war länglich und sie blickte mit einem traurigen Ausdruck. Ihre Mundwinkel hingen in sanfter Melancholie herab.

»Ach, die ist Okay«, rief Tuh, ohne sich von ihrer Schaufelei ablenken zu lassen. »Das ist Fanny. Gute Keyboarderin.«

May verstand: Mit dieser Frau hatte Tuh also musiziert.

»Na, dann kommt die eben auch mit«, entschied May. Wenn du hier noch ne ganze Band anheuern willst, bitte schön ... Aber hör zur verdammten Scheiße mit deinem Schießpulver auf. Hier fliegt auch so alles demnächst in die Luft!«

Auch Jo schob sich voran. »Los Fanny, komm her. Wir hauen ab! Los!« Er zeigte auf die Veranda. »Alle rein in den Hubschrauber!«

»In den ... was?« staunte May. Sie sah Jo entgeistert an.

»Natürlich!« rief Jo. »Ich war Soldat. Erst Panzer, dann U-Boot, dann Luftwaffe. Ich war Pilot für alles. Nur im Frieden musste ich auf Skateboard ausweichen. War viel zu kurz. Ich kriege jede Kiste irgendwie in die Gänge. Los Ladys, bitte einchecken!« Er zeigte auf den Konsul. »Aber nur, wenn der Dickfisch da die Flossen anlegt!«

»Sei mal nicht so frech, du«, kommandierte Tuh. »Vor dir steht der beliebteste Politiker in Kujai. Wir werden durch ein Meer von Freudentränen schwimmen, wenn wir das Dickerchen abliefern. Vielleicht kann er uns einen Gig im Kanzleramt vermitteln.«

»Wenn«, gab Jo zu bedenken, »er was zu maulen hat, kann er von mir aus mit dem Dreirad nach Hause fahren.«

»Los «, unterbrach ihn May, »das ganze Bataillon raus jetzt!«

Sie drückte das Kinn auf die Brust und schob sich durch das Bienengewirr. Am Heck des Hubschraubers angekommen, kämpfte sich die Gruppe die wackelnde Trittleiter empor und dann zwängten sie sich ins Innere. Jo kletterte nach vorne und überflog die Instrumente. Tuh trat dem Konsul auf den Oberschenkel, um über ihn hinwegzusteigen, rutschte auf den Sitz neben Jo und legte die Stiefel aufs Armaturenbrett. »Das ist ein Cougar AS 532«, erklärte sie Jo kauend. »Maximale Nutzlast 4100 Kilogramm, Reichweite 840 Kilometer, Höchstgeschwindigkeit 270 km/h. Kann beim Absturz aber wesentlich schneller werden.«

Jo beachtete sie nicht - eine Eigenschaft, die einen gewissen Eindruck auf May hinterließ. Er packte den Zündschlüssel, und als die Rotoren begannen, mit einem infernalischen Krach sich in Bewegung zu setzen, blickte May nach hinten, wo die Frau, die Fanny hieß, sich gerade noch rechtzeitig durch die Einstiegsluke zwängte. Der Lärm erschütterte Mays Magen, dann blickte sie zu Jo. Er starrte durch die Frontscheibe. Das Meer an grauen Bienenkörpern prasselt wie Hagel dagegen. Er verharrte apathisch.

»Was hast du?« fragte May besorgt. »Kommst du mit dem Ding nicht klar?«

Er sah bewegungslos geradeaus. Vor seinem inneren Auge schienen Bilder aus seiner Vergangenheit vorbeizuziehen.

»Jo, los! Schnell, wir müssen hier raus!«

»Ich ...«, stammelte er.

May hört, wie Tuh ans Heck geklettert war und dort das Feuerzeug schnappen ließ. Ihre Bluse hatte sie ausgezogen, mit Benzin getränkt und dann zur Hälfte in den Kanister gestopft.

»Ich kann«, stotterte Jo durch den Rotorenlärm hindurch, »ich kann sie nicht da drinnen alleine lassen!«

May sah ihm von hinten ins Profil. Er starrte geradeaus. Er wollte die Baronin nicht zurücklassen. Jemand musste sie retten. May dachte nicht lange nach. Es war ein Reflex, etwas, das man tut, ohne nachzudenken. Mays Spezialdisziplin. Unter den entsetzten Blicken der anderen kletterte May wieder zum Heck, schob Tuh mit dem Molotowcocktail beiseite und sprang die Treppe hinab, direkt in das Bienen-Inferno. Sie kniff die Augen zusammen, torkelte durch den Schwarm, fand tastend die Verandatür und rannte dann mit voller Kraft über die triefenden Kacheln. Der Geruch von Benzin biss ihr in die Stirn. Tuh hatte ganze Arbeit geleistet; in sämtlichen Gängen schillerte der Benzinfilm, bereit, alles in Flammen aufgehen zu lassen - genau so, wie es der Alte damals vor dem Kiosk prophezeit hatte.

May bog um die Ecken, rutschte dabei aus und brüllte durch die Korridore: »Frau Baronin? Frau Tanabe! Wo sind Sie?« Aus allen Ecken des Gebäudes erklang das vielfach gebrochene Echo ihrer Rufe. Sie rannte an leeren Spiegeln und grotesken Bildern vorbei. Moderne Kunst, asiatische Schriftzeichen. Alles Blödsinn.

»Frau Tanabe, wir müssen hier raus! Sie können hier nicht bleiben. Das Gebäude wird bombardiert! Das Ende naht!«

Schließlich fand sie die Gesuchte. Die Baronin lag ausgestreckt in der Halle mit dem strudelförmigen Kachelmuster. Sie lag nackt auf dem Boden, starrte zur Decke und murmelte unverständliche Worte: »Jo, Flo, oh.«

»Da sind Sie ja«, seufzte May. »Kommen Sie! Wir warten alle.«

»Wir?« Die kleine Frau setzte sich aufrecht und schielte May an. Sie steckte sich den Daumen ihrer Kinderfaust in den Mund und versuchte, ihn zu essen. Ihr Blick gähnte leer. May sah sie an. Vielleicht war sie früher einmal eine sympathische und intelligente Person gewesen, dachte May, vielleicht hatte etwas ihre Seele verformt, eine Art Unfall, ein psychisches Trauma. Vielleicht würde man ihr helfen können, dachte May. May be.

May legte ihr eine Hand auf die Schulter und hörte, wie die kleine Asiatin flüsterte: »Wer wir? Wer ist wir?«

»Wir. Tuh, und ich. Und ...« sie überlegte, ob sie sagen sollte, dass auch der widerliche Konsul im Hubschrauber wartete und sagte: »Und Jo. Ihr Mann.«

»Jo?« stammelte sie und blickte verwirrt. Sie formte den Mund zu einer großen runden Öffnung. »Er ist meine Schöpfung.« Die Worte purzelten wie Pilzkrümel aus ihrem Mund. »Ich habe ihn geschaffen. Er ist mein Werk ...«

May hatte genug. Es reichte. Wer hier wen geschaffen hatte, wieso, weshalb, warum, all das spielte keine Rolle mehr. In Kürze würde hier dekonstruiert werden, und zwar gründlich. Sie riss die Frau in die Höhe und rief: »Kommen Sie, Frau von Frankenstein, ich habe die Schnauze voll. Sie kommen jetzt mit!«

»Sie wollen mir etwas stehlen ...«

»Ja ja.« May hätte ihr am liebsten eine Ohrfeige verpasst, aber das konnte sie auch später noch tun. Man hatte im Leben immer genau zwei Möglichkeiten: Auf der Stelle jemandem eine Ohrfeige verpassen - oder etwas später jemandem eine Ohrfeige verpassen. Das war das Yin und Yang des Lebens. Und Konfuzius war eh im Urlaub.

May packte die Kleine und hob sie an. Sie wog nicht viel, aber dennoch war sie nicht leicht zu heben. May schulterte die Nackte und stemmte sich mit der Last in die Höhe.

»Ich nehme ihnen nichts - ich, äh, bringe ihnen etwas«, erklärte May, während sie mit dem Gewicht mühevoll losbalancierte. »Ich bringe ihnen.« Tja, was brachte sie der Irren eigentlich? Da hatte sie nun schön drauflosgequatscht, ohne zu wissen, was sie eigentlich sagen wollte. May keuchte. Egal. Sie war hier zum Verbrecherjagen - und nicht zum Quatschen. Mann, war die schwer, dachte sie. Man hatte immer zwei Möglichkeiten im Leben, meldete sich wieder eine gewisse Denkmelodie in ihrem überhitzten Hirn. Verbrecher jagen, oder, May keuchte, Verbrecher ... ähm, tragen. Warum auch nicht? May trug gerne Lasten. Verbrecher *jagen* war ihr Beruf - Verbrecher *tragen* ihr Hobby. Sie hatte schließlich Urlaub.

»Ich ... verdammt, Frau Baronin«, schimpfte May, während sie diesen ganzen Mist dachte, »ich bringe ihnen Erlösung! Erlösung, von dem ganzen Käse hier. Ich bringe ihnen einen klaren Verstand. Ich bringe ihnen alles, was man sich nur wünschen kann!«

Die Frau fühlte sich glitschig auf Mays Schulter an und May hatte Furcht, ihr könnte die Last wie eine nasse Wurst fortrutschen. Doch May krallte ihre Finger feste in den japanischen Schinken. Sollte die Irre eben ein paar Schrammen am Arsch bekommen, das war nun auch Gurke.

Als sich sie sich ein paar Meter voran geschleppt hatte, sah May jemanden am Ende des Flures: Die Dicke. Malou. Ihr Gewehr lehnte an der Wand. Malou hielt ein brennendes Streichholz in der Hand, aber May stiefelte unbeeindruckt auf sie zu und grunzte: »Kann ich da mal durch?«

May hatte sowieso nichts mehr zu verlieren. Es wäre in jedem Fall alles bald vorbei. Von draußen hörte sie, wie Jo die Rotoren zur vollen Leistung aufdrehte. Doch als sie sich mürrisch an der Fetten vorbeigeschoben hatte, warf diese tatsächlich das Streichholz hinab. Die Hitze explodierte augenblicklich und umfing May mit tödlichem Zischen. Dann überholte das Lauffeuer sie, fraß sich hungrig die wehrlosen Vorhänge hinauf und tropfte in triumphierenden Flammenspritzern auf die Möbel, die Kacheln und überrannte sämtliche Teppiche. Orange fauchten die Flammen empor und der Rauch wallte ebenso schnell durch den Korridor, schneller, als May ihren Gang beschleunigen konnte. Es stank bestialisch. Es trieb Sprossen ins Kognitive. Tuh musste die merkwürdigsten Gewürze hineingerührt haben, was für ein Unsinn, aber May ging ruhig weiter. Wäre sie alleine gerannt, wäre sie schneller gewesen. Ruhig Blut, dachte sie, der Gurkenwald, der Gurkenwald ... Die nackte Frau auf ihrer Schulter hielt sie feste im Griff wie eine kostbare Beute. Sie würde Milton ein paar ordentliche Ergebnisse mitbringen. Was immer das für eine Person war diese Baronin: Frankenstein, Graf Dracula in Bienenform oder die Pillendreherin vom Teufelsmoor - May würde sie auf keinen Fall aufgeben. Vielleicht war sie ein Teil von ihr selbst? Eine leblose Hülle, in die man vielleicht irgendwie etwas Neues hineinfüllen könnte. Ein neues Leben, eine neue Geschichte. Also nahm May sie mit.

Das Feuer griff nach ihr wie ein verlassener Geliebter. May hustete und sah vor ihrem inneren Auge ihre Mutter, die sie als Kind beim Umzug ermahnt hatte: ›May, du darfst nie leer gehen, du musst immer etwas tragen.‹ May nickte jetzt, genau wie damals und schluchzte: ›Ja, Mama, ich gehe nie leer. Ich nehme immer so viel mit, wie ich tragen kann.‹ Derart mental gestärkt schleppte May sich mit der Baronin tapfer weiter. Warum auch nicht, der japanische Kleinschinken wog nicht mehr als ein Feuerlöscher. May spuckte in die Glut.

Auch die Veranda stand bereits in Flammen. Mays Füße brannten. Sie lief voller Schmerzen durch den Bienensturm, der vom Wind der

Rotoren zu einem Kugelhagel zerstückelt wurde. Wie Gummigeschosse prasselten die Tiere auf sie ein. Endlich fand May die Luke. Sie warf die Baronin, oder das, was von ihr noch übrig war, die Treppe hinauf und robbte selbst bäuchlings hinterher. Jo gab Gas.

Noch mit geöffneter Tür zog der Hubschrauber in die Höhe und zerhackte Millionen Bienen zu einem peitschenden Brei. Spritzend wurde er in die Flammen geschmettert. Überall regnete brennender Bienenstaub. May schrie. Sie fürchtete, selbst hinabzurutschen und in dem Orkan zerhackt zu werden. Ihre Finger klammerte sie so feste wie irgend möglich an die Hüften der Baronin. May wurde von einer bodenlosen Angst gepackt, als das Schaukeln sie am Haken hatte. Ein bleiches Loch fraß ihren Magen hohl, sie erbleichte in Panik vor dieser lärmenden Flugmaschine. Völlig haltlos riss die Kabine sie in eine unfassbare Höhe: ein Sturz Richtung Himmel, völlig verkehrt. Die Sonne, ein Magnet, alles verkehrt! Hämischer Himmel, ihr Grab. Konnte dieser Jo überhaupt fliegen? Vielleicht konnte er nur U-Boote bedienen, oder Skateboards ... Ihr Buckel schien zu platzen und tausend Bienenlarven aus der Wunde zu krabbeln. May weinte lauthals vor Angst, robbte weiter ins Innere, jaulte, wie ein Robbenbaby am Strand und fürchtete, von einer Welle wieder hinaus in den haltlosen Sturz gerissen zu werden. Sie wischte sich die Tränen am Bauch der Baronin ab und krallte sich an ihren nackten Körper. Wenn sie jetzt aus der Luke heraus rutschen würde? May hielt sich fest wie an einem Rettungsring auf schaukelnder See. »Mama«, weinte sie ... Der Sturz in die Höhe verformte ihr Gehirn. Ihr wurde übel vor Angst. Ihr Bewusstsein wurde ein Strudel. May Bee Calla, geboren in Liebe, ertrunken im taumelnden Himmel.

Von vorne hörte sie Tuh brüllen: »Jetzt wird's grobstofflich!« Sie lachte, wie Kaiser Nero über dem brennenden Rom.

May versank in einem Wirbel aus schmetterlingsbunten Explosionen. Wir fliegen heim, war ihr letzter Gedanke. Wir Kinder der Luft, Käfer des Glücks, gerettet in Liebe. Sie hatten die Honighölle versalzen.

Vom Rückflug bekam May einzig nervöse Traumbilder mit. Dass Jo den Flieger flach über den Fluss jagte, um die beste Orientierung zu behalten, verstand sie instinktiv. Als der Hubschrauber über Tuhs Boot hinweg schoss, begann Tuh zu zetern und Jo bremste ab und flog eine Kurve. Die Rotoren peitschten Wellen rund um das Boot. Im Geschaukel robbte Tuh nach hinten zum Ausgang und zog dabei die hagere Frau, die Fanny hieß, mit sich. Als sie an der dösenden May vorbeikamen, verpasste Tuh ihr eine Ohrfeige.

»Wir steigen aus, Bootsmann! Ein Schiff braucht seinen Kapitän. Wir sehen uns in der Stadt, kleine Streberin!«

Die Rotoren zerhakten jedes Wort. May nickte und sah, wie Tuh und die Frau, die Fanny hieß, durch die Luke sprangen. Dann kippte der Hubschrauber und Jo ließ ihn wieder mit geduckter Schnauze der Stadt entgegen donnern.

Die Blechwand der Kabine klapperte und vibrierte. Der Konsul hatte sich ein Regencape über den Kopf gezogen. Auch er schien mit dem Leben abzuschließen. Was für ein Irrsinn dachte May. Sie schloss die Augen und versuchte, zur Beruhigung die Daten aus dem Hubschrauber-Quartett aufzusagen.

38. Heimkehr

Alles ging gut. Jo fand den Landeplatz auf dem Dach der Zentrale, die Rotoren trudelten erschöpft in die Blindleistung und der Konsul guckte wie ein Elefantenbaby unter seinem Cape hervor. May kletterte als Erste bleich aber unverletzt aus der Luke.

Als May ihr Büro betrat, saß Martin Brunk, der irre Kokser, auf ihrem Stuhl. Sein *Doom*-Shirt hatte er gegen ein gelbes Oberhemd und ein viel zu großes Jackett ausgetauscht. Sogar eine Krawatte trug er jetzt.

May zog die Feuchtigkeit in der Nase hoch. Nach einem richtigen Gruß war ihr nicht zumute. Das Geräusch reichte, um Brunk aufzuwecken. Erschrocken blickte er von einem Comic auf und wirkte in tiefster Seele verschreckt. Hastig schob er das Heft unter die Ablage und stammelte: »Oh, Himmel, Calla ... Sie sind *hier*?«

»Genau das wollte ich auch gerade fragen«, schnaufte May. Endlich wieder sitzen, dachte sie. Die Lehne des Besucherstuhls schnitt ihr schmerzhaft in die Narben der Bienenstiche. »Mensch, Martin, *Sie* sind hier?«

»Ja, ich. Ich bin ...«

»Wieder da. Sehe ich.«

»Ja, mein Fall wurde revisioniert. Es gab eine Dienstaufsichtsrevision, und im Prinzip wurden die Richtlinien der Mitarbeiterführung auch völlig richtig kommuniziert.«

May rieb sich die Stirn. Sie ließ ihren Transportbeutel neben die Sporttasche purzeln. Dann streckte sie die Beine lang und die Lehne jaulte überfordert unter ihrem Anlehnungsbedürfnis. Soso, dachte sie, die Zentrale hatte den Kokser wieder eingestellt. Der Goldjunge. Und er saß auf ihrem Stuhl.

»Ich«, schnaufte May, »ich bräuchte mal ein paar Tage Urlaub.«

»Das können wir gut verstehen. Urlaub würde uns allen gut tun. Aber ich fürchte, in ihrem Fall wird das nicht so einfach zu machen sein.« Er sah sie aus schlauen Augen an. May überlegte, wie sie ihn am schnellsten aus ihrem Büro rausschmeißen könnte, aber er säuselte weiter: »Meine Güte, Calla, wie sind Sie denn da bloß raus gekommen? Wir dachten, Sie wären längst ... nun ja, tot.«

»Die Nachricht von meinem Tod halte ich für stark übertrieben.«

Brunk sah sie pickelig an. »Aber Sie wissen schon, dass Sie niemals auf eigene Faust dort hätten hinfahren dürfen?«

»Ja ja.«

Ratlos schüttelte er den Kopf und griff nach der Fernbedienung. Er zielte damit auf den Fernseher und May sah, wie der Nachrichtenkanal sich mit verwackelten Luftaufnahmen meldete. Das Schloss stand in Flammen, dann schossen Explosionen in die Höhe. Ein Kampfjet drehte ab. Sie hatten alles bombardiert. May bekam Kopfschmerzen.

»... verlief die Befreiungsaktion für Frederick Bolaire erfolglos«, verkündete der Sprecher. »Für den Vormittag kündigte das Präsidium eine zweiwöchige Staatstrauer an, die dem Andenken des Großkonsuls und Ehrenvorsitzenden der Kommission für auswärtige Angelegenheiten gewidmet ist. Ganz Kujai trägt Trauer in dieser schweren Stunde ...« Brunk stellte den Ton leiser.

»Sehen Sie Calla, die ganze Sache war doch von vornherein zum Scheitern verurteilt. Und«, er sah May mit flackerndem Blick an, »ich fürchte, die Sache wird für Sie ein Nachspiel haben. Nicht nur den Tod des Konsuls haben Sie schließlich durch ihr Voranpreschen zu verantworten, auch Schmit scheint dabei ja ums Leben gekommen zu sein.« Er sah sie kopfschüttelnd an. »Also um Bolaire wäre es mir nicht schade gewesen, aber, dass sie auch noch Schmit mit in die

Sache reingezogen haben, sollte ihnen wirklich zu denken geben. Schmit, das war ein Kollege! Wie wollen Sie das eigentlich jemandem erklären?«

May gönnte ihm den Genuss, ein paar Momente lang der Stille zu lauschen. Sie kaute während dessen ein wenig im Orinoco-Indianer Stil. Dann sie sagte: »Na, dann gehe ich mal rauf, zu Milton.«

»Tun sie das.«

May schwang sich empor, die Lehne atmete auf, und als May auf dem Flur angekommen war, blickte sie zum Konsul. Er stand wie ein Elefant vor der Wand. In dem Regen-Cape, das er im Hubschrauber gefunden hatte, sah er aus wie ein frisch entlassener Mitarbeiter des Reinigungsdienstes.

»Na, dann wollen wir mal zu ihrem Chef gehen«, grunzte er und drehte sich um. May half ihm aus dem Cape, knüllte es zu einem müllförmigen Ball und folgte ihm in soldatischem Abstand.

Milton schien nicht bemerkt zu haben, dass Besuch im Anmarsch war. May hörte schon vor der Tür, dass aus seinem Zimmer ein ungewöhnlich fröhliches Kollegium jauchzte. Sogar Ochsfort lachte. In dem Moment, als May hinter dem Konsul eintrat, hantierte Milton mit einem Tablett voller Sektgläser, die er rotwangig zu Kettler und Lowski reichte. Als der Schatten des Konsuls sich hinter Milton erhoben hatte, war es Frau Zmich, die als Erste ihr Glas sinken ließ und die Gesichtsfarbe wechselte. May räusperte sich.

Die Stille, die sich nun im Raum aufblähte, glich einem Ballon, der sehr langsam zu seiner größtmöglichen Form aufgeblasen wurde. Der Konsul unternahm nichts, um das Platzen zu beschleunigen. Er betrachtete Milton nachdenklich.

»Sie feiern?«

Milton starrte den Konsul an. Der schwieg. Betroffen ließ Milton ein mit Kaviar und Zitrone belegtes Lachs-Schnittchen auf den Tisch sinken, wo es von einem Aktenordner herabrutschte und in das Strickzeug von Frau Rosely kippte. Nur Kettler, der Clown, konnte ein Kichern nicht unterdrücken. Durch die peinliche Stille schlich sich Lowski grinsend zu May. Er warf eine Papierschlange von der Schulter, sah sie aus verschmitzten Boxeraugen an und boxte ihr zärtlich auf die entgegengestreckte Faust. »Saubere Arbeit, Kurze.«

39. Die Früchte der Liebe

Der nächste Tag schien nicht enden zu wollen, so reich war er gefüllt mit Festivitäten. Nach dem Feuerwerk fand der Staatsakt zu Mays Beförderung im historischen Rathaus statt. Milton schleppte sich mit rundem Rücken das Podest hinauf und überreichte die Urkunde, während May neben Jo und Tuh und dem Konsul in die Scheinwerfer lächelte. Sie rahmten den Dicken in verschiedenen Formationen für die Fotografen ein. Erst nach links, dann in die Mitte, dann nach rechts blickten sie. May schwitzte ein wenig und nahm sich vor, im Anschluss das größte Eis ihres Lebens zu essen. Milton zwängte sich ein spastisches Lächeln aufs Gesicht, murmelte Worte ins Mikrofon, die vom vorbildlichen Teamwork der kujanischen Polizei berichteten und schüttelte May und dann auch Tuh demutsvoll die Hand. Tuh hatte wieder den spanischen Kavalier in sich entdeckt und verbeugte sich tief und gymnastisch galant. May grinste, denn jeder konnte sehen, wie viel Kraft es Milton kostete, seine Mundwinkel in eine halbwegs fotogene Form zu zwingen. Der Blick des Konsuls spornte ihn sichtlich an, seine heuchlerisches Fassadenwerk zu optimieren. Tuh, die eine Schweißerbrille auf der Stirn trug, reichte ihm die herablassenden Finger zum Handkuss und murmelte: »Nichts hätten wir vermögen können, ohne die Gewissheit, getragen zu sein von Eurer Liebe.«

May prüfte, ob die Ehrennadel auch tatsächlich so gut an ihrem Revers angebracht war, dass auch Brunk und Frau Zmich sie aus der hintersten Reihe aus sehen konnten. Vor ihrem inneren Auge leuchteten noch einmal die Bilder des Abends auf: Das Konzert der Philharmoniker hatte bezaubernd geklungen. Auch die gesamte Regierung war erschienen. Und das anschließende Feuerwerk hatte dieses Glücksgefühl mit leuchtenden Farben in den Abendhimmel gemalt. Der Pyrotechniker hatte sogar das Wunder vollbracht, nicht nur das Emblem des Konsuls und den Drachen von Kujai in die Luft zu zaubern, sondern er intensivierte sein zischendes Kunstwerk, indem er zum Abschluss drei honiggelbe Buchstaben in den Abendhimmel jagte: Zunächst explodierte ein goldenes »M«, dann ging ein Silberregen in Form von einem »A« nieder und wurde sofort von einem triumphierenden »Y« ergänzt. Die Begeisterung schäumte hoch.

Im Jubel spürte May den Arm von Jo, wie er sie mit der Ruhe eines erwachsen gewordenen Baumbärens an der Schulter hielt. Vor dem Einstieg in die Limousine hatte May viele Hände geschüttelt, von denen sie wusste, dass sie noch vor Kurzem mit dem Formulieren von Dienstaufsichtsbeschwerden beschäftigt gewesen waren. So war das Leben. Ein wenig Abwechslung tat allen gut.

Jetzt lächelte May in die Blitze der Fotografen. Neben ihr wechselte Tuh ihr Gewicht von einem Bein auf das andere und murmelte, dass sie dringend auf Klo gehen müsse. Sie streckte an geballter Faust den »Daumen hoch« in die Linsen der Fotografen. Auf Mays Wunsch wurde Tuh als Assistentin des C3-Kommandos klassifiziert - und somit für ihren vorbildlichen Einsatz ausgezeichnet. Eine Eingliederung in den Polizeidienst wurde vom Konsul persönlich angewiesen; einschließlich einer Stelle als Lehrbeauftragten an der Polizeischule von Kujai. Während Milton ihr die Urkunde unter dem Applaus des Auditoriums überreichte, kratzte Tuh an ihrem Nasen-Knochen und ließ die Elefanten schaukeln.

Jo schien der Empfang etwas unangenehm zu sein, aber er hielt sich tapfer. Nach einer gewissen Eingewöhnungsphase machte er eine ansehnliche Figur. Offenbar rief das Soldatische der Zeremonie gewisse Erinnerungen bei ihm wach. Er blickte dem Konsul lange in die Augen und salutierte routiniert. Auch hatte er endlich wieder zu seinem normalen, männlichen Gang gefunden, seitdem May die Zirkusuniform in den Altpapiercontainer neben dem Hubschrauber-Landeplatz geschmissen hatte.

Später, als die Festgesellschaft zum Empfang beim Bürgermeister gewechselt war, blieb Jo bereits an der Pforte des Rathauses stehen. Er bat darum, hier auf May und die anderen warten zu dürfen. Als May nach einer Stunde zurückkam, sah sie, dass Jo hinter dem Pförtner auf einer Leiter stand und eine Art Abdeckung hielt, die er von der Decke montiert hatte.

»Jo, was tust du da? Wir sind die Helden der Nation, und du ... bastelst hier?«

»Ach«, grinste er mit verschmiertem Gesicht, »mir war langweilig, und der Kollege hier«, er zeigte auf einen Mann in Uniform, »der sagte, das Geflacker mache ihn wahnsinnig.« Der Pförtner glotze May aus fischigen Augen an.

»Das sind die neuen Röhren, mit elektronischem Vorschaltgerät«, dozierte Jo von der Leiter herab, »da kann er mit den alten Startern nix anfangen.« Er sprang von der Leiter, betätigte den Schalter und lächelte in das flackerfreie Glühen, das sofort den Raum besänftigte.

May rief ein Taxi, und als sie auf der Rückbank saßen, flüsterte sie zu ihm: »Wenn du noch mehr Sachen reparieren möchtest, hätte ich da ein paar interessante Projekte.«

Er hielt ihre Hand und sah in die Nacht. Die Leuchtreklamen huschten an ihnen vorbei und May genoss es, wie vertraut die Lichter der Innenstadt auf sie wirkten. Endlich zu Hause. Der Wagen fuhr in einem weiten Bogen am Tempel der Lichter vorbei.

»Jo, willst du bei mir bleiben?« fragte May vorsichtig.

Er nickte langsam.

»Und deine Frau?«

»Sie ist nicht meine Frau.«

»Aber, ich dachte ...?« May suchte nach den richtigen Worten. Sie sah in Gedanken den Rauch im Schloss und spürte den glitschigen Körper auf ihren Schultern. »Jo, du weißt: Ich habe sie für dich gerettet. Sie könnte jetzt im Schutt begraben liegen.«

»Das war richtig von dir.« Jo starrte gedankenverloren auf das Gebäude in der Mitte des Platzes.

»Die Kollegen von der Psychiatrie sagen, die Baronin ...« May spürte, wie Jo bei diesem Wort unzufrieden mit der Hand zuckte, »Pardon, also Anoje ... Die Psychiatrie sagt, Anoje habe eine schwere Psychose erlitten. Wahrscheinlich ausgelöst durch einen Mix aus Kokain, Alkohol und LSD. Hat sie das ganze Zeug auf dem Schloss in sich reingepumpt?«

Jo nickte. »Sie hat es schon damals, als wir noch hier im Tempel lebten, getrunken.«

May verzog das Gesicht. »Uh ... getrunken?«

»Mit Tee. Und später hat sie das Zeug auf die Pflanzen im Garten geschmiert. Die Blumen sollten glücklicher werden als sie.«

»Keine weiteren Fragen.« May wusste nicht, ob sie lachen oder weinen sollte. »Na, den Bienen scheint es ja geschmeckt zu haben.«

Der Wagen glitt durch die Nacht. Friedvoll glänzte die Stadt. May fragte sich, ob Tuh und Fanny bereits im Kiosk angekommen waren. Die beiden hatten sich ziemlich schnell nach dem Empfang abgesetzt. Als sie an Milton vorbei stolzierte, hatte Tuh gerufen, sie müsse dringend ihr erstes Seminar für die Polizeischule vorbereiten - und er solle gefälligst nicht so blöde im Weg stehen. Sie quakte: »Grundlagen zur Ermittlung von Verstößen im Bereich des Wasserwirtschaftsamtes, unter besonderer Berücksichtigung der Vorzüge des Dynamitfischens im Vergleich zum Harpunieren. Seminar mit praktischem Kurs.«

May kicherte innerlich, als sie daran zurückdachte. Jos Hand hielt sie dabei fest.

»Ich bin dir unendlich dankbar«, sagte Jo, »dass du dem Irrsinn ein Ende gesetzt hast. Ich habe mich keine Nacht mehr ins Schloss getraut. Und das Leben auf den Bäumen war auch nicht gerade bequem. Du warst diejenige, die mich gerettet hat.«

»May be«, murmelte May.

May dachte daran, wie sie ihn damals bei seiner Gymnastik im Baum gesehen hatte. Sie sah ihn an. Der verrückte Baumbär ... An dieser Stelle wäre er vor einem Jahr beinahe vom Bus überrollt worden. Nun saß er neben ihr. Für ihn hatte sie ihr Leben riskiert. Sie würde alles für ihn tun. Das musste wirklich Liebe sein.

Außerdem konnte er Lampen reparieren.

Sie küsste ihn auf die Wange. Dann gab sie dem Fahrer einen Wink, damit er anhalten möge.

»Was ist?« fragte Jo. »Ich dachte, wir fahren zu dir nach Hause. Lampen reparieren?«

»Irrtum«, korrigierte May und drückte dem Fahrer die Ehrennadel in die Hand. »Stimmt so.« May zeigte nach rechts, wo eine grüne

Nixe in radioaktivem Glanz erstrahlte. Sie sprang aus dem Wagen, zog Jo hinter sich her und rief: »Hier spielt die Musik!«

40. Come as you are

Tuh schleppte gerade einen Verstärker aus dem Kiosk hinaus auf dem Vorplatz, als das Taxi hielt. Sie wuchtete ihn auf eine Bühne, die sie aus Brettern und Bierkisten konstruiert hatte, und als sie May und Jo aus dem Wagen steigen sah, rief sie: »Nun, beeilt euch mal, ihr Helden der Nation! Die besten Plätze sind gleich ausverkauft!«

»Aber«, rief May, »noch sehe ich hier keinen, außer dem da.«

Der alte Obdachlose hatte sich aus seinem Papierlager heraus gewühlt und stand nun ein wenig schwankend neben der Bühne. Sein Bart wehte im Abendwind. Offenbar wollte er sich irgendwie am Aufbau beteiligen, fand aber nicht den richtigen Entschluss, welche der heranrollenden Kisten er sich greifen sollte. So stand er neben der Bühne und übernahm die Rolle des Aufsehers und Kommentators. Er brabbelte Anweisungen, gestikulierte ausladend, als würde er auf einem Rollfeld einen Jumbojet einweisen. Die Frau, die Fanny hieß, schleppte ihre Kisten kopfschüttelnd an ihm vorbei und gab ihm zu verstehen, dass er nicht im Weg stehen sollte. Krachend landete ihr Keyboard auf den Gemüsekisten. Sie lächelte.

»Das Konzert geht Punkt Mitternacht los, zur Geisterstunde!« rief Tuh. »Bis dahin habt ihr eure Ohren gewaschen und die Krawatten gebunden! Für Bienen ist der Eintritt frei. Nur Bullen zahlen extra.« Sie wuchtete eine gelbe Motorhaube mit der Aufschrift *Doom* auf die Bühne. Fanny warf den Vorschlaghammer hinterher.

»Ach«, sagte May, »du bist doch jetzt selbst ein Bulle.«

Sie eilte hinter Tuh her, die wieder in die Bude gerauscht war. Endlich zu Hause, dachte May und sog den Geruch von Badesalz ein. Es roch nach diesem Deodorant für Jugendliche. »Eigentlich wollten wir erst mal etwas essen«, sagte sie und griff in den Kühlschrank nach einer Packung Eis. Doch bevor sie den Deckel in einer lange vermissten Routine aufriss, blickte sie auf die Beschriftung: Honiggelbe Tropfen flossen über eine Wand aus Bienenwaben. May öffnete die Kühlschranktür ein zweites Mal, warf die Honigbox zurück und nahm sich eine andere: Zitronencreme - herrlich! Sie schaufelte zwei Plastikschalen voll und schob Jo eine Portion hinüber. Etwas Zitrone könnte man bei ihm guten Gewissens beigeben. Dann winkte sie den alten Mann zu sich. Auch Tuh kam herein, stellte ihren Bass vor das Zeitschriftenregal und rief nach draußen: »Kommt rein, Kinder. Die Heldin der der Nation gibt ne Runde aus! Jetzt wird es zitronig hier!« Zwei Stehtische schob sie zusammen, sodass der Rest der Band - ein kleiner Kerl mit rosa Lederjacke, violetten Haaren und der Ausstrahlung eines nervösen Luftgeistes, sowie eine dunkelhäutige Frau, die mit rehbraunem Blick in die Runde lächelte - ebenfalls Platz fanden. Mays Bedarf an Festreden war fürs Erste gedeckt, sodass sie froh war, als in jenem Augenblick, wo sie einen Toast hätte aussprechen müssen, die Tür aufging. Eine Gruppe von Menschen füllte wieselflink den Raum. Sehr groß waren sie alle nicht. Herausgeputzt in feinster Sonntagskleidung betrat Familie Zwerg die *Grüne Nixe!*

»Ach, sieh mal einer an: Die Landeier!« staunte Tuh.

Während sich die Kinder quiekend hereinschoben und sofort grapschend das Spielzeugangebot untersuchten, kam der Vater zu May an den Tisch. Mit stolzem Lächeln sagte er: »Wir brauchten gar nicht lange suchen. Hier im Viertel kennt jeder die *Grüne Nixe!*«

»Ja, das hier ist ne Wucht«, posaunte Tuh und schob einen Stapel Plastikteller über die Tische. »Heute gibt es Creme de Chàmpignon. Garantiert honigfrei. Eine Köstlichkeit für robuste Großstädter.«

»Ja«, nickt die Frau des kleinen Mannes eifrig, »jetzt sind wir selbst ja auch richtige Großstädter geworden.«

»Haben Sie denn eine Bleibe gefunden?« fragte May.

»Aber natürlich«, sagte der Zwerg, »drüben, im historischen Viertel. Es ist perfekt.«

»Ach«, sagte May, »dann brauchen Sie jetzt ihre Hütte auf dem Land nicht mehr?«

»Aber nein, da fahren wir nur zum Urlaub mal hin.«

»Da«, unterbrach sie May, »hätte ich nämlich einen prima Nachmieter und Hauswächter für sie!« Sie zog den alten Mann zu sich und drückte ihm die Schlüssel in die Hand. »Man kann die Hütte gar nicht verfehlen. Es ist das schönste Haus vor dem Dorf.«

Tuh drehte die Augen in die Höhe und schüttete brodelndes Wasser in die Teller. »Na siehst du Vati, ich habe dir doch gesagt, dass es gar nicht so schlimm ist, wenn mal *ein* Haus in die Luft gejagt wird. Davon gibt es genug.«

Der Alte blickte etwas unschlüssig auf die Schlüssel, aber May drückte ihm erst die Finger der einen Hand zusammen - und in die andere dann einen Löffel hinein. Verblüfft sah er sie an.

»Vati, nun iss erst mal«, sagte Tuh, »wir gucken uns das morgen an, wenn die Familie - « sie zögerte, den richtigen Namen zu suchen, »wenn Familie Klein damit einverstanden ist.«

Der Mann, der Tuhs Vater war, nickte mit roten Wangen und schaufelte zufrieden drauflos.

»Natürlich sind wir einverstanden«, sagte der Zwerg, »Es ist ein schönes Haus, aber für uns Großstädter doch ein wenig klein.«

»Fanny, wirf schon mal die Schaummaschine an!« rief Tuh, »damit hier heute keine innere Leere entsteht.« Draußen nahm der Lärm zu und May blickte durch die Scheibe. Ein Gewühl von Menschen wimmelte auf dem Platz. Jo sagte zu all dem nichts, aber er schmunzelte still. Er ging hinaus und half dem Musiker beim Aufbau. Einen Tresen für den Getränkeverkauf konstruierten sie gemeinsam. Alle fünf Minuten polterte er wieder in die Bude, um eine Bierkiste oder ähnliches zu entwenden und klaute im Vorbeigehen May eine Löffelportion von ihrem Eis. Familie Zwerg sah dem ganzen Treiben mit leuchtenden Gesichtern zu. May bemerkte kaum, wie die kleine Frau immer wieder eine Reisetasche in die Höhe hielt, aber nicht zu Wort kam, weil die allgemeine Betriebsamkeit sie daran hinderte, etwas zu sagen. Die Kinder untersuchten lautstark die Comics in den Regalen.

Auch die schwarze Frau hatte sich mittlerweile nach draußen begeben und offenbar einen Drumcomputer angeworfen. Man hörte zunächst ein sphärisches Tick-Tock, das sich irgendwann mit raffinierten Rhythmen steigerte und wie ein Specht im Märchenwald klang. Der Specht mochte Jazz.

May hielt Jo feste an der Hand.

»Nun bleib doch mal hier«, flüsterte sie und zog ihn an sich. Er fühlte sich warm und gut an. »Es gibt keinen Grund mehr, fortzulaufen und sich zu verstecken.« Sie fütterte ihn mit Zitronen-Eis.

Er streichelte ihre Wange und sah sie aus baumbärigen Augen an. »Kann ich denn bei dir bleiben?« fragte er, und es klang beinahe, als würde er fürchten, May könnte ihn auf die Straße setzen.

»Na ja«, flüsterte sie, »ich hätte da auf meinem Sofa so eine Art Delle, da könntest du vielleicht hineinpassen ...«

Er blickte sie fragend an, und May sagte: »Mein Kater hat da früher gelegen. Der war ein bisschen dick.« May seufzte. »Aber der ist schon lange weg. Bis der wieder da ist, könntest du da bleiben.«

Sie küsste ihn. Niemals würde sie ihn gehen lassen.

Draußen hatte Tuh mit dem Intro begonnen. Wild und süß blubberte ihr Bass.

»Abgemacht«, sagte Jo. »Dann darf ich bleiben?«

May sah ihm tief in die Augen. Sie vergaß, was er sagte und spürte, wie er begann, kleine Krümel aus einem Brötchen zu reiben, das er aus dem Regal gefischt hatte. Er streute ein paar davon auf ihre Schultern und den Oberkörper und begann, diese behutsam wieder fortzuwischen. Ja, May mochte es, wenn es krümelig wurde. Sehr. Vielleicht war es mittlerweile auch schlichtweg zu laut geworden, um noch etwas Vernünftiges zu denken. Man hatte im Leben immer zwei Möglichkeiten, dachte May: Quatsch denken, oder keinen Quatsch denken. Krümel oder Kekse. Bienen, oder Liebe. Sie küsste ihn und beschloss, mit dem Denken für heute aufzuhören.

Auf dem Vorplatz johlten Hunderte Menschen. Aus dem grummelnden Intro war ein groovendes, schwer rollendes Inferno geworden. Tuh schien eine beachtliche Fangemeinde zu besitzen, die sich zunehmend ekstatisch amüsierte. May sah, wie der Schaum an der Scheibe lief.

»Ja«, seufzte May, »du kannst bleiben ...«

Da tippte ihr der kleine Mann vorsichtig mit seinem Zwergenfinger auf die Schulter. »Entschuldigen Sie, Frau May, wir wollten nicht stören.« Er runzelte besorgt die Augenbrauen und sagte: »Wir sind ja noch aus einem anderen Grund gekommen.«

May hörte nur halb hin. Sie zog Jos Augen vor.

Nun hatte sich auch die Frau mit dem Kopftuch an den Tisch herangeschoben. Sie hob wieder ihre Reisetasche in die Höhe.

»Haben Sie eben etwas von einem Kater gesagt?« fragte er und winkte zu seiner Frau. Sie kam näher und hob die Reisetasche auf den Stehtisch. Vorsichtig öffnete sie den Reißverschluss und gab May ein Zeichen, dass sie hineinsehen solle.

May sah in die Tasche. Von innen streckte ihr etwas energisch einen kleinen, dicken, rot-braunen Katerkopf entgegen. May sah Lou. Und Lou sah May. Dick war er geworden.

Und dann sah May zu Jo.

»Ja«, sagte der kleine Mann, »wir haben nämlich diesen Kater hier gefunden, er kam auf unseren Balkon, und wir dachten, er gehört vielleicht jemandem in der Nachbarschaft.«

Draußen hämmerten die Beats über den Vorplatz und rote Blitze verrieten, dass es dort mittlerweile ziemlich grobstofflich zuging.

May griff Jos Hand, küsste ihn sehr lange und flüsterte ihm ins Ohr: »Mit dem Sofa wird das nichts. Die Sofadelle ist leider wieder besetzt. Du bleibst in meinem Bett.«

Ende.

http://tomasmaidan.jimdo.com

Die Anoje-Trilogie von Tomas Maidan

Starke Frauen, böse Träume

IM KESSEL

Weil er die schöne Sai treffen will, dringt Jo in die verbotene Nachtstadt ein. Doch er ahnt nichts von den Gefahren: Im Tempel der Lichter, wo er verabredet ist, kämpfen die besten Gladiatoren des Landes. Und ein Fremder wie Jo kann leicht in die Fänge von tückischen Sklavenhändlerinnen geraten. Wird seine Liebe zu Sai diese Nacht überstehen?

Ester Teil der Anoje-Triologie.

ISBN: 978-3734739002, 192 Seiten, 7,99,-

TAUBENSCHLAG

Anoje muss für Madame neue Gladiatoren finden - deshalb hat sie Jo in die Katakomben gelockt. Doch auch sie leidet an dieser Welt voller Dunkelheit und Gewalt. In Madames Triade gilt sie als Täubchen. Nachts quälen sie dunkle Träume. Schleicht ein Messerstecher durch die Gänge? Anoje gelingt die Flucht ins Schloss Taubenschlag, wo sie zur neuen Herrscherin aufsteigt. Doch ihre Seele zerreißt.

Zweiter Teil der Anoje-Triologie.

MAY BEE

Kommissarin May muss den verzwickten Fall aufklären. Gemeinsam mit ihrer Freundin Tuh, einer durchgeknallten Kioskbesitzerin, durchsucht sie das Schloss Taubenschlag. Vieles hat sich verändert, seit die Leser zuletzt hier waren. Hinter Mauern aus Honig entdeckt May Entsetzliches. Anoje hat sich verwandelt. Und die magischen Pilze können gefährlich werden ... Wird May am Ende die Richtigen retten?

Humorvolles Ende der Anoje-Triologie.